W0334322

rowohlt
BERLIN

Yelena Akhtiorskaya

DER SOMMER MIT PASHA

Roman

Aus dem Englischen
von Eva Bonné

Rowohlt · Berlin

1. Auflage Februar 2016
Copyright © 2016 by
Rowohlt · Berlin Verlag GmbH, Berlin
Die Originalausgabe erschien 2014
unter dem Titel «Panic in a Suitcase»
bei Riverhead Books, New York
Copyright © 2014 by Yelena Akhtiorskaya
Satz aus der ITC Legacy
bei Dörlemann Satz, Lemförde
Druck und Bindung
CPI books GmbH, Leck, Germany
ISBN 978-3-87134-819-8

Für meine Familie

ERSTER TEIL

1993

EINS

Der Morgen war perfekt, sich daheim zu verkriechen eine Schande. Ab an den Strand! Auch du, Pasha – du brauchst Sonne, ein Bad im Meer und ein kleiner Spaziergang würden dir guttun. Bist du denn gar nicht neugierig auf Coney Island? Freud war neugierig! Schieb nicht alles auf, bis es zu spät ist. Schlaganfälle aus heiterem Himmel sind in dieser Familie keine Seltenheit. Wer weiß, wie lange du noch ... Los jetzt, runter vom Sofa!

Pasha war erst am Vorabend gelandet und fühlte sich nicht gut – Gelenkschmerzen, Schweißausbrüche, dazu immer wieder Herzrasen. Anscheinend konnten auch seine Angehörigen das Blut in seinen Ohren rauschen hören, nur so erklärte sich, warum sie brüllten. Nach vierzehn Stunden auf einem engen Gangplatz am gurgelnden WC eines verbeulten, nach Kerosin stinkenden Flugzeugs, nach zwei Zwischenlandungen und einer in der steifen Umarmung eines Plastiksitzes auf dem Flughafen von Kiew verbrachten Nacht wäre jeder am Ende seiner Kräfte gewesen, und Pasha war nicht jeder, sondern ein Dichter – von Geburt an kränklich, das Versagen aller lebenswichtigen Organe (Herz, Lunge) schon angelegt. Nase und Ohren waren unverhältnismäßig groß für seinen

Kopf, der Kopf unverhältnismäßig groß für den Körper; er hatte vorzeitige Altersflecken unter den Augen, einen unnatürlich starren Blick, spindeldürre Gliedmaßen und einen sehr eigenwilligen Stoffwechsel. Wäre er klug gewesen, hätte er sich ein halbes Jahrhundert früher in eine adelige, im Überfluss lebende Familie hineingebären lassen und seine Zeit damit verbracht, abwechselnd in winzigen Schweizer Alpendörfern und Sanatorien mit Seeblick zu wohnen, Oberschenkel an Oberschenkel mit dampfenden Neurotikern in Badehäusern und heißen Quellen zu sitzen, mit einem Stock als Gehhilfe ziellose Spaziergänge zu unternehmen, tuberkulöse Jungfrauen zu verführen und wortgewaltige, wenn auch ein bisschen langatmige Briefe an all jene zu schreiben, die sich mit banalen Alltagssorgen plagten; Briefe wie aus einem Zeitvakuum, gespickt mit epigrammatischen Weisheitskrumen und atemberaubenden, wiewohl nervtötenden Naturbeschreibungen.

Stattdessen wurde Pasha 1956 in eine Familie hineingeboren, in der nur das Temperament im Überfluss vorhanden war. Seine Begegnungen mit der Natur spielten sich ausschließlich in einem staubigen Hinterhof ab, und der Stock wurde höchstens gebraucht, um streunende Hunde abzuwehren. Er fuhr mit der Straßenbahn und schlug um Arztpraxen einen weiten Bogen. Brieffreundschaften verliefen, falls sie überhaupt je zustande kamen, früher oder später im Sande. Er wurde unzumutbar groß (zu viele Pastinaken, daran musste es liegen, schließlich hatte er Möhren oder Kartoffeln nie angerührt), dabei hätte eine kleine, stämmige Statur viel besser zu seiner eingeschränkten Motorik gepasst. Unsicher manövrierte er seinen Körper durch die Straßen. In den Randbezirken von Odessa gab es armselige, verlassene oder von mittellosen Rentnern besetzte Behausungen, die sich aufrecht hielten und doch beim nächsten Windstoß einzustürzen drohten. Sie waren zahlreich, selbst in der Innenstadt fand sich in jeder Straße mindestens eine davon. Dem Auge des Betrachters boten sie sich nicht als Einheit dar – als ein Haus –, sondern als Anhäufung verbogener, verdrehter, aneinandergelehnter Bretter, als von Katzen belagerte Schutthaufen. Pashas skelettartige Gestalt erinnerte an diese Häuser. Propheten ist es nicht bestimmt, gesund zu sein, schrieb Brodsky, der im Alter von sechsunddreißig Jahren seinen ersten Herzinfarkt erlitt, aber immerhin breite Schultern gehabt hatte. Der typische Dichter ist schwächlich, hässlich, körperlich irgendwie im Nachteil; und falls er nicht so auf die Welt kommt, sollte er sich zügig ans Werk machen und sich mit Alkohol, Zigaretten, Schlafentzug und Depressionen zugrunde richten. Pasha brauchte sich die Mühe nicht zu machen. Die gewonnene Zeit konnte er für andere Tätigkeiten nutzen.

Pashas Erscheinung ähnelte den Wohnhäusern von Odessa, nicht jedoch den Bewohnern, die gut gebaut waren (da gab es nichts zu beanstanden). Sie waren groß, aber nicht zu groß, agil, sehnig und so braun gebrannt, als besäßen sie zusätzliche Hautschichten. Dazu hatten die meisten ein kräftiges Kinn und dickes blondes Haar. Sie ernährten sich von frittiertem Teig, gebratenem Kohl und Hundefleisch und versprühten sture Lebensfreude. Und doch war es, als hätte sich die Natur zu ihrer Erschaffung nicht mehr, sondern weniger Zeit genommen, als zeichneten sie sich in erster Linie durch ihre Mängel aus. Ihre herausragende körperliche Verfassung schien mit dem Verfall ihres Wohnraums zusammenzuhängen; in umgekehrtem Verhältnis.

Nun aber herrschten andere Zustände. Pasha war jetzt in Brooklyn, wo sowohl die Häuser als auch die Menschen dahinsiechten. Den gesamten Juli würde er das Viertel mit seiner Anwesenheit beehren – einen ganzen Monat! Erstklassige Vormittage wird es noch viele geben, sagte er zu seinen ruhelosen Verwandten, die seine neurotischen Symptome fälschlicherweise für ein Zeichen von Begeisterung und Optimismus hielten. Sieh aus dem Fenster!, riefen sie. Sieh doch nur aus dem Fenster!

Morgen wird es noch besser, sagte Pasha. Nicht ganz so schwül.

Wie vermessen. Was wusste er schon über den New Yorker Juli? In der Tat konnte der Juli in New York ganz schön verregnet, trist und unberechenbar sein. Aber all das war nebensächlich. Er war eben erst angekommen und sollte *dankbar* sein, Zeit mit seiner Familie verbringen zu dürfen! Gelegenheiten, sich anzuöden, würde es noch zur Genüge geben.

Wenn die Stimmung angespannt war, mochte das auch auf Pashas Verhalten im Vorfeld zurückzuführen sein. Die Reiseplanung war er so angegangen wie alle praktischen Aufgaben: Er hatte sie aufgeschoben, bis sie sich nicht mehr aufschieben ließ, bis zu einem Zeitpunkt also, der nicht frei gewählt, sondern von den äußeren Umständen diktiert wurde (egal, wie sehr er die Umstände zu ignorieren versuchte, sie ignorierten ihn nie). Seine Schwester Marina hatte alles in ihrer Macht Stehende unternommen, um den Prozess zu beschleunigen, alles, außer einen Privatjet zu schicken. Sie hatte das Reisedatum festgelegt und ihm Geld für die Flugtickets zukommen lassen. Sie hatte nicht viel, aber Pasha hatte noch weniger. Als der Brief ankam und er ihn schwer in seiner Hand fühlte, erschien ihm das Geld noch unwirklicher als in dem Augenblick, als man ihm die Sendung telefonisch angekündigt hatte. Er legte den Umschlag auf den Küchentisch, fürchtete sich in den folgenden Wochen vor allen Mahlzeiten und aß schließlich nur noch am Schreibtisch. Nichts passierte, und doch verstrichen die Tage. Er wurde immer blasser und ratloser. Die schreckliche, angstschweißtreibende Vorstellung überkam ihn, die äußeren Umstände könnten ihn vergessen haben. Er telefonierte regelmäßig mit seinem Vater Robert, der es niemals gewagt hätte, das Vater-Sohn-Verhältnis mit lästigen Nachfragen zu einem banalen Flugticket zu belasten. Marina hatte eine wachsende Anzahl von Jobs zu bewältigen, sie kam und ging im Hintergrund und ließ jedes Mal schön grüßen. Dann eines Tages schnappte sie sich den Hörer. Ganz offensichtlich hatte sie keine Lust mehr auf die oberflächlichen Nettigkeiten, für die ihre Wahlheimat so bekannt war. Wann sollen wir dich vom Flughafen abholen?, fragte sie. Schweigen. Das sage ich dir morgen, antwortete Pasha. Doch im Reisebüro fühlte er sich lächerlich. Die Tickets kosteten mittlerweile doppelt so viel, Geld, das er nicht hatte. Marina brach in Wutgeheul aus, wofür Pasha kein Verständnis hatte – wirklich, jeder konnte einmal einen Fehler machen. Das Gewitter verzog sich so schnell, wie es aufgezogen war. Das abrupte Umschwenken von aufbrausend zu seelenruhig belegte einmal mehr, wie oft so ein Wechsel schon stattgefunden hatte und wie wenig Marina noch daran glaubte, mit ihrem Bruder kommunizieren zu können; dass sie, eigentlich kein zynischer Mensch, nach all den Jahren zu dem zynischen Schluss gelangt war, dass es keinen Sinn hatte, gekränkt zu sein, dass sich Probleme nicht klären, sondern immer nur verdrängen und vertuschen ließen.

Pasha seufzte und rollte sich in eine sitzende Position. Diese Geste der Einwilligung verstreute die anderen in alle Winde - sie liefen durch die Zimmer, ins Bad, in die Küche, um einen Schluck Wasser zu trinken, die Kirschen einzupacken, die Handtücher zu holen, wo ist Roberts Badehose, und was war mit der Picknickdecke? Pashas Bewegungen zu beobachten war qualvoller, als Wasser beim Aufkochen zuzuschauen. Er war nicht unbedingt träge, doch schienen sich Körper und Geist vor langer Zeit voneinander losgesagt zu haben, womöglich schon bei Pashas Geburt, und seither lief der Körper auf Autopilot. Sein Geist war pflichtvergessen, mit sich beschäftigt und in Sorge, aber nie schlug sich die Stimmung auf den Körper nieder, der jede Aufgabe mit derselben mechanischen Gründlichkeit anging, egal, ob Pasha sich nun die Schnürsenkel band, sich schnäuzte, etwas tippte oder Hunan-Shrimps aß, die, wie sich am Vorabend herausgestellt hatte, auf seine Nasenschleimhäute noch intensiver wirkten als Kortikoide. Bis er sich seine Shorts zugeknöpft hatte - oder besser gesagt die Shorts seines Schwagers Levik, denn Pasha hatte für den vierwöchigen Besuch nur eine (von Levik geerbte) Hose dabei, auf die er gleich nach seiner Ankunft ein Glas georgischen Weins verschüttet hatte -, war seine Mutter Esther längst mit dem Packen des Proviants fertig (Äpfel, Kirschen, Pflaumen, Aprikosen beziehungsweise steinharte, kleine Kugeln, die hierzulande als Obst durchgingen). Dazu etwas Kräftigendes (Mortadella-Sandwiches), etwas Anregendes (Schwarztee), eine Belohnung (Mohnbrötchen), eine Strafe (Karotten) und etwas gegen die Langeweile (Sonnenblumenkerne, auszubessernde Kleidungsstücke). Gewohnheiten sollten sich gar nicht erst festsetzen dürfen, sie müssen, wie Weisheitszähne, früh mit der Wurzel gezogen werden. Von Esthers und Roberts Datsche in Odessa aus waren es zehn Minuten bis zum Meer gewesen, was aus unerklärlichen Gründen als langer, beschwerlicher Fußmarsch gegolten hatte. Wurde eine wichtige Strandrequisite zu Hause vergessen, wäre niemand auf die Idee gekommen, zurückzugehen und sie zu holen. Jahrzehntelange Übung hatte der Familie eine eiserne Disziplin eingeflößt. Selbst jetzt, da sich das Meer praktisch vor dem Haus befand, legte Esther immer noch größten Wert darauf, nichts zu vergessen. Ihre oberste Regel: Alles musste im Überfluss vorhanden sein, ohne dass am Ende etwas weggeworfen wurde.

Im letzten Moment beschloss Levik, doch lieber zu Hause zu bleiben – auf dem Discovery Channel lief die Haiwoche. Nimm sie auf, sagte Marina. Aber Levik spürte eine Migräne aufziehen. Setz einen Hut auf und nimm zwei Tabletten. Wo ist die Sonnencreme? Wir haben keine Sonnencreme – was glaubst du, wo du hier bist, in einer Drogerie? Sie würden ohnehin nicht lange bleiben, höchstens eine oder eineinhalb Stunden, bis die Sonne zu stark wurde. Aber es ist schon Viertel vor elf! Hatten sie eigentlich noch den grün-beige gestreiften Schirm? Vielleicht im Flurschrank, bei dem ganzen anderen Krempel – Bist du verrückt? Der ist vor einer Ewigkeit kaputtgegangen, ganz zu schweigen davon, dass er von einer nicht mal besonders heftigen Windbö in den Atlantik gerissen wurde. Marina warf einen Blick in das Zimmer ihrer Tochter. Unter der Bettdecke lugten zwei große, schmutzige Füße hervor. Frida!, rief sie. Wir gehen jetzt ohne dich an den Strand!

Esther nutzte die Gelegenheit, um ihren Sohn in die Enge zu treiben. Ihr Gesicht dünstete einen postmenopausalen Geruch nach überreifen Aprikosen aus. Was es berührte, blieb kleben wie auf einem Fliegenfänger – Haare, Staub, Fruchtfliegen. Pasha, sagte sie, darf ich dich um einen winzigen Gefallen bitten, bitte, werd nicht böse, hab einfach nur ein wenig Geduld mit mir und hör mich an ...

Immer raus damit.

Leg es ab.

Nicht das schon wieder!

Nur solange du hier bist. Frida zuliebe.

Sie ist neun!

Aber sie ist ein neugieriges Kind. Sie wird Fragen stellen, und ehe man sich's versieht ...

Läuft sie weg und geht ins Kloster?

Es wäre denkbar. Manchmal bekreuzigt sie sich sogar.

Und das ist meine Schuld?

Von wem sonst sollte sie es haben?

Aus dem Fernsehen. Von ihren Mitschülern. Ich hoffe doch sehr, dass sie inzwischen zur Schule geht.

Ist es denn zu viel verlangt, Pasha? Wäre es so schwer?

Pasha blickte zur Seite, als wollte er das Sofa um Rat fragen. Er hatte gedacht, bei all den Umständen – die lange Trennung, der Gesundheitszustand seiner Mutter, die lindernde Wirkung der Zeit – hätte sich die Angelegenheit erledigt. Reines Wunschdenken. Seine Konversion blieb eine offene Wunde, die sich jederzeit neu entzünden konnte. Im Alter von zwanzig Jahren hatte er sie ins Fleisch der Familie geschlagen. Pasha hatte die Formalitäten durchlaufen – eine ausgeklügelte, boshafte Farce, sagte Esther, die davon überzeugt war, dass jeder Schritt getan wurde, um ihr Schaden zuzufügen. Der Konfirmandenunterricht war verdächtig kurz ausgefallen. Der Priester entschuldigte sich quasi an Gottes Stelle, als wäre Pashas Seele nur versehentlich bei den Juden gelandet, in einem Moment der Vergesslichkeit oder Zerstreutheit. Pasha empfing die Eucharistie wie ein weinendes Baby den Schnuller – endlich zufrieden, wenigstens in spiritueller Hinsicht. Seither trug er ein auffälliges, wenn auch nicht protziges Silberkreuz um den Hals (das er später unter dem T-Shirt verschwinden ließ), ging zum Gottesdienst, glaubte an den Kreationismus und konnte mit überzeugenden und logischen Argumenten gegen Darwins Theorien aufwarten, die im Gehirn des Konvertiten schlagartig verblassten. Außerdem sammelte er Ikonen. Nicht die alten, sondern nur die sehr alten, die er aufstöberte, indem er unter dem wachsamen Blick und dem stinkenden Atem der Standbesitzer stundenlang im Trödel wühlte, immer auf einen Händler hoffend, der nicht wusste, dass er etwas Wertvolles besaß, und der es, selbst wenn man es ihm sagen wollte, nicht geglaubt hätte. Das in der Sowjetunion mengenmäßig unausgewogene Verhältnis von wertvollen Dingen zu kritischen Sammlern führte dazu, dass Pasha in den Ruf geriet, Krempel zu horten. Korrektur: ein Messie zu sein. Irgendjemand war immer da, um ihm den Vorwurf zu machen. Eines Abends kam er mit einer winzigen hölzernen Platte nach Hause, in deren aufgeplatzter, nachgedunkelter Bemalung er die Gottesmutter von Kasan zu erblicken meinte. Mindestens zweihundert Jahre alt, sagte er mit zitternder Stimme. Zehn Kopeken! Nach monatelanger, säuberlicher Restaurierung war die schwarze Dame für jedermann deutlich zu erkennen. Wobei sich nicht jeder Kauf als Glücksgriff erwies.

Zugegeben, Pasha war alles andere als ein Eiferer. Die Konversion bedeutete eine Annäherung an ästhetische Symbole und Traditionen, die für seine Kunst essenziell war. Aber sah er denn nicht ein, dass er dies alles ebenso gut ohne das ganze Theater hätte haben können, wie zum Beispiel Brodsky? War es denn wirklich nötig zu *glauben*? Eine große Geste hätte es auch getan. Pasha stand zu sehr im Abseits, er stand sich selbst im Weg. Einem russischen Dichter tat eine solche Gehemmtheit nicht gut. Indem er sich der Orthodoxen Kirche mit ihren hunderten Millionen von Gläubigen anschloss (wie war wohl die genaue Zahl?), ihren fünfundsiebzig Prozent der russischen Bevölkerung, war der flügge Pasha eine Bindung eingegangen, die es ihm erlaubte, frei umherzustreifen, ohne unversehens auf dem Dachboden des Elfenbeinturms zu landen (umgekehrte Schwerkraft stellte für den Dichter immer schon die größte Gefahr dar). Und im Schutz dieser Bindung wehrte er die über Generationen vererbte Tendenz zur Depression ab. Vater, Großväter, Onkel und Urgroßväter – allesamt chronisch deprimierte Männer, die sich der Literatur und der Medizin verschrieben hatten und, immun gegen das politische und kulturelle

Klima, nur eine einzige Wetterlage kannten, die seelische, und sich dann allen Ernstes fragten, wieso ausgerechnet sie von diesem Pogrom, von jenem Krieg ereilt wurden. Pasha erstickte sein genetisches Erbe, bevor es ihn ersticken konnte. Angebunden an ein Glaubenssystem und an viele andere Seelen blieb ihm gar nichts anderes übrig, als Interesse zu zeigen, betroffen zu sein, teilzuhaben.

Was für einen Wutanfall die Bitte seiner Mutter vor wenigen Jahren noch provoziert hätte! Wie empört er gewesen wäre, wie rot sein Gesicht. Dass er überhaupt in Betracht zog, sich ihrem Willen zu fügen, war ein Zeichen dafür, dass er alt wurde. Was ihm ohnehin bewusst war, Zeichen hin oder her. Wenn es dich glücklich macht, sagte er und faltete den Hals zum Doppelkinn, um sich am Verschluss zu schaffen zu machen.

Der Strand! Weil sich der Massenauszug nicht koordinieren ließ, verließen sie das Haus schwallweise. Esther und Robert gingen voraus, schwer beladen mit den Vorräten, fünf Minuten später zerrte Marina Levik vom Sofa und wies Frida an, nicht zu trödeln und das Haus nicht ohne ihren Onkel zu verlassen; man warte an der üblichen Stelle auf sie, links von Rettungsschwimmer Hercules. Die Tür wurde zugeschlagen, und eine vibrierende Stille breitete sich in der Wohnung aus. Frida schoss ins Badezimmer, stolperte über ihre stämmigen Beine, schlüpfte in den kobaltblauen Bikini und warf einen kurzen Kontrollblick auf ihre erst vor kurzem zum Leben erwachten Nippel. Esther schob es auf die amerikanischen Lebensmittel. Aber welche genau? Niemand gestattete ihr die Experimente, die es gebraucht hätte, das herauszufinden. Frida eilte ins Wohnzimmer. Ihr Onkel saß auf einem Schemel und blätterte in einem Buch mit Hochglanzseiten, das vor ihm auf dem Teppich lag. Los jetzt!, sagte sie.

Pasha hob den schweren Schotenkopf. Er schien durch den Scheitel zu atmen.

Sieh dir das an, sagte er und deutete auf den Boden. Sie zauderte, ging in die Hocke, bohrte ihre knochigen Kugelknie (den seinen so ähnlich) durch den Baumwollstoff ihres mit Sonnenblumen bedruckten Kleids. Sogar Pasha konnte sehen, dass es ihr nicht stand. Sie war keine zarte Elfe. Ihre Haltung hatte etwas Sumoeskes. Sie wirkte wuchtiger als so manche erwachsene Frau aus Pashas literarischem Umfeld. Ihr Schwerpunkt entsprach dem der seegrasgrünen Vase – Esthers Lieblingsstück, das vor langer Zeit zusammen mit einem Dutzend Anekdoten aus Polen herübergekommen war –, die Pasha, als er seinen Vater zur Begrüßung umarmen wollte, mit dem Ellenbogen vom Klavier gestoßen hatte. Sie war in mehr Teile zersprungen, als sie eigentlich haben konnte.

Die warten auf uns, sagte Frida.

Sei nicht so egozentrisch. Niemand denkt an uns. Wahrscheinlich sind sie längst im Wasser.

Ich will auch ins Wasser!

Es ist gut, das Angenehme aufzuschieben.

Warum?

Willst du jetzt wirklich eine Diskussion mit mir anfangen, oder willst du es dir einfach ansehen und dann gehen?

Ächzend beugte sie sich vor, über die niedrigere von Pashas ungleichen Schultern, immer darauf bedacht, Abstand zu halten. Es war ihr fast unmöglich, ihn nicht als Fremden zu betrachten.

Das hat Grandpa mir schon gezeigt, sagte sie in triumphierendem Tonfall. Es ist japanisch.

Das ist nicht sein Buch.

Es war hoffnungslos! Der Fluchtweg war abermals verstellt, und Frida sah sich hinuntergezogen zu einem strahlend weißen Berg, der fast die gesamte Buchseite ausfüllte. Kaukasus, sagte sie. In der rechten unteren Ecke entdeckte sie kleine blaue Schnörkel. Sie ging auf die Knie und beugte sich vor, bis ihr Kopf die Szene verdeckte. Drei kleine Menschen in blauen Gewändern und mit weißen Tellern auf dem Kopf. Der Berg war aus Milch. Eine ausgefranste Kante, als hätte jemand den Gipfel abgebissen. Auf der gegenüberliegenden Seite fand sich etwas anderes – ein Mann mit blauem Gesicht, schwarzem Haarschopf und deformierten Händen. Wie der Vater von Max, der gegenüber wohnte. Aus seinem breiten Mund quoll Tinte – oder vielleicht war da kein Mund, keine Zähne und keine Zunge, sondern nur vergossene Tinte. Das gefällt mir nicht, sagte sie und schob das Buch von sich. Die Seite verfing sich an einem kaputten Fingernagel, man konnte deutlich Papier reißen hören. Ein Gefühl wallte in Frida auf und zwang sie, Pasha ins Gesicht zu starren und ihn giftig anzuzischen, als wäre er ein Monster, und dann steigerte sich das Gefühl und schnürte ihr die Kehle zu.

Es war keine weitere Luftspiegelung, der Esther freudig zuwinkte, sondern Pasha und Frida höchstpersönlich. Die Familie saß eingepfercht zwischen Wasser und im Sand verteilten Kirschkernen, die einen Möwenschwarm aufgescheucht hatten wie kleine Geschosse. Die sind bio, sagte Levik, wie um zu betonen, dass es sich keinesfalls um Müll handele, auch wenn er das nie ausgesprochen hätte, die Familie pflegte zum Thema Müll nämlich eine problematische Beziehung. Das Problem mit den Kirschkernen war ihre klumpige Schmierigkeit und dass sie voller ekliger Mundsekrete waren.

Wo habt ihr gesteckt? Musstet ihr denn trödeln, bis die Sonne am heißesten brennt? Setz einen Hut auf. Geh ins Wasser. Komm her. Pass auf, da darf kein Sand dran. Möchtest du ein Sandwich, möchtest du etwas trinken, oh, ich weiß, eine Aprikose? Die Sonne brannte auf der Haut wie Nadelstiche, nur an den äußersten Rändern war der Himmel dicht, geronnen, dunkler. Frida setzte sich zwischen die ausgestreckten Beine ihrer Mutter und blickte hoch.

Gleich scheint die Sonne nicht mehr, sagte sie.

Jetzt scheint sie doch, oder?

Aber die schwarzen Wolken ...

Geh mit Grandpa schwimmen.

Frida rannte, bis das Wasser über ihre Knie schwappte. Grandpa!, schrie sie. Zwanzig Männer drehten sich um, nur Robert trieb seelenruhig weiter, einen halben Ozean entfernt.

Fliegen stürzten sich auf Marina. Sie beschloss, die Tiere zu ignorieren. Keine Minute später klatschte sie, erschrocken über die schmerzvollen Stiche, auf ihren Beinen herum. Der Wind blies ihr eine Plastiktüte an den Kopf und Sand in die Augen. Die ungezogenen Kinder der Familie neben ihr kreischten, Esther kaute an einem nicht enden wollenden Apfel herum. Helikopter, verebbendes Sirenengeheul, die Trillerpfeifen der Rettungsschwimmer. Marina wischte sich Schweiß von der Stirn, zupfte die Bikiniträger zurecht, hielt das Gesicht in die Brise. Ringsum waren sonnengebräunte, muskulöse Gestalten damit beschäftigt, zu springen, zu buddeln, sich zu strecken, Bälle zu werfen; und mittendrin Pasha, schief in sich zusammengesunken auf einem niedrigen Klappstuhl, das Gesicht der Sonne abgewandt. Wer gab ihm zu essen, und wer bügelte seine Hosen, nun, da er nicht mehr bei ihnen lebte? Wer erinnerte ihn daran, regelmäßig zu duschen, das Hemd in die Hose zu stecken? Seine Frau bestimmt nicht. Sie würden die Zeit mit ihm nutzen, das hatten sie sich vorgenommen, um ihn wieder in die Familie einzugliedern. Sie würden ihn verwöhnen, ihm die Nahrung, Körperpflege und die Zuwendung eines ganzen Jahres angedeihen lassen. Als er (natürlich als Letzter) vom Gepäckband gekommen war, hatten seine Wangen geglüht und sein Hemd am Bauch gespannt. Seine Kleidung war zerknittert, aber wie sollte es nach zwanzigstündiger Reise anders sein? Esther bewertete die Situation blitzschnell neu. Sieh dich nur an!, quiekte sie. Gleich morgen gehen wir zum Friseur!

Marina zog ihren Bruder aus dem Liegestuhl, sie trotteten los. Pasha bewegte sich unerträglich langsam, und wer neben ihm gehen wollte, hatte sich anzupassen. Doch er trödelte nicht absichtlich. Er litt an einer schwachen Lunge und motorischer Ungeschicklichkeit (so lautete die amtliche Diagnose), er sah sich einem unkontrollierbaren Gedankenchor ausgesetzt und wurde darüber hinaus nirgendwo dringend gebraucht, wenigstens nicht demnächst. Vor nicht allzu langer Zeit war Marina selbst eine Promenadenkönigin gewesen, in einer Stadt voll unverbesserlicher Trödler und Bummler hatte es niemand wie sie verstanden, eine Viertelmeile auf Stunden auszudehnen und auf Zehn-Zentimeter-Absätzen zwischen Opernhaus und Potemkinscher Treppe graziös hin und her zu schweben. Sie konnte noch immer nicht anders, als pünktlichen Menschen hochgradige Verzweiflung zu unterstellen.

Ihr Schweigen würde den Bruder nötigen zu sagen, was er zu sagen hatte, nämlich dass er lange genug über die Sache nachgedacht habe und seine Antwort ja laute. Dann erst würde die richtige Arbeit beginnen – sie mussten eine Liste von Leuten zusammenstellen, die er anrufen konnte, und von Ungewissheiten, mit denen er für eine Weile würde leben müssen. Und dann die Formulare, meine Güte, die Formulare. Eigentlich hatte sie schon am Vorabend mit der Entscheidung gerechnet, beim Anstoßen vielleicht. Eine nette Vorstellung. Gestern Abend um zehn war Pasha zur Tür hereingewankt (fünf Uhr morgens in Odessa) und hatte sich zu wehren versucht, bloß kein Essen, nicht mehr heute; ein grotesker Wunsch, der einmal mehr bewies, wie lange sie getrennt gewesen waren. Er schien am Esstisch zu verblassen, während Esther wie eine Besessene an der Mikrowelle herumfuhrwerkte und die Wohnung immer mehr nach Essen vom China-Imbiss und Plastik roch. Pasha hasste Flugreisen, und erst recht hasste er es, irgendwo herausgerissen zu werden. Das Kofferpacken, der Ortswechsel und der Verzicht auf die täglichen Rituale verursachten ihm seelischen Stress. Aus diesem Grund hatten sie sich am Vorabend an die belanglosen Themen gehalten. Heute würden sie die wichtigen Fragen klären.

Gut sieht sie aus, sagte Pasha.

Sie ist dick geworden.

Eine Ballerina war sie nie.

Die Operation findet am Tag nach deiner Abreise statt.

Pasha fuhr herum. Ich hatte sie doch extra gebeten, den Termin so zu legen, dass ich noch hier bin.

Gott behüte, dass Pashinkas Besuch durch irgendetwas beeinträchtigt wurde! Marina spürte, wie die Hitze sich verdoppelte, zur Sonnenwärme kam der innerliche Temperaturanstieg. Ihre Schritte wurden abgewürgt, als säße sie auf der düsteren Rückbank eines sowjetischen Automobils.

Ich war wirklich überrascht, wie rüstig sie aussieht, begann Pasha noch einmal.

Sie hat keine Grippe.

Aber wenn sie kräftig und fit ist ...

Fit? Mama, unsere Mama?

Wenn sie kräftig ist, wird sie die Chemo gut vertragen.

Keine Chemo. Sie haben gesagt, die Operation und etwas Bestrahlung reichen aus.

Mit der Bestrahlung wird sie auf jeden Fall fertigwerden.

Und ich muss mich allein um alles kümmern! Marina jaulte auf, als eine Welle über ihre stämmigen Knöchel schwappte.

Das stimmt nicht. Papa wird dir helfen, und Levik ... O Gott!, rief Pasha.

Was denn!, schrie Marina und schlug sich die Hände an die Brust.

Diese Möwe! Sie ist monströs!

Pasha blieb stehen.

Marina betrachtete die Möwe. Ja, sie ist ziemlich groß, gab sie zu.

Ziemlich? Das Vieh ist ein Dinosaurier! Pasha setzte sich blitzschnell in Bewegung, als hätte ein Amateur an seinen Marionettenschnüren gezogen. Er eilte auf die Möwe zu. Ohne Hast schlug sie mit den weiß geränderten Flügeln und schleppte sich in den Himmel hinauf.

Marina wartete, bis ihr Bruder wieder zu Atem gekommen war, dann fragte sie: Was hat sich geändert?

Nichts, sagte er. Ich habe mich einfach noch nicht entschieden. Es ist ja nicht so, als würde ich nur eine Frühstücksbestellung aufgeben.

Wobei dir das auch nie leichtgefallen ist. Marina wusste nicht, wie lange sie schon angestrengt geradeaus gestarrt hatte. Sie drehte sich zu ihrem Bruder um. Meinst du nicht, es wäre an der Zeit, die Mühlen der Bürokratie in Gang zu setzen? Bis du zum Gespräch vorgeladen wirst ...

Wir sollten abwarten, sagte er, bis ich mich entschieden habe.

Und warum entscheidest du dich nicht?

Was sollte er darauf antworten? Er konnte ja schlecht zugeben, dass er, obwohl er kaum etwas von Brooklyn gesehen hatte, jetzt schon bedient war. Außerdem stimmte das nicht, zwar beschäftigte ihn die Sache gerade, doch hatte das nichts mit seiner generellen Entscheidungsschwäche zu tun. Als das Auto gestern Abend in die Brighton Beach Avenue eingebogen war und Marina fröhlich gerufen hatte: Wir sind da!, hatte Pasha, förmlich am Fenster klebend, blanken Horror empfunden. Der Dreck, die Tristesse und die Taubenscheiße störten ihn nicht, wohl aber die fünf nebeneinanderliegenden Restaurants mit dem Namen *Odessa*. Seine Landsleute waren nicht mutig zu neuen Ufern aufgebrochen, sondern hatten sich in eine winzige Nische am hintersten Ende eines fremden, verwahrlosten Grundstücks verkrochen, um eine exakte Kopie des chaotischen, mangelhaften Originals zu erschaffen, das sie gerade erst und unter großen Mühen verlassen hatten. Als Gefangene ihrer eigenen Einfallslosigkeit hatten sie verdrängt, dass das Original immerhin organisch gewachsen war, sich entwickelt hatte und sich zwangsläufig von diesem armseligen Abklatsch unterscheiden musste. Die Blase würde platzen, egal, wie begeistert sie gefüllt worden war. Stopp, ermahnte sich Pasha. Innere Wahrheitspolizei! Er musste zugeben, dass er bei seiner Ankunft darauf erpicht war, eine solche Blase zu entdecken. Die heftige Reaktion war zumindest teilweise seiner überforderten Psyche anzulasten.

Er verlor jede Zuversicht. Der Wind blies Menschen in ihren Weg, weinende Kleinkinder mit verbogenen Schaufeln und umgekippten Eimerchen, genervte Mütter, stattliche Afrikanerinnen, die so etwas wie Kissenbezüge auf dem Kopf trugen; Teenager, die sich mit Sand bewarfen, Jogger, unpassend gekleidete Großfamilien. Die Leute schwärmten heran, stoben auseinander und ließen Pasha und Marina atemlos und verwirrt stehen. Als sie mitten in einem solchen Auflauf feststeckten, erschien eine lange, sehnige Hand, die zweimal durch die leere Luft harkte und sich dann in Pashas gebeugte Schulter krallte. Der Handbesitzer und Pasha traten aus der Menge, um einander zu begutachten. Der Mann hatte die Gestalt eines winzigen, verdorrten Bäumleins, das die erbarmungslosesten Winter überstanden hatte. Büschel von kupferrotem Haar, verkniffene Lippen, herabhängende Mundwinkel. Nun krallte sich die zweite Hand in Pashas andere

Schulter. Die Männer umarmten sich. Marina schaute betreten weg. Kannte sie diesen Menschen? Würde gleich seine Ehefrau dazukommen?

Das war Bronfman, flüsterte Pasha im Weitergehen. Marina war erleichtert und hörte kaum noch zu. Doch Pasha war erschüttert. Er meinte, sich daran erinnern zu können, dass Bronfman im letzten Jahr seiner Ausbildung zum Klimatechniker an einer seltenen Form von Leukämie erkrankt und tragischerweise schon im Alter von einundzwanzig Jahren verstorben war. Aber da war er nun, ein quicklebendiger Angestellter der städtischen Verkehrsbetriebe. Krankenversicherung! Anständige Bezahlung! Sicherer Arbeitsplatz! Pasha, hatte er gesagt, du solltest dich auch von der Stadt einstellen lassen. Nur ist es leider unmöglich, einen Job zu finden – es ist zumindest sehr, sehr schwierig. Vermutlich war Pasha ein Denkfehler unterlaufen: Weil er nicht wusste, wie er mit der Informationslücke umgehen sollte, hatte er Bronfman in Gedanken an der Krankheit sterben lassen, während Bronfmans Familie in Wahrheit eine Möglichkeit gefunden hatte, ihn in den Vereinigten Staaten behandeln zu lassen. Nur deswegen war er so plötzlich verschwunden. In diesem Land der Wunder war er geheilt worden, hier war er geblieben.

Das hat er dir erzählt?, fragte Marina.

Er hat gesagt, dass er in einem gelblichen Bungalow am Corbin Place wohnt, gleich hinter dem Hundefriseur, und dass ich am Donnerstagabend in seine Meditationsgruppe kommen soll. Man kann einem Menschen ja schlecht sagen, dass man ihn fünfzehn Jahre für tot gehalten hat.

Bronfman unter den Lebenden entdeckt zu haben versetzte Pasha in einen ausgelassenen Zustand. Er drückte Marina seinen Bart ins Gesicht wie einen üppigen, spontan gepflückten Blumenstrauß, spritzte ihre Schienbeine nass und stieß sein kraftloses Lachen aus, das an die sich leerende Manschette eines Blutdruckmessgeräts erinnerte (abendliche Lieblingsbeschäftigung). Bei ihrer Rückkehr befanden sich die anderen im Stimmungstief des Strandausflugs. Esther saß unter einem riesigen, an einer Seite eingedellten Hut und kaute Sonnenblumenkerne, deren Spelzen sich in den Falten ihres Schoßes häuften. Während sie Ballast abwarf, sammelte Robert neuen ein. Am Brighton Beach gab es keine hübschen Muscheln, aber Robert war dennoch fest entschlossen zu sammeln, allein um seinem Ruf gerecht zu werden. Marina ließ sich auf die Decke fallen und sank abermals ins Sonnenkoma. Levik pulte an seinen Zehennägeln herum und blätterte mit der freien Hand in einer Ausgabe des *National Geographic*. Pasha versuchte, die anderen mit Schulterklapsen und liebevollen Kniffen zu animieren, doch sie wurden immer mürrischer, bis er es schließlich aufgab und zum verordneten Bad in den warmen, trüben Ozean hinauswatete.

In Marinas Abwesenheit hatte Frida eine Freundin gefunden. Die Mädchen hatten ein Loch gegraben, einen Wall gebaut und die Festung mit Türmchen, Brüstungen und schmückendem Tropfwerk ausgestattet. Um den Wall zogen sie einen Graben, der sich sofort mit Wasser füllte, und zuletzt setzten sie sich in das Bollwerk hinein. Die Freundin war eine feingliedrige Tyrannin, die Marina vor Augen führte, dass das Verhalten ihrer Tochter auf Veranlagung beruhte. Auf deiner Seite fehlt noch Deko, sagte die Freundin. Frida, der ein solches Defizit niemals aufgefallen wäre, lief zu Robert und bat um ein paar Muscheln. Überglücklich drückte er ihr eine nach der anderen in die Hand, hielt sie ins Licht, drehte sie und erzählte zu jeder einzelnen eine Geschichte. Die Freundin war mit dieser Vorgehensweise gar nicht einverstanden. Das sind keine Muscheln, das sind nur Splitter, sagte sie. Frida suchte den Strand ab, bis sie eine passende Sammlung vorweisen konnte. Die Freundin hatte eine hohe Stirn, ein fliehendes Kinn und zusammengefallene, blonde, mit Sand verkrustete Locken. Sie zeigte auf die Stellen, an die Frida die Muscheln setzen musste, und als endlich alle Abstände stimmten, wurde Frida Zutritt gewährt. Mit kerzengeradem Rücken saßen die Mädchen in ihrem Wasserloch und lachten all jene aus, die um Einlass bettelten. Ein Junge kehrte, nachdem er mehrfach abgewiesen worden war, mit einem Pfannkuchen zurück. Die Freundin verkündete, es sei an der Zeit für einen Imbiss. Alle Versuche, den Pfannkuchen zu dritteln, scheiterten. Es war ein glitschiger, zäher Pfannkuchen. Sie würden ihn herumreichen und nacheinander davon abbeißen müssen.

Marina schaute zu, wie die Qualle die Runde machte. Sie konnte sich nicht entscheiden: eingreifen oder nicht eingreifen? Ihr Bauchgefühl riet ihr dazwischenzugehen, doch ihr Körper blieb reglos sitzen. Als Frida an der Reihe war, wandte Marina den Blick ab, von einer namenlosen Furcht gepackt.

Lasst uns nach Hause gehen, sagte Levik.

Warum musst du immer alles verderben?, fragte Marina, obwohl sie selbst kurz vor dem Hitzschlag war.

Meinst du, ich merke nicht, dass du alle zwei Sekunden auf die Uhr schaust? Niemand zwingt dich hierzubleiben. Aber warte nur ab, wie lange ich dabeibleibe, wenn wir das nächste Mal einen Ausflug mit *deiner* Familie machen.

Im selben Moment hob der Wind an. Esthers Hut flog abrupt in die Höhe, wie ein Puck beim Freundschaftsspiel. Das Meer schäumte, als hätte jemand in ungeheurer Tiefe einen Motor angeworfen. Die Himmelsränder stülpten sich über die Mitte, alle noch verbliebenen Wolkenlöcher wurden gestopft, die himmlische Mischung fing zu brodeln an. Ein entflogener Ballon wurde wie ein Fußball von einer unsichtbaren Luftmannschaft hin und her geschossen. Der Erdboden schwankte, und die geschlossene Sanddecke verrutschte gen Osten, begrub Picknickdecken, Handtücher und Taschen unter sich und riss die vertikalen Sonnenanbeter – Missionare des aufrechten Bräunens – von den Füßen. Es kam zu einem verlängerten Moment der Stille, als die Luft den Atem anhielt und vor Sauerstoffmangel blaugrün anlief. Auf den ersten, noch fernen Knall folgte ein kollektives Japsen, ein allgemeines Summen und artenübergreifendes Raunen. Fridas Freundin wurde von ihrem Thron gerissen und zappelte in der Luft wie ein Wurm, bis ein kahlköpfiger Mann mit wuchtigem Brustkorb sie wieder absetzte und seine beringte Hand in ihren spindeldürren Nacken legte. Vor einer Minute noch war alle Aufmerksamkeit nach außen gerichtet gewesen, auf andere, auf den Horizont, aber nun wurde sie schlagartig umdirigiert. Der Rest der Welt verschwand. Die Leute sammelten sich, klaubten ihre Sachen zusammen. Die Wolken hatten lange genug rumort und fingen an, auf nackte, verbrannte Schultern hinabzubröseln. Eisklumpen, so groß wie Kiefernzapfen. Je mehr herunterkamen, desto finsterer wurde der Himmel, wie ein Mensch, der über die eigene Wut immer zorniger wird.

Inmitten des Weltuntergangs wurde von Esther erwartet, im magischen Bruchteil einer Sekunde alle Habseligkeiten einzusammeln und sie mit einem Fingerschnipsen in Sicherheit zu bringen. Sie allein besaß den hochmodernen Urmutter-Werkzeugkasten, der es ihr erlaubte, aus Metallspänen, Zunder und vielleicht noch einem welken Kohlkopf Mahlzeiten für eine ganze Woche zu zaubern, aus fadenscheinigen Vorhängen Kleidung für die komplette Familie zu nähen (entfernte Cousins eingeschlossen, wenn es sein musste), die üblichen Erkältungen und andere Krankheiten zu heilen, solange sie nicht mit Erbrechen einhergingen (fürs Erbrechen bekam man kein Mitleid) und ihre Familie ohne einen Kratzer aus jeder Notlage zu retten. Aber nun wurden sie Zeugen eines schrecklichen Versagens. Esther blieb sitzen, blinzelte und wehrte den Hagel mit einer Geste ab, als wollte sie ihre Augen vor der Sonne schützen. Als sie sich endlich ans Packen machte, schien die Zeit stillzustehen. Sie versuchte, ihr Handtuch auszuschütteln, zog offenbar in Erwägung, sich wie immer vor dem Nachhausegehen umzuziehen. Alle waren wie erstarrt. Ein grüner Campingstuhl flog durch die Luft. Die Kellner der Promenadenrestaurants hatten es nicht geschafft, rechtzeitig alle Gewürzgarnituren einzusammeln, und so flogen auch sie davon, zusammen mit Spitzendeckchen und ganzen Tischen. Die Möbel, der Sand, das Meer wollten fliehen. Nur die Gebäude zeigten sich unbeeindruckt. Am meisten hatten die Markisen zu leiden, die verzweifelt, doch vergeblich versuchten, sich aus ihren Halterungen zu befreien.

Der Strand war bald menschenleer, zurück blieben nur ein paar wenige ältere Leute, die sich so schnell bewegten, wie die knackenden Gelenke es erlaubten. Die Rettungsschwimmer rannten hin und her und bliesen in ihre Trillerpfeifen. Sie gaben ihr Ziel, jedes übriggebliebene Stück Mensch aus dem Wasser zu bergen, bald auf und kehrten auf ihre Posten zurück. Diese Übriggebliebenen waren verrückt, obdachlos oder betrunken, ihr Schicksal war so gut wie besiegelt. Eine hohe Staubsäule zog auf, um wirbelnd alles zu zertrümmern, was ihr im Weg stand.

Lauft!, schrie Marina und befolgte die Anweisung als Erste. Zweifellos wollte sie den anderen einen Weg bahnen, auch wenn sie sich dabei kein einziges Mal umsah; anders als Esther hatte sie kein zweites Paar Augen am Hinterkopf. Sie überquerten die Promenade vornübergebeugt, die Arme vor dem Kopf gekreuzt, um nicht vom Wind davongetragen zu werden wie die vielen Plastiktüten. Im entscheidenden Moment überholte Esther ihre Tochter und nahm Kurs auf ein nahegelegenes Altersheim. In der dunstigen Lobby hatten die durchnässten, zitternden Strandbesucher Zuflucht gesucht. Eine müde Rezeptionistin ließ sie spüren, dass sie hier nicht willkommen waren. Über dem Kopf der Frau wölbte sich ein Spruchband – *Wunderbare 90! Happy Birthday, Alice!* Gierig beäugten die Gestrandeten einen Pappteller mit den Überresten einer dreistöckigen Torte, bis die Rezeptionistin ihn in einem Schrank verschwinden ließ.

Gerade noch rechtzeitig, sagte Marina, atmete tief

durch und registrierte, was sie in der Hand hielt: eine übergroße Jeansshorts und ein fremdes Handtuch.

Hast du Frida gesehen?, fragte Esther.

Marina schnappte nach Luft. Die Leute drehten sich um. Meine Tochter, sagte Marina. Sie fing an, die kleinen Gesichter in der näheren Umgebung zu mustern. Kinder fremder Leute, nur fast das eigene. Die Kleinen wichen vor ihrem strengen Blick zurück, wollten nicht erkannt werden. Marina lief durch die Lobby, sah noch genauer hin, wann immer sie etwas entdeckte, das sich möglicherweise in Frida verwandeln könnte.

Buh!, rief Frida und kroch unter der Marmorplatte eines Tisches hervor. Als sie das Gesicht ihrer Mutter sah, legte sie sofort den Rückwärtsgang ein, um sich unter den schützenden Stein zu retten. Doch sie war zu langsam. An den Ohren wurde sie zum Rest der Familie zurückgeschleift.

Du hast nur eine Mutter, vergiss das nicht, schimpfte Marina. Bring sie nicht vorschnell ins Grab! Obwohl Marina selbst mit solchen Sprüchen aufgewachsen war, bekam sie den Tonfall nie richtig hin.

Endlich konnten sie sich dem Spektakel vor dem Fenster zuwenden. Die Götter waren am Umdekorieren.

Vor zwei Jahren hat es in Denver, Oregon, einen furchtbaren Hagelsturm gegeben, sagte Levik. Er hat fast siebenhundert Millionen Dollar Schaden angerichtet. Die Leute halten Stürme für ungefährlich, dabei können selbst kleine Stürme sehr gefährlich sein. Er schluckte. Ist Pasha auf der Toilette? Ich müsste selbst mal …

Pasha! Den hatten sie nicht mehr gesehen seit … Esther rannte aus der Lobby, wurde augenblicklich an die Glasscheibe der Tür gedrückt. Ein junger, reaktionsschneller Mann zog sie wieder herein. Sie bekam ihre Atmung nicht unter Kontrolle – in diesem engen Raum war nicht genug Luft für ihre Lunge. Widerwillig räumte die Empfangsdame ihren Platz auf dem Drehsessel, Robert half Esther hinein. Da waren sie nun, verschwitzt und mit über die klatschnassen Schwimmsachen gezogenen T-Shirts standen sie dicht gedrängt in der Lobby des Altenheims herum. Der Sturm bedrängte das Gebäude. Die Fensterscheiben zitterten unter dem Druck. Draußen wurde es nachtschwarz, die Atmosphäre war angespannt wie ein Muskel. Über die Sehnen zitterten elektrische Impulse.

Bei all den unangenehmen Gefühlen – Besorgnis, Schuld, klamme Kälte, quälender Juckreiz – fühlten sie sich noch dazu betrogen. Es gab keine Möglichkeit, offen darüber zu sprechen, niemanden, den man anbrüllen konnte. Es war dumm und sinnlos. Als in der Nähe des Meeres geborene und aufgewachsene Menschen hatten sie auf eine Allianz vertraut. Sie bezeichneten sich ganz ausdrücklich als Küstenvolk. Sie waren Außenseiter vom Rand des Festlands. Das war ihr Schicksal, unausgesprochen. Von Inländern wurde nicht erwartet, dass sie den Unterschied begriffen, sie hatten ihn zu respektieren. Um welche Art von Gewässer es sich handelte, spielte keine Rolle – Küstenmenschen rund um den Globus spürten, wenn sie unter ihresgleichen waren. Es war eine Frage des Prinzips. Für alle anderen Daseinsformen waren sie ungeeignet. Nie stellten sie die Macht des Ozeans in Frage. Das Mysterium des Meeres war eine sichere Anlage, eine risikofreie Investition. Am Meer zu leben war, als hätte man in der dritten Klasse neben jemandem gesessen, der später weltberühmt geworden ist. Die aquatische Beziehung wurde zu einem wesentlichen Bestandteil der eigenen Persönlichkeit. Dass das Meer nie in all das eingewilligt hatte, wurde vergessen, bis es sich gewaltsam in Erinnerung brachte.

Der Sturm hatte slawisches Temperament. Er näherte sich mit großer Kraft, mit Pauken und Trompeten, verausgabte sich aber innerhalb der ersten halben Stunde – der Cola-Automat wurde nicht geplündert, die Rezeptionistin nicht zerfleischt (sie hätte viel hergegeben). Nach dem Unwetter schien die Sonne noch heller als zuvor, wie zur Wiedergutmachung oder zur Entschuldigung oder um die Massen erneut anzulocken. Nur Trottel und eine Meute von pickligen Teenagern fielen darauf herein. Zerzaust strömten die Leute aus den umliegenden Lobbys. Was zum Teufel, sagten sie. So was gab es noch nie – eine Premiere! Ein Tornado, hier? Sie eilten nach Hause, um trotz der drückenden Hitze literweise Borschtsch zu kochen, als wollten sie die heimatliche Atmosphäre in ihren geliebten sowjetischen Kesseln zusammenbrauen.

Die Familie verließ das Altersheim und erblickte die Menschenmasse, die ihnen vom Strand entgegenströmte. Sie holten Luft und stemmten sich dagegen, mit ausgefahrenen Schultern und schwer stampfenden Schrittes. Sie schafften es, sich auf eine schmale Rampe zu drängeln, halfen einander, über eine Absperrung zu klettern, um eine zweite zu umgehen. Sie gingen langsam weiter, und obwohl sie schon von weitem sehen konnten, dass da niemand war, hielten sie erst inne, als exakt jene Stelle erreicht war, an der sie zuvor gesessen hatten. Marina winkte einen der Rettungsschwimmer heran, der auf dem

Weg zu seinem Posten war, doch ihre Zunge verhedderte sich. Zu aufgeregt, um einen sinnvollen Satz zu formulieren. Robert rief sofort das Meer an. Hatte es seinen Sohn? Und wenn ja, würde es ihn bitte wieder herausgeben, in welchem Zustand auch immer?

Das sonst so unzuverlässige Glück war ihnen zugetan. Bei der Suche stieß Levik auf eine goldene Rolex mit zerbrochenem Verschluss, die halb vergraben im Sand steckte, während Frida schlecht gelaunt auf einem zerklüfteten Felsen an der Mole saß und müde auf eine Gestalt in der Nachbarbucht zeigte.

Dass er tatsächlich noch da war, traf alle wie ein Schlag. Was hatten sie erwartet? Etwas anderes vielleicht – Pasha in Odessa, wo er über ihre Erinnerungen wachte. Nicht seine gesamten Einsneunzig, die orientierungslos und mit einwärts gedrehten Füßen über ihren Strand torkelten. Sie waren noch meterweit voneinander entfernt, als er anfing, von der Stadt zu berichten, die er unterhalb der Promenade entdeckt hatte. Zelte, umgedrehte Mülltonnen, Matratzen und Heizöfen, sagte er, offenbar ohne zu merken, dass er seine Badehose verloren hatte. Der Blick auf seinen Körper war so frei wie der auf den Horizont (nur auf dem Steeplechase Pier standen die Angler wie angeleimt am Geländer und tranken schon wieder durch lange Strohhalme), doch seine Blöße erregte kein Aufsehen. Pasha hatte schützende Kleidung nicht nötig, und auf die unterschiedlichen Möglichkeiten, sich damit auszustaffieren, verzichtete er ganz. Kleidung lenkte nur von seinem Wesen ab. Erst in der Nacktheit war er unverfälscht. Esther schlich sich dennoch von hinten an und wickelte ein Handtuch um seine Gummihüften.

Eine Enklave der Obdachlosen, sagte er, so komplex aufgebaut wie …

Hat es geblitzt?, fragte Esther.

Geblitzt, sagte Pasha.

Er wurde getroffen!

Psst!

Aber er sieht kein bisschen verletzt aus. Wie wir alle deutlich sehen konnten.

Bist du verletzt, Pasha?

Ehrlich gesagt waren sie sehr nett.

Aber vielleicht …, sagte Esther und tippte sich an die Stirn.

Robert räusperte sich. Mit erhobenem Kinn und gesenkten Lidern ließ er seine Stimme um eine ganze Oktave fallen und rezitierte:

Der Sturm verteilt den Dunst am Himmel / eisiger Wirbelwind dreht sich wild.

Wie ein Tier hat er geheult / nun weint er wie ein verirrtes Kind, sagte Pasha.

Lass uns trinken, lieber Freund / auf die verbrauchte Jugend.

ZWEI

Sie waren mitten in einer Hitzewelle in Amerika gelandet, die Temperaturen stiegen über vierzig Grad, und die Straßen waren verstopft von Feuerwehrautos und Krankenwagen, zwielichtigen Geschäftemachern und opportunistischen Wasserverkäufern. Ein Stromausfall sorgte für Chaos in den Außenbezirken, von denen sie noch nicht wussten, dass sie ihre neue Heimat werden sollten. Am Flughafen wurden sie von Freunden und Verwandten in Empfang genommen, deren Gesichter in echt irgendwie verkehrt aussahen. Dann wiederum schienen diese Leute ohnehin nur aus Armen zu bestehen, die ruderten und grabschten und drückten und strangulierten, nachdem sie sie aus dem Strom der Ankommenden gezogen hatten. Es war Abend. Sie wurden auf zwei Autos verteilt und über kaputte, schlaglöchrige Straßen zu einer Wohnung mit niedriger Decke gebracht, und schon bald fragten sie sich, ob sie auf der dreisprossigen Weltleiter in die richtige Richtung geklettert waren. Die erbarmungslose Klimaanlage ließ ihre Schweißperlen gefrieren und vereiste ihre Nasennebenhöhlen. Das Essen auf dem Tisch war identisch mit dem Essen auf dem Tisch in der Küche in der Wohnung in der Stadt in der Oblast in der Republik in der Union, die sie zurückgelassen glaubten. Der Tisch sah genauso aus, die Decke war ein verblichenes Wachstuch aus einem Laden in der Puschkinstraße (sie hatten die gleiche im Koffer), darauf standen gebutterte Pelmeni, Wareniki in Kirschsoße, ein Laib Schwarzbrot, Dillkartoffeln, Sahnehering – alles identisch, wenn auch ein wenig farbloser und eingefallener, weil der Tisch schon feierlich gedeckt gewesen war, als das Empfangskomitee, bestehend aus Leviks Vater und Stiefmutter, noch hinter der Zollkontrolle gewartet hatte. Alle kamen um vor Hunger, nur die Reisenden nicht, die vorgaben, auf dem Flug gegessen zu haben. Sie wirkten blass, abgemagert, benommen. Beiläufig prostete man sich zu. Erschöpfung und Angst schienen die Überhand über die Freude des Wiedersehens zu gewinnen. Marina brachte ihre Tochter mit ihrer brandneuen Barbie zu Bett. Eine Zigarette war in zwei Zügen aufgeraucht. Marina entschuldigte sich und verschwand im Badezimmer. Eine halbe Stunde später ging Leviks Stiefmutter nachsehen und fand sie lautlos schluchzend in der Badewanne. Die Freunde verabschiedeten sich Stunden früher als geplant, und als sie auf der Rückfahrt nach Long Island gedankenverloren aus dem Fenster schauten, wurde ihnen klar, dass es ihnen vor nicht allzu langer Zeit selbst so ergangen war, auch wenn sie sich das jetzt kaum noch vorstellen konnten.

Siebenhundertfünfzehn Tage war das nun her, und die Familie zählte immer noch mit, obwohl immer weniger klar war, warum. Am Anfang hatte es geholfen, die Umstellung zu verkraften und das eigene Fortkommen zu markieren. Sie hegten eine vage Furcht, die Tage könnten, wenn man sie nicht zählte, entweder gar nicht vergehen oder unbemerkt in kleinen Gruppen vorbeischleichen, zu zweit oder zu dritt. Wer in der Sowjetunion aufgewachsen war, hatte gelernt, wachsam zu sein. Anders als die laxen Amerikaner, die sich im Supermarkt nicht einmal die Mühe machten, auf Fünf- und Zehncentstücke zu achten. Was war eigentlich mit den Eincentstücken? Müsste man nicht auch die im Auge behalten?

Seit Leviks Vater ganz offiziell die Einladung ausgesprochen hatte, hinkte Pasha, was die Formalitäten betraf, hoffnungslos hinterher. Die Abmachung war gewesen, dass sie die Zweige für das Nest sammeln und Pasha und seine kleine Schar nachholen würden. Aber dann hatte Pasha alle Pläne auf Eis gelegt. Warum? Die vielen vorgeschobenen Gründe summierten sich nicht zu einer Erklärung. Dann fiel die Sowjetunion auseinander, Esther bekam die Diagnose ... Von Besuchen war anfangs nie die Rede gewesen. Alles war sehr seltsam. Alles war so tragisch und endgültig gewesen, und plötzlich ging es nur noch um das Geld für den Flug. Egal – schon bald würde Pasha dauerhaft bei ihnen leben. Neue Pläne wurden geschmiedet. Weil die Familie wusste, wie allergisch Pasha auf Diskussionen über solch große Dinge reagierte, einigte man sich darauf, so bald wie möglich eine anzuzetteln und die Sache schnell hinter sich zu bringen. Sie kamen überein, nicht nachzugeben, sollte die Geisel Widerstand leisten. Doch nach allem, was Pasha erlebt hatte, ließ sich dieser Plan nicht mehr umsetzen. Schließlich waren sie keine Monster. Pasha besaß das außergewöhnliche Talent, auf die Familiendynamik einzuwirken, bis alle Sympathien ihm galten, sie ihm stetig zuflossen. Er weckte Gefühle, ohne sie unbedingt zu erwidern, und war dauerhaft von einer Aura der Ausnahme umgeben. Ganz ungewollt, obwohl Pasha selbst darauf beharrte, dass nichts ungewollt war, dass es so etwas wie Zufälle oder Unfälle nicht gab.

Sie hingegen glaubten an Zufälle und Unfälle, auch wenn diese immer nur Pasha zu ereilen schienen. Während die anderen beneidenswert braun wurden, sah er aus, als wäre er einem Wohnungsbrand entkommen. Am Vorabend hatten sie ihn in einer Mischung aus Eiswasser und kühlendem Franzbranntwein gebadet, weil er im Fieberwahn immer wieder von einer unterirdischen Waschmaschinenstadt und einer Mülltonnen-Bluesband angefangen hatte. Am Morgen schien es ihm besserzugehen, auf jeden Fall war er ruhiger, aber die Brandblasen waren immer noch da, und das aus der feuchten Achselhöhle gerutschte Thermometer gab seine Körpertemperatur mit 38,6 Grad an. Und in diesem Zustand hatte er sich auf den Weg nach Manhattan gemacht. Niemand hatte ihn aufhalten können – Esther bat ihn vergeblich, noch einen Tag zu warten, und Robert krächzte ihm ein leises *Warte auf mich!* hinterher. Doch Pasha war schon verschwunden. Verflucht, schimpfte Esther. Wo will er denn hin? Was weiß er schon über diese gottverlassene Stadt?

Pasha wusste nur, dass er es in ihrem kleinen Königreich am Meer keine Minute länger aushielt. Ein Fluchtgefährt zu finden war kein Problem. Die gesamte Nachbarschaft – Pappkartonhäuser, Sandburgen, chinesische Imbissbuden und was es sonst noch alles gab – bebte richterskalawürdig, wann immer sich eine Bahn der unterirdischen Station näherte. Pasha stieg ein und ließ sich auf einen Sitz nieder, zögerlich, als fürchte er, jemand könnte dazwischengehen und ihn auffordern zu stehen. Sein Unwohlsein war nicht körperlicher Art – in dem klimatisierten Waggon zu sein tat ihm gut –, sondern erwuchs aus der bangen Befürchtung, dass ihm ein geheimer Verhaltenscode absichtlich verschwiegen wurde. Er schaute den Leuten abwechselnd ins Gesicht und auf die Knie. An der Cortelyou Road blitzte ein Funken Panik in seinen gelbstichigen Augen auf, er murmelte etwas Unverständliches. Keine Reaktion. Pasha versank abermals in glasiger Benommenheit. Ein weiterer Funke, noch ein Satz, lauter diesmal. Der Waggon war voller Russen, die sehen konnten, dass er Hilfe brauchte, aber irgendetwas hielt sie unerbittlich davon ab, Helden des Alltags zu werden. Wie verstörend russisch er war ... geradezu anstößig. Sein Gestammel führte ihnen die eigenen Kenntnisse umso deutlicher vor Augen, die aber immer noch zu lückenhaft waren, um auf die Probe gestellt zu werden. Außerdem wussten sie, wie wichtig es war, nicht aufzufallen. Irgendjemand beobachtete einen immer. Glücklicherweise gab es Joe aus Sheepshead Bay, der dem Mann zu Hilfe eilte. Er brüllte, er ließ den Russen sich wiederholen und tippte ein ums andere Mal daneben. Doch aufzugeben kam nicht in Frage. Immerhin fand er schließlich heraus, dass Manhattan Island das Ziel war. Fuhr der Zug dorthin? Manhattan, sagte Joe, ist groß. Er sah sich um. Wo in Manhattan wollen Sie denn hin? Aber Pasha hörte schon nicht mehr zu. Er war zufrieden und brauchte nichts weiter.

Kartenlesen zählte nicht zu Pashas Stärken. Fremdsprachen schon. Er sprach Englisch, aber nicht als Fremder in einer Notlage. Sich in unbeholfene Gespräche verwickeln zu lassen, die beide Beteiligten frustriert und mit einem Nachgeschmack von elementarem menschlichem Scheitern zurückließen, würde ihn nicht weiterbringen. Ganz hinten in seinem Notizbuch standen die Telefonnummern von alten Bekannten und von Freunden von Freunden, die anzurufen er eigentlich keine Lust hatte. Doch an den meisten Ecken gab es Münztelefone, aus manchen tönte sogar ein Freizeichen. Hallo, Arkadii Gulowitsch, hier spricht Pawel Robertowitsch Nasmertow, der sich gerade in deiner monumentalen Stadt aufhält und dem es sehr gutgeht an der Kreuzung von Straße Nummer dreiundfünfzig und Avenue Amerika und der gerade das moderne Kunstmuseum besucht hat. Kannst du mir sagen, wie ich zum Guggenheim komme?

Die Menschen, die er wirklich sehen wollte, würde er erst anrufen, wenn er sich in ihrer Stadt zurechtfand. Zu viele Warnhinweise klebten an dieser Metropole. Angeblich war man hier überwältigt und orientierungslos, wurde angebrüllt, ausgeraubt, betrogen. Nichts davon geschah. Pasha mochte zwei Stunden gebraucht haben, um aus dem Metropolitan Museum hinauszufinden, aber immerhin hätte er nun Prüfungsfragen zum Mittelaltertrakt beantworten können. Als er hochzufrieden beschloss, nach Hause zu fahren, erledigte er einen letzten Anruf bei einer gewissen Renata Ostraja. Was sich als großer Fehler herausstellte. Die Dame gerierte sich als spirituelle Hüterin der literarischen Emigrantenszene. Sie war überglücklich zu hören, dass er angekommen war. Der Monat hielt eine Vielzahl von Events bereit, die er auf keinen Fall verpassen durfte, die meisten fanden an einem Ort statt, den sie persönlich nur empfehlen konnte – ihr Zuhause. Es gab jene Dichter, denen Pasha unbedingt vorgestellt werden musste, und jene, die er, *entre nous*, besser meiden sollte. Pasha schnappte nach Luft und setzte mehrfach vergeblich dazu an, einen Kommentar abzugeben. Er brachte es nicht übers Herz, keine Münzen mehr nachzuwerfen. Nervös verdrehte er das biegsame Rückgrat der Telefonschnur. Als Renata ihren Dampf abgelassen hatte, erkundigte er sich nach einer direkten Verbindung von der Madison Avenue nach Brighton Beach. *Da* wohnen Sie? Und weiter ging es mit einer Tirade über das trostlose Ghetto von Brighton und die herrliche Upper West Side. Ein wahrlich beseelter Stadtteil, fast wie Europa. Pasha gingen die Münzen aus. Eine weibliche Roboterstimme warnte vor dem drohenden Unheil. Ein Schaudern in der Leitung, und Renata verstummte.

Der Zug ließ ihn heranschlendern und einsteigen, bevor er seine Türen schloss. Pasha zwängte sich in eine Ecke, fühlte sich erhaben, ordnete die Gratisliteratur, die er von verschiedenen Informationstresen mitgenommen hatte, in zwei Stapel, einen zum Wegwerfen und einen zur späteren Lektüre. Er hob den Kopf erst wieder, als der Schaffner rief: Endhaltestelle, Endhaltestelle, Zug fährt ins Depot, alle aussteigen! Pasha griff sich einen der Stapel, wobei er plötzlich nicht mehr wusste, ob es der richtige war, und eilte auf den Bahnsteig hinaus. Er war nach Woodlawn gefahren, in die Bronx.

Hätte man Esther und Robert Nasmertow gebeten, die Freundschaften ihres Sohnes zu bewerten (was sie sicherlich zu gern getan hätten), wäre Misha Nasmarkin nach einstimmigem Beschluss der bei Eltern so beliebte Titel des *besten Freundes* verliehen worden. So wie alle vom Elternhaus gutgeheißenen Freundschaften hatte auch diese ihren Ursprung im zarten Kindesalter. Vom ersten Schuljahr bis zum zehnten, dem letzten vor dem Studium (ausgenommen das eine, in dem Pasha komplett zu Hause geblieben war, Schwamm drüber), hatten die Jungen dieselbe Klasse besucht. Im Alter von dreizehn Jahren schafften beide den Sprung auf eine weiterführende Schule für die Talentierten und Begabten (ungeachtet der vier zusätzlichen Hürden, die ihnen in den Weg gestellt wurden, eine für jedes jüdische Großelternteil). Sie hatten ein und dasselbe Ziel – Frau Pulvitskaya ins Grab zu bringen, weil sie eine Feindin der Literatur war (ein Ziel, das sogar die Eltern unterstützten). Und dann ihre Nachnamen! Es war, als hätte das Universum zwar zwei Jungen erschaffen, aber aus Gründen der Sparsamkeit nur einen Tisch. Tag für Tag, Jahr für Jahr waren es vier Beine, zappelnd und tretend oder leblos und schlaff, Mishas Beine links und die von Pasha rechts, aber das war egal, denn alle vier gehörten zu dem einen Tisch. Schon im Alter von zehn Jahren hatte Pasha eine verheerende Intoleranz gegenüber dummen Mitmenschen entwickelt, nur für Misha hatte er eine Schwäche, was nicht an Misha selbst lag, sondern an Mishas Unbeliebtheit in der Klasse, die seinen unaufhörlichen Anpassungsversuchen mit maßloser Verachtung begegnete, welche wiederum in Misha ein noch fieberhafteres Verlangen nach Akzeptanz weckte. Misha war der Kirschkern in der Luftröhre einer wilden Bestie. Pasha adoptierte ihn und verzieh ihm Kommentare, Vorlieben und Angewohnheiten, für die er jeden anderen Menschen von seiner seelischen Landkarte gestrichen hätte. Wenn sich in einem Raum dreißig Personen aufhielten, nahm Pasha höchstens eine Handvoll davon wahr. Lehrer zählten in der Regel nicht zu den Auserwählten, ihre Fächer wurden gleich mitignoriert. Pasha hätte die Schule mehr als einmal verlassen müssen, wäre sein Vater nicht *der* Dr. Nasmertow gewesen. Geistig verwirrten Lehrerinnen, die vor nichts zurückschreckten (Frau Pulvitskaya), brachte Robert geräucherte Schweinswurst mit, eingewickelt in die Zeitung vom Vortag. Der Geschmack erwärmte ihr Herz so sehr, dass auch außerhalb des Magens nichts fest und unnachgiebig bleiben konnte.

Nach der Schule, als sie nicht mehr an den hundertzwanzig mal siebzig Zentimeter großen Holztisch voll obszöner und vulgärer Schnitzereien gebunden waren, hätten die Jungen sich auf eine Million Arten auseinanderleben können. Stattdessen hatte Mishas Vater Wind davon bekommen, dass er verhaftet werden sollte – er war der Direktor einer Wodkabrennerei, ein Posten, der nur selten glückliche Pensionäre hervorbrachte –, und die Familie setzte sich ins Ausland ab. Damit war die Freundschaft einbalsamiert. Dass sie in unterschiedlichen Ländern lebten und sich dennoch weiter schrieben, wurde als Beweis des Bundes aufgefasst, wo es doch in Wahrheit der einzige Grund für sein Fortbestehen war. Es bedurfte nur einer minimalen Anstrengung. Gelegentliche Telefonate, dann und wann ein mit den unvermeidlichen literarischen Anmaßungen aufgepeppter Brief, Schwärmereien davon, eines Tages wieder in derselben Stadt oder zumindest auf demselben Kontinent zu leben.

Misha war in einem merkwürdigen Alter nach Amerika übergesiedelt, zu jung für den üblichen Immigrantentanz – sich abmühen und einleben, zwei Jahre lang Blut und Wasser schwitzen, einen vernünftigen Beruf mit anständiger Bezahlung und Rentenansprüchen ergattern, das alles in der Hoffnung, der eigene Nachwuchs möge es später einmal leichter haben – und zu alt, um es mit Camouflage zu versuchen, wo man nur auf eines hoffen musste, nämlich dass die Nahtstellen verborgen blieben. Sein Vater war der geborene Geschäftsmann, einer jener blitzschnell assimilierten Männer mit energischem Schritt, unzähligen Tics und einer Unfähigkeit, ruhig am Esstisch zu sitzen. Er übersprang die Phase des Blut-und-Wasser-Schwitzens und gab sich mit nicht weniger zufrieden als dem Amerikanischen Traum (ohne jemals einen Teller abgewaschen zu haben), inklusive eines Zertifikats über die gelungene Eingliederung, eines Penthouse an der Park Avenue, einer geschmackvollen Oldtimer-Sammlung, eines neuen Gesichts für die Ehefrau, lange bevor das alte ausgeleiert war, und einer Stadtwohnung für den künstlerisch ambitionierten Sohn. Künstler zu sein war besser als Schriftsteller – warum sich selbst Grenzen setzen, interessierte er sich denn nicht auch fürs Kino? Seine Eltern boten ihm die beste Ausgangsbasis, die man für Geld kriegen konnte, bezahlten ihm abschlusslose Studiengänge, finanzierten interaktive Projekte und gaben wichtige Telefonnummern an ihn weiter, die er schamlos wählte, weil einen nichts so schnell ins Abseits beförderte wie übertriebene Schüchternheit. In einem Akzent, den er für das letzte Hindernis hielt, der tatsächlich aber sein Alleinstellungsmerkmal war, lud Misha die lokalen Literaten zum Dinner und danach auf ein Glas Champagner (oder Cognac) in sein Loft ein. Als Gegenleistung erwartete er, in die Seilschaft aufgenommen zu werden; man möge einen bequemen Platz in der ersten Reihe des amerikanischen Parnass für ihn räumen, abstauben und für seinen weichen, teigigen, nicht allzu anspruchsvollen Hintern aufpolstern. In Vorbereitung hierauf war er dem Vorbild Conrads und Nabokovs gefolgt und hatte Englisch, die einzige für ihn noch gültige Sprache, zu der seines literarischen Schaffens erkoren.

Niemand hatte etwas dagegen, zu samstäglichen Soireen in Mishas Loft zu erscheinen, seine Hausbar zu plündern und sich seine schludrig vorgebrachten Anekdoten über den rückständigen Alltag in seiner alten Heimat anzuhören - auf der Arbeit brennen sie nebenbei ihren eigenen Schnaps! Sie trinken das Parfüm ihrer Mutter! Bezahlen den Arzt mit Sauerrahm, dessen Qualität ermittelt wird, indem man eine Gabel hineinsticht! Doch sobald er ihnen sein noch unvollendetes Romanmanuskript in die Hand drücken wollte, waren sie verschwunden. Obwohl es auch jene gab, für die das gute Leben an erster Stelle stand und die alles getan hätten, um es zu halten. Ich hatte noch keine Zeit; gerne bei nächster Gelegenheit; meine Mutter ist krank; sehr vielversprechend. Zu Recht spekulierten die Schleimer darauf, dass Misha es bald leid sein würde, nachfragen zu müssen; und irgendwann bemerkte auch er die ruhelosen Blicke des Freundes, der sich wieder einmal zu einer Notlüge gedrängt sah.

Wenn Misha schon nicht großartig sein konnte, wollte er wenigstens zeitgenössisch und modern sein. Er kehrte zum Russischen zurück und schlachtete den an Vulgaritäten so reichen Wortschatz seiner Muttersprache *auf das schockierendste* aus, womit er die Freunde seiner Eltern verprellte, eine nicht zu vernachlässigende Zielgruppe, wenn es an den Verkauf ging. Doch russische Freundschaften haben, anders als die amerikanischen, die Bürde der Loyalität zu tragen – eine Gedichtsammlung erschien in Moskau und wurde ins Türkische übersetzt. Er tat so, als wäre sein Leben ein Erfolg, was zwangsläufig zu Widersprüchen und Unstimmigkeiten führte. Sich ausgerechnet die Realität zum Gegner zu machen ist immer eine schlechte Wahl. Sie braucht sich nicht zu verstellen, hält sich nie an die Regeln und schlägt ständig unter der Gürtellinie zu. In neue, unbekannte Situationen (in denen die Realität erfahrungsgemäß am heftigsten wütet) wagte Misha sich nur noch mit allen verfügbaren Schutzschilden, immer zur Verteidigung bereit. Er entwickelte einen Muskel zur Wirklichkeitsverdrehung, der widersprüchliche Rohinformationen in das verwandelte, *was sein sollte*; der sämtliche Ungereimtheiten niederrang und alle Details in mehreren mühsamen Gängen unter das Dach des gesunden Menschenverstandes zurücktrug. Im Laufe der Zeit war dieser Muskel immer kräftiger geworden, und inzwischen arbeitete er fast so schnell wie die Wirklichkeit. Die Tragik lag im *fast*. Das *fast* offenbarte jenen, die Misha gut kannten oder einfach nur sehr aufmerksam waren, die Existenz des Muskels. Pasha, auf den beides zutraf, stellte eine besondere Bedrohung dar.

Der Gedanke an ein Wiedersehen auf amerikanischem Boden machte Misha nervös. In seinen Briefen an Pasha hatte er seiner Phantasie freien Lauf gelassen, und bald waren dessen Reisepläne vergessen – bis nach einem öden, von dem undurchschaubaren, geistesgestörten Plinsk organisierten Abend. Misha war gerade mit der Zahnseide beschäftigt, als das Telefon klingelte. Ausgerechnet Robert Grigoriewitsch war dran, Pashas Vater, der sich mit kehlig heiserer Stimme erkundigte, ob Pasha zufällig bei Misha wäre.

Nein, sagte Misha zögerlich.

Hast du ihn heute gesehen?

Nein, ich glaube nicht, sagte Misha, um sich alle Optionen offenzuhalten. Gleichzeitig lief er zu seinem Kalender, in den er von *Mamas Geburtstag* bis *Neue Zahnbürste kaufen* alles eintrug, um jeden Monat in einen kompakten, tintenschwarzen Block aus erbrachten Leistungen zu verwandeln. Pashas Ankunft stand nirgendwo verzeichnet. Er ist nicht hier, sagte Misha. Ich weiß nicht genau, wo er ist.

Die Verbindung wurde unterbrochen.

Misha beendete die Zahnseidenprozedur vorzeitig, obwohl die Pflege seiner kunstvoll gestalteten Popcornmolaren sein einziges ansatzweise heiliges Ritual war. Er ließ sich auf einen königlichen, mit Samt bezogenen Stuhl am Kopfende des ovalen Esstisches aus Tropenholz sinken, der wenig einladend wirkte und in der Junggesellenwohnung rein dekorative Zwecke erfüllte. Der Tisch war ein steriler Fremdkörper. Aus dieser ungewohnten Perspektive sah die ganze Wohnung anders aus, länglicher, und die Decke erschien niedriger. Woher diese Unruhe? Pasha war in der Stadt, er lief da draußen durch die Straßen, traf sich mit wichtigeren Leuten. Misha hatte darauf verzichtet, Robert zu fragen, wann Pasha angekommen war, hätte das doch nur seine Unwissenheit bewiesen und darüber hinaus Zweifel an der Qualität der Freundschaft gesät. Misha war stolz, dass man auf der Suche nach Pasha *ihn* angerufen hatte. Er wollte nicht, dass Roberts Bild von dem Bund der Freunde Risse bekam. Auf einmal war es sehr wichtig, in Roberts Augen als Pashas bester Freund in New York dazustehen. Doch nach einigem Nachdenken meinte er sich zu erinnern, dass Pasha an einem 8. erwartet worden war. Heute war der 6. Juli, was bedeutete, dass er sich seit einem Monat in der Stadt aufhielt, und das ohne ein Wort. Ein Monat! Misha saß in tadelloser Haltung am Esstisch (seine Mutter hatte den Tisch ausgesucht, er verlangte eine tadellose Haltung) und wurde von einer nebulösen Verzweiflung gepackt, schließlich von Wut. Für wen hielt Pasha sich eigentlich, er war ein Heuchler – ein Vorwurf, der von Pasha abprallte wie Styroporkügelchen, war Pasha doch geradezu übertrieben aufrichtig. Der Ärger verflog, und Misha verfiel abermals in eine drückende Traurigkeit. Oder hatte er wieder nur vergessen, die Klimaanlage einzuschalten?

Marina, die Einkaufstaschen, Arme und Termine zu koordinieren hatte, kam ins Wohnzimmer gerauscht, um sich von ihrem Bruder, er stand unter Hausarrest, zu verabschieden. Wer sich zu viele Termine auflud, fiel dem Dominoeffekt der Verspätungen zum Opfer und musste früher oder später auf Ausreden zurückgreifen, die keiner glauben oder hören wollte. Pasha zupfte an einem ihrer Anhängsel, Tüten fielen zu Boden, Marina landete auf seinem Schoß. Warum hatte Mama mit mir so gar keine Geduld?, fragte er.

Wie meinst du das?

Was immer ich auch gemacht habe, sie war dagegen. Wenn ich im Bett bleiben und lesen wollte, schrie sie rum, ich bräuchte frische Luft. Aber als ich Fußball spielen wollte, hat sie sich tagelang über mich lustig gemacht. Wem willst du etwas vormachen?, hat sie gesagt. Es ging nie wirklich um meine Hobbys, sondern immer nur um mich. Wie damals mit den Briefmarken.

Der unwiderstehliche Kitzel, ins Vertrauen gezogen zu werden. So hatte Pasha noch nie mit ihr geredet. Seine Finger, die ihr Handgelenk umschlossen, die Dringlichkeit in seiner gedämpften Stimme, die verzerrten Lippen – Marina konnte gar nicht anders, als sich geehrt zu fühlen. Seit er ein Kind gewesen war, hatte Pasha seiner Familie den Eindruck vermittelt, sie gehe ihm auf die Nerven, belaste ihn mit ihrer Sippenmentalität; in seinem auf die große weite Welt ausgerichteten Hirn war kein Platz für ihre nichtigen Angelegenheiten. Doch ganz offenbar konnte dieser Eindruck falscher nicht sein. Die ganzen Jahre hatte tiefer Kummer über die krasse Ungerechtigkeit an ihm genagt. Er fing an, banale Zwischenfälle aus seiner Jugend vorzutragen, als predige er über eine Passage aus dem Alten Testament. Er setzte sein Professorengesicht auf. Wechselte in den Belehrungsmodus. Denk mal an den 18. Mai 1972 zurück, als Mama meine Sammlung von Literaturzeitschriften vernichtet hat, und an ... Als er mit der Aufzählung fertig war, bat er Marina, auch etwas beizusteuern.

Etwas beisteuern?, fragte sie. Sorry, Pasha, da gibt es nichts.

Was ist mit ähnlichen Erinnerungen? Ich habe Hunderte qualvolle Stunden bei der Psychoanalyse verbracht, um sie auszugraben. Sicher gibt es noch mehr davon. Ich neige dazu, traumatische Erlebnisse zu verdrängen. Dein

Gedächtnis hingegen funktioniert in dieser Hinsicht sicher ganz phantastisch. Deswegen glaube ich, du könntest ...

Etwas beisteuern, ja, ich habe verstanden. Aber mir fällt nichts ein. Sie knetete ihre teigigen Knie. Das Leben ist eine heiße Suppe, und die Zeit wirkt wie Soßenbinder. Letzte Woche habe ich meine Schlüssel im Auto vergessen und Milch in die Waschmaschine gekippt. Aber, sagte sie, könnte es nicht sein, dass du in den Sitzungen bei diesem Astrologen die Erinnerungen nicht freigelegt, sondern erfunden hast? An die Sache mit den Literaturzeitschriften zum Beispiel erinnere ich mich ganz anders. Du hast erfahren, dass der KGB unterwegs war, Rema hat angerufen und es dir gesagt. Mama hat deine Zeitschriften nicht verbrannt, sie war gar nicht zu Hause. Du hast sie selbst in den Kamin geworfen und Feuer gemacht, und dabei hattest du vergessen, auch wenn du später immer abgestritten hast, davon gewusst zu haben, dass Mama all ihre Wertsachen – Schmuck, Erbstücke, Goldmünzen, Bargeld – in einem Säckchen unter dem Gitterrost aufbewahrte.

Pashas Griff erschlaffte, Marina machte sich los. Das kann nicht sein, sagte er leise.

Marina sammelte ihre Tüten zusammen. Unglaublich, dass du das nicht mehr weißt. Ich wette, ganz Odessa kann sich bis heute an Mamas Geschrei erinnern.

Robert kam Pasha zu Hilfe. Er hatte eine Kanne Earl Grey gekocht, Quittengelee auf eine Untertasse gelöffelt und alles ins Wohnzimmer getragen, wo der immer mehr in sich zusammensackende Gefangene unter Bildbänden vergraben auf dem Sofa lag. Die Haut hing ihm in Fetzen von Nase und Ohren, und mit jedem Kratzen nahm sein Kinn eine neue Form an. Er sah aus wie ein teilweise geschältes Wurzelgemüse, das man in den Müll geworfen hatte, weil es vergammelt war.

Ich möchte aber nicht, sagte Pasha.

Ich mache dir ein Angebot, sagte Robert und stellte den Köder auf dem Boden ab. Wir sagen, wir wollen auf der Promenade spazieren gehen, und dann setzen wir uns nach Manhattan ab!

Pasha griff zum Gelee. Auf keinen Fall, sagte er und leckte den winzigen Löffel ab.

Du willst doch die Frick Collection sehen!

Allein die Bahnfahrt dauert zwei Stunden.

Dann nehmen wir ein Taxi.

Das Letzte, was ich brauche, sind noch mehr Vorwürfe.

Pashas Verweigerungshaltung gab seinem Vater neue Hoffnung. Dann greif zum Telefon. Ruf Misha an.

Noch nicht. Er weiß nicht einmal, dass ich hier bin.

Sei dir da nicht so sicher. Robert schlurfte hinaus, ein trauriger Anblick. Obwohl Amerika die Leute abfüllte (das Essen war so fade, dass man ständig auf der Suche nach einem Geschmack war), hatte sich bei Robert der gegenteilige Effekt eingestellt: Amerika ließ ihn schrumpfen. Im vergangenen Jahr hatte man ihn zum Arzt geschleift, seine Organe waren überprüft und er selbst auf eine Diät aus Schweineschmalz, rotem Kaviar und Pommes frites gesetzt worden. Alles war in Ordnung, nichts funktionierte. Der bewundernswert und tröstlich dralle Robert, der strenge Doktor, dessen makelloses Doppelkinn als Vorbild und Empfehlung galt, dessen Wampe die grau gestreifte Weste spannte und den Erfolg des neurochirurgischen Eingriffs versprach, existierte nicht mehr. Er war hager, und jede vormals konvexe Oberfläche war nun konkav, als liefe in seinem Innern ein Staubsauger. Als Arzt wirkte er vollkommen unglaubwürdig. Glücklicherweise lebten die meisten seiner verbliebenen Patienten in anderen Städten und konsultierten ihn nur noch telefonisch. Seine Garderobe hatte er nicht ausgetauscht, er besaß noch immer die beiden anthrazitfarbenen Anzüge von früher, die jetzt aussahen wie Bunker, in denen Robert sich verstecken wollte. Und dazu der Fluch der Liederlichkeit. Wenn ein Friseur Roberts graues Borstenhaar schnitt, stand es danach nur noch entschlossener in alle Richtungen vom Kopf ab. Bei der Rasur mit den neumodischen Einwegklingen fügte er sich regelmäßig blutende Schnittwunden zu. Sein Hemd rutschte aus der Hose, ständig fehlte irgendwo ein Knopf, blieb ein Reißverschluss offen. Womit hatte Esther das verdient? Die Liederlichkeit war angeboren, doch wie gut hatten die allgemeine Anerkennung und das arbeitsreiche Leben sie verdeckt. Sie hatten immer so viel um die Ohren gehabt. Das Stethoskop und das Hämmerchen hatten für Roberts Ausstrahlung Wunder gewirkt. Nun fielen die zivilen Schichten ab, und die Liederlichkeit kam zutage. Im Kampf gegen den übermächtigen Gegner (Pasha hatte den Zug geerbt, Marina und Levik waren unverbesserliche Schlampen) vernachlässigte Esther sich selbst. Sie führte sich auf, als könnte jeden Augenblick der Starfotograf vor der Tür stehen, um das eine Foto zu knipsen, das zählte, das in die Geschichtsbücher einging, und darüber vergaß sie, dass auch sie für das Foto posieren müsste, als Teil der Familie.

Pasha überraschte sie dabei, wie sie die kaputten Lamellen einer vergilbten Jalousie, die in der leichten Brise klapperte, mit Klebeband ausbesserte. Ein Kunstprojekt?, fragte er.

Das ist überhaupt kein Projekt. Komm, halt mal. Sie reichte ihm das Klebeband, drückte seine Finger auf die gesprungene Lamelle, bis der Riss kaum noch zu sehen war.

Übrigens. Als du unterwegs warst, hat Nadia angerufen. Sie ist nicht zufrieden.

War sie das jemals?

Dann ist sie jetzt eben besonders unzufrieden.

Für ihre Launen bin ich nicht verantwortlich.

Aber du hättest deine Familie anrufen müssen.

Ich bin kaum einen Tag hier!

Ein paar Tage.

Na ja, du weißt doch, wie das ist, die Zeit vergeht im Flug …

Willst du denn gar nicht wissen, wie es Sanja geht?

Er ist erwachsen. Er führt sein eigenes Leben.

Er ist sechzehn! Muss ich dich daran erinnern, wie du in dem Alter warst? Nadia sagt, du kümmerst dich viel zu wenig um ihn.

Seit wann hörst du auf Nadia?

Seit sie mich von Rechts wegen Mutter nennen darf.

Mama, sie hat eine Schraube locker!

Das war mir klar, seit sie das erste Mal bei uns zur Tür hereinkam.

Es war noch am selben Tag gewesen, dass Nadia begonnen hatte, sie Mutter zu nennen. Zu jener Zeit und an jenem Ort hatten es alle eilig gehabt, vor den Altar zu treten. Aus gutem Grund. Von einer Braut, die mit nichts als Schmetterlingen oder Buchweizengrütze im Bauch den Gang entlangging, hatte man nie gehört. Dabei war die Ehe keinesfalls gleichbedeutend mit lebenslänglich. Die Babys reiften schnell heran, waren mit sechs oder sieben Jahren praktisch ausgewachsen, und die Männer, selbst die anständigen, trieben sich schon bald wieder auf der Straße herum, wenn auch nicht für lange. Die Netze der Frauen waren allgegenwärtig, die Sicht schlecht. All das war selbstverständlich, wenn es auch unausgesprochen blieb. In manchen Bereichen (in allen, die irgendwie mit Büchern zu tun hatten), war Pasha seinen Altersgenossen um Jahre voraus gewesen; in dem Bereich, den Esther ganz allgemein das Leben nannte, hinkte er mit entsprechendem Abstand hinterher. Und natürlich wollte er die anderen ausgerechnet auf diesem Gebiet übertreffen. Als er im Alter von achtzehn Jahren seine frisch angetraute Ehefrau vorstellte, fragte Esther resigniert: Wann ist es so weit? Pasha lachte. Sie ist nicht schwanger! Esther spuckte aus und lief rot an. Du hast sie geheiratet, nur um mit ihr verheiratet zu sein? Wie romantisch! Du hättest wenigstens so viel Anstand haben können, sie zu schwängern. Wie soll ich das jetzt den Nachbarn erklären?

Mit einundzwanzig wurde Pasha Vater. Nun war er den anderen weder voraus, noch hinkte er hinterher, er ließ sich einfach mit dem Strom treiben und tat sich dabei selbst leid – während Esther sich verpflichtet fühlte, sich auf die Seite der Schwiegertochter zu schlagen, die sich zu Recht beschwerte, dass Pasha ihr seit dem Tausch der goldenen Ringe kaum noch Aufmerksamkeit schenkte. Esther ergriff auch deshalb für Nadia Partei, um Rache zu üben. Alles wäre so viel einfacher gewesen, hätte er sich für Dora entschieden: vernünftig, warmherzig, aus gutem jüdischem Hause, eine hervorragende Köchin mit passablem Aussehen (eine Schönheit im Vergleich zu Nadia). Sie hätte Pasha behandelt wie einen König. Stattdessen hatte er die kalte, verrückte, aufgeschwemmte, birnenförmige, schnittlauchhaarige Nadia aus dem Norden gewählt, die nicht einmal die Aura einer guten Liebhaberin besaß.

Pasha nahm den Hörer nur widerwillig an. Sanja meldete sich. Mama liegt im Koma, sagte er. Eine halbe Stunde später, gemessen in einzeln abgerechneten Auslandsgesprächsminuten, hatte Sanja es geschafft, seine Mutter an den Apparat zu locken.

Du fehlst uns, hauchte sie schwach in den Hörer. Komm zurück.

Reiß dich zusammen. Ich komme bald.

Wann?

Das weißt du.

Aber bis dahin ist es noch so lange hin, Pashinka ...

Während ihrer Lethargieschübe, die etwa eine Woche andauerten, war Nadia ein Häuflein Elend. Danach stürzte sie sich in wilde Putzorgien. Sie sprang vor Morgengrauen aus dem Bett, wischte die Böden, ohne vorher zu fegen, und verteilte den Schmutz mit nassem Klopapier auf den Fensterscheiben. Weil ihr Eifer zu keinem sichtbaren Ergebnis führte, rief sie: Deswegen haben wir nie Besuch! Du solltest dich schämen! Wie kann man in so einem Dreck leben? Diese Szenen spielten sich regelmäßig vor Nadias zahnloser Mutter ab, die Pasha kaum bis an die Hüfte reichte und die sich ihr Tuch zweimal um den verschrumpelten Kopf wickeln konnte. Sie schlief in der Küche. Am Anfang hatte sie noch ausgesprochen, was sie dachte, später hörte sie auf damit, und mittlerweile hatte sie jenes ideale Stadium erreicht, in dem es keine Gedanken mehr gab, die sie hätte aussprechen können. Weil sie nie etwas sagte, ließ sich nur schwer abschätzen, in welchem Ausmaß die Demenz ihr Hirn zerfressen hatte. Wenn herumgeschrien wurde – also meistens –, saß sie mit geschlossenen Augen am Fenster und schnalzte mit den Lippen. Aber dieser Ruhemodus hatte auch Nachteile: Sie half nicht mehr im Haushalt mit. Die Wohnung litt, dann wiederum waren die Wollmäuse und das Ungeziefer leichter zu ertragen als Olga Iwanownas Schreie. Einmal hatte Pasha um ihr Leben gefürchtet – die hysterischen Anfälle der alten Frau hätten selbst ihren geliebten Lenin zum Mörder werden lassen. Wahrscheinlich war sie noch gar nicht so alt, und wenn sie in dem Tempo weitermachte, würde sie noch ein halbes Jahrhundert durchhalten. Dann wiederum brauchte Pasha sich keine Gedanken um das Problem zu machen, da es in einer anderen Zeitzone existierte.

Esther wollte schon aus der Küche laufen, als Pasha sagte: Warte mal. Ich möchte dich etwas fragen.

Mach schnell!

Was fällt dir zu dem Wort *Kamin* ein?

Kaminkehrer.

Uff, sagte Pasha erleichtert. Du denkst also nicht an ...

... damals, als du in einem Anfall paranoider Hysterie alles zu Asche verbrannt hast, was mir kostbar war?

DREI

Fahr mit der Linie Q bis zur Haltestelle 14. Straße/ Union Square, geh entgegen der Fahrtrichtung, verlasse die Station durch den schmalen Ausgang, vor dem der langhaarige Straßenkünstler mit einer lebensgroßen Puppe Tango tanzt, wechsele auf die Seite des Broadway hinüber, wo sich der Virgin Megastore befindet, kehre George Washington auf seinem Pferd den Rücken und laufe (die Hausnummern werden kleiner) bis zur 4. Straße E, biege bei Tower Records um die Ecke, reiß dich zusammen und widerstehe den verlockenden Drehtüren, suche den Eingang weiter dahinter, sag dem jamaikanischen Pförtner mit dem hängenden Augenlid, du willst Michail Davidowitsch Nasmarkin besuchen, ja, Miiiiisha aus dem Loft, seufze erleichtert, wenn er dich zum Aufzug begleitet und auf den Knopf drückt, fahr in eine lächerlich hoch gelegene Etage hinauf und mach die Augen zu, um Blickkontakt mit allen hochglänzenden Oberflächen zu vermeiden, in denen sich womöglich deine Gebrechlichkeit spiegelt.

Der Farbfleck am Ende des Korridors war Misha. Seine Füße steckten in goldenen Sneakers, die Jeansshorts hingen so tief, dass sie fast seine Knöchel berührten, und aus der Brusttasche seines Camouflage-T-Shirts ragte eine gelbe Nelke, die bei der Begrüßung platt gedrückt wurde. Mishas braune Korkenzieherlocken hätten für fünf Pudel gereicht. Ich kann nicht glauben, dass du hier bist, sagte er, und Pasha fragte sich: Warum nicht? Die nächste halbe Stunde verbrachten sie damit, in eine passende Atmosphäre hineinzufinden. Was trank Pasha am liebsten? Zur Auswahl standen verschiedene Cocktails und Espresso-Variationen, geeister Kräutertee, frischgepresste Säfte und erlesene Weine. Das Grammophon spielte Bob Dylan, der aber nicht so recht gefiel und durch Charles Mingus ersetzt wurde. Misha kündigte die Musiker an, als träten sie gleich persönlich auf. Pasha nahm auf einem unbequemen Sofa Platz, wurde aber sofort umgesetzt auf ein noch unbequemeres Sofa unter dem Oberlicht.

Du scheinst mit dem Sitzsack zu liebäugeln, sagte Misha. Bitte sehr!

Pasha ließ sich hineinfallen. Es war kniffliger als erwartet.

Du musst mir unbedingt alles erzählen, Mann, sagte Misha, als sie endlich saßen. Er schlug die Beine übereinander. Pasha wollte gerade den Mund aufmachen, als Misha den Zeigefinger hob, warte mal kurz. Er sprang auf, verschwand um die Ecke und kehrte mit Korkuntersetzern für die kondenswassernassen Gläser zurück. Macht der Gewohnheit, entschuldigte er sich. Aber schon im nächsten Moment stand er wieder am Grammophon und nestelte am Lautstärkeregler herum, weil Mingus es jetzt doch ein bisschen übertrieb. Danach holte er eine Schüssel mit geräucherten Cayenne-Pistazien. Gib nicht mir die Schuld, wenn du nicht mehr aufhören kannst! Gehorsam warf Pasha sich eine Pistazie in den Mund. Schob sie in die Backentasche. Binnen Sekunden standen seine zusammengekniffenen Augen unter Wasser, und seine Nasenflügel bebten bedrohlich. Alle Versuche, den Impuls zu unterdrücken, waren vergeblich. Misha gab vor, aus dem Fenster zu schauen. Siehst du das Hotel auf der anderen Straßenseite?, fragte er. Die haben einen Pool auf dem Dach. Die Models sonnen sich oben ohne. Er verrenkte sich den Hals. Na ja, jetzt ist gerade keine da. Pasha griff nach einer Serviette und spuckte die Pistazie aus. Irgendwo in der Wohnung war ein lauter werdendes Surren zu hören.

Wollten wir nicht irgendwo hingehen?, fragte Pasha und versank noch tiefer in der körnigen Füllung des Sitzsacks.

Misha drehte sich ruckartig um. Ist ein bisschen stickig hier, was?

Eine großartige Wohnung!

Ja, das Licht ist ganz okay. Um ehrlich zu sein, habe ich sie nicht selbst ausgesucht.

Und die Lage – ihr Künstler habt es in Manhattan nicht leicht, oder?

Erinner mich bloß nicht daran. Das Viertel ist total kaputtsaniert. Als ich eingezogen bin, war alles noch viel ursprünglicher.

Ich finde es sehr gepflegt, sagte Pasha.

Genau. Früher gab es hier Obdachlose, Nutten, überall lagen die Spritzen rum. Heute sehe ich nur noch Bearded Collies und NYU-Kappen. Er seufzte. Wo wir hingehen, ist es noch schlimmer. So was von Avantgarde. Tja, wir sollten los, sonst kriegen wir keine Freigetränke mehr.

Sie gingen durch schräg und sporadisch fallenden Nieselregen, obwohl der ferne Himmel von einem undurchdringlichen, strahlenden Blau war. Klimaanlagenpisse, erklärte Misha, als Pasha besorgt den Kopf in den Nacken legte.

Fremde Einkaufstüten schlugen Pasha gegen die Knie. Einmal trat er auf die Straße und in den Weg eines Radfahrers. Misha zerrte ihn auf den Gehweg zurück. Der Radfahrer – er war auf einer Mission, denn er hatte Essen auszuliefern – fuhr einen Schlenker, stieß einen Schrei aus, bleckte die Zähne und verschwand im Getümmel. Hier hing die Sicht eben nicht vom Wetter ab, sondern vom Verkehr. Auf einem Acker oder am Strand konnte man kilometerweit sehen, weil es im Blickfeld kaum Bewegung gab, doch auf dem Union Square war die Sicht auf genau eine Armeslänge beschränkt. Misha schlug eine neue Richtung ein. Sie steuerten eine der engeren, dunkleren, interessanteren Straßen an. An einer Ecke standen Männer herum und demonstrierten, wie sich ein Hot Dog mit zwei Bissen verschlingen ließ. Seltsamerweise fühlte sich Pasha, als befänden sich seine Füße oberhalb seines Kopfes.

Misha plante, einen seiner Künstlerfreunde einzuspannen, um durch die Galerien geführt zu werden, die sich erst seit kurzem in der Gegend breitmachten, aber gar nicht so leicht zu finden waren. Pasha wurde dieser Freund angekündigt als ein Original, als überlebensgroßer Charakter, möglicherweise sogar mit soziopathischer Veranlagung, aber wer hatte die nicht, außerdem war er angeblich ein brillanter Konzeptkünstler. Er sei für die Aufgabe mehr als geeignet, sagte Misha, als müsse er Pasha überzeugen. Sie blieben vor einem Münztelefon stehen, und aus seiner Tasche zog Misha das ramponierteste und zerfleddertste und fleckigste Telefonbuch mit Spiralbindung, das Pasha je gesehen hatte, dazu einen Klarsichtbeutel voller Vierteldollarmünzen. Der Künstlerfreund antwortete nicht. Misha ließ nicht locker und versuchte es an jedem Münztelefon, das sie entdeckten, als läge das Problem bei der Technik. Als er den Freund endlich erreichte, war das Gespräch nach zehn Sekunden beendet. Der Künstler entspannte zurzeit auf seinem Landsitz. Misha ging weiter, tief in Gedanken versunken. Auf einmal war da ein anderer Freund, ein Kunstkritiker, der die Aufgabe noch besser und gewissenhafter erledigen würde. Diesmal überschritt das Telefonat die Sechzigsekundenmarke und war von verzweifeltem Lachen durchsetzt. Der Freund lehnte übrigens ab. Der Kunstkritiker war seiner Berufsbezeichnung treu und schrieb gerade an einer Kunstkritik, die seit vergangenem Montag überfällig war. Er hinkt immer hinterher, sagte Misha. Ich frage mich, wie er überhaupt noch an Aufträge kommt.

Sie gingen in der Hitze weiter. Pasha hatte den Eindruck, dass auch Mishas Verstand heißlief. Die knochigen, rostigen Feuerleitern, die sich hinter seinem Kopf erhoben, schienen der Abfall seiner Gedankenarbeit zu sein. Und in der Tat dauerte es nicht lange, bis der nächste Kandidat gefunden war und angerufen wurde, diesmal ganz ohne Zuhilfenahme des Telefonbuchs und ohne Vorankündigung. Misha warf einen Blick über beide Schultern, bevor er sich dem Telefon zuwandte. Pasha blieb mitten auf dem Gehweg stehen, bis ein Mann ihn anrempelte und etwas rief, das fraglos das Wort *fuck* oder *fucker* oder *fucking* enthielt, ein Wort, auf das Pasha, wie er jetzt erst merkte, gewartet hatte. Er drückte sich an die Hauswand. Misha legte auf. Ich musste diesen Typen zurückrufen, Gerbil, und der wollte wissen, was ich gerade so mache, und jetzt will er sich mit uns treffen. Das ist doch in Ordnung für dich, oder?

Pasha zuckte die Achseln. Beim nächsten Münztelefon war er an der Reihe.

Esther meldete sich wie üblich und klang, als hätte man sie gerade vom Schlachtfeld geholt. Pasha fragte, wie es ihr gehe.

Gut geht es mir, sagte sie, doch dann wurde sie wütend. Was glaubst du, wie es mir geht?

Vielleicht brauchst du Hilfe im Haushalt?

Machst du dich über eine alte Frau lustig? Was ist los? Wo ist Misha?

Hier bei mir.

Warum rufst du mich dann an? Habt Spaß! Genießt die gemeinsame Zeit! Und komm ja nicht vor nächster Woche zurück. Grüß Misha ganz herzlich von mir. Noch besser, gib ihm einen Kuss.

Meine Mutter möchte dich adoptieren, sagte Pasha, als sie sich wieder in Bewegung setzten.

Perfektes Timing – meine steht kurz davor, mich zu verstoßen.

Deine Mutter vergöttert dich!

Erstens, sagte Misha, kannst du das gar nicht wissen. Du hast die Frau ewig nicht gesehen. Sie ist auf vierzig Kilo abgemagert und beschäftigt ein ganzes Chirurgenteam. Sie sieht aus wie eine winzige, eingefettete Schaufensterpuppe. Aber irgendwo dadrin steckt eine erbsengroße Drüse mit einem Rest Menschlichkeit, und diese Drüse will nur das eine: ein Enkelkind. Mehr nicht. Und nichts anderes. Ein verdammtes Enkelkind. Jedes Mal, wenn wir telefonieren – ja, immer noch täglich –, sagt sie, es wäre ihr egal, ob Junge oder Mädchen, krank, gesund, sogar farbig, Hauptsache irgendwas mit Herzschlag und kleinen Füßen.

Und ist das zu viel verlangt?

Misha kratzte sich am Hinterkopf. Da gab es dieses Mädchen, Lisa, eine Spanischübersetzerin, vom Aussehen her keine Granate, aber sexy. Große Titten. Und total intelligent. Konnte fünfzehn Sprachen. Wir waren so etwas wie zusammen. Nach ein paar Monaten, die allerdings, das muss ich zugeben, spektakulär waren, hat sie ohne jede Vorwarnung ihren Mann verlassen. Ich habe eine Scheißangst bekommen. Wenn man es mal unabhängig vom Zeitgefühl durchschnittlicher Leute betrachtet, war ich noch jung. Dass es so viele intelligente Mädchen, die dazu noch sexy und bodenständig sind, in dieser Stadt nicht gibt, habe ich leider erst später gemerkt.

Und was macht sie jetzt? Diese Eliza?

Lisa. Sie hat wieder geheiratet, zwei Kinder bekommen und ist mit ihrer Familie in einen reichen Vorort von Paris gezogen. War vielleicht besser so. Sie mochte Tolstoi lieber als Dostojewski, und ihre Schneidezähne waren so groß, dass ihre Lippen sich nicht berührt haben.

An einer brüllend heißen Ecke blieben sie zwischen einem Bauzaun und einem Stück Straße stehen, das gerade aufgerissen wurde. Sie hatten ihr Ziel erreicht. Ja, im Ernst. Misha erklärte, dass dieser Ort alles auf sich vereine, was derzeit als visuell bahnbrechend galt. Er rückte seine Sonnenbrille zurecht. Nun ging es los. Fünf Blocks voller Galerien, oder waren es fünfzehn? Viele davon bestanden aus nicht viel mehr als ihrem Namen.

Ein Bruchteil von Chelsea genügte, um zu begreifen, dass das Programm nicht zu bewältigen war. Was hatte Pasha erwartet? Er wusste es nicht mehr. In seiner Enttäuschung vergaß er sogar, dass er gar nichts erwartet hatte. Fabrikgebäude, grelles Neonlicht, wahnhafte Wandgemälde, so sorgfältig restauriert, als stammten sie aus ferner Frühzeit; blinkende Schilder, Knöpfe zum Drücken, Hebel zum Ziehen, ein Haufen Wertstoffe, eine Art Totem, affektierte Mädchen hinter übergroßen Schreibtischen, ein auf dem Kopf stehender Esstisch, das Echo von Schritten, das Gefühl der Niederlage, viel Weiß, ein Elefant aus Straußenfedern – und nirgendwo Freigetränke. Misha ging schnurstracks zu dem Tisch mit Haaren, um sich Gewissheit zu verschaffen.

Nur bei Vernissagen, sagte er achselzuckend, als er zurückkam. Im Hintergrund lief der Stakkatoschrei einer Frau in Endlosschleife, es klang, als würde sie bei lebendigem Leib zerfetzt und gefressen. Das Geräusch war so störend wie eine lästige Fliege. Von Gerbil war nichts zu sehen. Misha wirkte zunehmend angeschlagen.

Sie traten ins Freie, über ihnen breitete sich der Himmel aus wie eine alte Decke. Kopfschmerzen waren wie Werbeflyer, man hatte sie, ehe man sich's versah. Beide fragten sich im Stillen, ob es nicht besser war, den Ausflug einfach abzubrechen und nach Hause zu gehen. An so heißen Tagen wie diesem ließen manche Leute alles stehen und liegen und stiegen aus, sie verließen ihre Familien, sogar ihren Job, was bedeutete da noch ein

Freund, der noch dazu auf der anderen Seite des Globus lebte?

Misha verschwand hinter der nächsten Ecke, um Gerbil zu suchen. Er kehrte allein, dafür aber mit einem genialen Einfall zurück: der Flohmarkt! Er erinnerte sich an den in Moldawanka, den Pasha immer mit so viel Hingabe durchforstet hatte, an nutzlose Gegenstände auf mottenzerfressenen Decken und kippligen Tischen, an die Ukrainer, die auf schiefen Stühlen danebensaßen, eine Flasche zwischen den Füßen und ein klammes Stück Brot in der Hand. Misha hatte nie verstanden, wieso wertlose Gegenstände in ihrer Anhäufung plötzlich an Bedeutung gewinnen sollten, doch der Flohmarkt war Pashas Leidenschaft gewesen.

Pashas Laune hob sich. Für die nächsten zwei Stunden war er wie hypnotisiert vom Krempel, von dem eine ordentliche Menge in seinen Besitz überging. Am Ende war er so schwer beladen, dass sie in einem Diner an der nächsten Straßenecke zu Abend essen mussten. Sie ließen sich auf die Sitzbänke fallen, Misha seufzte vor Erschöpfung, Pasha vor Zufriedenheit. Eine gefährlich dünne Kellnerin beugte sich über sie, und das Rätselraten um die Speisekarte begann – was war was, so viele Seiten, außerdem setzte sich jedes Gericht aus verblüffend vielen, nur wenig voneinander abweichenden Zutaten zusammen. Pasha witzelte, dass ihn das Ganze an irgendwelche Gedichte erinnere, die Misha nicht kannte, dann zog die Kellnerin sich zurück. Die Hamburger wurden dekonstruiert serviert; die künstlich wirkenden Tomatenscheiben und Zwiebelringe lagen aufgefächert auf riesigen Tellern.

Misha hatte sich, was seine Erfolge betraf, lange genug

zurückgehalten. Nun packte er aus. Er war schon fast in der Endausscheidung um ein Aufenthaltsstipendium in Montana, im Frühjahr würde ein Band mit Kurzgeschichten in Deutschland erscheinen, außerdem stand eine Lesung mit einem sehr berühmten russisch-französischen Autor an, dessen Namen er nicht preisgeben durfte. Ich würde es dir ja gerne verraten, nur musste ich leider eine Verschwiegenheitserklärung unterschreiben. Pasha bohrte nicht nach. Misha war in Fahrt gekommen, hatte aber plötzlich nichts mehr zu erzählen. Ratlos hob er seine Gabel.

Pasha war zu ungeschickt, es mit dem Burger aufzunehmen. Nachdem verschiedene Strategien gescheitert waren, schnitt er das Fleisch in kleine Stücke, die er ausschließlich mit seinen linken Zahnreihen zerkaute. Verirrte sich ein Bissen auf die rechte Seite, zuckte er vor Schmerz zusammen.

Seine Zähne waren wackelig und fleckig von zu viel schwarzem Tee; er hatte Zahnlücken, Silberkronen, zurückgegangenes, geschwollenes, blutendes Zahnfleisch. Misha fuhr sich mit der Zunge über sein Gebiss, wo Ordnung herrschte, was ihn aber nicht völlig beruhigen konnte. Auf seiner strammen Stirn bildeten sich Schweißperlen. Jedwede Zweifel an den Vorteilen der Einwanderung ließen sich mit einem einzigen Blick in Pashas Mund beseitigen. Pasha bemerkte nicht, mit welchem Entsetzen er gemustert wurde. Den Druck der Tüten gegen seine Beine empfand er als angenehm. So ähnlich mussten sich gut eingetopfte Pflanzen fühlen.

Wie geht es Marina?, fragte Misha, wobei seine Ohren die Farbe von Pashas Traubensaft annahmen. Die

Schwärmerei hatte schon früh begonnen. Marina war noch keine zwölf gewesen, als Misha anfing, nervös zu werden und zu gaffen. Er kam immer häufiger zu Besuch. Oft kam er zufällig dann vorbei, wenn Pasha im Schachverein war oder nachsitzen musste oder wenn er unter der Tarnung von Schachverein und Nachsitzen seinen Samisdat-Aktivitäten nachging, für die Misha zu feige war. Als Marina ganz offiziell pubertierte, verlor Misha die Fähigkeit zu sprechen und zog praktisch bei den Nasmertows ein. Einmal durfte er mit Marinas geköpften Puppen spielen (ein Beweis für Pashas latenten Hang zur Gewalt), doch weiter kam er nie. Anfangs machte seine Anwesenheit die Abwesenheit Pashas umso spürbarer, doch nach einer Weile akzeptierte man ihn als Ersatz. Mishas jahrelange Balz beeindruckte höchstens Esther, und seine Auswanderung war für Pasha vor allem deswegen eine Katastrophe, weil nun alle Sohnespflichten auf ihn zurückfielen.

Es geht ihr gut, antwortete Pasha. Mehr würde er nicht sagen. Erstens war Marina keine Frau, sondern seine Schwester. Zweitens gab es doch wohl Wichtigeres zu besprechen.

Aber was war es, das sie zu besprechen hatten? Und warum schreckten sie davor zurück? Da alles Bedeutsame außer Reichweite war, mussten sie sich mit Banalitäten zufriedengeben. Vielleicht war es zu naheliegend, das Naheliegende anzusprechen? Oder fürchteten sie, es könnte sich als unergiebig erweisen, es bliebe dann nichts mehr zu sagen übrig und ihre Freundschaft wäre als hohl enttarnt? Sie hielten sich an allgemeine Themen und sparten alles aus, was Gewicht hatte und verletzen konnte.

Es gibt da eine Dame namens Ostraja, sagte Pasha, kennst du sie?

Wer kennt die nicht? Sie ist ein Original, ein überlebensgroßer Charakter, sagte Misha und merkte sofort, dass er diesen Ausdruck erst vor kurzem verwendet hatte. Peinlich berührt kaute er noch angestrengter.

Gestern Abend hat sie mich zugeschwallt, sagte Pasha.

Das bedeutet, dass sie dich mag. Mir gegenüber führt sie sich auf wie die Schneekönigin. Ich glaube, es liegt daran, dass ich sie nie besonders attraktiv fand.

Sie kann mich gar nicht mögen. Wir sind uns nie begegnet.

Dann hat sie eben viel Gutes über dich gehört.

Ein klaffender Abgrund tat sich zwischen ihnen auf, der so breit war wie Pashas Buch dick. Nun, nicht besonders breit – hundertzwölf Seiten, um genau zu sein. Pashas erste Gedichtsammlung *Ahnengürtel* war erst letztes Jahr erschienen. Misha wusste nicht nur davon, er besaß sogar eine Ausgabe. Er hatte Pasha angerufen, gleich nachdem das Buch in seinem Briefkasten gelandet war. Herzlichen Glückwunsch. Es ist wunderschön. Ich kann kaum abwarten, es zu lesen. Und dann – nichts. Von vollkommen fremden Leuten, die eigentlich keinen Grund hatten, Gedichte über Pashas verstorbene Vorfahren zu lesen, kamen hingegen unerwartet viele Reaktionen. Das Buch wurde mit einer gewissen, immer noch zunehmenden Regelmäßigkeit rezensiert; die Rezeption war aufmerksam und respektvoll, folgte einer abnormen Flugbahn und beschleunigte in willkürlichen Schüben, deren Hintergründe stets unklar blieben.

Ich treffe sie am Freitag, sagte Misha. Da gibt es einen

Empfang, zu dem alle geladen sind, die in der Szene Rang und Namen haben, so eine Art literarischer Klatschsalon. Das Ganze findet unter Ausschluss der Öffentlichkeit statt, wie bei den Freimaurern, nur dass Frauen zugelassen sind und es sich eigentlich um eine Wohltätigkeitsveranstaltung handelt. Sie lädt jedes Jahr dazu ein, aber nie am selben Datum oder an den selben Ort, und dieses Jahr habe ich endlich auch eine Einladung bekommen. Ich freue mich seit Monaten darauf.

Pasha nuckelte nachdenklich an seinem Strohhalm. Heißt das, es könnte sich lohnen, am Freitag da hinzugehen?

Ja, wenn du eingeladen wärst, sagte Misha. Sie ist sehr strikt, was die Gästeliste betrifft.

Okay, sagte Pasha.

Du wirst auch da sein?

Warum nicht?

Am Freitag fahren wir um Punkt fünf los, sagte Marina. Sie stand vor dem Fernseher und verlangte nach Aufmerksamkeit. Hinter ihr flimmerte Werbung über den Bildschirm – die erste große Ernüchterung, als sie in die Staaten gekommen waren. Wie kamen die Leute bloß mit diesen ständigen Unterbrechungen zurecht? So konnte man doch nichts anschauen. Sie hatten sich bei Freunden und Nachbarn umgehört. War es möglich, den Fernseher neu zu verkabeln oder irgendwen zu bestechen, um der Werbung zu entgehen? Wenn Demokratie bedeutete, diese idiotischen Spots ertragen zu müssen, waren sie hier falsch. Man muss sie nicht ertragen, sagten Freunde und Nachbarn. Man kann sich in der Zeit ein Sandwich holen oder aufs Klo gehen. Offenbar litt das ganze Land unter einer hochansteckenden Blasenschwäche.

Esther stellte eine Frage, die *Badeanzug* zur Antwort hatte. Als die Werbung vorbei war, forderte Levik in einer Lautstärke, die ihn selbst erschreckte, Marina solle aus dem Bild gehen. Pasha ließ Leviks *National Geographic* sinken und folgte seiner Schwester aus dem Zimmer.

Wir könnten doch auch am Samstag losfahren, schlug er vor.

Und einen ganzen Tag verlieren? Kommt gar nicht in Frage.

Vielleicht ist der Verkehr dann nicht ganz so dicht.

Marina hielt in gebückter Haltung über dem Koffer inne, eine lauernde Bärin. *Du* machst dir Sorgen um den Verkehr?

Nur so ein Gedanke.

Du denkst schon genug. Den Verkehr kannst du mir überlassen.

Pasha verlagerte das Gewicht aufs andere Bein. Besorgt betrachtete er den Koffer. Werden wir spät zurück sein? Ich habe Misha versprochen, ihn am Abend zu einer Lyrikveranstaltung zu begleiten. Es müsste reichen, wenn wir gegen neun wieder da sind.

Wir fahren an den Lake George! Ja, wir kommen spät zurück. Am Montag! Wie oft soll ich das eigentlich noch sagen?

An einen See?, fragte Pasha. Marina, du weißt doch, wie wenig ich mit der Natur anfangen kann.

Mama hat am Sonntag Geburtstag!

Seit wann mag sie Seen?

Was, du willst meinetwegen einen Termin absagen?,

rief Esther. Der Dielenboden knarzte, als sie ins Zimmer trat. Hör nicht auf sie! Geh mit Misha!

Auf einmal glimmte eine Zigarette zwischen Marinas Lippen, die eine Sekunde später bis an den Filter geraucht war. Der Ausflug steht nicht zur Debatte, sagte sie. Alle kommen mit.

Sie mochten noch nicht in Feierlaune sein, doch das würde sich ändern, sobald sie angekommen wären. Esther wurde fünfundsechzig. Wäre sie nicht gewesen, würde die Familie bis zum heutigen Tag auf Müllkippen nach Karottenschalen wühlen! Nicht einmal die Gefangenen eines Straflagers hielten so lange und so tapfer durch wie sie. Wann Esther morgens aufstand, wusste keiner, denn wann immer sie die Augen aufschlugen, stand Esther bereits in der Küche. Sicher ließ sich so manches abkürzen oder geschickter anstellen, aber das war ein Gedanke, den niemand auszusprechen wagte. Keiner von ihnen war dumm genug zu glauben, man käme ungeschoren davon, wenn man seine Nase in Dinge steckte, die einen nichts angingen. Was war schon dabei, wenn Esther darauf bestand, das Gemüse selbst einzulegen, oder wenn sie Stunden damit zubrachte, Suppe zu kochen oder Klebstoff anzurühren, nur um ein paar Pennys zu sparen, die sie fallen lassen konnte, um sich zu bücken und sie nacheinander aufzulesen – ihr Lieblingssport. Wenn sie sich beschwerte, beschwerte sie sich nur über das, was sie nicht tat: zur Arbeit gehen, reisen. Sie wollte Geld verdienen und verreisen. Doch die einzigen Sätze, die man ihr im Sprachkurs (Dreingabe zur Einwanderungsurkunde) an der örtlichen Grundschule beigebracht hatte, waren: *Verzeihung, wie viel kostet die Menora?* und *Ein schönes Rosch ha-*

Schana dir und deinen Lieben und *Dieses Challa schmeckt köstlich*. Noch vor zwei Jahren hatte die Zukunft ganz Odessas in ihren Händen gelegen, um alle Kinder hatte sie sich gekümmert. Als Mutter kannte sie keine Nachtruhe. Immerzu klingelte in der Gemeinschaftswohnung das Telefon. Ein Telefon für neun Familien, und es klingelte stets laut genug, um alle neun Familien zu wecken. Und obwohl kein Zweifel darüber bestand, dass der Anruf Esther galt (sogar Roberts todkranke Patienten zeigten mehr Rücksichtnahme), kamen sie demonstrativ an die Tür, um zu zeigen, dass das Klingeln sie aus dem Bett geholt hatte. Wenn sie einmal nicht verschlafen genug aussahen, zerzausten sie sich absichtlich die Haare, drehten die Morgenmäntel auf links, stöhnten und knurrten.

Mittlerweile rief niemand mehr für Esther an, doch sie ging trotzdem ans Telefon; sie kümmerte sich um den Haushalt, als wäre er ein Kind mit Fieber und trübem Urin, alles in der Hoffnung zu beweisen, dass sie immer noch unersetzlich war. Und ausgerechnet in dieser Situation hatte sie etwas unvorstellbar Schlimmes getan – sie hatte einen Knoten in ihrer Brust entdeckt.

VIER

Die Fahrt zum Lake George legten sie in halbwegs guter Stimmung zurück, eine nicht unbeträchtliche Leistung, die mit einer reichen Auswahl an widersprüchlichen Wegbeschreibungen belohnt wurde. Die ungeahnte Weitläufigkeit der Landschaft erschreckte sie – weniger im Vergleich zu ihrem Auto, das aus gutem Grund Grüne Kuh hieß, sondern zu der Wohnung und der Stadt, die zurückzulassen ihnen so unerklärlich schwergefallen war.

Esther lief zielstrebig in die Küche ihres Feriendomizils und fiel über Schränke und Schubladen her auf der Suche nach irgendetwas, das die Vormieter vergessen hatten und das sich nun beschlagnahmen ließ. Da steht Olivenöl!, rief sie. Und Kaffeepulver! Zwei Rollen Küchenpapier! Gar nicht so übel. Sie hatten natürlich eigene Vorräte mitgebracht, und Esther machte sich sofort daran, Plastiktüten zu leeren, eine gequetschte Aubergine zu versorgen, den Fleischwolf aufzustellen; dann hielt sie inne, trat ans Fenster und fuhr mit der Hand über das Fensterbrett. Sie starrte ihre pelzigen Fingerspitzen an und atmete tief durch. Die muffige Luft tat gut. Ein tiefer Zug, und man hatte den Sommer im Leib. Sie atmete weiter, betrachtete den verwilderten Garten und hätte fast gerufen: Wir haben den Fernseher vergessen!

Bei genauerem Hinsehen konnte man eigentlich nicht von einem Garten sprechen. Es handelte sich vielmehr um ein offenes Wiesengrundstück, aus dem Unkraut wucherte wie graue Haare. Ein Teil des Areals war frisch umgegraben, etwas weiter entfernt tanzten zwei Motels in den Hitzewellen, die vom sonnenwarmen Straßenteer aufstiegen. Esther drehte sich um, und der Anblick der fremden Küche traf sie wie ein Schlag ins Gesicht.

Die vertrauten Gesten hatten die Datsche heraufbeschworen.

Oh, die Datsche. Aber hier gab es keinen Garten, sie befand sich in einer Blockhütte mit Wandverkleidungen aus Holzimitat, Linoleumtresen, einem Gemisch aus sich gegenseitig aufhebenden Gerüchen und plattgelegenen Polyestertagesdecken, deren Blumenmuster zu den bombastischen Naturgemälden an der Wand passte. Esther juckte es in den Fingern, Tomaten anzupflanzen und eine Hängematte aufzuhängen; fast meinte sie, Robert wieder auf allen vieren zu sehen, neben sich den Werkzeugkasten, und Levik beim Kampf mit den Aluminiumfensterläden leise fluchen zu hören; seine Wut steigerte sich zu einem regelrechten Ausbruch, als er versuchte, die Propangasflasche auszutauschen, damit Esther endlich kochen konnte. Um alles aus der Stadtwohnung in die Datsche zu schaffen, hatten sie immer zweimal fahren müssen, und das wichtigste Mitbringsel war der Fernseher gewesen, zum Wohle der Allgemeinheit.

Alle gaben vor, irgendwelche Aufgaben zu erledigen, und schauten doch nur ihren Armen beim Hantieren zu.

Die ersten Anflüge von Trübsal stellten sich ein. Nachdem die anfängliche Begeisterung verflogen war, schien die Zeit stillzustehen. Der Urlaub trat auf der Stelle, wollte nicht so recht in Fahrt kommen. Erste Zweifel schlichen sich an. Jedem war klar, was alles schiefgehen konnte und wie weit sie von zu Hause entfernt waren, und jeder betete, möglichst schnell (und ohne viel Aufhebens) in die vertrauten Räume zurückkehren zu können, wo die Zeit mühelos verflog und nur in Ausnahmefällen auf sich aufmerksam machte, wie eine Maus, deren Piepsen man nur ganz selten zu hören bekommt, in der tiefsten Nacht. Pashas CD-Player verfügte über einen Lautstärkeregler, mit dem er die Musik aufdrehen und die Trübsal übertönen konnte; er machte großzügigen Gebrauch davon.

Meinst du nicht, es wäre an der Zeit, Frida zu wecken?, fragte Esther, die im Türrahmen unter dem ausgestopften Kopf eines Elchs mit vergleichsweise freundlicher Miene stand.

Marina, die es sich in einem Sessel bequem gemacht hatte, blickte aus ihrer *Willkommen-in-Lake-George*-Broschüre auf. Aber ihr war während der gesamten Fahrt schlecht, antwortete sie.

Gut, aber dann beschwere dich nicht bei mir, wenn sie dich die ganze Nacht auf Trab hält.

Es kam zu einer kleinen Auseinandersetzung, die die beunruhigende Stille linderte. Esther gewann. Sie schlichen an das Doppelbett im hinteren Teil der Hütte, wo Frida gefährlich auf dem Matratzenrand balancierte, wie ein Glas, das über die Tischkante ragt. Sie beugten sich über sie, hinein in die warme Schlafwolke. Los, sagte Esthers Ellenbogen. Frida wachte auf, schnappte nach Luft, atmete angestrengt. Ihr Blick wanderte über die Wände. Keine lila Tapete mit Suppenflecken und Beulen eingeschlossener Luftblasen, keine graubraunen Makrameevorhänge, keine funkelnde russische Straßenbahn, die sich durch das Abbild einer funkelnden russischen Straße schob. Nach Fridas langem Luftholen erwarteten Mutter und Großmutter, dass sie bald ausatmen würde, doch dann brach das Kind in heftiges Schluchzen aus. Marina ergriff die Flucht. Esther drückte Fridas tränennasses Gesicht an ihre Brust und summte ihr Lieblingslied, nein, nicht das von dem Waisenjungen, der nach dem Krieg auf der Straße Papirossy verkauft, und auch nicht das von der übergewichtigen Schönheit mit dem Elefantenschritt, sondern jenes von dem sich wiegenden Vogelbeerbaum und der hohen Eiche, die auf gegenüberliegenden Straßenseiten stehen und niemals zueinanderfinden können.

Am nächsten Morgen kam es zu einem denkwürdigen Ereignis: der erste Süßwasserkontakt der Nasmertows. Ihr ganzes Leben war von Salzwasser durchtränkt. Ein wahrhafter Initiationsritus stand ihnen bevor. Zunächst jedoch lernten sie die Bedeutung des Ausdrucks *in Laufweite* kennen und begriffen, warum die Hütte so günstig war. Als Marina den alten Mann an der Rezeption nach dem Fußweg zum See fragte, beschrieb er ihr allen Ernstes einen vierstündigen Marsch entlang des Highway.

Sobald sie aus dem Auto gestiegen waren, begann das große Bezahlen. Sie bezahlten für den Parkplatz, für Tageskarten, für vier Plastikliegen am Kiesstrand. Dann erst war es ihnen gestattet, in dem für Schwimmer abgeteilten Bereich im Wasser herumzustrampeln. Das Ganze wäre kein Problem gewesen, hätte es mehr Platz und weniger Badegäste gegeben. Wie viele Kinder brauchte eine Familie? Für die Nasmertows waren eins das Ideal, zwei die Obergrenze. Doch hier sprachen fünf, sechs oder gar sieben Kinder dieselbe ältere Dame als Mommy an. Erst glaubten die Nasmertows, sie hätten es mit einer Ausnahme zu tun, aber nach weiterem Beobachten wurde ihnen klar, dass *sie* hier die Ausnahme waren. All diese Kinder! Das Meer war eine Naturgewalt. Wer immer sich hineinwagte, tat es unterwürfig und in dem Bewusstsein, dass die Einladung jederzeit widerrufen werden konnte. Ein See dagegen, so mussten sie feststellen, war eine Badewanne für Rotznasen. Nachdem sie zwei Minuten lang herumgeplanscht hatte, merkte Marina, wie anstrengend es war, sich über Wasser zu halten, und so kehrte sie zu ihrer Plastikchaiselongue zurück.

Esther verteilte Bulki, pappige Weizenbrötchen mit ungenießbarer Kruste, die durch den Kontakt mit feuchten Handflächen etwas weicher wurde. Sie verplapperte sich und ließ durchblicken, dass sie an ihrem Geburtstag eigentlich am liebsten das Russische Marionettentheater gesehen hätte. Obraztsoff spielte diese Woche im Millennium. Wahrscheinlich war er zum letzten Mal überhaupt auf Tournee, immerhin musste er an die tausend Jahre alt sein. Warum sie das nicht früher gesagt habe? Nun, sie habe bei der Planung niemandem im Weg stehen wollen. Aber sie wisse hoffentlich, dass all das hier nur ihr zuliebe geschah? Vielleicht, überlegte Robert, könnte man noch irgendwie an Karten kommen. Dann würden sie eben einen Tag früher nach Hause fahren. Die Abschlussvorstellung ist heute Abend, sagte Esther. Die Wolken nahmen mal diese Form an, mal jene, die Brötchen in ihren Händen wurden butterweich.

Es war, als hätte man Marina Wattebällchen in den Mund gestopft. Sie kniff ihre Lippen zusammen, ihre Lider zuckten. Lag es an Esthers Bemerkung über das Marionettentheater? Lag es daran, dass sich niemand bei ihr bedankt hatte? Dass niemand anerkannte, wie viel Mühe es sie gekostet hatte, alles zu organisieren? Vielleicht lag es einfach nur daran, dass ihre Oberschenkel inzwischen dick genug waren, um beim Gehen aneinander zu reiben; die obersten Hautschichten hatten sich gelöst. Nun saß sie rittlings auf der Liege, um Luft an die Wunden zu lassen. Vermutlich lag es an ihrer allgemeinen Erschöpfung – in letzter Zeit hatte sie wenig geschlafen. Nachts hielten die Dinge sie wach. *Dinge?* Sie unterschied nicht mehr zwischen belebt / unbelebt, lebendig / tot, vergangen / gegenwärtig. Alles war hoffnungslos verklumpt, und nachts raubte dieser Tumor aus Sorgen ihr mit seinem unverständlichen Rumoren den Schlaf. Tagsüber gab es Termine, die eingehalten, Formulare, die ausgefüllt werden mussten, und Menschen zum Reden. Nachts gab es niemanden, an den sie sich hätte wenden können. Das ärgerte Marina, aber da war keiner, den sie hätte zurückärgern können. Mit allem musste sie sich allein herumschlagen, wenn sie erschöpft und reglos im Bett lag. Außerdem stieß ihr das seltsamste Gebräu auf, das beunruhigend in ihr brodelte. Diese Träume erfüllten Marina mit Angst und Scham. Niemals schlief sie die neun Stunden durch, die sie angeblich benötigte, um funktionsfähig zu sein, als wäre sie ein Auto, das nur Super tankte. Wenn ich auch nur eine Stunde zu wenig schlafe, dann kommt mir besser nicht zu nahe, hatte sie die anderen stets gewarnt. Was sich als Unsinn erwies. Sie kam jetzt problemlos mit der Hälfte aus. Sie war einfach nur schrecklich verletzt, und so verschanzte sie sich hinter ihrer gigantischen Sonnenbrille. Ihr neuer Einteiler sollte den jüngst angefutterten Speck kaschieren. Ihr Bauch war noch ganz in Ordnung, aber sie musste nur leicht nach links schielen, um zu erfahren, wie er im Alter aussehen würde. Esthers Bauch spannte den Badeanzug, bis die einzelnen Fasern sichtbar wurden, die farblosen Fäden in den Tiefen des Gewebes. Der schwarze Badeanzug schimmerte grau, wo der Bauch sich wölbte - dieser Bauch, der sich doch eigentlich vor Lachen schütteln wollte, heute Abend, beim Marionettentheater in der Millennium Hall.

Robert und Pasha fanden in einen Rhythmus, lautlos und gleichmäßig stießen die Ruder ins Wasser. Während sie sich vor und zurück beugten, vor und zurück, versanken alle Objekte am Strand in Bedeutungslosigkeit. Ja, sie hatten Arme! Und diese Arme hatten Bizeps und Trizeps und das ganze Faserzeugs drum herum. Robert hatte den Vorschlag halbherzig gemacht und selbst schon abgelehnt, noch bevor er ihn ganz ausgesprochen hatte. Esther, die in Hörweite saß, bekam einen Lachkrampf, der sie vom Scheitel bis zur Sohle erschütterte und erst endete, als dicke Tränen über ihre Wangen kullerten; und selbst als sie sich winselnd mit einem Taschentuch das Gesicht trocknete, zitterte sie noch vor Vergnügen. Treu war sie in erster Linie ihrem Humor, der sich aus den Fehltritten, Missgeschicken und seltsamen Gerüchen der anderen nährte. Die Gefühle ihrer Mitmenschen interessierten sie dabei so wenig wie deren Lebensmittelallergien. Als sie sich genug über die lustige Vorstellung von Mann und Sohn in einem Kanu ausgelassen hatte, blieb den beiden keine andere Wahl mehr. Wortlos folgte Pasha seinem Vater zum Bootsverleih; schließlich konnten sie es sich nicht leisten, ein Gratisangebot auszuschlagen.

Während sie immer weiter auf den grenzenlosen See hinausglitten, nahmen sie die herrliche Aussicht wahr, das Glitzern der Sonne auf der silbrigen Wasseroberfläche und wie die Wolken zurückzuweichen schienen – okay, es gab nicht viel zu sehen. Bis sich die Hütten, die in loser Reihe am Ufer standen, in Villen verwandelten, eine jede bewacht von einer gehorsamen Jacht. Normalerweise hätte die beiden ein solcher Wohlstandsfetischismus nicht beeindruckt, doch nach der anstrengenden Teamarbeit und in praller Sonne konnten sie nicht anders, als sich beeindruckt zu zeigen. Sieh mal, da drüben, sagte Robert und nickte in Richtung eines vierstöckigen, glatten Architekturwunders mit Glaswänden und außerirdischer Anmutung. Und das da, sagte Pasha und meinte ein ockergelbes Anwesen von palastartigen Proportionen. Pasha schob mit seinem Ruder einen aufgedunsenen Baumstamm aus dem Weg. Robert hielt sie von den Felsen fern. Die Sonnenstrahlen bohrten sich in ihre behaarten Rücken und sogen ihnen den Schweiß aus der Haut. Der Hemden entledigt, die Beine gespreizt, angestrengt atmend. Unterhaltungen wurden begonnen und abgebrochen. Sie gaben sich mit Stöhnen und Grunzen zufrieden. Jedes Wort wäre überflüssig gewesen. Schweiß, Mühe, Brüderlichkeit.

Dass Robert sein Leben ändern sollte, daran bestand

hier draußen auf dem See kein Zweifel mehr. Er hatte schon immer gern mit den Händen gearbeitet, er hatte den Garten gepflegt, Walnüsse geknackt, einmal hatte er sogar den Zaun repariert. Der schlummernde Trieb war geweckt, verschaffte sich endlich Raum. Der innere Horizont weitete sich, sobald der Nebel sich hob. Und Robert war im Vorteil. Levik mochte der begabtere Handwerker sein, doch bei Robert brannte keine Sicherung durch, wenn ein Schalter versagte, er bekam keinen Tobsuchtsanfall, wenn ein paar Schrauben nicht hielten. Da waren einfach keine Nerven, die er hätte verlieren können. Trotzdem machten sich alle (Esther) über ihn lustig, wenn er versuchte, ein kaputtes Haushaltsgerät zu reparieren, oder wenn er seinem Sport nachging (er verdrehte ein paarmal den Oberkörper und streckte sich nach seinen Zehen, wenn sie in Brighton auf der Uferpromenade spazieren gingen). Gedämpftes Donnergrollen in einem fernen Tal erinnerte an die gewaltige Naturdichtung Tjuttschews, der See selbst begann eine schallende Rezitation von Bunins *Rückkehr aus Nazareth* und *Sommerabend*.

Der Wasserpegel im Boot stieg. Pasha hatte die geniale Idee, seine neue (Leviks alte) Baseballkappe als Kelle einzusetzen. Später würde die feuchte Kappe seinen Kopf kühlen. Doch als er das Wasser mit viel Schwung über Bord schöpfte, löste sich sein Ruder, ploppte ins Wasser und versank. Alles ging so schnell, als wäre nichts passiert. Pasha beugte sich über den Rand und starrte in den See, aber das Schwanken des Bootes zwang ihn auf seinen Platz zurück.

Vater und Sohn tauschten verunsicherte Blicke. Der See, umstanden von undurchsichtigen Reihen dichtgedrängter, dunkler Bäume, war geronnener Himmel, der Himmel ein entleerter See. Doch besonnene Menschen geraten nur schwer in Panik, ganz besonders, wenn sie saugfähige Materialien am Leib tragen. Sie befanden sich mitten im Nichts, da war keiner, der Stress gemacht hätte, und einander würden sie das nicht antun. In Notlagen standen Robert und Pasha als Feuerlöscher bereit; sie waren der vollgesogene Baumstamm, der die Flammen erstickt, und falls sie den Brand zufällig selbst entfacht hatten, beschränkte er sich auf eine einzige, spektakuläre Stichflamme – eine rein spekulative Metapher, denn trotz ihrer vielen Begegnungen mit Katastrophen hielten sie sich von diesem einen Element tunlichst fern, nicht ein einziges Mal hatten sie das Schicksal mit Grills oder Heizlüftern herausgefordert.

Also, ich glaube, begann Robert, brach den Satz jedoch unvermittelt ab. Einen Augenblick später versuchte er es noch einmal. Was wahrscheinlich passiert ist, sagte er, und entschied sich dann doch dagegen. Hmm, machte er, hmm. Siehst du den Metallring, der mein Ruder am rechten Platz hält? Wahrscheinlich war er auf deiner Seite bereits beschädigt, und als du das Ruder losgelassen hast, hat sein Gewicht das Übrige getan.

Ruder dürften eigentlich nicht sinken.

Es war kaputt! In dieser Welt ist eben nichts wirklich umsonst.

Wir hatten einfach nur Pech, sagte Pasha.

Wird man es uns in Rechnung stellen? Was kostet so ein Ruder?

Eine Million Dollar. Willst du hinterhertauchen?

Robert schien es in Erwägung zu ziehen, er spähte in

die teuflische Badewanne hinunter. Der Preis spielt keine Rolle, sagte er schließlich. Komm, wir rudern zurück.

Aber das zweite Ruder war nicht nur Dekoration gewesen. Sie kreisten auf der Stelle wie ein Tornado in Zeitlupe und schafften es nur, die Orientierung zu verlieren. Du musst die Seiten abwechseln, sagte Pasha und nahm dem Vater das Ruder aus der Hand. Es rutschte sofort aus der Halterung, was Pasha das Gefühl gab, stark und mächtig zu sein. Bei dem Versuch, abwechselnd rechts und links zu rudern, schaufelte er noch mehr Wasser ins Boot. Ihre Schultern schmerzten. An ihren steifen Händen bildeten sich Blasen. Sie beschlossen zu warten, bis ein Boot vorbeikommen würde, und trieben derweil in eine dunkle, immer enger werdende Bucht des Sees ab, gesäumt von grotesk verbogenen Bäumen, die ganz offensichtlich nur auf Umwegen an die passende Nahrung kamen. Sie trieben auf einem stinkenden grünen Brei, als stünde am Ufer ein riesiger Mixer, der See, Bäume, Unterholz und Himmel miteinander verquirlte.

Nach einigen Minuten des Schweigens begriff Robert, welch Glück er hatte. Was wollte er mehr? Allein mit dem Sohn auf engstem Raum, verloren in der amerikanischen Wildnis, wo nichts war, was Pasha interessiert, niemand, der ihn abgelenkt hätte, keine mahnenden Zwischenrufe von Esther, keine Marina, die laut nachdachte, keine CDs, Bücher oder Kunstbände, keine Handys, Freunde, U-Bahnen, kein Chelsea und kein Guggenheim, nur Bäume und ein paar Wolken, die zwar als bestaunenswert befunden wurden, die sie aber freiwillig nur halbherzig und niemals so lange bestaunt hätten. Bäume und Himmel waren der natürliche Ersatz für den Fernseher, den immer irgendjemand eingeschaltet hatte. Robert und Pasha griffen nur selten darauf zurück.

Das erinnert mich daran, wie wir früher zusammen geflogen sind, sagte Robert.

Du hast Angst abzustürzen?

Ich freue mich, dass wir zusammen unterwegs sind.

Pasha hielt Robert seinen Arm unter die Nase und zeigte auf die halbmondförmige Narbe am Handgelenk. Da, sieh mal, das war in Eriwan.

Robert lachte. Und ich habe mich immer für einen Pazifisten gehalten.

Pasha drehte seinen Arm – Bissspuren. Tomsk.

Wir waren in Tomsk?

Wo waren wir nicht?

Archangelsk?

Flughafen Talagi? Doch, zwei Mal.

Als Koryphäe auf dem Gebiet der klinischen Neurologie hatte Robert vom Gesundheitsministerium immer wieder die Gelegenheit bekommen, sich seiner größten Phobie zu stellen, die man angesichts der sowjetischen Flugunfallstatistik kaum irrational nennen konnte. Er hielt Vorträge und Seminare in Kleinstädten, und er besuchte die Metropolen, wo Forschung und Innovation stattfanden. Manchmal musste er sich auch um Notfälle in den entlegensten Dörfern kümmern, in dem Fall trugen ihn ramponierte Spielzeugflieger mit sorgsam durchlöchertem Bodenblech ans Ziel. Die Flüge waren so holprig, dass die Ärzte sich meistens übergaben. Der anfangs gefasste romantische Plan, das Fliegen zu unterlassen und stattdessen mit dem Zug zu reisen, erwies sich aus zweierlei Gründen als unvernünftig: Die Fahrten dauerten ewig, und Robert brauchte einen Bahnhof nur von weitem zu sehen, schon biederte sich ihm jemand an, um sich seiner Habseligkeiten zu bemächtigen. Er ging dazu über, Pasha regelmäßig aus dem Unterricht zu holen, damit der ihn auf Flügen begleitete. Wenn er die Hand seines Sohnes fest umklammerte, konnte er seine Angst lange genug überwinden, um in die Höllenmaschine einzusteigen. Gefangen in einer fliegenden Kapsel hoch über den Wolken, schwitzte Robert pures Gift, er wand sich, krallte sich in die Armlehnen und in die blassen Unterarme seines Sohnes. Als Student weigerte sich Pasha immer häufiger, auf Abruf bereitzustehen, und im Herbst des Jahres 1982 war Robert urplötzlich von seiner Phobie befreit, als wäre ein ungeliebter Nachbar endlich ausgezogen. Die Beklemmung löste sich, alle jubelten, ein Nachmieter hielt Einzug.

Hast du Heimweh?, fragte Robert.

Pasha zog Rinde von einem nassen Ast, die sich löste wie Schmelzkäse. Er zuckte die Achseln. Brighton ist nicht mein Zuhause.

Brighton habe ich nicht gemeint.

Ich weiß nicht. Ich habe noch nicht darüber nachgedacht.

Das heißt nein.

Kann sein. Ich habe das alles ein bisschen über.

Robert bekam Schluckauf. Alles?

Nein, es ist nichts, ich kann mich nicht beschweren.

Aber du hast gesagt, du hättest es über.

Nadia.

Oh.

Nie hatten sie das Thema Frauen berührt, und ganz bestimmt würden sie nicht heute damit anfangen. Sie hatten eine stillschweigende Vereinbarung. Robert brauchte über die emotionalen und sexuellen Verstrickungen seines Sohnes nichts zu wissen. Er hätte ohnehin keine guten Ratschläge geben können. Diesen Teil seines Lebens konnte Pasha überstrapazieren, soviel er wollte, das Ganze zu entwirren wäre dann Aufgabe seines zukünftigen Biographen, der sich vermutlich brennend dafür interessieren würde, wahrscheinlich würde er sogar von seiner künstlerischen Freiheit Gebrauch machen und heillos übertreiben. Es war gut, dass Pasha sein Privatleben möglichst kompliziert und unruhig gestaltete. Alles andere wäre für einen Dichter verdächtig gewesen, auch wenn Robert es eigentlich geschmacklos fand. Man suchte sich eine Frau, und bei der blieb man.

Robert wollte viel lieber etwas über die Karriere seines Sohnes hören, vor allem über seine aktuellen literarischen Projekte, aber auch über die anderen Dichter in Odessa und ihre Werke, die sich im direkten Vergleich höchstwahrscheinlich als beglückend mittelmäßig erweisen würden. Dennoch brauchte Robert ein paar Anhaltspunkte, um wirklich mitreden zu können. Pasha ging mit diesen Informationen vorsichtig um und gab sie nur in kleinen Häppchen heraus. Manchmal musste Robert sich wirklich fragen, ob diese Zurückhaltung seinem Sohn eine sadistische Freude bereitete. Dann wiederum war absolute Offenheit genauso problematisch; wann immer Pasha auf Odessas Dichter und ihre lyrische Propaganda zu sprechen kam, reagierte Robert mit Schaum vorm Mund und geweiteten Pupillen. Unkritische Begeisterung erregte Pashas Misstrauen. Wenn er seine Meinung kundtat, erwartete er fundierten Widerspruch oder Schweigen. Und als er ein aktuelles Vorhaben im Detail darlegte, zeigten Roberts Fragen, dass er sich in erster Linie Gedanken um Pashas Stellung machte, und wie sie zu verbessern wäre, denn, mein Lieber, ein einziger Gedichtband macht noch keinen Dichter.

Und sonst, sagte Robert. Wie läuft es am Institut?

Sieht so aus, als würde man mir endlich den Assistenten bewilligen.

Du brauchst einen Assistenten? Ich hatte nie einen Assistenten.

Ich hätte ihn schon vor Ewigkeiten bekommen sollen, sagte Pasha, der seit zehn Jahren am Filatow-Institut für Augenkrankheiten arbeitete. In Russland (und nicht nur dort) galt eine ungeschriebene Regel: Je größer der Dichter, desto lausiger sein Brotjob. Den seinen hatte Pasha wie vieles andere seinem Vater zu verdanken, der jahrelang die epilepsiekranke Tochter von Amalga Swinowna Allergiskaja behandelt hatte, Leiterin des Instituts (*eine der führenden Augenkliniken Europas*) und Gründerin des *ersten nationalen Zentrums zur Behandlung schwerer Augenverbrennungen*.

Warum? Habt ihr so viel zu tun?

Ich habe so viel zu tun! Und obendrein hat man mir noch die Verantwortung für einen wöchentlichen Newsletter aufgebürdet. Lach nicht! Das ist nicht lustig. Ich bin derjenige, der alles schreiben muss – Berichte über die laufenden Bauarbeiten, Beschreibungen zukünftiger Projekte, Ausschreibungen für neue Apparate, persönliche Erfahrungsberichte ...

Erfahrungsberichte?

Ja, Erfolgsgeschichten, einfach grausig, und alle enden gleich – Danke, Filatow-Augeninstitut, du hast mir die Fähigkeit zurückgegeben, mein herrliches Land in all seinen prächtigen Details zu sehen. So in der Art, patriotisch und gut fürs Geschäft. Wir ermuntern unsere Patienten, uns Dankesbriefe zu schreiben. Dass die meisten blinde Analphabeten sind, hat noch keinen abgehalten. Die Krankenschwestern legen mir jeden Tag einen dicken Stapel auf den Tisch. Anfangs habe ich sie noch gelesen und die brauchbaren aussortiert, aber inzwischen schreibe ich sie selbst, wobei mich das schlechte Gewissen immer noch dazu zwingt, die echten Briefe durchzulesen, bevor ich sie wegwerfe.

Lass mich raten. Wieder so eine brillante Idee von Amalga Swinowna Allergiskaja.

Sie ist im Ruhestand. Ich glaube sogar, dass sie inzwischen in Brooklyn lebt. Iwan Kopejk leitet jetzt das Institut. Vielleicht erinnerst du dich an ihn, ein kleiner Faschist mit Hasenscharte, Facharzt für Verbrennungen. Er hat mich auf dem Kieker, im positiven Sinn. Der Mann hat literarische Ambitionen. Ich will mich nicht beschweren, aber eine Stunde in seinem Büro kann sich ganz schön hinziehen. Er hat mir nicht nur einen Assistenten, sondern auch eine Gehaltserhöhung versprochen …

Dann nehme ich an, dass du es nicht ernsthaft in Erwägung ziehst …

Was?, fragte Pasha.

Du weißt schon!

Pasha seufzte. Dass ich nicht gekommen bin, wann ihr es wolltet, bedeutet noch lange nicht, dass ich nicht darüber nachdenke.

Ich weiß, sagte Robert. Es geht mich nichts an. Ich habe Verständnis für deine Entscheidung, egal, wie sie ausfällt.

Im Gegensatz zu *denen*, sagte Pasha und deutete mit dem Daumen hinter sich. Selbst jetzt, wo er mitten auf einem See trieb, blickten sie ihm über die Schulter.

Auch sie werden es verstehen, irgendwann, sagte Robert zufrieden. *Sie* waren die Bösen, er der verständnisvolle Papa.

Pasha beugte sich über den Bug. Er wollte einen Schluck trinken. Sein Mund war ausgetrocknet, seine Stirn glühte. Mitten in der Bewegung vergaß er, was er wollte – Wasser an seinen Fingerspitzen, aber keins auf seiner Zunge. Denke ich wirklich daran hierherzuziehen? Entweder schleichen sie um das Thema herum, oder sie fallen mit der Tür ins Haus, als könnte ihr Verhalten meine Entscheidung beeinflussen, als ließe ich mich durch Wortwahl und Tonfall manipulieren. Dass sie auf derlei Techniken zurückgreifen müssen, offenbart ihren Denkfehler, dachte Pasha, dessen Abneigung gegen Grundsatzentscheidungen und -diskussionen eine Folge seiner Skepsis gegenüber ebendiesem Konzept war. Falls es so etwas wie Entscheidungen gab (ihm persönlich war noch keine begegnet), kamen sie sicherlich nicht auf dieselbe Art zur Welt wie Gespräche. Entscheidungen reiften in der schimmeligen Dunkelheit eines Kellers vor sich hin, wogegen Gespräche Tageslicht brauchten. Es gibt eine Zeitverschiebung, dachte Pasha, zwischen den im Unbewussten wirkenden Kräften und der wahrnehmbaren Welt. Aber was hatte das zu bedeuten?

Pashas Unterlippe schob sich vor. Seine Lider senkten

sich. Die Kraft, die es brauchte, sie anzuheben, kam dem Denkprozess zugute. Wenn Pasha nachdachte, gingen alle anderen Körperfunktionen merklich zurück. Er war der wandelnde Gegenbeweis der Multitasking-Theorie. Robert wurde panisch. Er fürchtete, Pashas Versunkenheit könnte ein Anzeichen dafür sein, dass er an Land zurückwollte. Robert verdrehte den Oberkörper in diese und jene Richtung, als wäre die sinnlose Bewegung ein Ersatz für eine Diskussion. Inzwischen ergoss die Sonne sich wieder wie Sirup auf die Baumwipfel, im Schatten wurde es kühler. Wind kam auf, der sich über dem See an festgelegte Routen und Regeln zu halten schien.

Es ist zu spät, dachte Pasha. Diese Gespräche sind wie das Licht eines Sterns, der vor Jahrhunderten erloschen ist (so denkt der Dichter). Schon vor zwei Jahren war es zu spät gewesen, und nun war die Angelegenheit erledigt. Es brachte nichts, um den Leichnam herumzuschleichen, und auch der Einsatz eines Bulldozers wäre zwecklos gewesen. Er hatte schon lange beschlossen, in Odessa zu bleiben, wieso war ihm das nie bewusst geworden? Wegen der Zeitverschiebung!

Nun, da sein Sohn offenbar die Geduld verlor, musste Robert vorpreschen. Sie hatten genug um den heißen Brei geredet! Was ist mit deinem Buch?, krächzte er, gibt es Neuigkeiten?

Was für Neuigkeiten?

Rezensionen, Kommentare ... mein Gott, Pasha, irgendwas!

Gelegentlich. Nichts von Interesse.

Was heißt das, gelegentlich?

Ich habe einen Brief bekommen.

Aus?

Massachusetts.

Von wem?

Irgendein Akademiker.

Warum?

Er möchte meine Gedichte übersetzen.

Robert versuchte, ein Strahlen zu unterdrücken. Du musst ihm antworten, Pasha! Lass dir diese Gelegenheit nicht entgehen. Vielleicht könnt ihr euch treffen, solange du noch hier bist? Wo genau wohnt er?

Cambridge.

Aber Pasha, Cambridge, dort ist doch ...

Pssst! Hast du das gehört?, fragte Pasha.

Was?

Eine verzerrte, aber fraglos vertraute Stimme rief ihre Namen. Erwischt! Es war, als hätten sie eine Ordnungswidrigkeit begangen und wären nun aufgeflogen. Der Schreck schoss ihnen in die Glieder. Die schrille Stimme plärrte weiter. Wäre es möglich, sich von ihren Namen loszusagen und sich hinter dem Spiegel des Sees zu verstecken? Da kam ein Boot in Sicht. Levik saß im Heck, mit weit geöffneten Armen. Marina kauerte im Bug. An ihrer Stirn trat eine blitzförmige Ader hervor, und ihr angeschwollener Hals wirkte doppelt so dick. Blutstau. Am beeindruckendsten war ihre Reglosigkeit. Sie schien mitten im Toben erstarrt zu sein. Der weite, endlose Himmel bildete den Hintergrund zu dieser aufgewühlten Frau, der nicht bewusst war, welche Kräfte sie steuerten (ähnlich dem Stummschaltknopf einer Fernbedienung). Leviks ausgelesene Ausgabe des *National Geographic* enthielt eine Fotostrecke über Tornados. Killerwinde, so wurden sie in dem Artikel genannt, weil sie alles zerstörten, was ihnen in die Quere kam. Besonders ein Foto verwirrte die Sinne. Die eine Hälfte zeigte eine intakte Garage mit einem herausragenden Autoheck, das sich in der Aufwärtsbewegung zu befinden schien. Die andere Hälfte, ein verpixeltes Chaos, zeigte pulverisierten Schutt. Die Farben des Hochglanzfotos leuchteten und provozierten. Nun war Pasha ähnlich verwirrt. Ein innerer Widerspruch löste den Moment aus der Gegenwart heraus und legte das Gerüst hinter den Kulissen der Zeit frei.

Marina war hochkonzentriert, nur deshalb war sie so still. Seit längerem schon schob sie den Besuch beim Augenarzt vor sich her, und so hatte sie Schwierigkeiten, die beiden Kleckse in ihrem Sichtfeld als Vater und Bruder zu identifizieren. Sobald sie sie erkannt hatte, verwandelte sich ihr starres Rückgrat in ein Stück Seil.

Marina!, rief Robert. Alles okay?

Okay, okay, okay, hallte es über den See.

Wir haben ein Ruder verloren, sagte Pasha, als das Boot sie erreichte.

Leviks Husten klang idiotisch, doch dies war nicht der passende Moment, um darüber zu sinnieren, ob man heroisch husten konnte. Levik war bereit, eines seiner Ruder herzugeben. Er inspizierte die Dollen, versuchte schließlich, die Ruder herauszureißen. Keines löste sich. Was – Hustenanfall – sollte er tun? Er hatte eine neue Idee. Mit drei ruckartigen Stößen ruderte er näher heran. Er sprang grunzend ins Wasser und zog eine Schaumspur bis an Roberts und Pashas Füße. Er schoss hoch wie ein fliegender Wal (getrieben von reiner Raserei), hievte sich an Bord und riss Robert das Ruder aus der Hand. Er manövrierte die Boote nebeneinander und gab Robert und Pasha einen Fingerzeig. Die beiden erhoben sich mit zitternden Knien und stiegen ins andere Boot um, in dem Marina mit weit aufgerissenen, starren Augen, aber irgendwie friedlichem Gesichtsausdruck saß. Levik folgte ihnen und stieß sich ab. Das Boot war für weniger Gewicht ausgelegt. Sie hockten wie in einem Graben, unterhalb der Wasseroberfläche. Pasha machte sich abermals daran, Wasser mit der Baseballkappe zu schöpfen. Robert half mit bloßen Händen.

Sie schafften es ans Ufer und wurden nicht einmal belangt – ein erbärmlicher Triumph, der vollends bedeutungslos wurde, als sie Esther unter die Augen traten. Dass sie über das Unterfangen so herzlich gelacht hatte, machte sie ihnen jetzt zum Vorwurf. Zu lachen war die falsche Reaktion gewesen, denn sie waren in der Tat Idioten. Nein, mit Esthers Hals war alles in Ordnung. Sie hatten sich zusätzlich schuldig gemacht, indem sie Esther gezwungen hatten, sich Sorgen zu machen, wo der Arzt ihr doch geraten hatte, jeden Stress zu meiden. Und welchen Aufwand sie und Marina hatten betreiben müssen! Sie hatten die Rettungsschwimmer belästigt, zwei braun gebrannte, benebelt wirkende Park Ranger genötigt, dem Mann im Bootsverleih eine Szene gemacht, seine jugendlichen Mitarbeiter bedroht und nach dem Geschäftsführer verlangt, der sich als noch braun gebrannter und benebelter herausstellte als alle anderen. Niemand fühlte sich verpflichtet, nach zwei erwachsenen Männern in einem Ruderboot zu suchen, die seit eineinhalb Stunden auf dem Wasser waren. Ja, aber das lag nur daran, dass sie diese beiden Männer nicht *kannten*! Im Gegensatz zu Esther. Allein die Erinnerung ließ sie erzittern.

Von einem feierlichen Geburtstagsfrühstück war die Rede gewesen, nicht von feierlicher Stimmung; doch auf Viertel vor sieben war es vermutlich nicht angesetzt. Es konnte noch Stunden dauern, bis die anderen aufwachten, aber Mägen waren unsozial und scherten sich nicht um Förmlichkeiten. Der schnurrende Kühlschrank lockte den frühen Vogel. Unsicher betrachteten Pasha und das Geburtstagskind das stählerne Monstrum. Weder wagten sie sich zu nah heran, noch wollten sie es aus den Augen lassen. Bedeutete Marinas Zwangsvorstellung von einem entspannten Start in den Sonntag – sie hatte den Ausdruck in den vergangenen Tagen wiederholt wie ein Mantra – ein Frühstück um neun Uhr, das sie problemlos, wenn auch mit knurrendem Magen, abwarten konnten? Oder hatte sie eine absurde Zeit wie zwölf Uhr mittags im Sinn gehabt?

Verflucht, sagte Esther und stürmte los. Pasha trennte sie mit Gewalt vom Aufschnitt. Sie beschlossen, einen Morgenspaziergang zu machen, um dem Bann des Kühlschranks zu entkommen.

Unmittelbar hinter der Hütte verlief eine Straße, eigentlich ein Highway, davor befand sich ein versengtes Feld mit Zweigen, die zu losen Häuflein und Mustern angeordnet waren, als wäre ein gigantisches Vogelnest explodiert. Ein paar Weiden am hinteren Ende des Grundstücks erschienen ihnen zwangsläufig vielversprechend. Erstaunlich, dass der Mensch in der Lage war, Distanzen zu überwinden. Man trat auf der Stelle, und die Erdkugel fing an, sich unter den Füßen zu drehen. Ein Zeitvorhang fiel auf das Feld. Sie irrten zwischen den Weiden umher in der Hoffnung, nicht nur weiterzukommen, sondern irgendwann auf wilde Natur zu treffen. Doch die Vegetation weigerte sich, dichter zu werden. Mindestens mit einem Bächlein hatten sie gerechnet, stattdessen entdeckten sie nur eine Biegung des Highways. Ihnen blieb nichts anderes übrig, als auf der Standspur zu laufen. In großen Abständen kamen Autos. Ziemlich aufregend, wenn eins vorbeischoss. Und lustig – wann immer ein metallischer Farbklecks vorbeiflog und für die leichtsinnigen Fußgänger hupte, quiekten sie entzückt. Pasha entspannte sich und ließ die Schultern locker hängen, als ihm klarwurde, dass Esther ihn nicht mit Fragen quälen würde. Er hatte sich schon auf ein weiteres Verhör gefasst gemacht, doch sie schien in Gedanken woanders zu sein. Ganz woanders. Fast wünschte Pasha sich, sie würde nachhaken; er war bereit. Ausreden, Dementi, Ablenkungsmanöver, vage Versprechungen, sogar Witze – inzwischen war sein Arsenal gut gefüllt. Stattdessen konzentrierten sie sich darauf, zu atmen und dem Highway mit der weißen Schlangenlinie zu folgen. Irgendwann erreichten sie eine kaputte Ampel. Alle drei Farben blinkten verwirrt. Der Seitenstreifen verwandelte sich in einen Gehweg. Der Schatten eines entstellten Straßenschildes erinnerte an einen dicken Kaktus. Spuren der lustlosen Menschheit wurden sichtbar. Pasha entdeckte in der Ferne einen Kirchturm und nahm unauffällig Kurs darauf.

Du willst deine Mutter wohl umbringen – an ihrem Geburtstag!, sagte Esther, als sie bemerkte, was Pasha vorhatte.

Nur zehn Minuten, dann kehren wir um, sagte Pasha.

Wir Juden haben da nichts zu suchen. Vergiss es.

Betrachte es als eine Sehenswürdigkeit.

Esther spitzte die Ohren. Sie schaute in die Höhe, nahm die Architektur in Augenschein.

Nein, sagte sie. Sehenswürdigkeiten haben Bleiglasfenster.

Manchmal befinden sie sich an der Rückseite, oberhalb des Altars. Sehenswürdigkeiten sollte man von innen besichtigen.

Esther legte eine aderige Hand ans Geländer und stellte einen geschwollenen Fuß auf die unterste Treppenstufe. Aus den Tiefen der Kirche drang ein Geräusch, verschreckt hielt sie inne. Da sind Leute, sagte Esther. Wenn da Leute sind, ist es keine Besichtigung mehr, dann ist es ein Gottesdienst.

Der Papst betet in der Sixtinischen Kapelle. Würdest du sie deswegen nicht betreten?

Komm mir nicht mit deinen Tricks, sagte sie und klammerte sich am Geländer fest. Sie zog sich Stufe um Stufe hinauf, bis sie das Ende der Treppe erreichte, wo Pasha ihr schon die Tür aufhielt.

Im Ernst, sie ist nach vorne gegangen und hat getanzt, sagte Pasha, riss zur Demonstration beide Arme in die Höhe und schüttelte die Hände. Levik fing die Weinflasche auf, die Pasha mit dem Ellenbogen umgestoßen hatte. Sie hat sich perfekt eingefügt, die Damen in Schwarz haben sie für eine der ihren gehalten. Und sie ist nicht bloß herumgehüpft, sie hat die Lippen bewegt, was bedeutet, dass sie entweder die Kirchenlieder mitgesungen oder in Zungen gesprochen hat.

Ich wollte nicht miesepetrig in der Bank sitzen wie gewisse andere Leute, sagte Esther.

Und, hatte ich dir nicht Bleiglas versprochen?

Ja, so groß wie ein Badezimmerfenster, sagte Esther und versuchte, ihre Spaghetti mit der Gabel aufzudrehen, wie es sich gehörte. Es wirkte trügerisch einfach.

Endlich saßen sie zum feierlichen Frühstück beisammen, aus dem, weil das Geburtstagskind verschwunden gewesen und in einem Zustand wiederaufgetaucht war, der mehrere Baldriantabletten und ein Nickerchen erforderte, ein spätes Mittagessen in einem Fischrestaurant geworden war; laut Kelly, der Besitzerin der Hütte, das feinste weit und breit. Die Tischdecken waren aus Papier, vor Frida stand ein Plastikbecher mit angekauten Buntstiften, für die sie wenig Interesse zeigte. Alle hatten sie auf der Speisekarte auf ein anderes Gericht gezeigt, trotzdem servierte man ihnen identisch aussehende Schalentiere in cremiger Sauce auf riesigen Platten, die zu schwer für das gewohnte Ritual des Tellertausches waren. Sie lösten das Problem, indem sie einander weiße Klumpen fraglicher Herkunft zuwarfen, und stellten fest, dass die Gerichte nicht nur gleich aussahen, sondern auch gleich schmeckten. Verunsichert gaben sie grotesk übertriebene Trinksprüche zum Besten: Möge Esther schnell genesen, die nächsten hundert Jahre kerngesund bleiben und weiterhin viele Reisen unternehmen, nach Venedig und Vermont. Pasha betonte, wie glücklich er sei, an ihrem Geburtstag dabei zu sein, woraufhin sie antwortete, ein richtiges Geschenk könne er ihr machen, indem er noch vor ihrem sechsundsechzigsten Geburtstag nach Brooklyn ziehe. Sie überlegte kurz und fügte dann hinzu, Queens sei auch in Ordnung, aber da höre es dann wirklich auf. Pasha war seltsam erleichtert, dass das Thema erneut zur

Sprache kam. Am Abend traf er vor der angeknacksten Toilettenschüssel auf seinen Vater; es sah aus, als hätte ein Bär ein Stück aus dem Porzellan herausgebissen. Nein, kein Bär, sondern ein wolliges Mammut. Ihre aufgebrachten Mägen verschafften ihnen ausgiebig Gelegenheit, die Bissspuren aus der Nähe zu studieren. Frida hatte eine Plastikschüssel und konnte im Bett bleiben.

Zufrieden und seelisch bereichert verließen sie die Ferienhütte. Immerhin hatten sie harmonische Stunden verlebt, oder nicht? Sie hatten schon fast vergessen, wie das war - alle friedlich beisammen. Solche Momente konnte man erst rückblickend genießen. Schweigend waren sie über einen staubigen Pfad voller Allergene gelaufen, einen anmutigen Hügel hinauf, sie hatten ihre trägen Schatten keuchend hinter sich hergezogen und einander auf Pilzkolonien und Zweige, die wie Klapperschlangen aussahen, aufmerksam gemacht. Esther hatte sich wundersamerweise nicht über die steifen Bettdecken, die fleckigen Laken, den Schimmel an den Wänden und das Todesröcheln der Klimaanlage beschwert oder über die bizarre Tausendfüßlerkolonne im Schlafzimmer. Urlaub bedeutete auch Urlaub von den eigenen, unerträglichen Charaktereigenschaften; vorübergehend war es ihnen gestattet gewesen, nicht sie selbst zu sein, und die anderen wurden sofort wütend, wenn jemand mit einem voreiligen Kommentar oder einem ungefragten Urteil in alte Muster zu verfallen drohte.

Auf der sechsstündigen Heimfahrt kamen die unliebsamen Angewohnheiten wieder zum Vorschein. Sie standen im Stau. Frida hatte tief und fest auf den tauben Oberschenkeln von Robert, Esther und Pasha geschlafen, solange das Auto sich tapfer der erlaubten Höchstgeschwindigkeit anzunähern versucht hatte; als es aber zum zermürbenden Stop and Go kam, verschluckte sie sich, stieß sich den Kopf an der Fensterkurbel und war endgültig wach. Es ging ihr nicht gut.

Keinem geht es gut, Schätzchen, sagte Marina, die auf einem der luftigen Vordersitze saß.

Vielleicht hat sie Fieber, mischte Esther sich ein.

Nein, ganz bestimmt nicht. Es ist für alle heiß und unbequem.

Aber ihr ist besonders heiß.

Es geht mir nicht gut, jammerte Frida.

Abwechselnd legten sie den Handrücken an Fridas Stirn. Am Ende stand es drei zu eins gegen Fieber (Levik weigerte sich, an der Umfrage teilzunehmen, er musste sich auf die Straße konzentrieren). Esther versagte vor lauter Wut die Stimme. Sie reagierte nicht mehr auf ihren Namen. Frida entdeckte im Fenster des Autos, das auf der Nachbarspur dahinrollte, einen Hund und damit einen neuen Grund zu nörgeln. Warum hatten sie nicht auch einen Hund? Seit Jahren versprach man ihr einen Hund! Der Stau löste sich auf, das Universum setzte sich wieder in Bewegung. Bald darauf hatten sie sich verfahren und kurvten durch ein Städtchen mit verrammelten Schaufenstern und ohne Passanten, die man nach dem Weg hätte fragen können. Was ist mit dem Mann dahinten?, fragte Marina, doch Levik raste an allen menschlichen Wesen vorbei, bis sie fast zwei Stunden später jede falsche Abbiegung mindestens zweimal genommen hatten. Zuletzt erbarmte sich eine unbekannte Macht und schob den ersehnten Highway unter die Räder ihres Autos zurück.

Es war ihr erster amerikanischer Urlaub gewesen, und als die größte Entdeckung erwies sich nicht der Ort, den sie bereist hatten, sondern der, an den sie zurückkehrten. Brooklyn empfing sie mit offenen Armen. Sie waren zu schwach, sich noch mehr zu wünschen.

FÜNF

Ein riesiges, rostig grünes Automobil knatterte über die Bedford Avenue. Marina hielt das Lenkrad fest umklammert, fast berührte ihre Nasenspitze die Windschutzscheibe. Sie glaubte an häufige Spurwechsel – alles andere wäre kein richtiges Autofahren gewesen. Am liebsten führte sie den Schlenker in einem möglichst unerwarteten Moment aus. Dabei ging sie niemals willkürlich vor; Spurwechsel fanden alle fünfzehn Minuten oder beim nächsten Atemholen statt, je nachdem. Vor dem Manöver meldete sich eine innere Stimme zu Wort: Tu es einfach, brems die anderen aus, los jetzt, du bist die Große Grüne Kuh, warum nicht, die Große Grüne Kuh, okay, los jetzt, ja, los geht's!

Meistens bekam Marina, was sie nicht verdient hatte, der Führerschein bildete da keine Ausnahme. In der Nacht vor der Prüfung hatte ihr Juri, ein Arzt und alter Bekannter, der mit seiner perfekten Familie in einem dreistöckigen Haus im vornehmen Manhattan Beach lebte, die erste Fahrstunde erteilt, die allerdings wegen unkontrollierbarer Lachkrämpfe (seinerseits) abgebrochen werden musste. Beim Einparken sagte er, das reicht, ich lache mich tot, ich kriege einen Herzinfarkt. Er zeigte ihr einen idiotensicheren Einparktrick für Leute, die Walzer tanzen können, und verabschiedete sich mit den Worten: Viel Glück, du wirst es brauchen. Sechs Stunden später saß Marina zum zweiten Mal am Steuer. Zuerst glaubte sie, die Fahrprüferin wäre betrunken. Aber nein, sie war nur deswegen so aufgewühlt, weil sich der Zustand ihrer Mutter, die gerade im Coney Island Hospital lag, verschlechtert hatte; gleich nach Marinas Prüfung wollte sie dorthin zurückeilen. Zum Thema Mütter und Krankenhäuser hatte Marina eine ganze Menge zu sagen. Sie vergaß zu blinken und stellte das Auto, nachdem sie sich in die Parklücke getanzt hatte, rittlings auf dem Bordstein ab; die Fahrerlaubnis wurde ihr dennoch ausgehändigt, so wie man jemandem den Schlüssel zu einem Spukhaus überreicht. (Aber lernen Sie zu fahren, bevor Sie sich auf den Highway wagen, riet ihr die Prüferin.)

Wenn Hupen und hässliche Gesten nicht ausreichten, ließen die anderen Fahrer die Seitenscheiben herunter, um ihrem Ärger Luft zu machen. Marina tat es ihnen gleich, um sie besser zu hören. Ein Auto, das Levik ein sehnsüchtiges Stöhnen entlockt hätte, fuhr plötzlich betont langsam und schloss zu Marina auf. Hinter dem Triptychon aus Glas kam das zornverzerrte Gesicht eines Mannes zum Vorschein. Marina ging in die Eisen, der Gescholtene schoss in irrem Tempo davon. Nachdem sie den Angreifer überlistet hatte, wurde sie wütend ausgehupt, was ihr jedoch rein gar nichts ausmachte. Die anderen bemerkten schnell, wenn ihre Aggressionen ins Leere liefen.

Zugegebenermaßen hatte Marina selbst Aggressionen abzubauen. Nicht nur dass sie an diesem herrlichen Samstagnachmittag arbeiten musste, während der Rest der Menschheit sein Stückchen vom Garten Eden genießen durfte, oder dass sie auf dem Weg zum schrecklichsten ihrer vielen Jobs war (der schrecklichste war immer der jeweils bevorstehende), nein, danach würde sie auch noch zur Upper West Side fahren müssen, um Pasha von einer Party abzuholen. Eine Party! Esther hatte es in letzter Minute angeordnet: Hol unseren Goldjungen ab und bring ihn sicher nach Hause. Schon in nüchternem Zustand verirrte Pasha sich bis an die äußersten Grenzen der Bronx; nach ein paar Drinks würde er auf einer Müllkippe auf Staten Island landen. Selbstverständlich, hatte Marina geantwortet, werde ich meinen geliebten Bruder abholen. Auch wenn der geliebte Bruder ihr von der Party nichts erzählt, geschweige denn sie eingeladen hatte. Sie hätte ihn so oder so nicht begleiten wollen, aber war es zu viel verlangt, wenigstens gefragt zu werden?

Kurz vor der Ausfahrt wechselte sie auf die rechte Spur und erntete nichts als einen mickrigen Stinkefinger, so kraftlos wie ein Luftkuss oder ein einzelner Buhruf – diese amerikanischen Männer und ihr kindisches Getue. Absurd, mit welcher Regelmäßigkeit Marina in ihrem Alltag damit konfrontiert wurde. Wobei, dachte man einmal darüber nach, war hier in Amerika alles irgendwie absurd. Die Frauen verließen das Haus in schlechtsitzenden Hosen, zerknautschten Jacken und, Höhepunkt der Schmach, *Turnschuhen*. Es mussten ja nicht immer High Heels sein, aber alles unter fünf Zentimetern war nun wirklich unerhört. Selbstverständlich war Marina auf den bedauernswerten Zustand der amerikanischen Weiblichkeit vorbereitet gewesen, hatte sich das Klischee doch längst über den ganzen Globus verbreitet. Überraschend war aber, dass ihre Freundinnen – Ljuba, Vera, Irina – keinen Widerstand geleistet hatten. Sie waren restlos angepasst. Innerhalb der wenigen Jahre, in denen Marina von ihnen getrennt gewesen war, hatten diese Frauen ihre schlanke Linie verloren, ihre Haare auf Ohrenhöhe gekürzt und sich dem Gebot der Bequemlichkeit unterworfen. Sie trugen Hosen, die einer Windel ausreichend Platz geboten hätten, und dazu das zeitgenössische Äquivalent von Bastschuhen. Mit unerbittlicher Härte gingen sie gegen sich selbst vor, als hätten sie eines Tages geschlossen abgedankt und müssten sich fortan jeden Monat zur Nachkontrolle treffen. Marina hatte sich geschworen, nicht kampflos aufzugeben. Sie rauchte zweimal so viel und tat bis heute so, als fände sie den Geschmack von Pommes frites widerlich. Nur ihre Leidenschaft für Coca-Cola ließ sich unmöglich verbergen.

Sie hielt in der kopfsteingepflasterten Einfahrt eines Hauses, das man lieber nur durch zugekniffene Augen betrachtete, wollte man von den Dimensionen nicht erschlagen werden. Eigentlich waren es zwei aneinandergefügte Häuser. Am besten bewältigte man sie zimmerweise, so wie Marina es jeden Samstag tat, auch wenn die wöchentliche Grundreinigung nicht ausreichte, das Chaos in den Griff zu bekommen. Eine Reihe von Sicherheitsschlössern wurde geöffnet, die schicke Haustür (aus einem russisch geführten Fachgeschäft) schwang auf.

Oh, sagte Marina.

Ich bin's, sagte Schmulka. Charna ist nicht zu Hause.

Schmulka war jünger als Marina, hatte aber sechs Kinder unter zehn Jahren, allesamt Jungen, die in Sonntagskleidung durchs Haus rannten. Rechts und links von ihrem Gesicht hingen zwei Locken herunter, die an die Klospülungen in der alten Heimat erinnerten. Charna, die normalerweise die Tür öffnete, war in Marinas Alter und hatte eine eigene Herde zur Welt gebracht. Bei den Hausherren handelte es sich um Brüder. Sie hätten Marina niemals eingestellt, wäre sie keine Jüdin gewesen, dann allerdings galt sie in den Augen dieser Leute wohl kaum als vollwertig. Marina wiederum betrachtete ihre Arbeitgeber als die schmutzigsten Leute, denen sie in ihrem ganzen Leben begegnet war. Sie zahlten stundenweise. Man musste offenbar kein Genie sein, um in diesem Land zu großem Reichtum zu gelangen.

Charna ist nicht da?, fragte Marina mit einem argwöhnischen Blick auf den Teppichboden.

Sie musste ins Krankenhaus, sagte Schmulka und schob Riegel Nummer zwölf wieder vor.

Mit ihr ist doch hoffentlich alles in Ordnung?

Ein weiteres *Tsibele* im Ofen, glaube ich.

Es reichte! Die Leistungsfähigkeit von Charnas Ofen hatte bedenklich abgenommen. Die darin gebackenen Zwiebeln schienen in der Qualität nachzulassen, die letzte sah schlicht ungenießbar aus. Aber was sollte die ungelernte Charna mit ihrem Leben anfangen, wenn man sie außer Betrieb nahm? Als junges Mädchen hatte sie viel gelacht. Sie sah aus, als hätte sie darüber den Verstand verloren. Ihre Augen waren so trüb wie das monatealte Wasser in einem vernachlässigten Goldfischglas. Die Falten darunter waren tief und zahlreich. Inzwischen lachte sie kaum mehr, nur manchmal wurde sie noch von einem Anfall gepackt. Allerdings hatte da keine Entwicklung stattgefunden – sie lachte ein Kleinmädchenlachen. Charna war klein und stämmig, verhärmt, vorzeitig gealtert und immer zu Hause, wogegen ihre Schwägerin Schmulka so schmal wie ein kleiner Finger war und vor Ideen nur so sprühte. Immerzu schmiedete sie neue Pläne, wie die Vorhänge oder Blumenvasen oder Rocksäume zu optimieren wären, und setzte sie in die Tat um. Aber da stand sie nun, mit ihren runden, braunen, leuchtenden Augen und der schweren, toten Perücke auf dem Kopf. Sie schien sich von Herzen gegen diese Perücke aufzulehnen, die ihr trotzdem am Schädel klebte, wenn auch meistens leicht schief; manchmal kratzte sie sich so heftig, dass ihr die Perücke in die Stirn oder seitlich übers Ohr rutschte. Obwohl sich darunter eigentlich nichts als rasierte Kopfhaut hätte befinden sollen, hatte Schmulka dicke, kastanienbraune Locken. Das Unbehagen wurde wahrscheinlich durch die doppelte Haarschicht verursacht, aber Schmulka zog nun mal das Komplizierte dem Einfachen vor.

Obwohl Marina stets früher kam und später ging, bekam sie das Ehemänner-Brüderpaar nur selten zu Gesicht. Beide Männer waren groß, breitschultrig und darüber hinaus geeignet, Vorurteile zu widerlegen. Sie wirkten wie zwei Schauspieler, die in einem Hollywoodfilm zwei chassidische Brüder darstellen. Marina fürchtete ihren Auftritt. Sobald sie auftauchten, verwandelte sie sich in eine echte Putzfrau. Sie brachten es fertig, über sie hinwegzusteigen, ohne den Blick zu senken. In ihrer Nähe war es Marina fast unmöglich, den Schein zu wahren, dabei waren doch eigentlich sie diejenigen, denen die Realität entglitten war.

Was brauchen Sie?, fragte Schmulka.

Marina sah sie verständnislos an.

Was brauchen Sie, aus dem Putzschrank?

Ich ... danke, ich weiß, wo alles steht.

Sie fing im Keller an, einem fensterlosen Raum, in dem sämtliche Technik gehortet wurde, die im Laufe der Menschheitsgeschichte erfunden worden war. Irgendwann würde Marina eine Liste der Geräte anlegen – oder vielmehr würde sie die Geräte beschreiben, denn abgesehen von den wenigen, die sie aus der Fernsehwerbung kannte, blieben ihr Zweck und Funktionsweise der meisten ein Rätsel. Diese Liste würde sie dann dem Komitee vorlegen, das zuständig war für – wofür? Jüdische Geschichte? Messie-Psychologie? Kellerräume des einundzwanzigsten Jahrhunderts? Dass sie möglicherweise der einzige Mensch war, der diesen Kellerraum von innen gesehen hatte, beunruhigte Marina. Ja, schon andere Putzfrauen waren hier unten gewesen, doch die zählten nicht, weil sie eben Putzfrauen waren. Marina ließ sich nur zu dieser Tätigkeit herab, weil das Leben für ganz besondere Menschen, die offen waren für derlei Humor, die witzigsten Situationen bereithielt.

Obwohl die meisten Reinigungskräfte auf die Frage nach der widerlichsten Pflicht das Badezimmer nannten, konnte Marina ihre Zeit dort genießen. In diesen feuchten und fruchtbaren Gefilden nahm sie jede Gelegenheit wahr zu trödeln. Das Geld steckte quasi in den Duschvorhängen. Marina nahm sich Zeit für jede Faser und jede Naht. Danach machte sie sich, wenn auch mit weniger Begeisterung, über die Böden her. Nichts hatte Marina so schockiert wie diese Auslegware. Sie hatte nur eine Frage: *Warum?* Der durchgehende Teppichboden fungierte als Lätzchen für den gesamten Haushalt; er sog alles auf, was auf dem Weg zum Mund herunterfiel. Noch während Marina den Dreck aus dem Teppich kratzte, platzte Schmulka herein. Ein Notfall, sie müsse dringend weg, sei aber in spätestens zwanzig Minuten wieder da. Der Notfall konnte nur darin bestehen, dass Schmulka, wenn sie nicht binnen fünf Minuten das Haus verließ, ohne jede Fremdeinwirkung explodieren und sich in Fleischfetzen auf dem Teppich verteilen würde, die, wie Marina mutmaßte, nur unter größten Schwierigkeiten wieder aus den Fasern zu entfernen wären. In Schmulkas Augen: Schuldgefühle, eine Bitte um Verzeihung, ein Werben um Verständnis. Offenbar hatten sie und Charna vereinbart, die Putzfrau niemals unbeaufsichtigt zu lassen. Für Charna war das kein Problem, sie hätte freiwillig für den Rest ihres Lebens auf Frischluft verzichtet, doch Schmulka wurde von Ideen getrieben. Sie war süchtig nach den Verlockungen der Welt.

Ich beeile mich, sagte Schmulka und krümmte den mageren Nacken. Behalten Sie die Kinder im Auge, damit sie nicht ... Sie wissen schon.

Wie viele Kinder sich derzeit im Haus aufhielten und zu wem sie gehörten, war irrelevant. Sie waren winzig, unterentwickelt und bewegten sich in Purzelbäumen vorwärts. Gelegentlich kamen sie die Treppe heruntergestürzt, kreischten, verschwanden wieder. In den schiefen Mündern, deren eigentliche Form nicht zu erraten war, weil sie niemals stillhielten, blitzten mickrige weiße Zähne auf. Überall Zähne. Marina hätte es nicht gewundert, in den unverhältnismäßig großen Ohrmuscheln den einen oder anderen Backenzahn durchbrechen zu sehen. Die älteren Kinder konnten bereits zwischen ihresgleichen und dem minderwertigen Rest unterscheiden; für sie war Marina nur eine große Kakerlake, die auf immer gleichen Wegen durchs Haus kroch. Sie ließ sich nicht töten (zu groß), und so wurde sie ignoriert. Nur Schmulkas dreijähriger Sohn, den Marina wegen seines unaussprechlichen Vornamens Krolik nannte, folgte ihr beim Putzen durchs Haus und wich ihr kaum von der Seite. Hätte sie sich ein Kind aussuchen müssen, wäre ihre Wahl auf ihn gefallen. Seine Wangen waren aristokratisch gerundet, und für Marina galt bei Kleinkindern vor allem ein Prinzip: je fetter, desto netter. Sie mochte alles Große, weil sie es mit Bedeutsamkeit gleichsetzte. Ein dickes Baby war wichtiger als ein dünnes. Sie bewunderte Krolik dafür, dass er seine älteren Geschwister vermöbeln konnte, darüber hinaus hatte er eine Schwäche für Marina und wollte sich ständig mit ihr unterhalten. Marinas Englisch war nicht viel besser als das von Krolik. Beide konnten etwas Übung gebrauchen.

Doch heute war er ungewöhnlich schlecht gelaunt. Zwar folgte er Marina durch die Zimmer, aber dabei wirkte er irgendwie mürrisch. Er ignorierte ihre Fragen und weigerte sich, auch nur die kleinste Hilfe zu leisten. Ein kleiner, böser Greis mit gerunzelter Stirn. Er schleuderte den Schwamm von sich und warf um ein Haar den Putzeimer um. Er lachte nur ein einziges Mal, nämlich als Marina über das Kabel des Staubsaugers stolperte. Noch mehr Arbeit war das Letzte, was sie jetzt gebrauchen konnte. Alles Nachbohren erwies sich als erfolglos, bis sie auf ein Thema zu sprechen kam, das selbst das Blut der unwilligsten Kandidaten in Wallung gebracht hätte. Krolik musste nicht lange überlegen, als er sein Leibgericht nennen sollte: Kugel.

Okay, sagte Marina verwirrt. Und was hält Krolik von Pizza?

Pizza!, rief Krolik, dem die Existenz von Pizza kurzzeitig entfallen war.

Will Krolik Überraschung?

Überraschung!, rief er.

Ihr erhobener Finger mahnte zur Geduld. Ihre Tasche war im oberen Geschoss. Dort gönnte sie sich eine hastig gerauchte Zigarette aus Schmulkas Geheimvorrat und kehrte dann mit einem in Alufolie eingeschlagenen Dreieck zurück.

Als ihm dämmerte, was geschehen würde, bekam Krolik vor lauter Freude einen Schluckauf. Das Schicksal hatte sich gewendet. Sein Blick war wie mit Sekundenkleber an Marinas rissige Hände geheftet, die aufreizend langsam die Silberfolie auseinanderzogen. Der Junge hielt den Atem an. Er hörte zu blinzeln auf. Er –

Als Marina das Stück endlich ausgepackt hatte, schlugen Kroliks Gefühle um. Er glotzte. Er wirkte verwirrt und ratlos.

Die Lieblingssorte meiner Tochter, sagte Marina. Magst du nicht?

Krolik schüttelte den Kopf, wenn auch zögerlich. Sein Mund stand offen. Er starrte auf das kalte Stück Pizza. Die Tomatensauce leuchtete wie geplatzte Äderchen, die Ränder der kreisrunden Salamischeiben bogen sich zu winzigen roten Schüsseln auf.

Probier mal, sagte Marina, deren Mund sich füllte wie sonst nur die Badewanne, auf deren Rand sie jetzt saß.

Krolik biss ein paarmal gierig hinein und ging dann mit dem Rest stiften. Marina versuchte, ihm zu folgen, doch es war, als hätte er sich in Luft aufgelöst. Sie suchte ihn im Keller, im Erdgeschoss und in den oberen Etagen. Sie schaffte es nicht, das Cinderella-Gefühl heraufzubeschwören oder sich einzubilden, sie wäre eine berühmte Schauspielerin; keine innere Stimme sagte ihr, dass sich die Szene in ihrer Biographie gut machen würde. Ihre Arme und Beine wurden schwer. Das ganze Haus drückte sie nieder. Sie konnte sich nicht aufraffen, und sie hatte vergessen, was sie an all dem jemals komisch gefunden hatte. Wo war der Witz? Ich bin eine Schauspielerin, redete sie sich ein, während sie die hundertste Kloschüssel des Hauses schrubbte, ich bin eine Geheimagentin, eine Spionin. Ich bin Russin und bald in den mittleren Jahren. Dieser Ausdruck – in den mittleren Jahren – zeigte unweigerlich Wirkung, schon öffneten sich die Schleusentore des Selbstmitleids.

Ach, *der* Pawel Nasmertow sind Sie, sagte eine Frau, deren Augen das halbe Gesicht einnahmen und durch kunstvolle Bemalung noch zusätzlich betont wurden. Sie saß auf dem Sofa und gab Pasha ausgiebig Gelegenheit, sich an ihr Gesicht zu gewöhnen. Offenbar hatte sie es von einem jener nachtaktiven Tiere geborgt, die im Zoo in Spezialgehegen untergebracht sind. Renata Ostraja, sagte sie, als handele es sich um den rätselhaften Titel eines Gemäldes, der vielsagend war und dennoch nichts preisgab. Abgesehen davon war sie eine ganz normale füllige Frau. Sie entschuldigte sich dafür, ihn bei seiner Ankunft, die hoffentlich nicht allzu lange zurücklag, nicht persönlich begrüßt zu haben. Pasha bestätigte, er sei erst seit zehn Minuten da, allerhöchstens fünfzehn; aber Renata hörte schon nicht mehr zu, und er fragte sich, warum er überhaupt ins Detail ging.

Wie dem auch sei, sagte sie, nun lerne ich Sie endlich kennen.

Die Vorstellung war oberflächlich, eine Aufführung mit dem Zweck, die misstrauischen Hüter des Bewusstseins zu täuschen. Möglicherweise lag dem Gefühl eine Erinnerung an vergangene, prägendere Zeiten und Begegnungen zugrunde.

Ich habe Sie zum Ehrengast erklärt, sagte sie. Sie haben hoffentlich nichts dagegen, ein paar Gedichte vorzutragen?

Welcher Dichter könnte etwas dagegen haben?

Der bescheidene. Aber das ist reine Spekulation.

Man konnte die Gerüchte, die diese Frau umrankten, förmlich riechen. Wenn es ihretwegen nicht zu Blutvergießen gekommen war, hatten es die Rivalen einander zumindest angedroht. Sie fand das alles nur zum Lachen. Sie war eine Schauspielerin, der Körper war willig, doch der Geist blieb skeptisch. Als Dichterin bekämpfte sie die Frivolität mit übertriebener Ernsthaftigkeit - Stirnrunzeln, zusammengezogenen Augenbrauen, gespitzten Lippen. Ihr Gesicht ließ sich in die verschiedenen Masken hineinfallen und kam nur mühsam wieder heraus. Im Verlauf des Gesprächs wurde sie immer breiter und matronenhafter, was wohl von einem Mangel an Unruhe herrührte. Ihr Körper schien eine natürliche Verlängerung des Sofas zu bilden, die breiten Hüften so stabil und unpersönlich wie Armlehnen. Die starre Verankerung ihres Körpers wurde durch Überbeweglichkeit im oberen Achtel ausgeglichen. Doch auch ihre Proportionen entsprachen nicht dem vitruvianischen Ideal; ihr Kopf war so klein, dass er wohl nur ein Neuntel der Körperlänge ausmachte. Frauen wie sie schienen ständig in der Hocke zu schweben. Sie erinnerte an eine alte Schublade; veränderte man ihre Position, würde sie einen warmen, staubigen, holzigen Geruch abgeben. Renata war nicht Pashas Typ, was sie fraglos bemerkte. Sie war eben nur etwas für Kenner mit besonderem Geschmack.

Obwohl es ein pompöser Abend werden sollte, waren die ersten Anzeichen von Nachlässigkeit nicht zu übersehen. Alle Zutaten für eine exquisite Party waren vorhanden – Belugakaviar, Champagner der Marke Krug, ein Mikrophon. Vielleicht lag genau hier das Problem? Ständig stieß man auf die unsichtbare Checkliste. Die Leute gaben sich Mühe, sie hätten sich nicht noch mehr ins Zeug legen können, doch die Teller passten nicht zueinander, und die Lautsprecher hatten ein Reglerproblem, wie immer, wenn auf einer Party versucht wurde, etwas Unpassendes passend zu machen. Normalerweise fielen derlei Patzer nur der Gastgeberin auf, doch diesmal schien die Dame des Hauses die Einzige zu sein, die nichts bemerkte. War nur heute Abend die Luft raus, oder hatten Renatas Partys sich überlebt? Bevor sie sich wieder neben Pasha aufs Sofa sinken ließ (sie hatte sich kurz erhoben, um zwei neu eingetroffenen Gästen die obligatorischen Küsschen auf die Wangen zu hauchen), griff sie zu einem Glas Cognac, das ein anderer hatte stehenlassen. Der Reflex der Gastgeberin: verwaiste Gläser einsammeln. Doch nachdem sie das Glas fünf Minuten zwischen den Fingern gedreht hatte, leerte sie es in einem Zug.

Eine gute Gastgeberin verweilt nie zu lange am selben

Fleck, nicht einmal wenn es sich dabei um den Fleck direkt neben dem Ehrengast handelt. Ein aufgewecktes, hypersensibles junges Mädchen mit unübersehbarem Hang zur Selbstverleugnung nahm Renatas Platz ein. Sie balancierte einen großen Teller auf den knochigen Knien. Das Essen war kunstvoll angerichtet. Die Farben, die Proportionen – herrlich. Und der kreative Prozess war noch nicht abgeschlossen, denn sie hörte nicht auf, das Essen mit sanften, aber bestimmten Gabelstrichen zu arrangieren. Dass sie sich überhaupt unter Menschen wagte, kam einem Wunder gleich – einem Wunder der modernen Pharmazie. Pasha stellte sich ans Fenster. Ein Joint wurde herumgereicht. Die erzeugte Stimmung hatte weniger mit russischer Intelligenzija auf Dope zu tun als mit Kühen, die auf einer Wiese grasen. Pasha fürchtete sich vor dem Glimmstängel, er schaute in die andere Richtung, ohne die genaue Position des Joints ausblenden zu können. Das Mundstück war bereits dünn und feucht, als er es in die eigene Spucke tunkte. Der Qualm kratzte eine juckende Stelle in Pashas linkem Lungenflügel; ein Juckreiz, den er bis dahin gar nicht wahrgenommen hatte. Renata Ostraja erschien ihm immer mehr wie eine tragische Figur. Misha huschte manisch durch den Raum, ein Musterkatalog von Tics und Zuckungen. Es war, als setzte die verstreichende Zeit ihm auf das heftigste zu. Immer wieder warf er Pasha nervöse Blicke zu. Seine Augen sahen aus wie die fotografierter Katzen, nicht natürlich phosphoreszierend, sondern glühend vor Paranoia. Mit wem unterhielt sich Pasha da? Und bemerkte er, mit wem Misha sich unterhielt? Denn Misha unterhielt sich mit einer Auswahl interessanter und wichtiger Leute – Dichter, Kritiker und auch mit dem Maler Dolbintsoff und dem Romancier Bliznjats, ja, Misha kannte sie alle, und die junge Frau neben der Vitrine kannte er auch, die in dem schwarzen Kleid mit der Schildkröte in der Hand.

Offenbar hatte Pasha sie unverhohlen angestarrt. Ihre Gelassenheit war faszinierend. Inmitten des Gemurmels und der immer noch nicht ganz entfalteten Gespräche, im Klappern von Gläsern und Besteck, in der allgemeinen Bewegung und im gelegentlichen, merklich unterschiedlichen Gelächter von Männern und Frauen hielt die junge Dame vollkommen still. Worüber Pasha sich freute, bekam er so die Gelegenheit, ihre zarten weißen Arme und ihre geschwungene Taille zu bewundern.

Das ist Lilja, sagte Misha. Ihr Vater ist Experimentalfilmer, die Mutter eine bulgarische Puppenspielerin. Sie trinkt Kaffee und übersetzt die alten bulgarischen Philosophen. Ich habe es bei ihr versucht, so wie die meisten. Ihre kleine Schwester Eliza ist noch schöner, aber auf eine verstörende Art. Sie wirkt nicht ganz menschlich.

Etwa eine Stunde später stand Pasha in einer anderen Ecke und hatte wieder Ostrajas kristallklare Stimme im Ohr: Nicht genug Zuneigung von Ihrer Mutter. Als Kind hatte Sie ein entfernter Verwandter mit einem Fluch belegt. Er wurde bis heute nicht von Ihnen genommen. Sie dürfen den Leuten nicht blind vertrauen. Meiden Sie Pilze. Halten Sie sich an basisches Obst und Gemüse. Humor ist keine Basis für eine Beziehung. Manchmal muss man Sie ein bisschen kitzeln. Halten Sie die Augen nach einer ungewöhnlichen Kopfbedeckung offen. Loyalität ist gut und schön, aber irgendwann steht man da wie der Schutzheilige eines Potemkinschen Dorfes. Sehen Sie sich um, lassen Sie sich verführen. Sie beugte sich vor. An ihrem Haaransatz standen Tautropfen. Dies ist das Zentrum – es bebt und pulsiert.

Mich persönlich hat es nie ins Zentrum gezogen, antwortete Pasha. Vielleicht bin ich tief in meinem Herzen ein Provinzmensch, eher wie Gorki mit seinem Nischni Nowgorod, kein Tschechow mit seiner Fixierung auf Moskau. Das Zentrum ist gefährlich. Man kann es besuchen – sollte man sogar –, aber man darf sich dort nicht einrichten. Außerdem, wer wollte die Grenzen ziehen? Ist Brooklyn nicht auch ein Zentrum? Unterschiedliche Sprachen brauchen unterschiedliche Zentren. Wie erwehrt man sich der Ansprüche Moskaus? Immerhin sprechen wir alle Russisch. Ganz zu schweigen davon, dass sich das Zentrum im Laufe eines Lebens verschieben kann. Bach, Shakespeare, Puschkin. Befinde ich mich nicht mitten im Zentrum, sobald ich die Kantaten höre?

Wie viel davon hatte Pasha ausgesprochen? Wahrnehmbar hatte er wohl nur die Achseln gezuckt. Als er den Kopf hob, war Renata verschwunden – nein, da war sie, sie stand in der anderen Ecke des Zimmers und tätschelte den Zopf einer jungen Frau. Eine mütterliche, hinterhältige Geste. Pasha konnte dennoch nicht aufhören, auf ihre Frage – oder war es ein Vorwurf? – einzugehen. Seit wann galt es als Ausdruck von Loyalität, in seiner Geburtsstadt auszuharren? Als würde ein Mensch mit weniger starkem Willen einfach so über den Atlantik davongetragen.

Dabei war Odessa nicht einmal seine Geburtsstadt. Das musste er sich selbst immer wieder ins Gedächtnis rufen. Pasha wurde als lupenreiner Odessit betrachtet, weil alle vergessen hatten, dass er eigentlich aufgrund eines Formfehlers vom Wettbewerb ausgeschlossen war. Irgendwie hatte sich eine Aura des Stillschweigens über die stigmatisierende Tatsache gelegt, dass auf Pashas Geburtsurkunde Czernowitz eingetragen war. Schuld war wieder mal seine Mutter. Esther hatte die letzten Monate der Schwangerschaft nicht in Odessa verbracht, wo sie bei Roberts Eltern gewohnt hatte (und wo Pasha, nebenbei bemerkt, gezeugt worden war), sondern bei ihren Eltern, in einer Bretterhütte an einer Schotterstraße. Ihre Beweggründe hatte sie in der Vergangenheit so oft aufzählen müssen, dass sie inzwischen selber an deren Stichhaltigkeit zweifelte. Wollte sie den Nasmertows, diesen stolzen Städtern, vielleicht doch einfach eins auswischen? Sie hatte geplant, einen oder zwei Monate nach der Niederkunft nach Odessa zurückzukehren, doch die Geburt eines Dichters konnte nicht anders verlaufen als komplikationsreich. Im beschämenden Alter von achtzehn Monaten überquerte Pasha zum ersten Mal die Stadtgrenzen Odessas. Das wichtigste Lebensjahr – je nachdem, welchen Freudianer man befragte – hatte er also in Czernowitz verbracht, um mit dem Tod zu ringen; diese Tatsache setzte er zu seiner Verteidigung ein, wann immer ihm vorgeworfen wurde, seine Poesie vertrage sich in dieser oder jener Hinsicht nicht mit dem Geiste Odessas. Seine Dichterkollegen waren der Ansicht, er benutze die Stadt, ohne den erforderlichen Zoll zu bezahlen. Er hätte seine Ansprüche einfach fallenlassen sollen, stattdessen tat er genau das Gegenteil und bemühte sich, sie in der Rolle des Odessiten noch zu übertrumpfen.

Warum setzt du dich nicht, sagte Misha. Das war hartes Zeug.

Was hast du Ostraja über mich erzählt?

Nichts. Wenn sie irgendetwas weiß, ist das reine Intuition.

Sie standen am Buffet und zupften an Olivengebäck und feuchten Crostinis. Misha nahm einen Faltenrock ins Visier. Die anderen umschwärmten den Ehrengast. Sie stellten Fragen, verlangten nach einer Meinung, und nachdem sie von der exotischsten Frucht des Abends gekostet hatten, gingen sie wieder ihrer Wege. Ein paar Dichter blieben übrig. Pasha freute sich über ihre Gesellschaft. Sie hüllten sich in den selbstfabrizierten Nebel. Beim Griff nach einem Würstchen im Schlafrock versetzte eine blasse Dame Nurzhan Bozhko einen Ellenbogenstoß; seine Gedichte waren ganz nett und seine Nase erinnerte an Puschkin – lang und gerade, dicht am Gesicht, mit hochgewölbter, dolchartiger Spitze. Erschreckt ergriff er das ganze Tablett und drückte es der Dame in die Hände. Die war nicht weniger erschreckt und sah Pasha flehentlich an, der wiederum in hysterisches Kichern ausbrach, weil er dachte, die junge Dame biete das riesige Tablett ihm allein an. Er nahm ihr die Last ab und musste feststellen, dass sie noch schwerer war als vermutet; hätte Bozhko nicht so gute Reflexe gehabt, wäre ein Unglück passiert, so aber purzelten nur ein paar Würstchen zu Boden.

Ein elektrisierender Ruck ging durch die Menge, als ein unauffällig wirkender Mann mit rosa Gesicht und kleinen, leuchtenden Augen eintrat. Andrei Fishman, stellte er sich vor und versetzte Pasha mittels Händedruck einen leichten Stromschlag. Andrei hatte offenbar viele Fähigkeiten, doch stillzustehen gehörte nicht dazu. Er geleitete die Gruppe eine Treppe hinauf bis an eine Stahltür, die sehr schwer war (zumindest schien sie sich nur unter großer Kraftanstrengung öffnen zu lassen) und aufs Dach hinausführte. Ihre Schuhsohlen scharrten auf der Dachpappe, als sie in den sich überschneidenden Schatten und der stufenweisen Dunkelheit umherliefen. Sie erreichten die Kante des Daches und schauten in einen schwarzen Krater hinunter, der sich, als sie ihre Blicke wandern ließen, langsam zu füllen, ihnen entgegenzuwachsen schien. Central Park. Die Nacht war sternenlos, aber die vielen kleinen Lichter der fernen Wolkenkratzer taten es auch.

Der Nichtraucher Pasha atmete den in der Luft stehenden Zigarettenqualm ein und war kurz davor, zum ersten Mal seit Stunden einen klaren Gedanken zu fassen, als Andrei dazwischenging. Seine übergroße Libido befeuerte unzählige Projekte, die in schneller Reihenfolge in die Konversation eingeflochten wurden. Er war Herausgeber zweier Zeitschriften; Organisator einer Lesereihe mit Emigranten; Dichter, Prosaschriftsteller und Träger des Pulitzerpreises (für eine Reportagereihe über psychisch Kranke in Wohngruppen); er war Vorsitzender dieses und jenes Gremiums, Psychiater mit zweitem Wohnsitz in Moskau und einem dritten in der Toskana, und er war kurz davor, zum fünften Mal zu heiraten, diesmal in Montreal. Begleitet wurde er von einer seiner Exfrauen und deren greisem Vater, der einmal ein Wochenende in Pasternaks Datsche verbracht hatte und Pasha ausführlich davon berichten konnte. Pasha gab sich aufmerksam, versuchte aber gar nicht mehr zu folgen. Es reichte ihm zuzuschauen, wie Andreis blasse, sommersprossige Arme die Nachtluft zerteilten. Der Mann hatte eine riesige Armbanduhr und gepflegte Fingernägel. Nachts schlafe ich sehr gut, sagte er, vermutlich als Antwort auf eine Frage. Meine Exfrauen hatten alle Schlafprobleme, wahrscheinlich sind wir deswegen nicht mehr verheiratet. Ich kann es nicht ertragen, wachgehalten zu werden. Ihre Sorgen übermannten sie immer nach Mitternacht. Sie hatten es auf meinen Schlaf abgesehen. Diesmal werde ich es besser machen. Martha ist eine vorzügliche Schläferin, die beste, die ich je getroffen habe. Durch nichts lässt sie sich vom Schlafen abhalten. Sobald die äußeren Reize nachlassen, döst sie ein, egal, wo sie gerade ist. Wenn in der U-Bahn keine Sitzplätze frei sind, schläft sie im Stehen. Sie ist da sehr flexibel. Ich glaube, sie wäre selbst im Gulag prima zurechtgekommen. Es ist erfrischend, mit einer so wunderbaren Frau zusammen zu sein, ganz besonders jetzt, wo ich ins Hydro-Alter komme.

Andrei ersparte Pasha die Nachfrage und erklärte das Konzept der Hydro-Jahre. Es ging darin um das grundlegende Prinzip des Liegenlassens, das wiederum einer kurzen Erläuterung bedurfte. Als er die Worte *Würmer*, *Erde*, *Augenhöhlen* aussprach, durchfuhr Andrei ein wohliger Schauder. Er schloss mit einer kuriosen Abhandlung über Schenkel. Eine Frau, die zugehört hatte, führte einen Tanz auf, begleitet von archaischem Singsang. Dass Pasha dieses Haarumhergeschleudere ganz charmant fand, konnte nur bedeuten, dass er den Verstand verloren hatte.

Auf dem Rückweg kam ihm die Treppe viel steiler vor, das Licht gedämpfter. Zum Glück ging jemand voraus, im Notfall würde er als Polster dienen. Aber waren sie wirklich so viele Stufen hinaufgestiegen? Pasha löste den Blick von seinen Schuhen und fand sich allein auf einem Treppenabsatz wieder. Die Schritte des vermeintlichen Vordermannes waren nur das Echo seiner eigenen gewesen. Das Haus, es nannte sich Eldorado, war in Wahrheit eine vertikal angelegte Stadt. Und nun hatte er sich darin verlaufen. Misha hatte ihn an Renatas Tür geführt, und Bozhko hatte ihn aufs Dach verschleppt, und nun konnte er sich weder an die Nummer des Apartments erinnern noch an die Etage. Türen verdoppelten sich, verzerrte, gedämpfte Geräusche kamen aus allen Richtungen. Ein eingespeichertes Programm mit Gebäudeklängen wurde abgespult. Die aufkeimende Panik ließ Pashas Schritte unsicher werden. Er streckte die Hand nach dem Geländer aus und ließ sich auf eine Treppenstufe sinken.

Er sehnte sich nach der Gruppe, verspürte den brennenden Wunsch nach Wiedereingliederung. Er stellte eine Gefahr für sich selbst dar. Kaum, dass er allein war, ging das Denken los. So viel hing davon ab, einen mittelmäßigen Abend zu verbringen, stattdessen war er ein Idiot gewesen und hatte sich amüsiert. Die Aufregung verdarb die Einsamkeit. Er war es gewohnt, jegliche Inspiration allein aus seinem Innenleben zu beziehen. In wohldosierten Mengen und sorgsam ausgewählter Geschmacksrichtung. Manchmal brachten zwei Kugeln Vanille die ersehnte Befriedigung, manchmal Milton, Brodsky, ein paar Gregorianische Gesänge. Für einen in sich versunkenen Menschen wie Pasha bedeutete es immer ein Risiko, über einen Witz zu lachen. Nicht, dass er die anderen, wie sie vermuteten, uninteressant gefunden hätte; er handelte aus reinem Selbstschutz. Ironischerweise war er wirklich interessanten Menschen hilflos ausgeliefert. Die Hochsicherheitsmaßnahmen, die Pasha vor der Menschheit schützen sollten, hatten einen Fehler: Trotz ihrer

Hochsicherheit wurden sie von außerordentlichen Menschen in Sekundenschnelle ausgehebelt. Und diese Individuen waren in manchen Teilen der Welt so selten, dass man sie beim Aufbau der Verteidigung schlicht vergaß, so wie man in der Sahara keine Hochwasserdämme baute.

Im Treppenhaus wird nicht geschlafen, sagte Fishman.

Die Zivilisation hatte Pasha wieder, aber es war nicht mehr dasselbe. Etwas hatte sich geändert, auch wenn er nicht genau sagen konnte, was es war. Vielleicht lag es an der seltsamen Neuanordnung der Sitzgelegenheiten. Renata stiefelte auf ihren Stummelbeinchen ins Zimmer, und noch bevor er wusste, warum, fing er an, sich zu entschuldigen. Wir waren auf dem Dach, sagte er. Die anderen wollten rauchen.

Wie Sie sehen können, ist das Rauchen hier unten erlaubt! Nehmen Sie den Scheißkerl nicht auch noch in Schutz. Andrei weiß genau, dass das Dach tabu ist. Letztes Mal ging der Alarm los, die Nachbarn haben die Polizei gerufen. Die wählen neun-eins-eins, sobald der Wind zu stark bläst. Sie wollen mich aus dem Haus haben. Die warten nur auf eine Gelegenheit. Das Traurige ist, dass ich es einfach nicht lerne. Ich dachte, er wäre gegangen, dabei würde er nie verschwinden, bevor er der Party nicht den letzten Tropfen Lebendigkeit ausgesaugt hat. Und Sie würden nicht einfach verschwinden, ohne sich zu verabschieden, oder?

Sie hatten die Lesung verpasst. Renata hatte den Ehrengast aufgerufen, den großen Lyriker und unseren neuen Freund Pawel Robertowitsch Nasmertow, der einige seiner Gedichte vortragen würde. Da sie ihm unterstellte, nicht viel zu vertragen, hatte sie sich eine Ausgabe seines

Gedichtbandes besorgt und jene Gedichte, die ihr für den Vortrag besonders geeignet erschienen, mit verschiedenfarbigen Post-its markiert (nicht die allzu wortreichen und auch nicht jene, in denen Lager vorkamen). Ein simpler Fehler hatte sie auf die falsche Fährte gebracht. Aufgrund äußerlicher Ähnlichkeiten hatte sie Pasha mit anderen Männern in einen Topf geworfen. So wie Pasha fehlte diesen Männern räumliches Denken, peripheres Sehen, Arglist und Geschwätzigkeit; ihre unfassbare Größe wurde durch ihre Unsicherheit nur verstärkt; strukturelle Eigenarten wurden akzeptiert, führte die beschränkte, sehr besondere Auswahl an Gesten und Bewegungen doch dazu, dass man sie aus Kilometern Entfernung gut erkennen konnte; ihre Teller blieben weiß, bis man sie bediente; sie neigten dazu, ohne Vorwarnung abzuschweifen und dabei blind umherzutapsen wie unbeholfene Welpen. Solche Männer kannten sich in der Welt der Post-its nicht aus, freuten sich aber dennoch über die wenig subtile Hilfestellung. Ihre Dankbarkeit äußerten sie stets auf nonverbale Art, und nur selten wussten sie die Anstrengungen anderer, die ihr Fortleben sicherstellten, zu schätzen. Es blieb unklar, ob sie sich überhaupt darüber im Klaren waren, wie viel Mühe und Arbeit in sie investiert wurde, und diese Blindheit schien sich aus sich selbst heraus immer weiter zu verbreiten.

Diese Männer waren unerschütterliche Versionen ihrer selbst und nicht für den großen Auftritt gemacht. Doch wenn Pasha las, durchlief er eine Veränderung. Vor Publikum konnte er verkörpern, berühren, mitreißen. Schwung und Tatkraft, vermeintlich verkümmert oder sonst gar nicht vorhanden, blühten plötzlich in ihm auf. Er wurde entschlossen und aggressiv. Er wurde laut. Renata hätte ihre Regieanweisungen in taube Ohren geflüstert, denn Pasha wäre kein bisschen aufnahmefähig gewesen. Erst nach der Rezitation der ersten Gedichte hätte er bemerkt, dass seine blutleeren Finger einen Gegenstand umklammert hielten. Zu dem Zeitpunkt hätte er längst vergessen, wer ihn vorgestellt hatte oder wo er sich befand. In dieser abgeschlossenen Kapsel der akuten Gegenwart konnte ihn die schlimmste Klaustrophobie überfallen. Um die Bedrohung abzuwehren, brauchte es Ventile, darunter alle Objekte, die irgendwie in die Kapsel hineingerutscht waren und denen immer noch der Duft der Außenwelt anhaftete (man denke an Gefangene, die nach ihrer Entlassung Voltaires Gesamtwerk auswendig können). Sobald er gemerkt hätte, dass er sein eigenes Buch in Händen hielt, vollgeklebt mit flatternden Schnipseln in allen Neonfarben, hätte Pasha sich aufgelehnt. Renata wäre auf Jahre gekränkt gewesen. Doch glücklicherweise hatten sie die Gelegenheit, einander zu verletzten, umschifft, und Renata konnte ungehindert überfließen vor mütterlichen Gefühlen. Dass er die anderen Dichter verpasst hatte, war ein nicht minder großes Glück.

Unterdessen war Misha schon wieder dabei, munter zu rationalisieren. Alles war logisch und erklärbar: Bozhko, Fisherman und der Rest der Gang interessierten sich nur deshalb nicht für ihn, weil er keine Gedichte schrieb, sondern Prosa, sehr amerikanische noch dazu. Die einzige in ihrem Zirkel geduldete Prosaschriftstellerin war Rosa Salem, und die zählte nicht, aus zweierlei Gründen: Sie war (trotz ihrer Nase) eine attraktive Frau und ihre Prosa so unverständlich wie zeitgenössische Lyrik. Dass Pasha sich diesen Leuten angeschlossen hatte, war völlig natürlich.

Lilja, deren dunkle, magnetische Schönheit Pasha an die jüngst vergangene Pracht Odessas erinnerte, war verschwunden. Sie hatte weder das Bad aufgesucht, noch lag sie in dem Schatten eines Bücherregals versteckt. Solange er sie im Blick behalten hatte, war er zufrieden gewesen, sich mit anderen zu unterhalten, doch nun meinte er, in der veränderten Atmosphäre den Tod der Party zu wittern. Aus Ambiente wurde ohrenschmerzender Lärm. Die Zahl der Gäste hatte sich halbiert, und die verbliebene Hälfte sah sich gezwungen, lauter zu lachen und mehr Raum einzunehmen. Alle schönen Frauen waren aus dem Zimmer abgezogen worden. Die noch anwesenden wirkten, als würden ihre Füße in den hohen Schuhen malträtiert. Sie trugen grell gemusterte Blusen, wie um einen Mangel auszugleichen und auf ihre Brüste aufmerksam zu machen, auf die in besseren Zeiten stets Verlass gewesen war. So wie man kurz vor dem Gang zum Pfandleiher mit einem kaputten Küchengerät verfährt, hatten sie in letzter Minute und unter Aufbietung aller Tricks an ihrem Gesicht herumgepfuscht und einen prekären Anschein von Brauchbarkeit erzeugt, der hoffentlich mehrere Stunden lang anhalten würde. Ihr Lächeln war wie ein hastig verschmierter Fettfleck. Es war Pasha unmöglich, sich seine Frau als eine der hier Anwesenden vorzustellen. In Kriegsbemalung und bunter Bluse sähe sie absurd und primitiv aus. Nicht in einer Million Jahren würde sie so ein Lächeln zustande bringen. Pasha war stolz. Nein, seine Frau lächelte nie.

Ehrlich gesagt vergesse ich das mit der Verabschiedung

tatsächlich sehr häufig, sagte er. Aber ich werde mich bemühen zu berücksichtigen, wie wichtig es Ihnen ist. Nun denn: Auf Wiedersehen.

Sie dürfen noch nicht gehen! Sehen Sie, wie viel Wassermelone noch übrig ist.

Ich habe noch eine ganze Zugfahrt vor mir, sagte Pasha, obwohl er Wassermelone liebte.

Oh, ja, Sie haben recht, Brighton Beach! Nein, das kommt nicht in Frage. Wir haben Gästebetten, Sofas, Abstellkammern, was immer Sie wollen … Übernachten Sie hier, und morgen gehen wir zum Brunch. Ich zeige Ihnen ein richtiges New Yorker Viertel. Wissen Sie, was ein Bagel ist?

Das ist sehr nett von Ihnen, sagte Pasha, aber meine Familie …

Rufen Sie sie an. Sagen Sie ihnen, dass Sie bis morgen bleiben, Renata wird sich um alles kümmern. Dem Kleinen wird nichts zustoßen. Warten Sie, ich hole Ihnen das Telefon. Als sie sich umdrehte, berührte eine junge Frau mit sommersprossigem, gerötetem Gesicht ihren Arm und beugte sich vor. Aus der Geste sprach pure, nervöse Jugendlichkeit. Renata riss die Augen auf und ließ das Fräulein mit einem bedeutungsschwangeren Blick erstarren. Sieht so aus, als hätten wir einen Notfall, sagte sie zu Pasha und zwinkerte belustigt. Ich bin gleich zurück. Warten Sie hier – ich bringe Ihnen das Telefon. Renatas lebenserfahrener Arm legte sich auf die Schultern der aufgewühlten jungen Frau.

Pasha dachte noch über Renatas Vorschlag nach, als ein gehetzter, atemloser Misha neben ihm auftauchte. Nun musste Pasha sich Sorgen um Misha machen.

Misha reagierte mit einem Lachen, das aus seinem Mund gluckerte wie ein Wasserfall. Sein Haar war zersaust (wegen seiner Locken war er früher Masha genannt worden). Pasha spürte eine Hand an seinem Rücken und wunderte sich über die plötzliche Vertrautheit. Aber vielleicht war es genau das, was sie jetzt brauchten – gute alte Zuneigung. Immerhin waren sie seit ihrer Kindheit befreundet.

Hallo, Jungs, sagte eine wohlbekannte Stimme. Die Party ist vorbei.

Die Party fängt gerade erst an, widersprach Misha. Was möchtest du trinken?

Ich muss fahren, sagte Marina. Genau genommen muss ich jemanden *chauffieren*.

Was in aller Welt tust du hier?, fragte Pasha.

Weißt du was, besann sich Marina, ich glaube, ich nehme doch einen Drink. Misha löste sich sanft von ihrem Arm und trottete zur Hausbar hinüber.

Unglaublich! Hat Mama dir nicht gesagt, dass ich dich abhole?

Schön, dass du gekommen bist, sagte Pasha mit null Überzeugung in der Stimme. Aber ehrlich gesagt war das vollkommen unnötig.

Misha eilte mit der Bestellung heran.

Marina lachte. Für wen hältst du mich? Für Semjon aus dem ersten Stock?

Nein, du hast mehr Stil. Semjon hat seinen Schnaps selbst gebrannt. Du hast immer schon lieber Stolichnaya getrunken.

Ich war vierzehn. Jetzt bin ich eine Dame. Unsere Spezies trinkt Wein.

Mishas flinke Finger wollten nach dem Schnapsglas greifen, was sie dann auch taten, als es geleert war. Marina hatte sich die Machogeste, nach einem kräftigen Schluck die Lippen zu verziehen und die Zähne zu blecken, nicht abgewöhnt. Ihre Kehle zischte wie eine frisch geöffnete Coladose. Misha drückte ihr ein artgerechtes Getränk in die geschwollene Hand, die sich um den Glasstiel schloss wie zum Klammertest.

Dein Timing ist perfekt, sagte Pasha. Eine Minute später, und du hättest mich verpasst.

Dann hast du Mamas Nachricht vielleicht doch noch empfangen, telepathisch.

Esther Borisowna besitzt tatsächlich übersinnliche Kräfte, sagte Misha. Wisst ihr noch, wie sie das Feuer in der Verklärungskathedrale vorausgesagt hat?

Die Frau im Hinterhof hat immer behauptet, Mama wäre eine Hexe, erinnerte sich Marina.

Ich wollte damit nur sagen, erklärte Pasha, dass ich gerade gehen wollte.

Du wirst noch ein bisschen warten müssen, sagte Marina und hob ihr Glas. Nichts durfte vergeudet werden, in der Hinsicht war sie unnachgiebig, zumindest, wenn es um Alkohol ging. Auf ihren Wangen zeichneten sich rötliche Flecken ab, eine Art Schwellung, über die Pasha sich immer schon gewundert hatte. Marina die Tartarin, damit hatte er sie früher geärgert, und sie war jedes Mal darauf angesprungen, wollte sie doch einfach nur Marina Wie-alle-anderen-in-der-Familie sein. Sie führte das Glas in so kurzen Abständen an ihre Lippen, dass es einfacher gewesen wäre, es gleich dort zu lassen. Schon wirkten ihre Augen entspannter, die Stirn glatter, der Blick verschwommen. Ihre gefächerten Zähne konnten sich mit einem Schlag blau verfärben. Sie schaute sich um und nickte anerkennend. Gar nicht so übel, sagte sie, auch wenn ich keine Lust hätte, das alles sauber zu halten.

Ich habe eine Haushaltshilfe, eine wahre Perle, sagte Renata. Sie schafft es, in wenigen Stunden alles blitzblank zu putzen, und sie kostet fast nichts. Eine Illegale aus Charkiw, drüben hat sie Literatur unterrichtet. Wenn Sie möchten, gebe ich Ihnen ihre Telefonnummer, aber Sie sollten wissen, dass sie meistens ausgebucht ist. Renata drehte sich zu Pasha um und reichte ihm das Telefon. Bitte sehr, rufen Sie Ihre Familie an. Sagen Sie ihnen, dass Sie erst morgen Nachmittag zurück sind. Oder wenn Sie möchten, erledige ich das für Sie.

Haben Sie bereits!, prustete Marina los. Sie pumpte das Lachen schwallweise aus sich heraus, indem sie ihre inneren Organe zusammenzog und es aus ihren Tiefen aufwärtsbeförderte.

Ihre ältere Schwester, fragte Renata, oder eine Tante aus Brighton?

Marina konnte nicht anders, als weiterzulachen. Das Pumpen wirkte plötzlich hysterisch. Tränen trübten ihre Sicht.

Dabei hat sie nicht einmal etwas geraucht, sagte Misha.

Sie blieben über Nacht. Sie mussten. Marina, die endlich ihre Fassung wiedergewonnen hatte, merkte, dass sie zwar nicht betrunken, aber zutiefst erschöpft war. Sie wäre spätestens auf dem Columbus Circle am Steuer eingeschlafen. Renata brachte sie in dem Sprechzimmer unter, in dem sie normalerweise ihre Patienten empfing. Ich bin ausgebildete Psychoanalytikerin, sagte sie, die starren

Augen auf Marina gerichtet, ich praktiziere schon seit zehn Jahren. Woraufhin Marina abermals und zum Verdruss aller, Misha ausgenommen, zu kichern anfing. In ihrem Gefolge würde er sich die steilsten Pisten hinauflachen, bis an die Gipfel des Absurden. Doch diesmal ging Marinas Gelächter schnell in einen schmerzhaften Schluckauf über. Misha rief ein Taxi.

Der Futon ist nicht mehr ganz neu, sagte Renata. Die Patienten hingen an der vertrauten Umgebung; etwas zu verändern käme einem Verrat gleich. Marina wurde sich selbst überlassen und rang mit ihrem Schluckauf. Pasha versuchte gar nicht erst, das Bilderrätsel zu lösen. Eigentlich müsste die Puppe sich in einen - in diesem Fall verkrüppelten - Schmetterling verwandeln. Doch solch eine Metamorphose ließ sich nicht erzwingen. Wie sich herausstellte, lag die Lösung darin, ein Vorderbein anzuheben, die Seitenteile festzuhalten und gleichzeitig die Rückenlehne hinunterzudrücken; schon ließ sich die versteckte Liegefläche an ihrem Holzrahmen herausziehen, wenn auch nur ganz vorsichtig, denn das Holz war bereits angeknackst. Von da an war es ein Kinderspiel, das Ding klappte sich wie von allein auseinander.

Nicht, dass Marina hätte einschlafen können; trotzdem wurde sie von Zahlenkolonnen geweckt. Manchmal passierte ihr das, dann präsentierten sich ihre Albträume als Codes. Die Ziffern drehten sich im Abfluss des Bewusstseins. Sie verbanden sich zu langen Ketten, die Marina sinnlos quälten. Leuchteten sie in fröhlichen Farben, nahm Marina das zum Anlass, ein Lotterielos zu kaufen. Was sich fast immer als Fehldeutung erwies. Aber an diesem harmlosen Morgen brachte die hastige Ziehung eine goldene Zahl vor samtrotem Hintergrund hervor: siebenhundertdreißig. Zwei Jahre! Es war der Jahrestag ihrer Ankunft, und die Erkenntnis war wie ein Schock, als hätte sie nicht fleißig mitgezählt. Es handelte sich nicht um eine Zahl, sondern um einen Feiertag! Die anderen hatten sich ungewöhnlich zurückhaltend gegeben. Hatten sie es gar vergessen? Vielleicht waren sie der Meinung, es nach dem Tamtam im vergangenen Jahr ruhiger angehen zu müssen, gelassener zu bleiben. Pasha wurde ins Auto verfrachtet und dazu verdonnert zu warten, während Marina ein paar ruhige Kuchen und gelassenen Champagner einkaufte. Als sie nach Hause kamen, war die Wohnung leer. Noch während sie das Obst in der Schale arrangierte, eine Aufgabe, bei der es auf Fingerspitzengefühl ankam, bemerkte Marina das Blinklicht am Telefon.

Eine unwirsche Männerstimme mit starkem Akzent. Das Herz klopfte ihr bis zum Hals. Der Anrufer war einer der chassidischen Brüder. Er sprach zu ihr! Sie war zu überwältigt, um richtig hinzuhören, und spulte die Nachricht immer wieder zurück. Sie war sehr kurz.

Entlassen!, sagte Marina. Sie saßen mit erhobenen Gläsern um den Tisch herum, hatten aber noch nicht angestoßen.

Esther war empört. Das hatte es noch nie gegeben, keiner aus ihrer Familie war je entlassen worden! Doch sie sparte sich die Worte, setzte stattdessen Teewasser auf und ließ Marina schimpfen. Diese Leute waren schlampig und chaotisch und hatten sie wie den letzten Dreck behandelt, hatten sie quasi misshandelt, nie hatte man ihr etwas zur Stärkung angeboten, und gleichzeitig wollten sie ihr wegen ihrer bescheuerten Regeln verbieten, sich etwas mitzubringen? Koscher schmoscher! Ein Lebensmittel war so gut wie das andere, und das wüssten sie selbst, wenn sie jemals zu wenig davon gehabt hätten! Von Anfang an hatten sie Marina nicht leiden können, woran auch immer es gelegen hatte, an ihrem langen Haar vielleicht oder an ihrem Kleidungsstil; und doch hatte sie sich die größte Mühe gegeben mit diesem Schweinestall. Ein Tuch, noch warm von Esthers Busen, trocknete Marinas Tränen. Der heiße Tee ließ ihre gesprungenen Lippen anschwellen, sie schlürfte laut und versuchte, Kroliks Staunen über die Salami zu verdrängen, seine angespannte Stirn, die noch zu jung war, um sich in Falten zu legen. Wie schnell er die paar Bissen verschlungen hatte, er hatte sich kaum Zeit zum Kauen gelassen, bevor er verschwunden war, samt Beweisstück.

SECHS

Robert war wie besessen von dem Mann in Cambridge, dessen Existenz Pasha nur ungern verraten und dann prompt wieder vergessen hatte. Der Mann wich den ganzen Tag lang nicht von Roberts Seite, und nachts wurde er besonders aufdringlich. Er fing an, zu Robert zu sprechen und Sätze zu sagen wie: Sie müssen Pasha dazu bringen, sich bei mir zu melden, es ist sehr wichtig.

Wer sind Sie?, fragte Robert, aber der Mann antwortete nicht. Robert ließ nicht locker, und ein paar Stunden später stellte der Unbekannte sich in aller Form als emeritierter Harvard-Professor und leidenschaftlicher Übersetzer russischer Lyrik vor. Ich habe mit Brodsky zusammengearbeitet und einmal ganz kurz auch mit Nabokov. Ich werde Pashas Wälzer ins Englische übertragen und ihm, sobald das Buch erschienen ist, eine Dozentenstelle verschaffen. Er wird sein Land verlassen und in Massachusetts wohnen, das ist praktischer so. Es liegt ganz in der Nähe, schauen Sie mal auf die Karte – es täte Ihnen ohnehin gut, Ihre Geographiekenntnisse aufzufrischen. Man kann mit dem Zug hinfahren, nicht ganz billig, aber sehr bequem. Und wenn es an der Zeit ist, wird Frida bei der Studienplatzvergabe bevorzugt.

An dieser Stelle musste Robert ihn freundlich, aber bestimmt unterbrechen. Planen Sie nicht ein wenig zu weit voraus? Wie alt ist Frida? Höchstens zehn. Und wann schließt man in diesem Land die Schule ab, mit zwanzig? Sie sehen also, es wird noch eine ganze Weile dauern, bis sie sich zum Studium bewirbt, und abgesehen davon wird eine bevorzugte Behandlung nicht nötig sein. Aber was die Übersetzung von Pashas Buch betrifft, haben Sie völlig recht, wobei es nicht gerade ein Wälzer ist, und mit der Dozentenstelle natürlich auch. Er wäre ein hervorragender Lehrer, verfügt er doch über ein geradezu pedantisches Einfühlungsvermögen.

Dann muss er mir antworten, sagte der Mann aus Cambridge. Ich habe sein Buch gelesen und ihm einen langen Brief geschickt, um mich vorzustellen und seine Lyrik zu loben, wobei ich sehr detailliert auf einige Gedichte eingegangen bin. Dass ich einem unbekannten russischen Dichter vorschlage, sein Werk zu übersetzen, kommt nicht alle Tage vor. Ihnen ist hoffentlich klar, dass ich an der Sache kein Geld zu verdienen habe. Außerdem leide ich nicht unter Langeweile, im Gegenteil, ich ertrinke in Arbeit und Abgabeterminen. Damit will ich nur sagen, dass ich alles versucht habe.

Robert dachte lange und angestrengt nach. Es direkt anzusprechen wäre dumm. Pasha würde alles andere als erfreut reagieren, wenn er erführe, dass sein Vater hinter seinem Rücken mit dem Mann in Cambridge kommunizierte. Doch wenn er Pasha zu einer Antwort überreden könnte, wäre sein Sohn in Amerika schon so gut wie berühmt, dann hätte er endlich einen angesehenen Job und Zeit zum Schreiben. Die Angelegenheit war von oberster

Priorität. Zu viel stand auf dem Spiel, Robert durfte sich keinen Fehler erlauben. Er musste strategisch vorgehen. Dann wiederum war Robert kein Stratege. Er vertraute zu sehr auf die höheren Mächte und unterschätzte dabei den Zufall. Er glaubte daran, dass die Wahrhaftigkeitsmagneten des Universums, wenn man nur alles auf eine Karte setzte, Ordnung ins Chaos bringen und für das gewünschte Endergebnis sorgen würden. So erklärte sich auch Roberts charakteristische Schludrigkeit. Plötzlich hörte er einen Schlüssel in der Tür, dann Schritte. Esther stöhnte, rollte sich auf die Seite und fing an zu schnarchen.

Robert setzte sich auf, war wie elektrisiert. Er sah alles ganz deutlich vor sich: Pasha hatte den Brief. Er war stur, doch er war ein Nasmertow, was bedeutete, dass er über einen endlosen Vorrat an ebenso hartnäckigen, lästigen Zweifeln verfügte. Blieb ihm kein Raum mehr, seine Meinung zu ändern, bekam er einen klaustrophobischen Anfall. Robert stellte sich vor, wie Pasha den mysteriösen Brief aus Cambridge geöffnet, ihn geradezu verschlungen und dann aus irgendeinem verrückten Grund zu ignorieren beschlossen hatte. Wahrscheinlich hatte Pasha den Brief weggeräumt und in den folgenden Tagen versucht, ihn zu vergessen, bis ihm irgendwann klargeworden war, dass er um eine Antwort nicht umhinkäme. Er brauchte Zeit, seine Entscheidung zu überdenken, um sie nicht überdenken zu müssen. Also hatte er den Brief wieder hervorgekramt und mit nach New York genommen, um ihn, sollte er sich dafür entscheiden, dem Mann zu schreiben oder anzurufen, noch einmal in Ruhe durchlesen zu können. Robert umklammerte die Bettdecke und atmete schwer. Er spähte zu Esther hinüber und fragte sich, ob sie seine Gedanken mitgehört hatte, doch sie schlief tief und fest, mit weit geöffnetem Mund, aus dem ihr Atem pfiff. Robert warf einen Blick auf die Uhr – Viertel vor drei. Er legte sich wieder hin. Mittlerweile war er überzeugt, dass Pasha die vollständigen Kontaktdaten des Unbekannten bei sich trug. Doch schon morgen Abend würde er nach Odessa zurückfliegen; wenn er dem Mann bislang nicht geschrieben hatte, würde er es auch nicht mehr tun. Robert fühlte sich, als würde er selbst fliegen. Er war schwerelos, spürte den kräftigen Wind pulsieren. Er wurde ganz aufgeregt – all das passierte wirklich, wenn auch nur in seiner blühenden Phantasie. Aber von nun an würde nichts mehr geschehen. Ein kleiner Stein rollte auf Roberts Brust und drückte ihn in die Matratze. Dann hatte Pasha den Brief also mitgebracht. Was genau sollte Robert mit dieser Erkenntnis anfangen? Er erinnerte sich an den wiederkehrenden Wachtraum, dem er die Erleuchtung überhaupt zu verdanken hatte: Er saß in einem Boot ohne Ruder. Er suchte nach einem Ersatzpaddel, nur dass er diesmal unter seiner Sitzbank einen Koffer entdeckte, der zu Staub zerfiel, sobald er ihn berührte.

Pasha hatte ihrem Wunsch entsprochen und während seines Besuches zugenommen (inzwischen war er süchtig nach Ritz-Crackern, in der Hosentasche trug er stets mindestens eine aufgerissene Packung mit sich herum – sehr zur Freude der Mäuse und Kakerlaken, wie Esther meinte). Er rasierte sich regelmäßig und hatte ordentlich Sonne abbekommen, trotzdem sah er aus wie ein Programmierer, was möglicherweise daran lag, dass er Leviks Kleidung trug, auf Leviks Sofa saß, Leviks Friseur besuchte und Leviks Körperpflegeprodukte und, unabsichtlich, sogar seine Zahnbürste benutzte (die nur selten zum Einsatz kam, bei beiden Männern).

Aber Pasha war ein ausgeglichener, in sich ruhender Dichter, Levik ein getriebener Programmierer. Pasha schlief gut, strahlte Seelenfrieden aus und produzierte Texte von stets hoher Qualität (an schlechten Tagen waren sie gut, an guten Tagen hervorragend, und sein Genie war ohnehin unvergleichlich). Levik war sprunghaft und launisch und saß immer wieder bis in die Puppen vorm Computer. Er murmelte vor sich hin, kaute an den Fingernägeln, rupfte sich das Haar, das ohnehin ausgefallen wäre, büschelweise aus und schloss sich stundenlang im Schlafzimmer ein; wenn er scheiterte, fluchte er wild, wenn er eine Lösung fand, weinte er vor Freude; überall in der Wohnung hatte er Fläschchen mit undefinierbaren Flüssigkeiten versteckt, und er neigte zu Kauforgien, von denen er tonnenweise Lufterfrischer mitbrachte. Wenn man ihm im Flur begegnete, wusste man nie, ob man ignoriert oder zu einem Tänzchen gepackt werden würde, denn manchmal war Levik so ergriffen, dass er nicht anders konnte, als zu tanzen, auch wenn sein Tanz für einen uneingeweihten Betrachter nur schwer als solcher zu erkennen war. Dass die Arbeit ihm so naheging, war seltsam, beherrschte er doch keine andere Programmiersprache als Visual Basic. Lass dich vom Namen nicht täuschen, pflegte er zu sagen. Aber es handelte sich doch um ein Trainingsprogramm für Anfänger? Egal, Levik hatte einen Job (zum ewigen Einstiegsgehalt) ergattert, weil er seinen Lebenslauf gefälscht und zwanzig Freunde hatte, die für ihn bürgten, und weil Amerikaner ganz allgemein nicht glauben wollten, dass ein Russe von Technik womöglich keine Ahnung hatte. Auch ein nerdiger Achtklässler mit zu viel Freizeit hätte die Arbeit erledigen können, aber wenn Levik um vier Uhr in der Früh vor dem riesigen schwarzen Monitor mit darüberlaufendem Code saß und der Cursor stundenlang an derselben Stelle blinkte, hätte man meinen können, er wäre dabei, das Universum zu dechiffrieren.

Im Vergleich zu Leviks leidenschaftlichen Computersessions wirkte Pasha, wenn er über Versen brütete, fast schon langweilig. Mit ausdrucksloser Miene und unerschütterlicher Gelassenheit saß er da. Marina schien mehr Herzblut zu vergießen, wenn sie Einkaufslisten erstellte. Außerdem schrieb Pasha so früh am Morgen, dass er praktisch noch schlief. Zu dieser Zeit war außer ihm nur Esther wach, und so war es mehr als einmal zu Zusammenstößen gekommen. Das Morgengrauen ist eine heikle Zeit, anders als die Abenddämmerung, in der alles Mögliche passiert. Im Morgengrauen werden klammheimliche Missionen erfüllt, in der Abenddämmerung Aperitifs gereicht. Weder Esther noch Pasha wollten auf die kostbare morgendliche Einsamkeit verzichten, doch Esther hielt Küche und Bad besetzt, zwei Räume, die er früher oder später betreten musste. Sie behielt Pasha genau im Auge und kommentierte jede Entscheidung bezüglich essen oder trinken. Warum drei Löffel Instantkaffeepulver nehmen, wenn einer gereicht hätte? Eigentlich gehören Waffeln auf den Teller, aber ihm konnte es ja egal sein, schließlich war Mama da, um die Krümel für ihn aufzuwischen.

Doch heute war kein Morgen wie jeder andere, denn es war Pashas letzter. Extra für ihn hatte Esther frischen

Hüttenkäse zubereitet, und Pasha langte ordentlich zu. Am liebsten hätte sie sich ihren kleinen Jungen an die Brust gedrückt. Stattdessen stellte sie sich hinter den teigigen Riesen und kniff in seine Speckröllchen (das Gummi von Leviks Pyjamahose schnitt ihm in die Haut und legte sie praktischerweise in Falten).

Wie läuft das Dichten?, fragte sie mit strahlenden Augen.

Gut, sagte Pasha misstrauisch. Die Frage kam aus dem Nichts; in der Tat erwähnte Esther sein Schreiben zum ersten Mal. Bislang hatte sie sich nicht gerade als größte Unterstützerin der Arbeit ihres Sohnes hervorgetan. Aber vielleicht, dachte Pasha, hat sie es endlich eingesehen. Vielleicht war die Frage symbolisch gemeint – sie reichte ihm die Hand. Ehrlich gesagt, fügte er hinzu, lief es in der letzten Zeit ein bisschen holperig. Man sagt nicht umsonst, das zweite Buch wäre das schwierigste. Warum fragst du?

Du hast viel gegessen.

Nicht mehr als sonst.

Aber öfter.

Was hat das mit dem Schreiben zu tun?

Vielleicht ist es eine Form der Kompensation.

Glaubst du etwa, es wäre einfach, in diesem Haushalt zu arbeiten?

Ich schaffe das.

Du kochst Suppe.

Von der du jede Menge isst!

Pasha schob die Waffeln in die Tüte, löffelte den Hüttenkäse zurück in die Schüssel und kippte den Kaffee in die Spüle. Ich gehe spazieren, sagte er und wusste selbst nicht, warum, schließlich war er nicht einmal wütend. Er eilte hinaus und knallte zum krönenden Abschluss seines kleinen Dramas die Tür hinter sich zu.

Robert schlurfte in die Küche und grummelte, er habe verschlafen. Was völlig bedeutungslos war. Den Wecker zu überhören hatte schon lange keine Konsequenzen mehr, was Robert umso verdrießlicher stimmte. Zehn Minuten zu spät zur Arbeit zu erscheinen, das konnte man mal machen. Es konzentrierte und sublimierte ein unerklärliches, ungreifbares Unglücklichsein, machte es sich gar zunutze – gelegentliche Verspätungen waren eine kleine, harmlose Grenzüberschreitung. Ohne sie blieb einfach nur das Gefühl der unerklärlichen, ungreifbaren Trübsal.

Warum hast du mich nicht geweckt?, fragte er.

Du hast so schön geschlafen, sagte Esther.

Es bereitet ihr Vergnügen, mich am Boden zu sehen, dachte Robert. Es war sein vielleicht dritter gemeiner Gedanke seit dem Zweiten Weltkrieg. Er ließ sich auf den Stuhl am Fenster sinken. Vor seinem Gesicht materialisierte sich eine Kaffeetasse.

Du weißt doch, dass ich weniger Kaffee trinken will.

Unsinn, sagte Esther. Das Zeug bringt dich in Schwung. Als er ein paar Schlückchen getrunken hatte, fügte sie hinzu: Pasha ist irgendwohin verschwunden.

Ich habe ihn nicht gesucht.

Ich dachte, vielleicht weißt du ja, wo er steckt.

Glaubt du, er ist mir im Traum erschienen und hat es mir gesagt? Nein, hat er nicht. Du hättest ihn fragen können.

Ich wollte mich nicht aufdrängen.

Robert warf ihr einen spöttischen Blick zu.

Er hat gesagt, er will spazieren gehen. Dabei geht Pasha nie spazieren. Jetzt mache ich mir Sorgen.

Wann ist er gegangen?

Vor einer halben Stunde.

Beruhige dich. Ich sage dir, ab wann du dir Sorgen machen kannst. Ist noch Hüttenkäse übrig?

Die Neuigkeit, dass es frischen Nachschub gab, lockerte die bedrückte Stimmung auf. Was für ein Unterschied, ob man in den kleinen harten Bröseln von letzter Woche herumstocherte oder in den luftigen Körnchen einer neuen Fuhre. Dazu ein Teelöffel Himbeermarmelade – eine himmlische Kombination. Dass sie seit fünfunddreißig Jahren Hüttenkäse zum Frühstück aßen, schmälerte den geschmacklichen Überraschungseffekt kein bisschen. Seit Jahrzehnten schon lief Robert mit weißen Frischkäseresten in den Mundwinkeln herum.

Kaum hatte er genug, wurde er aus der Küche geschoben.

Und jetzt?, rief Esther ihm zu. Darf ich mir jetzt Sorgen machen?

Seit wann ist er weg?

Fünfundvierzig Minuten!

Noch nicht!, schrie Robert, schäumte mit dem verkrusteten Pinsel Rasiercreme auf und blähte eine Wange. Dann hielt er inne. Sein Blick fiel auf Pashas Koffer. Eigentlich war es nicht Pashas Koffer, sondern einer von Robert. Er hatte ihn einmal von einem Patienten geschenkt bekommen. Der Patient war ein Koffergroßhändler mit verkalkten Arterien und Parkinson im Frühstadium gewesen. Er hieß Wolodja Laramstik und hatte im Leben so viel Pech gehabt, genetisch bedingt, dass es den Nasmertows nie an Koffern mangelte. Robert klappte mit der Pantoffelspitze den Deckel auf. Was für ein trauriger Anblick: Kleidung und Papiere waren hektisch zusammengerafft und achtlos hineingeworfen worden.

Robert ging auf die Knie und machte sich an die Arbeit. Wenn man ihm einen Meißel, eine Pinzette oder eine Schere in die Hand drückte, lief garantiert alles glatt. Doch mit bloßen Händen zu arbeiten zählte nicht zu seinen Stärken. Er besaß keine Erfahrung, außerdem war es gar nicht so leicht, wie es aussah. Nach einem ersten überstürzten Anlauf fiel ihm auf, dass er den Atem angehalten hatte. Er wühlte sich blindlings hindurch und merkte gar nicht, was er wohin räumte. Er fing noch einmal von vorn an und versuchte, drei Dinge gleichzeitig zu schaffen: atmen, wühlen, wahrnehmen. Nach einer Weile fragte er sich, warum er jedes Kleidungsstück einzeln untersuchte, wo doch alle Zettel auf einem Haufen lagen. Das Gewicht des Papiers erschreckte ihn. Es verlangte ihm alles ab, den Stapel aus dem Koffer zu heben. Er unterteilte den großen Stapel in drei kleinere und nahm den ersten zur Hand: unzusammenhängende Strophen, Anmerkungen, unleserliches Gekritzel. Sein Blick fiel gerade auf das Wort *Papa*, als die Dielen knarzten. Robert fuhr herum. Die Tür schwang auf, und Esthers Hintern schob sich ins Bild, ein vertrauter Anblick in diesem Haushalt, da sie meistens keine Hand frei hatte. Robert war erleichtert, nicht nur darüber, dass es Esther war, sondern auch über ihren Allerwertesten. Mit einem so breiten Hinterteil konnte sie nicht ernstlich krank sein. Der Krebs fraß die Leute auf.

Sie magerten ab und schwanden dahin. Dieser Hintern hingegen nahm alle Nährstoffe bereitwillig auf. Doch nun drehte Esther sich um und schnappte nach Luft. Sie blieb wie erstarrt stehen, die Augen weit aufgerissen. Sie trug Pashas Wäsche auf dem Arm.

Du hast mich erschreckt, sagte sie, watschelte ins Zimmer und legte die Wäsche auf dem Sofa ab. Ihre Knie gaben nach und knickten ein wie gefällte Bäume. Robert fürchtete, sie würde zusammenbrechen, schon wollte er ihr zu Hilfe eilen, doch sie ließ sich einfach nur neben ihn auf den Teppich sinken. Wonach suchen wir denn?, fragte sie.

Ich weiß es nicht genau, sagte Robert. Um Blickkontakt zu vermeiden, schlug er die Augen nieder und entdeckte im selben Moment ein Schreiben mit Harvard-Briefkopf, das oben auf dem zweiten Stapel lag. Er musste laut lachen, so steif und gespreizt war das Russisch, in dem es verfasst war. Der Mann hieß John Lamborg, er leitete den Fachbereich für Slawistik und war ein Experte für Sprache und Semiotik des russischen Mittelalters. Außerdem unterrichtete er ein Seminar, das sich mit einem viel interessanteren Thema auseinandersetzte: Stilistik der russischen Lyrik des zwanzigsten Jahrhunderts. Robert schrieb die Adresse ab und legte den Brief zurück.

Ich bin fertig, sagte er fröhlich und stand vom Boden auf.

Was denn, antwortete Esther, ich fange gerade erst an!

Pasha trat auf die Straße. Eine unglückliche Entwicklung der Ereignisse, wirklich. Anders als Tolstoi machte Pasha sich nichts aus langen, ziellosen Spaziergängen. Doch ihm wollte kein Ziel einfallen. Vielleicht sollte er die Gelegenheit nutzen, sich ein letztes Mal hier umzuschauen. Hatte er nicht eine Straße mit Souvenirläden gesehen, Gassen mit venezianischem Ambiente? Doch die Gegend war verknöchert, es gab nichts zu entdecken, höchstens zu gebrauchen. Brauchte er irgendetwas? Tomaten vielleicht?

Eigentlich hätte er jetzt packen müssen, doch in die Wohnung konnte er noch nicht zurück. Er ließ sich vom Sonnenlicht leiten. Der Sommer hatte die Besuchszeit nun ganz offiziell überschritten. Alle hatten ihn begeistert empfangen, doch inzwischen sehnten sich selbst die Sonnenanbeter nach der verdienten Pause. Ohne Unterlass strömte die betäubende Hitze ins Treibhaus der Straßenschluchten. Kein Gedanke ließ sich länger halten, die Dinge tauchten auf wie aus dem Nichts. Was war das? Ein Busch. Und daneben? Eine alte Lady, die in einem Mülleimer wühlte. Rurik Schwarts huschte über die Straße. Ruriks Mutter Raja war Esthers beste Freundin gewesen, eine verhärmte Frau mit hysterischer Lache, die im Alter von siebenundvierzig Jahren vom Blitz erschlagen worden war, beim Rendezvous mit ihrem Liebhaber. Rurik war ein gescheiterter Geiger. Zum Glück waren gescheiterte Geiger zu verbittert, um auf dem Nachhauseweg vom Einkaufen nach bekannten Gesichtern Ausschau zu halten. Er verschwand in einem Hauseingang, zwei schlaffe braune Papiertüten in den Händen.

Die Brightoner Luft stank auf eine verstörende Weise, aus den Bahnunterführungen waberte noch mehr Übelriechendes heraus. Zu viele Haushaltsgeräte waren zu Hüten umfunktioniert und zu viele Kinderwagen mit Dingen beladen, die eindeutig keine Kinder waren; zu viele Leute führten hitzige Diskussionen mit unsichtbaren Gesprächspartnern. Als die anderen Émigrés erfahren hatten, wo Pasha während seines Besuchs untergebracht war, hatten sie sich in ihren Beileidsbekundungen fast überschlagen. Das war verständlich gewesen, dennoch hatte das einhellig und spontan gefällte Urteil Pashas Misstrauen geweckt. Seine Angehörigen sahen die Sache anders. Immer wieder sagten sie: Ist es nicht wunderschön hier? Guck mal, wie schön es ist! Dabei schienen sie weder zu lügen noch die Wahrheit zu sagen. Pasha konnte nicht behaupten, dass er ihre Sichtweise vollkommen übernommen hätte, doch mittlerweile betrachtete er die Gegend mit mehr Wohlwollen. Sie war jetzt mehr für ihn als eine hoffnungslos nostalgische Traumwelt. Nicht sehr viel mehr vielleicht, aber sie hatte unbestreitbar Charme. Die Großmütterchen zum Beispiel, die an den Straßenecken Pelzmäntel und rezeptpflichtige Medikamente verkauften, oder der Physiklehrer mit seinem Haufen gebrauchter Armbanduhren, die Freiluftkonzerte der vielen leidenschaftlichen, wenn auch ungeübten Musikanten. Außerdem war nicht zu übersehen, dass es in Brighton mehr Buchläden gab als in dem ganzen Land, in das er bald zurückkehren würde.

In einer der größeren Buchhandlungen am Ocean Parkway suchte er Zuflucht vor der Hitze und wurde sogleich daran erinnert, dass Russen, wenn sie sich nur genug Mühe gaben, deutsche Sterilität imitieren konnten. Leider flossen alle Anstrengungen in die falsche Richtung. Die Ordnung in Buchläden, Krawattengeschäften und pseudoitalienischen Unterwäscheboutiquen konnte das Chaos nicht ausgleichen, das in anderen Bereichen des russischen Lebens wütete, in der Politik, in den Familien und beim Alkoholkonsum. Dennoch war diese Ordnung eine tröstliche Lüge, so beruhigend wie die aufgeräumte Küche einer Großmutter. Obwohl Pasha kein gepflegter, hygienebewusster oder ordentlicher Mensch war und sein Leben weder katalogisiert noch kanonisiert - nicht einmal das Genre stand fest -, wusste er diese Eigenschaften in einem Buchladen zu schätzen. Der verstörende Gestank musste draußen bleiben. Die Luft im Geschäft schien aus der Atmosphäre über einem See in Alaska importiert worden zu sein. Draußen schmolz der Asphalt, hier drinnen klapperten Pashas Zähne. Alle Gedanken verschrumpelten wie Warzen, auf die flüssiger Stickstoff tropft. Die aufrechten Verkäuferinnen, die kerzengeraden Bücherstapel. So wie es eine überlegene Sorte Mensch gab, die nie schwitzte, gab es Bücher, die keinen Staub ansetzten. Unmöglich zu sagen, welche Ausgaben von der Kundschaft ignoriert wurden. Alle waren gleich makellos, keine schien um die Gunst des Käufers zu buhlen. Offenbar verfügten sie über einen Mechanismus zur Selbstpflege, wie Katzen.

Inzwischen war eingetroffen, was Marina immer vorausgesagt hatte: Pasha fürchtete sich vor seinem eigenen Namen. Es gab Wesen, die in einer Art Unterwelt lebten, aber urplötzlich auf der Straße erscheinen konnten, sobald sie einen armen Menschen mit vollem Namen identifizieren konnten, mit Vor-, Nach- und Vaternamen. Sie zogen das Gespräch mit allen ihnen zur Verfügung stehenden Mitteln in die Länge, denn sobald es vorbei war, mussten sie zurück ins Schattenreich. Pawel Robertowitsch Nasmertow, sagte eine Stimme und wurde augenblicklich zu Fleisch. Pasha drehte sich um und erblickte eines dieser Wesen. Immerhin wirkte es ganz interessant.

Dachte ich's mir doch, sagte sie. Wo sonst?

Pasha sah sie fragend an. Sie zeigte auf ein Schild, so groß und so geschickt platziert, dass es schon wieder unsichtbar war.

Verzeihung, aber da täuschen Sie sich, das ist sehr untypisch für mich, sagte er. Den Großteil meines Lebens verbringe ich abseits der Lyrikabteilung.

Und doch sieht es so aus, als fühlten Sie sich hier wie zu Hause.

Ganz im Gegenteil, ich finde es beklemmend. Wahrscheinlich wurde der Boden frisch gewischt.

Und daran haben Sie natürlich etwas auszusetzen.

Nicht grundsätzlich. Ein sauberer Boden ist etwas Schönes. Aber von den Chemikalien wird mir schwindelig.

Dann brauchen Sie frische Luft.

Pasha ließ seinen Blick kurz über die Bücherstapel schweifen. Was soll's, in meinem Koffer ist sowieso kein Platz mehr für Bücher, sagte er.

Freundlich nickten sie dem jungen Mann an der Tür zu, der den Laden vor einer Invasion schützte, und traten in die schwüle Hitze hinaus. Über ihre Köpfe donnerte ein Zug hinweg.

Sie reisen bald ab?, fragte die Frau unvermittelt, während die Passagiere oben auf dem Bahnsteig gebeten wurden zurückzutreten.

Heute Abend, sagte Pasha. Verzeihen Sie, aber kennen wir uns?

Sie wandte sich ab, nur für den Fall, dass sich auf ihren

bleichen Wangen doch noch Farbe zeigte; ja, sagte sie, flüchtig, von Miss Ostrajas Party.

Stimmt, sagte Pasha innerlich überrascht; hätte er doch gedacht, dass er sich an diese junge Frau erinnern würde – allein schon wegen ihres Ohrs. Das rechte war unauffällig, aber das linke war klein, verschrumpelt und verformt; es erinnerte an einen Streifen Kaugummi, den sie hastig angekaut und dann (statt unter eine Tischplatte) seitlich an ihren Kopf geklebt hatte. Ihr Haar glänzte in der Sonne kupferrot und war zu einem schulterlangen fransigen Bob geschnitten, wohl um den Makel zu verhüllen. Ein schwieriges Vorhaben. Das Ohr war klein, neigte aber dazu, die Haardecke zu durchbohren. Außerdem war es in New York sehr windig, und in Brighton ganz besonders. Von der Verrazano Bridge blies es Tag und Nacht herüber. Jede neue Bö machte alle Bemühungen der jungen Frau zunichte. Sie war der Gewalt der Elemente ausgeliefert und konnte nie wissen, wann das Ohr bedeckt und wann es entblößt war. Es zu überprüfen wäre noch mehr aufgefallen. Also hatte sie eine andere Technik entwickelt: Sie sah auf ihre Schuhe hinunter, woraufhin die abgestuften Haarsträhnen nach vorn rutschten.

Ihr Name war Sweta, und sie bot an, ihn bis nach Hause zu begleiten. Sie war zu groß geraten und als junges Mädchen vermutlich krankhaft schüchtern gewesen; Pasha schätzte sie irgendwo in ihren Zwanzigern, aber schon jetzt hatte sie einen leichten Buckel. Ihre Schüchternheit hatte sich in verschämte Verkrümmung (oder gekrümmte Beschämung?) verwandelt. Sie wirkte ein bisschen verträumt, in Pashas Augen ein Trick, um einer natürlichen

Überschwänglichkeit entgegenzuwirken. Der Impuls, sich zu mäßigen, war zutiefst amerikanisch – wahrscheinlich war sie hier aufgewachsen. Echte Russinnen holten aus ihrem gottgegebenen Einschüchterungspotenzial das Maximum heraus. Sie versuchte zu verschleiern, dass sie hellwach war und alles unter Kontrolle hatte. Sie sprach leise und sehr schnell, vielleicht als Entschädigung dafür, dass sie nicht so schnell gehen konnte, wie sie gewollt hätte (ihr Schritt war leicht und federnd, wie der eines großen schlanken Hundes, dessen Pfoten gemessen über den Boden schweben). Mehrfach erwähnte sie ihr Studium und die schrecklichen Züge der Linie F. Welche Universität sie besuchte, was sie studierte, woher sie Frau Ostraja kannte und wo genau im weitläufigen Brooklyn sie wohnte, hatte Pasha nicht ganz mitbekommen. Als er das Wort *Transnistrien* hörte, bat er sie, sich zu wiederholen.

Wo meine Familie lebt.

Da ging sie hin, die Theorie von der amerikanischen Kindheit. Gleichzeitig spürte Pasha, dass er ohnehin nicht recht daran geglaubt hatte, ganz im Gegenteil, die neue Information bestätigte, was er von Anfang an vermutet hatte: Ihre Angehörigen konnten gar nicht in der Nähe sein, denn dafür war sie viel zu blass. Keine Familie hätte das erlaubt. Am Ende des Sommers und in einem Stadtviertel mit eigenem Strandabschnitt so bleich zu sein bewies, dass sie allein lebte. Niemand drängte sie zu Aktivitäten unter freiem Himmel, niemand zog sie mit ihrer Leichenblässe auf. Und wie dünn sie war – nur Haut und Knochen. Sie war sich selbst überlassen und somit in der Lage, sich treu zu bleiben. Ihre Abneigung gegen (oder ihre Angst vor) Sonnenlicht, Sport und Nährstoffen konnte sich ungehemmt ins Unermessliche steigern. Wie furchtbar einsam sie sein musste – daher vermutlich auch ihre Bereitschaft, Fremde anzusprechen. Sie hatte Pasha aus der Lyrikecke gefischt. Auf keinen Fall durfte er sich einbilden, der Erste oder der Letzte gewesen zu sein.

Er stellte ihr Fragen, um weiter ihrer Stimme lauschen zu können. Je näher sie der Haustür kamen, desto deutlicher wurde ihre Aussprache. Pasha erfuhr, dass ihr kleiner Bruder letztes Jahr im Unabhängigkeitskrieg gefallen war und dass sie am Ende des Irgendwas nach Tiraspol reisen würde, um ihre kranke Groß-Irgendwas zu besuchen.

Ende nächster Woche?

Ende des Jahres, korrigierte sie ihn.

Pasha war so in Gedanken, dass er seine Mutter nicht bemerkte, die ihm seit geraumer Zeit die Haustür aufhielt.

Ganz hübsch, sagte sie. Aber dafür einen Flug verpassen?

Die Taschen wurden hastig gepackt, auf der Suche nach dem vermissten Haustürschlüssel schnell wieder ausgepackt und dann, diesmal von Esther, erneut gepackt (ein wenig sorgfältiger). Anschließend wurden sie teilweise wieder ausgepackt in der Hoffnung (jedenfalls Pashas), den Reisepass zu finden, ohne den er nämlich nirgendwohin reisen, sondern sich gleich dauerhaft hier hätte niederlassen können. Pashas Klappbett wurde abgezogen und zusammengefaltet und den Nachbarn im Untergeschoss zurückgegeben. Die fehlenden Becher und Löffel, die Esther überall gesucht hatte – sie war sogar so weit gegangen, die Nachbarn des Diebstahls zu verdächtigen –, tauchten wieder auf. Pashas geliebter Krempel wurde eingesammelt, die leeren Plastiktüten zusammengeknüllt und zum späteren Gebrauch in eine Schublade gestopft. Im Wohnzimmer kam die Familie ein letztes Mal zusammen. Alle waren still und gefasst. Trübsinnig? Nein, ernst. Feierlich vielleicht? Nein, ernst und ein bisschen müde. Der angesammelte Schlafmangel hätte einer Gruppe von Medizinstudenten zur Ehre gereicht.

Robert hüstelte vielsagend.

Dawai, sagte Esther.

Eigentlich wollten wir es schon früher ansprechen, begann Marina.

Aber dann der Zwischenfall mit dem Wirbelsturm ...

Wir hätten dich wirklich zum Arzt bringen sollen.

Aber die Zeit verging wie im Flug! Als wärst du eben erst angekommen.

Kaum zu glauben, dass die vier Wochen schon um sind! Dann wiederum kommt es mir vor wie ein Jahr.

Aber immerhin, wir hatten einen ganzen Monat zusammen. Und nun, da du uns zuhörst ...

Mach ihm keine Angst, warnte Robert.

Er ist kein Kind, sagte Marina.

Das hört sich unangenehm an.

Und es ist anstrengend. Das Leben ... alles irgendwie schrecklich.

Aber frisch gewagt ist halb ...

Mehr als halb! Sobald man sich einmal entschieden hat, läuft alles wie geschmiert.

Nun übertreib mal nicht. Aber es ist einfach. Es kann einfach sein.

Kleine Schritte.

Wir helfen dir dabei.

Denk einfach nicht weiter darüber nach. Darüber nachzudenken macht es nur kompliziert.

Sogar wir haben es geschafft. Und du kennst uns. Wir sind nicht besonders gut organisiert oder unerschrocken oder mutig ...

Oder anpassungsfähig.

Wir mögen keine Veränderungen.

Wir sind auch nicht besonders geschickt, in finanzieller Hinsicht.

Oder sprachbegabt.

Du hingegen hast ein Talent für Fremdsprachen. Ein Problem weniger!

Robert, warum sprichst du von Problemen?

Sieh es doch ein, Pasha, da drüben erwartet dich nichts.

Ist es deine Angst, die dir im Weg steht?

Du hast dort nicht einmal Freunde!

Aber hier hast du Misha. Er ist ein wahrer Freund.

Wahre Freunde sind selten.

Und auf der Party hat es dir auch gut gefallen, oder?

Wenn du jetzt abstreiten willst, dass du dich in Gesellschaft von Gleichgesinnten amüsiert hast, beweist das nur, dass mit dir irgendwas nicht stimmt.

Mit ihm stimmt alles! Marina, sei nicht so garstig.

Er streitet doch gar nichts ab! Er weiß, dass er sich amüsiert hat. Er hat es nie abgestritten!

Denk an Sanja – er ist auf die falsche Bahn geraten.

Damit will sie nur sagen, dass er hier eine gute Ausbildung bekommen würde. Eine Perspektive.

Der Junge hat unternehmerisches Talent. Was er da mit den Batterien gemacht hat ...

Du hast selbst gesagt, dass er sich auf die falschen Leute eingelassen hat.

Und er ist erst sechzehn. Wie wird es erst in ein paar Jahren sein?

Hier gibt es spezielle Therapien.

Hier gibt es keine falschen Leute.

Und du könntest dich bei John Lamborg melden.

Bei wem?

Ups.

Frida würde mit ihrem Onkel aufwachsen und mit ihrem einzigen Cousin. Er stand ihr so nah wie ein Bruder.

Er ist nicht mein Bruder!

Die familiäre Bindung täte ihr gut.

Ich weiß, da ist dieses unausgesprochene Gesetz, so etwas nicht mal zu erwähnen, aber was soll's. Mama ist krank. Wir werden jede Hilfe gebrauchen können.

Unsinn! Mir geht es gut. Er kann auf dem Sofa sitzen, solange er möchte. Niemand wird ihn stören. Wir wollen dich einfach nur ansehen, Pasha.

Pasha, die Welt ist kleiner geworden. Ich bin dein Vater, glaube mir. Zufällig kenne ich den Bruder des Ehemanns einer Dame, die als Sekretärin für den Herausgeber von *Nowy Mir* arbeitet.

Ich backe dir jeden Tag Honigkuchen!, krähte Esther.

Es war warm. Noch hatte keine Klimaanlage den Weg in ihre Wohnung gefunden. Im Sommer schwitzte man, so gehörte es sich. Und der Schweiß musste möglichst geruchsintensiv sein. Doch irgendwie trugen die Lage des Hauses, die Anordnung der Fenster, das Dachmaterial – sie hatten hier noch nicht genügend Sommer durchgemacht, um eine belastbare Theorie zu entwickeln – dazu bei, die Luft in der Wohnung noch stickiger zu machen. Die Fenster standen sperrangelweit offen, aber die Vorhänge bewegten sich tagelang nicht. Selbst die Möbel wirkten erschöpft. Ein unglückseliger Zustand, der die wirklich wichtigen Fragen in den Hintergrund zu drängen drohte. Leute, die von körperlichem Unbehagen gequält werden, kommen nur selten auf den Punkt.

Ich bin froh, dass ihr es angesprochen habt, sagte Pasha. Eine Schweißperle, die irgendwo an seinem Haaransatz entstanden war, teilte sich über der wuchtigen Stirn und kullerte rechts und links sein langes Gesicht hinunter. Wie ihr euch vorstellen könnt, habe ich lange darüber nachgedacht. Was die Gedichte betrifft, so gebe ich nichts aus der Hand, was nicht vollendet ist. Ich halte nichts davon, anderen mein Chaos aufzubürden in der Erwartung, dass sie es schon richten werden. Mama, sieh mich nicht so an. Ich weiß, ich habe euch schon zu lange im Unklaren gelassen. Sein Blick schweifte durchs Zimmer. Er holte tief Luft. Er zupfte sich einen Krümel vom Pullover. Ich werde herkommen, sagte er schließlich. Wir können die Formalitäten in Angriff nehmen.

Pasha wirkte seltsam ernst und wachsam. Pasha war niemals wachsam. Außer jetzt – er war hellwach und traf folgenschwere Aussagen. Sie waren überwältigt. Natürlich wusste Pasha, wie wichtig ein gelungener Schluss war. Als Pasha an jenem Sonntagnachmittag in einem Zimmer mit schwitzenden Tapeten im Kreise seiner Lieben saß (ein anspruchsvolles Publikum), klangen seine letzten Worte so volltönend, dass alle meinten, die Zukunft als Kloß im Hals zu spüren.

Robert und Esther verabschiedeten sich, Levik und

Marina brachten Pasha zum Flughafen JFK. Die Torturen der Fahrt – stillstehender Verkehr erst auf dem Brooklyn-Queens Expressway und dann auf der Van Wyck, dazu die rätselhaften Gerüche und Geräusche des Autos – verursachten allen Übelkeit. Sie entriegelten die Türen, nur für den Fall, dass man sie schnell aufstoßen und sich übergeben musste. Pasha neigte selbst unter idealen Bedingungen zu Brechreiz, und so war es ein Wunder, dass er in diesem Höllentoaster von Auto überhaupt schlucken konnte. Sie schwiegen, es gab nichts mehr zu sagen. Pasha hatte das Schlusswort gesprochen, was hätten Levik oder Marina dem noch hinzuzufügen gehabt? Marina stützte das Kinn in die Hand und starrte aus dem Fenster. In dieser Stadt wurde man gezwungenermaßen zu einem Experten darin, durch ein Fenster direkt in die eigenen Gedanken zu starren. Was sich draußen befand, war nicht von Bedeutung, hätte genauso gut eine Luftspiegelung sein können. Das waren keine Autos, keine Menschen. Wer kannte diese Leute schon? Es war egal – die Wahrscheinlichkeit, einen von ihnen jemals wiederzusehen, war verschwindend gering. Mein Gott, dachte Marina plötzlich. Wollen wir wirklich, dass er herkommt? Trotz der Hitze fing sie an zu zittern.

SIEBEN

Ein Jahr später kehrte Pasha zurück, wieder stand er im Terminal drei des JFK, und wieder war er zerzaust und blass. Marina hatte inzwischen eine Ausbildung zur Krankenschwester angefangen, Levik starrte immer noch auf den Bildschirm. Frida hatte man grausamerweise bei einer CVJM-Freizeit angemeldet und an einen amerikanischen Schwimmtrainer mit Toupet übergeben, der zum Glück nur auf Jungen stand. Robert und Esther dekorierten jetzt Lampenschirme mit Perlen, angeblich um etwas Geld reinzubekommen, dabei wussten alle, dass das stundenlange Auffädeln der kleinen bunten Kügelchen Balsam für ihre Nerven war. Levik lieferte die fertigen Lampenschirme bei einer amerikanischen Lady namens Kathleen ab, die mit zwei blauen Kakadus an der Madison Avenue wohnte und in ihrer reich bemessenen Freizeit einen Lampenhandel gegründet hatte. Sie war auf das Geld nicht angewiesen, verdiente dabei aber ganz gut. Ihr Geschäftsmodell ging gerade durch die Decke. Die Leute waren verrückt nach den schlichten, hübschen Lampenschirmen.

Esther hatte sich im Vorfeld gegen Pashas Besuch ausgesprochen, weil damit sein Antrag auf ein Ausreisevisum erlosch. Während der Monate, Jahre oder manchmal auch Jahrzehnte, die die Bearbeitung eines solchen Antrags dauern konnte, war es dem russischen Staatsbürger untersagt, das Land zu verlassen. Pasha hatte endlich ein Visum beantragt, und nun sollte alles umsonst gewesen sein, nur weil Esthers Krebs zurückgekehrt war? Wäre es nach ihr gegangen, hätten sie das Wiedersehen aufgeschoben, bis er dauerhaft bleiben konnte; so aber flog er wieder nur zu einem hektischen Besuch ein, an dessen Ende sie noch einmal von vorn würden anfangen müssen. Pasha versprach ihr, sich erneut um ein Visum zu bemühen, sobald er wieder zu Hause sein würde; Marina hatte ihm diese Worte in den Mund gelegt.

Doch diesmal war Pasha sehr verwirrt.

Wie verwirrt er war, zeigte sich vor allem an seiner Unfähigkeit zu erahnen, was genau man von ihm erwartete. Er wunderte sich zum Beispiel darüber, dass sich die Forderungen seiner Schwester nicht mit denen seiner Mutter deckten. Eines Nachmittags hatte Marina ihn angerufen und in den Hörer gezischt, wenn er sich nicht augenblicklich ein Flugticket besorge, beweise das ein für alle Mal, dass er genauso selbstsüchtig sei, wie die anderen immer behaupteten. Pasha erklärte, sie habe ihn missverstanden; er komme sehr gern, habe den Ticketkauf aber hinausgezögert, weil er das Gefühl habe, nicht wirklich willkommen zu sein.

Alles war immer ein Missverständnis. Pasha machte keine Anstalten, seinen Teil zur Aufklärung beizutragen, stattdessen ignorierte oder verdrängte er, dass man ihm Motive unterstellte und seine Absichten fehlinterpretierte. Das Ganze eskalierte in Geschrei und Beschimpfungen, wiederholten Anrufen mit plötzlichem Auflegen. Pasha war über die Vorwürfe schockiert. Sie von Bekannten oder Kritikern entgegenzunehmen war eine Sache, sie aus dem Mund seiner Lieben zu hören eine völlig andere. Solange keine Gegenbeweise vorlagen, gingen sie immer vom Schlechtesten aus; offenbar hatten sie wenig Vertrauen in die Menschheit oder auch nur in ihn.

Ihr glaubt wohl, dass ich sterben werde, sagte Esther, als sie von Pashas Besuch erfuhr. Wenn du meinst, du könntest eine Frau auf dem Sterbebett besuchen, hast du dich geirrt.

Doch als sie ihn dann in die Arme schließen konnte, war sie überglücklich. Marina hatte recht gehabt; auf Esthers Wünsche durfte man nicht eingehen, denn sie waren nicht, was Esther wirklich wollte. Die Anti-Esther hatte nur mit Esthers Stimme gesprochen. Diese Möglichkeit war Pasha komplett entgangen.

Mittlerweile stand auch Esther der Vorstellung von Pashas Umzug nicht mehr unkritisch gegenüber. Solange er sich in Odessa aufhielt, war nichts endgültig. Sie hatten Fallstudien in ihrem näheren Umfeld betrieben: Wenn eine ganze Familie entwurzelt und in einem fremden Land neu angesiedelt wurde – sei es nun in Amerika, Deutschland oder Israel –, wenn alle Verbindungen zum Vaterland gekappt waren, führte die psychische Belastung nicht selten in den Wahnsinn. Bislang hatten sie das Problem umgehen können, denn sie hatten ein Schlupfloch. In ihrer alten Wohnung lebten keine Fremden, niemand tat den vertrauten Wänden unaussprechliche Gewalt an, niemand schaute aus ihren Fenstern oder verdrehte ihre zurückgebliebenen Gedanken. Falls sie sich jemals entscheiden würden, der alten Heimat einen Besuch abzustatten, würden sie nicht gezwungen sein, vor verschlossenen Türen herumzulungern. Sie müssten nicht allen Mut zusammennehmen, um anzuklopfen und zu bitten, kurz hineinschauen zu dürfen, und sie mussten auch nicht über die Frage streiten, ob es sich überhaupt lohnte, das alte Revier zu erkunden, womöglich unter den misstrauischen, störenden Blicken der Nachmieter. Pasha hatte die alte Wohnung übernommen, und Pasha war einer von ihnen.

Es war keine gewöhnliche Kommunalka, sondern ein einziger, durch Vorhänge unterteilter Raum, der vor allem in der Vertikalen jede Menge Platz bot. Was ihnen nichts brachte, außer die Möglichkeit, die zu niedrigen Decken in achtundneunzig Prozent aller anderen Bauwerke zu bemängeln (Opernhaus, Carnegie Hall und Lincoln Center ausgenommen). Immerhin lag dieser Raum im Epizentrum von Odessa, in bevorzugter Lage am Primorskij-Boulevard und mit Blick auf den Potemkinplatz. Nur eine Gehminute trennte ihn von der berühmten Treppe und dem Woronzow-Palast, zwei von der Fußgängerzone Deribasowskaja und dem Stadtgarten. Den Sommer verbrachte Pasha in der Datsche. Dieses Wissen schenkte ihnen Trost. Es erlaubte ihnen, nicht den Verstand zu verlieren. Die Verbindungen waren nicht gekappt worden; Odessa gehörte weiterhin ihnen. Das Gefühl des Festhaltens, nichts ausgetauscht oder verraten, sondern lediglich den eigenen Lebensraum erweitert zu haben, hielt die hochansteckende Emigrantenparanoia auf Abstand. Sie hatten es nicht nötig, einen unwiederbringlichen Verlust zu kompensieren, indem sie sich in alles Amerikanische hineinsteigerten oder einer fieberhaften Nostalgie erlagen. Sie hatten es nicht nötig, im Eigenverlag Fotobände und langatmige Liebeserklärungen an die alte Heimatstadt zu veröffentlichen, Oden an Odessa zu verfassen und samstagabends im Restaurant *Odessa* vorzutragen, Internationale Odessa-Gesellschaften zu gründen oder ebensolchen beizutreten, Hirnschläge zu erleiden und im Rollstuhl vor dem Haus zu sitzen und den Passanten ein wutentbranntes *Odessa! Odessa!* entgegenzuschleudern, ohne jede Ahnung, was in ihrem Kopf oder in der Welt da draußen vor sich ging.

Als Pasha eintraf, hatte die Chemo bereits begonnen. Esthers matte Locken lösten sich büschelweise, das Sonnenlicht drang zu ihrer schneeweißen Kopfhaut vor. Sie hatte sich eines jener schwindelerregend gemusterten Hauskleider gekauft, wie sie in unzähligen Varianten an der Brighton Beach Avenue auf den Ständern der Billigläden hingen. Marina regte sich furchtbar darüber auf. Esther hob resigniert die Hände. Trug man erst mal so ein Hauskleid, schwand sicher bald auch der letzte Lebensmut. Marina kaufte ihrer Mutter eine Perücke und bei Bloomingdale's ein Sommerkleid mit geometrischem Aufdruck.

Sie hatten sich vorgenommen, Esther von der Hausarbeit abzuhalten. Ein bisschen Staubwischen oder Blumengießen würden sie ihr erlauben, nur damit sie sich nicht nutzlos fühlte, aber körperlich anstrengende Tätigkeiten waren strengstens untersagt. Als Esther zum Putzeimer greifen wollte, tönte Marinas Stimme durch die ganze Wohnung: Wir erledigen das, du musst dich schonen. Das brauchte man Esther sich nicht zweimal sagen.

Sie legte sich mit einem Buch ins Bett. Den Putzeimer ließ sie für Marina stehen, schließlich würde der Boden sich nicht von selbst wischen.

Auch Pasha wollten sie einspannen; doch die Belohnung dafür, dass er ein so reifes Alter erreicht hatte, ohne je eine Kartoffel schälen oder eine Hose falten zu müssen, bestand darin, dass ihm derlei Aufgaben auch in Zukunft erspart bleiben sollten. Sie wagten es nicht einmal, in seiner Gegenwart den Staubsauger einzuschalten. Allerdings war er sehr gut darin, Esther abzulenken, die nicht zu der Sorte Mensch gehörte, die, wenn sie ungestört ist, stundenlang im Bett bleibt und liest. Sobald sie ungestört war, fing sie an, selbst zu stören. Dann kam Pasha zum Einsatz. Er streckte sich neben ihr auf dem Bett aus und unterhielt sich mit ihr in einem verschwörerischen Flüsterton. Gelegentlich lachte Esther auf, dann war es, als hätte ein riesiges Schiff das offene Gewässer ihres Gesichts durchkreuzt; die Oberfläche war noch aufgewühlt, wenn das Schiff schon längst verschwunden war. Pasha fand, dass sie aufgedunsen und grau aussah, gezeichnet von etwas Unsichtbarem, das unzählige Jahre lang am Meeresgrund gelegen hatte.

Wie sich herausstellte, hatte das Hauskleid – das nicht nur im Haus getragen wurde, sondern auch auf der Straße, anders als das Kleid von Bloomingdale's, das, wie selbst Marina zugeben musste, dem Hauskleid verblüffend ähnlich sah, sobald Esther darin steckte – keinen negativen Einfluss auf den Lebensmut. Esther war vollkommen auf ihr Überleben fixiert. Sie war so wild entschlossen, dass das tagtägliche Leben zu einer ungewollten Ablenkung wurde. Beim Kochen besann sie sich auf die bewährte Sowjetküche (Hauptsache cremig, süß und möglichst fettig), doch anstatt die ausgesuchten Lebensmittel an Marina und Frida weiterzureichen, behielt sie sie für sich. Ihre Taktik, sich reichhaltig zu ernähren und gleichzeitig Energie zu sparen, hatte zur Folge, dass ihr der stoische Dr. Muckleberg eine Diät verordnete. Woraufhin Esther zusätzlich Grapefruits in ihren Speiseplan aufnahm.

Ausflüge wurden nur noch ins Krankenhaus unternommen, wo sich die anderen Leute leise und eindringlich unterhielten. Wie gut, dass ich dir ein Sandwich mitgebracht habe, sagte eine kleine Frau mit Säufernase und dickem Pullover in der klimatisierten Cafeteria. Das Brot hier ist pappig, antwortete der kleine Mann mit Säufernase, bevor er in das Sandwich biss und geschäftig kaute. Andere Gäste pellten hartgekochte Eier, schüttelten die mitgebrachten Zuckerpäckchen oder rührten konzentriert ihren Kaffee um; wieder andere lasen Broschüren, informierten sich, stellten Fragen. Esther saß eng zwischen die Armlehnen eines Sessels gedrängt, der als beige erinnert werden würde, in Wahrheit aber eine andere Farbe hatte, ein absonderliches Mauve. Obwohl sie sich weigerte, den Stoff zu berühren, schaffte sie es, in diesem Sessel zu sitzen. Nie sah man ihre Unterarme auf den Armlehnen oder ihre Finger in der Nähe des Bezugs – stets hielten sie ein Buch oder einen Pappbecher oder lagen im Schoß. Die anderen berührten diese Armlehnen. Und die anderen waren, wie immer, das Problem.

Marina hingegen fasste alles an, und ganz gleich was sie in die Hand nahm, gehörte ihr. Sie hatte große Angst gehabt, aber diese Angst war wie ein loser Faden gekappt worden, sobald sich die automatischen Krankenhaustüren hinter ihr geschlossen hatten. Wie sich herausstellte, war sie im Krankheitsfall eine wertvolle Begleiterin. Sie zum ersten Mal in ihrem neuen Umfeld zu erleben kam für die Familie einer Offenbarung gleich. Alle waren der Meinung gewesen, die Ausbildung sei ein Fehler. Wir sehen dich einfach nicht als Krankenschwester, hatten sie gesagt. Einerseits schien es zu viel – die anstrengende Arbeit, die Überstunden – und andererseits zu wenig – Krankenschwester, das war doch unter Marinas Würde. Wenn sie schon eine Ausbildung in diesem Bereich in Erwägung zog, könnte sie doch gleich Nägel mit Köpfen machen und Medizin studieren! Und auch Friseurinnen verdienten in den USA nicht schlecht, sie war doch so kreativ bei ihren Hochsteckfrisuren. Aber je öfter sie in die Krankenhauswelt eintauchten, desto seltener kamen die Alternativen zur Sprache.

Niemals legte Marina die Beine hoch, sie griff auch nicht zu den ausgelegten Zeitschriften. Immer gab es einen bestimmten, schwer zu erwischenden Mitarbeiter ausfindig zu machen, eine Information einzuholen, einen winzigen Fehler aufzudecken. Anders als die anderen sprach Marina mit lauter, aber niemals hysterischer Stimme. Ihr selbstbewusstes Schweigen war ebenso beruhigend wie ihre selbstbewusste Rede. Ganz selbstverständlich übernahm sie die Interaktion mit den Ärzten, gab Esthers Gefühle und Bedürfnisse weiter und vermittelte ihr, was die Ärzte ihr nicht ins Gesicht sagen konnten. Der indische Doktor redete kaum, der australische plapperte ununterbrochen und in herzlichem Tonfall, war aber leider schlecht zu verstehen. Was der deutsche Arzt zu sagen hatte, wollte man lieber gar nicht wissen. Er hatte schon lange aufgehört, seine Patientinnen als menschliche Wesen zu betrachten und den Krebs als Verhängnis, das in das Leben eines menschlichen Wesens eingebrochen war; er interessierte sich allein für die Krankheit, egal, in welcher Verpackung sie zu ihm kam (mit braunen oder blonden Haaren, dick oder dünn), denn er brauchte sie für seine laufenden, wechselnden, sich entwickelnden Studien.

Esther war einverstanden, das Angebot akzeptiert. Besser, die Übelkeit wurde durch die Behandlung verursacht als durch die Krankheit. Die Quälerei hatte fast eine belebende Wirkung. Dass es Esther schlechtging, konnte nur bedeuten, dass sie auf dem Weg der Besserung war – die Behandlung schlug an, und so wünschte sie sich noch mehr Übelkeit; ihre einzige Sorge war, nicht genug zu leiden. Sie drängte Marina, die Ärzte zu einer weiteren Chemo zu drängen, zu noch stärkerer Bestrahlung, zu zusätzlichen Anwendungen und unerprobten Medikamenten. Sie war stark, sie würde es ertragen. Und gar nicht selten ließen die Ärzte sich tatsächlich überreden. Als Esther Verbrennungen dritten Grades erlitt, fühlte sich niemand verantwortlich.

Glücklicherweise war das Krankenhaus auf Manhattans Upper East Side hochgezogen worden. Das müsst ihr ausnutzen, sagte Esther. Niemand war verpflichtet, stundenlang in dieser bedrückenden, keimverpesteten Umgebung auszuharren, nur weil sie es musste. Das wäre eine Verschwendung gewesen. Es reichte, wenn Robert bei ihr blieb. Sie könnten Zuckerpäckchen schütteln, sich in den Immobilienzeitschriften die hochauflösenden Fotografien von Landsitzen mit Veranden ansehen und Karten spielen, während die intravenöse Behandlung vonstattenging. Marina hatte mehr als genug geleistet; da war schlicht niemand mehr, dem sie auf die Nerven hätte gehen können. Die Krankenhausmitarbeiter erschauderten, wenn sie ihre donnernden Schritte nahen hörten, die Gesichter der Rezeptionistinnen zuckten, wenn sie an den Tresen trat. Außerdem durften sie nicht vergessen, dass Pashas viel zu kurzer Besuch in New York bald vorbei sein würde. Höchste Zeit für die Geschwister, gemeinsam etwas Schönes zu unternehmen.

Die Krankheit hat Mama großzügig gemacht, sagte Pasha und verlangsamte seine Schritte, um Marina das Aufschieben der Drehtür zu überlassen. Vielleicht verhandelt sie gerade mit einer höheren Macht.

Sie will einfach nur ihre Ruhe.

Wer will das nicht? Doch Pasha schaffte es nicht, sie aus der Reserve zu locken.

So weit ich zurückdenken kann, hat Mama mich terrorisiert. (Sein jüngster Vorwurf.)

Die Unterhaltung im vergangenen Sommer war nur ein kleiner Vorgeschmack gewesen, und Marina hatte keine Lust auf mehr. Wohin?, fragte sie, ins Metropolitan oder ins Guggenheim?

Eigentlich würde ich lieber eine kleine Besorgung machen, sagte Pasha.

Die Bahn setzte sie an der Canal Street ab, auf Pashas Wunsch, dennoch war er wie erstarrt, betäubt angesichts der vielen Touristen in grell bedruckten T-Shirts. Die Abzeichen auf den Baseballkappen verliefen zu einem einzigen, rätselhaften Alphabet, das der schrecklichen Nichtsprache der ganzen Straße zugrunde lag. Die sinnlose Vielfalt führte direkt in die Katastrophe. Wobei jede Nationalität zu einem eigenen Umgang mit dem Überangebot gefunden hatte. In manchen Ländern drängelte man sich vor, um eine Plastikschildkröte zu kaufen, in anderen stellte man sich an und wurde gnadenlos abgehängt. Eins jedoch hatten alle gemeinsam: Jeder wollte gehört werden. Und um gehört zu werden, musste man schreien. Es mussten dringend Zweitmeinungen eingeholt werden. Die aggressiveren Persönlichkeitsanteile traten aus reinem Selbstschutz hervor. Am schlimmsten waren Leute, die fürchteten, sich beim Feilschen zu blamieren oder übers Ohr gehauen zu werden. Man war zum Multitasking gezwungen (nicht gerade eine menschliche Stärke) und hatte mehrere Aspekte auf einmal zu bedenken – den Wert der Ware im Verhältnis zu ihrem Preis, den persönlichen Bedarf an genau dieser Ware und wie sie aussah, wenn sie auf dem Kopf saß oder am Handgelenk baumelte oder von der Schulter mit Bikinistreifen hing; wie wohl man sich mit dem Gedanken fühlte, dass es sich um eine Fälschung handelte, und wie mit diesem Wissen umzugehen war. Sollte man die anderen ihre eigenen Schlüsse ziehen lassen oder rundheraus zugeben – selbst jenen gegenüber, die nicht nachgefragt hätten –, dass das Teil nur vier Dollar gekostet hatte?

Ein kleiner Spritzer Adrenalin reichte, um die meisten von Pashas Körperfunktionen abzuschalten. Dann konnte er nur noch stehen, blinzeln und sich über den Bart streichen. Marina nahm ihn an der Hand und zog ihn genervt hinter sich her. Sie hatte sich nach Kräften bemüht, ihm das Kaufhaus schmackhaft zu machen – sie hätten zu

Macy's gehen und hochwertige Oberbekleidung kaufen können, die praktisch und schön war. Dann hätte Pasha nicht länger in schlechtsitzenden, geerbten Klamotten herumlaufen müssen, und für Sanja hätten sie bestimmt auch etwas gefunden, eine coole Jeans oder eine Jeansjacke, ganz zu schweigen von Nadia, die sie nicht vergessen durften. Aber Pasha wollte eine Armbanduhr, und zwar eine von der Canal Street. Marina fand das genauso abstoßend wie die Angewohnheit ihrer Freundinnen, ein Kleid von Saks ein Mal zu tragen und dann zurückzubringen und sich den Kaufpreis erstatten zu lassen. So etwas kam für Marina nicht in Frage. Wenn sie sich keine Markenklamotten leisten konnte, verzichtete sie lieber darauf.

Dass so ein Kauf beschämend war, schien Pasha nicht zu interessieren. Marina bot Alternativen an, am Kings Highway gab es reihenweise Läden, die geschmackvolle, günstige Uhren anboten. Denk mal an die von Levik! Dann ist sie eben nicht aus der Schweiz, na und, das sind diese hier auch nicht. Aber sie redete gegen eine Wand an.

Sie kämpften sich aus dem Handtaschendickicht und fanden sich an einem Hang voller Handyhüllen wieder, vor dem hässliche Armbanduhren wie Pilze aus hölzernen Schütten und Plastikhalterungen quollen. An den Hydranten lehnten Koffer. Die Verkäufer nahmen alle Vorbeikommenden unter leisen, flehentlichen Dauerbeschuss. Manche streckten sogar die Hand aus und packten zu. Marina schüttelte *Hey, Miss!* und *Hey, Lady!* und knochige Finger und Moschusduft ab. Sie fühlte sich an ihre Türkeireise 1983 erinnert. Die Angst, die Scham, der Ekel. Sie blieb stehen und löste ihren festen Griff, der sehr beruhigend auf Pasha gewirkt hatte. Los, zischte sie, such dir eine aus.

Pasha nahm ein paar Modelle in die engere Auswahl, dann entschied er sich überraschend schnell und zog das mit dem meisten Strass aus dem Haufen, eine leuchtend gelbe Rolex.

Marina beschränkte sich auf wilde Grimassen, um ihre Meinung kundzutun. Pasha riet ihr, eine Sonnenbrille zu kaufen; das Angebot war groß. Nun mussten doch Worte weiterhelfen. Du willst *die*?, fragte sie.

Findest du eine andere schöner?

Nein, sie sind alle hässlich, Pasha, aber diese hier ist absolut abscheulich. Sie öffnete ihre bescheiden-aber-ehrliche Handtasche und reichte ihm einen Fünfdollarschein, der wie eine zerknüllte Socke aussah. Ich verstehe nur nicht, was das soll, fügte sie hinzu.

Pasha streckte den Arm aus, Marina legte ihm die Uhr an. Nachhilfe, sagte er.

Marina verstand nicht. Sie ließ Pashas Handgelenk los und erinnerte sich, wie sie über einen schmalen Bootssteg gegangen war, so hoch, dass das Wasser nicht mehr zu sehen war, und wie sie sich am Arm eines Mannes festgeklammert hatte, der nicht Levik war. Sie starrte auf seinen Hals, er starrte zu einem winzigen, von seidigen Flammen umhüllten Frachter hinüber. Ein schreckliches Kreischen, als er die andere Hand hob, in der er eine dreckverkrustete Schaufel hielt. Oh, sagte Marina. Für die Mütter?

Die Mütter waren nicht das Problem. Pasha wurde so oder so engagiert. Die Uhr war für die Schüler, eine ziemlich unpassende Bezeichnung für hundertzehn Kilo reine Muskelmasse. Erwachsene mit Lernbehinderung, das hätte es besser getroffen. Sie waren ungebildet und verwöhnt, einfach hoffnungslose Fälle – immer schon gewesen. Das Problem war ihre ungehemmte Fixierung auf Statussymbole. Sobald sie so etwas wie finanzielle Armut rochen (und warum sonst sollte jemand Nachhilfe geben?), schlug ihre Langeweile in Boshaftigkeit um. Man musste kein Spürhund sein, um Pashas Armut zu riechen. Wenn du arm bist, so eine seltene Demonstration logischen Denkvermögens, sollten wir lernen, gerade *nicht* wie du zu sein. Die Uhr würde dieses Problem lösen. Er durfte nur nicht vergessen, sie in seiner Tasche verschwinden zu lassen, bevor er ins Institut ging, andernfalls würde er die Ärzte sehr verstören.

Sie gingen ein paar Blocks Richtung Norden, jeder hing seinen Gedanken nach. Wohin jetzt?, fragte Marina.

Ihr Bruder war ein alter, schwacher Mann, fast schon vierzig, er konnte nicht mehr. Aber wenn sie unbedingt noch zu Macy's wollte, könnte er draußen warten. Wie weit war es bis zur Frick Collection?

Die Sprachlosigkeit war wie ein Turboantrieb. Die feurige Marina, der so schnell die Sicherungen durchbrannten, schoss davon und raste die Avenue entlang. Selbst ihre Haare waren wie in Wut entflammt. Pasha konnte ihren Kopf in der Ferne sehen, wo er aus der Masse herausstach; ihr Haar war das mit Abstand wütendste, jede einzelne Strähne gefährlich wie eine glühende Nadel. An der Ecke blieb sie stehen, kehrte dem Verkehr den Rücken zu. Im Jähzorn vergaß sie sich. Ihre Arme, zu angespannt, um sie hängen zu lassen, erstarrten in seltsamen Winkeln, als würde sie jeden Moment vom Boden abheben. Ihr

Blick sprang panisch umher, Pasha war ihr nicht gefolgt. Sie sah ihn erst, als er sich zwischen sie und die Sonne schob.

Frida hatte etwas silbrig Funkelndes unter dem Sofa entdeckt, kurz bevor sie von ihren Eltern, sie verloren keine Sekunde, aus dem Haus und zur Schwimmfreizeit gescheucht wurde. Vor ihr lagen acht quälende Stunden: ausziehen in der Umkleide, in der doppelten Schlange stehen, Mortadella-Sandwiches auseinandernehmen, später dann misslungene Rückwärtssaltos. Als Frau Gala, eine strenge alte Dame mit Smaragdaugen, die an Krankenhaustagen für Marina den Abholdienst übernahm, die Wohnungstür aufgeschlossen hatte, eilte Frida auf kürzestem Weg zum Sofa. Ihre Vorfreude wurde enttäuscht – Silberglanz wog schwer.

Doch die Halskette hatte ihre Reize (in ansteigender Reihenfolge): Sie war stabil, sie hatte einen Anhänger, sie betonte Fridas Brüste, deren Entwicklung täglich im Badezimmerspiegel inspiziert wurde. Die Warzenhöfe, so rosig wie die Innenwände einer Muschel, hoben sich leicht ab, aber die weißen Flächen drum herum, die eigentlichen Brüste also, weigerten sich beharrlich, sich vom Brustkorb zu lösen. Sie zusammenzuschieben war genauso unmöglich, wie etwa die Augen zusammenzuschieben. Der erste Blick in den Badezimmerspiegel war immer eine Enttäuschung, doch wenn Frida die Tür wieder aufschloss und das jeweilige Familienmitglied einließ, das gedroht hatte, sie einzutreten, fühlte sie sich besser, fast so, als hätte sie echte Brüste. Ihre Sessions vor dem Spiegel waren nie passiver Natur. Sie arbeitete an sich, entwickelte

Brustgewebe. Einen BH erwähnte trotzdem niemand. Darum zu bitten kam nicht in Frage – die Welt musste ihn ihr anbieten. So ein BH wollte verdient sein. Die schwere Kette reichte ihr bis an den Bauchnabel und betonte die Form der Brüste, machte gar zwei kleine Erhebungen sichtbar. Nachdem Frida sich aus allen Winkeln und in den dünnsten Baumwollhemdchen betrachtet hatte, kam sie zu dem Schluss, dass das Wachstum nicht mehr zu leugnen war.

Kurz darauf war ein Tuscheln aus dem Flur zu hören, der letzte, unangenehmste Moment des Tages: Miss Galas Verabschiedung. Sie erstattete genauestens Bericht, im Flüsterton, denn es ging ausschließlich um Frida. Frau Gala machte sich Sorgen wegen Fridas unsozialem Verhalten. Wenn sie das Schwimmbad verließ, lief Frida neben den anderen Mädchen her und klappte den Mund auf und zu, als unterhielte sie sich, aber diese Taktik funktionierte nicht immer, schließlich war Frau Gala nicht auf den Kopf gefallen. Als die Tür hinter der alten Dame ins Schloss fiel, hatte Frida endlich ihren Auftritt. Sie hatte es auf größtmöglichen Effekt angelegt; die anderen hatten gar keine andere Wahl mehr, als ihr schnellstens einen BH zu kaufen. Frida wusste genau, welchen sie wollte und wo im Berta Department Store er zu finden war.

Nach so vielen abgezählten Tagen (eintausendeinhundertsiebenundzwanzig) war Marinas Beobachtungsgabe leider nicht mehr die beste. Frida drückte den Rücken durch; keine Reaktion. Ihr blieb nur, mit dem Finger auf sich zu zeigen. Als Marina begriff, was sie da vor Augen hatte, sprang sie wortlos auf ihre Tochter zu, woraufhin das Kind noch lauter quiekte. Als Frida merkte, dass bei ihrer Mutter nichts zu holen war, drehte sie ihren Oberkörper der Großmutter zu, die gerade auf der knarrenden Klavierbank saß und sich mit ihren Schuhen abmühte. Sie brauchte Baba Esthers Worte nicht zu verstehen, um sie als wilde Flüche zu erkennen. Inzwischen hatte Marina ihre Stimme wiedergefunden. Nimm das Ding ab!, kreischte sie. Sofort!

Frida brach ihre Mission ab, rannte ins Bad zurück und schloss sich ein. Wie hatten sie das Wesentliche übersehen können? Aus irgendeinem Grund trug Baba Esther die Schuld – sie war immerzu beschäftigt oder erbost. Das Allermeiste tauchte auf ihrem Radar gar nicht erst auf. Wenn sie Frida ansah, war es kein Blick von Mensch zu Mensch, schon gar nicht von Großmutter zu Enkelin; sie war wie eine Kontrolleurin, die Kleidungsstücke prüfte. Ihr Interesse war erst geweckt, wenn etwas nicht in Ordnung war. Nur wenn Frida Fieber, eine Mittelohrentzündung oder einen Splitter im Fuß hatte, schenkte Baba Esther ihr ungeteilte Aufmerksamkeit. Sie war merklich enttäuscht, wenn Fridas Husten von einer ungeschickt verschluckten Weintraube herrührte. Und immer hatte sie den passenden Tadel parat: Ich habe schon viele kleine Mädchen wie dich ersticken sehen, nur weil sie mit vollem Mund herumgelaufen sind!

Frida war zu entmutigt für eine weitere Session vor dem Spiegel. Stattdessen kletterte sie in die Badewanne und streckte die Beine aus. Die Kette hob und senkte sich mit ihrem Brustkorb. Das Gewicht wollte ihr eine Lektion erteilen. Keine gute, aber immerhin kein Algebra. Wenigstens hatte ihr Onkel, dem die Kette vermutlich gehörte – die Großmutter hatte wieder und wieder seinen Namen gerufen –, nicht versucht, es ihr persönlich mitzuteilen. Die Ränder der Badewanne waren so weiß und gerundet wie ferne schneebedeckte Hügel. Einen Moment lang hatte sie das Gefühl, auf einer weiten offenen Wiese zu liegen; das komplette Gegenteil zu ihrem Alltag, in dem sich Schatten und Gebäude drängten.

ACHT

Roberts geheime Mission, die ihn nun schon seit einem Jahr beschäftigte, ging mit leicht verräterischem Verhalten einher – akute Briefkastenfixierung, Wiederbelebung verstaubter Schreibtischutensilien (Lupe, selbstgebastelter Ablagekorb, ein Anspitzer von der Größe einer Hauskatze), dazu eine schwere, medikamentenresistente Schlaflosigkeit. Esther und Marina hatten eine grausige Vermutung; in ihren Augen deuteten alle Zeichen auf die drohende Vollendung des sagenumwobenen Biographieprojekts. Dabei fürchteten sie völlig grundlos, ihre Geheimnisse könnten durch Roberts Hand zu Papier gebracht werden. Dank Roberts klammheimlicher Bemühungen hatte John Lamborg die Hälfte von Pashas Gedichtband übersetzt. Kein Verleger bekundete Interesse, niemand bot eine Dozentenstelle an. Wie durch ein Wunder war es Robert gelungen, einen Briefwechsel in Pashas Namen in Gang zu halten, bis er eines Tages unvorsichtigerweise schrieb, er habe vor, im Juli seine Familie in New York zu besuchen. Lamborg fasste das als Einladung auf. Er ging davon aus, dass ein persönliches Treffen wichtig und unvermeidlich und mithin selbstverständlich war. Robert hatte sich vielleicht nicht ganz unabsichtlich in diese Zwickmühle manövriert, denn nun blieb ihm keine andere Wahl mehr, als Pasha die Ausmaße seiner Täuschung zu offenbaren.

Er hatte keine Ahnung, wie sein Sohn reagieren würde. Vielleicht wäre er wütend über den Vertrauensbruch oder dankbar für die übersetzten Gedichte oder möglicherweise auch beides, nacheinander. Aber Pasha nahm die Nachricht so ungerührt auf wie seinerzeit den Brief. Er hatte nie die Absicht gehabt, Professor Lamborg zu antworten; als er das Schreiben gelesen hatte, war er allenfalls amüsiert gewesen, über den Tonfall und über das beigelegte Foto, das die russische Abteilung des Slawischen Instituts zeigte, eine lächerlich kleine, zweireihige Versammlung auf einer Betontreppe. John Lamborg hatte vergessen, sich auf dem Bild kenntlich zu machen, was jedoch nicht weiter schlimm war, sahen die vier Männer doch alle gleich aus. Ihre Gesichtsröte war teilweise der frischen Luft, teilweise der Kupferrose zuzuschreiben. Sie hatten die kompakten Bauchansätze schlanker Menschen und trugen Qualitätspullover aus Schurwolle mit engem Halsausschnitt; vielleicht hatte der Würgegriff die Wangenröte verursacht. Falls Pasha sich überhaupt gewundert hatte, dann nur darüber, dass ihn das alles kaltließ.

Na schön!, rief Robert, dann sage ich die verdammte Verabredung eben ab!

Nicht nötig, sagte Pasha. Nur die Ruhe, Papa. Ich werde den Mann treffen.

Aber die Ruhe war genau das Problem.

Das Dozentenfoto musste zehn Jahre alt gewesen sein. Lamborg war hager und auf so planlose Weise gealtert, wie es nur der jungenhafte Männertyp kann. An der Rückseite seines Button-Down-Hemds klebte noch die Größenangabe (XS), sein Haar erinnerte an frischgemähten Rasen. Offenbar hatte er sich für das Treffen herausgeputzt. Wenn er Pasha schon so wenig vorzuweisen hatte, wollte er wenigstens selbst vorzeigbar sein. Wahrscheinlich glaubte er, Pasha warte seit Monaten auf Nachrichten von einem amerikanischen Verleger.

Sie trafen sich in Brighton, dessen Puls mindestens einmal im Jahr zu überprüfen Lamborg sich nicht nehmen ließ. Pasha schützte Ortsunkenntnis vor, sodass am Ende Lamborg die Führung übernahm und Pasha in das Café-Restaurant mit den besten Bliny schleppte. Sein rheumatischer Finger zeigte: Hier gab es den schärfsten Pilaw, dort das lockerste Baiser, und zwei Straßen weiter standen weiße Fässer mit den knackigsten Gurken. Die einzigen ähnlich fachkundigen Menschen, die Pasha kannte, waren auf groteske Weise übergewichtig, denn sie aßen den ganzen Tag und taten ansonsten wenig; und doch waren selbst sie keine größeren Experten auf ihrem Gebiet als dieser Mann. Lamborg, dünn wie ein Essstäbchen, riet Pasha, niemals den koreanischen Karottensalat von Gold Label zu kaufen, sondern nur den des Herstellers Taste of Russia, der wiederum den schlechtesten Teig für seine gefrorenen Pelmeni verwendete. Er blieb die ganze Zeit über todernst, da war nicht die Spur von Sarkasmus, nicht der Anflug eines Lächelns. Lamborg war enttäuscht darüber, dass Pasha ihm keine neuen Tipps geben oder Wissenslücken füllen konnte, beispielsweise zur allgemeinen Frühstückslage in Brighton. Pashas gastronomische Weisheit beschränkte sich auf die Feststellung, das Essen in Brighton sei dem Essen in Odessa verblüffend ähnlich und unterscheide sich allein durch die Portionsgrößen. Daran hielt er fest, bis er sich selbst eingeredet hatte, Brighton sei verstörend und armselig, wo er doch eigentlich weder das eine noch das andere fand.

Sie verkrochen sich in eine Sitzecke unter einem winzigen klobigen Fernseher, in dem ein Footballspiel ohne Ton lief. Lamborg lauerte auf eine Gelegenheit, Pasha beim Studieren der Speisekarte zu unterbrechen, aber Pasha nahm die Karte weder wahr, noch schien er etwas zu vermissen. Als Pashas Blick zufällig über die eingeschweißten Seiten schweifte, nutzte Lamborg schließlich den Moment und sagte: Lassen Sie die Karte, ich werde für uns beide bestellen. Was er dann auch tat, in einem stolzen, überbetonten Russisch, das seine Wirkung auf den Kellner, dessen schwarze Augen am Bildschirm klebten, völlig verfehlte.

Pasha redete Lamborg die Bestellung von Tschak-Tschak aus und lud ihn stattdessen zu sich nach Hause ein. Diese Anweisung hatte er vor dem Treffen erhalten. Lamborg protestierte nicht – er war ein eifriger Sammler von Einblicken in russische Haushaltswelten. Schon in der Eingangshalle fing er an, sein Umfeld systematisch zu registrieren, die Bodenfliesen, die Pflanzen in den ungleichen Keramikübertöpfen, die alle gleichermaßen als Aschenbecher dienten.

Der Anblick der Wohnung traf Pasha völlig unvorbereitet. Sie war sauber. Der Esstisch stand plötzlich im Wohnzimmer (Pashas Klappbett war verschwunden, so wie sein Koffer) und war mit feinstem Leinen bedeckt. Darauf fand sich eine ganze Stadt aus Untertassen, beladen mit Marmeladen und erlesenen Süßspeisen. Es war Esthers gutes Porzellan, das bis zu diesem Tage in der Vitrine gestanden und rein dekorative Zwecke erfüllt hatte. Sie sahen in strahlende Gesichter, die aus schickster Garderobe herausragten. Selbst Lamborg war überrascht über den großen Empfang. Auf seinem blauen Hemd zeigten sich dunkle Schweißflecken, seine Lippen verzerrten sich und entblößten ein sonderbares Pferdegebiss.

Ach, unser gewöhnliches Sonntagsessen, winkte Esther ab.

Pasha nahm Marina beiseite. Erstens, was soll das? Zweitens, ich habe dir doch gesagt, dass wir essen gehen! Drittens, wer hatte die Idee?

Keine Spur von Dankbarkeit! Man könnte meinen, wir hätten dir ein schreckliches Unrecht angetan! Wenn du es wirklich wissen willst - Papa hat es so angeordnet. Schließlich geht es hier nicht nur um dich, sondern auch um Frida.

Frida war zu einem stämmigen Mädchen herangewachsen und feierte in drei Monaten ihren elften Geburtstag. Wenn der Mann aus Cambridge zum Mittagessen kam, sollte sie einen guten Eindruck hinterlassen. Die Ansprüche waren nicht hoch: Einen guten Eindruck hinterlassen bedeutete in Fridas Fall, ein Kleid zu tragen und am Tisch zu sitzen. Niemand erwartete von ihr, dass sie lächelte, sich altklug oder besonders anmutig gab. Sie durfte essen, ohne das Messer zu nehmen. Selbst der Gebrauch der Gabel stand frei. Es war gar nicht nötig, dass der Mann aus Cambridge sich ein klares Bild von Frida machte, ganz im Gegenteil. Aber wenn sie sich in ein paar

Jahren in Cambridge bewarb, würde er sich auf sanftes Nachbohren hin hoffentlich an diesen sonnigen Sonntagnachmittag erinnern: an das wunderbare Essen und die entzückende, gastfreundliche, große Familie des Dichters Pawel Nasmertow; ganz besonders an die Nichte, die sich im Hintergrund hielt, nichts Unpassendes oder Abstoßendes tat und kein bisschen verrückt, schlecht erzogen, labil, launisch oder faul wirkte und folglich still, zurückhaltend und reif für ihr Alter sein musste – allesamt Eigenschaften, die eine Aufnahme in Amerikas renommiertestes Bildungsinstitut rechtfertigten. Es wäre das Mindeste, was John Lamborg für sie tun könnte, ganz besonders nach dem Genuss einer riesigen Portion schwarzen Kaviars.

Zu einem Kleid trägt die anständige junge Dame eine Feinstrumpfhose. Da gab es keine zwei Meinungen. Fridas dralle, blau gefleckte Beine und die Knie mit dem Schorf, der niemals in Ruhe abfallen durfte, konnten nicht einfach so unten aus dem Kleid herausragen. Doch es war ein heißer Tag, allein der Anblick des glänzenden Gewebes verursachte ihr heftigen Juckreiz. Frida winselte und kratzte sich überall. Da gab es jede Menge Fleisch in die beiden Wurstpellen zu stopfen, und mit dem Gefühl der Enge kam Frida schlecht zurecht. Ihre Schuhe waren zwei Nummern zu groß, weil sie die Verkäuferinnen mit den Fußschablonen überfordert hatte. Monatelang hatte sie keine Bürste in die Nähe ihrer Haare gelassen, die immer wirrer, stumpfer und verfilzter geworden waren, bis sich eines Tages ein weißliches Krabbeltier auf den Balkon ihrer Stirn verirrt hatte. Alles musste ab. Der nachwachsende Flaum war bräunlich und kraus und reichte ihr gerade über die Ohren, deren riesige Muscheln sich einen Weg an die frische Luft freigekämpft hatten.

Nach zehn Minuten am Tisch, zu schön, um wahr zu sein, fing Frida an zu zappeln, mitten im routinierten Vortrag einer Einwanderungsgeschichte, wie sie der Gast sicher schon unzählige Male gehört hatte, allerdings gespickt mit ungewöhnlich vielen charmanten Details. Beispielsweise hatte Marina anfangs gehofft, in den Staaten als Hellseherin arbeiten zu können, weil Barbra Streisand zu jener Zeit in einem Interview gesagt hatte, ohne ihre persönliche Wahrsagerin Tatiana verlasse sie nie das Haus. Daraufhin ging das Gerücht um, alle wohlhabenden New Yorkerinnen seien auf der Suche nach einer osteuropäischen Wahrsagerin. Aus diesem Grund hatte Marina vor der Ausreise nicht Englisch gelernt, sondern Hand- und Kaffeesatzlesen sowie das Legen von Tarotkarten und das Erstellen astrologischer Diagramme. Normalerweise gelang ihr der Vortrag besser, aber diesmal wurde sie von Frida abgelenkt, die zappelte und sich wand.

Lamborg sprach unvermittelt das Kind an. Was ist mit dir, fragte er, gefällt es dir hier?

Eine katastrophalere Bemerkung hätte man nicht machen können. Hier im Gegensatz zu wo? Falls es je ein Woanders gegeben hatte, war Frida noch dabei, es unter größten Kraftanstrengungen aus ihrer DNA zu tilgen. Sie hörte auf zu zappeln, ließ die schweren Lider auf halbe Höhe sinken und schaute den Mann ernst an. Ohne ein Wort zu sagen, gab sie ihm allzu deutlich zu verstehen, was sie von ihm hielt.

Sie ist schüchtern, sagte Esther. Sie braucht eine Weile, um mit Fremden warmzuwerden.

Beantworte die Frage, zischte Marina.

Ist schon gut, sagte der Mann, das ist nicht nötig.

Doch, und ob.

Sie ist ein sehr sensibles Mädchen, erklärte Esther. Sie wird mal Kinderärztin, so wie ihre Großmutter.

Frida erhob sich von ihrem Stuhl, als wollte sie flüchten. Aber dann hielt sie in einer offenbar sehr unbequemen Halbhocke inne und hob die Hand, in der sie ein beigefarbenes Knäuel hatte. Das Knäuel schleuderte sie in Marinas Richtung, wobei es sich auf halbem Wege entfaltete. Die Strumpfhose landete nicht in Marinas Gesicht, sondern auf ihrem Teller, sanft und lautlos. Frida warf Pasha einen nervösen Blick zu, vielleicht erwartete sie seinen Applaus oder ein herzliches Lachen oder dass er ebenfalls etwas warf. Als er nichts dergleichen tat, sein Blick starr und seine Miene reglos blieb, wetzte sie auf drallen, blau gefleckten Beinen aus dem Wohnzimmer.

Anekdoten sind etwas Schönes, so sah Robert die Sache. Er neigte dazu, die Dinge im Verhältnis zu betrachten. Sieben Jahre dürften ausreichen, um jedes zurückgebliebene Unwohlsein aufzulösen. Ein schlechter Nachgeschmack hatte meistens eine kurze Halbwertszeit. Wenn John Lamborg sich in sechs Jahren an Fridas Strumpfhosenwurf erinnerte, würde er höchstens das eine tun: lachen! Im Laufe der Zeit relativiert sich alles. Was heute als Tragödie erscheint, verwandelt sich in eine hübsche Geschichte, die Farbe ins Leben bringt – zerknüllte Strümpfe auf Marinas feuchtglänzendem Kaviar. Und überhaupt, gäbe es einen Grund, sich an das Treffen zu erinnern, wenn alles glatt gelaufen wäre?

Dann wiederum konnte natürlich keiner wissen, ob

John Lamborg in sechs Jahren noch lebte. Der Mann schien viel zu trinken.

Levik hatte den Auftrag bekommen, den guten Merlot hervorzuholen, den ihnen entfernte Verwandte (sie lebten in den Pinienwäldern von New Jersey verstreut) als Willkommen-in-der-Neuen-Welt-Geschenk überreicht hatten, sozusagen zur Bestechung – wir schenken euch diese außergewöhnliche Flasche Wein, wie ihr noch keine getrunken habt, auch wenn ihr höchstwahrscheinlich das Aroma von Vanille, Eiche und schwarzem Trüffel kaum herausschmecken werdet, diesen Hauch von Pflaume und schwarzer Johannisbeere im Abgang; und im Gegenzug werdet ihr uns um nichts bitten und nichts von uns erwarten und uns an den Feiertagen auch bitte nicht anrufen. Beim Entkorken zitterten Leviks Hände heftig. Er machte alles so, wie ihm aufgetragen war, aber es verlangte größte Selbstkontrolle, den sich anbahnenden Schluckauf zu unterdrücken – nein, nein, jetzt nicht.

So samtig und dunkel die rote Flüssigkeit, die sich aus dem schlanken Flaschenhals ergoss!

Der Gast verzog schelmisch das Gesicht. Was, sagte er, ein russisches Essen ohne Wodka?

Um Gottes willen. Levik fing an, hinter dem Heizkörper zu wühlen, der im Winter – bestenfalls – Kälte abgab. Bald hatte er die Flasche mit der klaren Flüssigkeit gefunden, in einer Vorteilsgröße.

Und sie hatten doch tatsächlich geglaubt, die Amerikaner tränken nicht. Lamborgs Schnapsglas wechselte jedes Mal blitzschnell in den leeren Zustand der Erwartung zurück. Ihm nachzuschenken (ohne viel Aufhebens darum zu machen) war ein Vollzeitjob. Lamborg beherzigte jene

Regel, nach der es unhöflich war zu trinken, ohne anzustoßen. Vor dem Essen hatten die Nasmertows den einen oder anderen Trinkspruch aufgesagt – kurz und bündig, auf Glück und Gesundheit. Dann aber hatte Lamborg übernommen, seine Trinksprüche wurden immer abstruser – auf beneidenswerte Haushalte, auf neue Länder und neue Freunde, auf durchgemachte Nächte und durchkreuzte Meere –, und entsetzt bemerkten sie, dass sie gezwungen waren, sich immer neue Sprüche auszudenken, damit der Gast sich unauffällig betrinken konnte. Die Flasche (sie war so dick wie der Oberschenkel einer jungen Dame) leerte sich zu drei Vierteln, praktisch ohne ihre Hilfe.

Frida hatte erwartet, dass der Fremde nach einer, allerhöchstens zwei Stunden verschwinden würde. Während ihrer kurzen Anwesenheit am Tisch war sie zu empört und abgelenkt gewesen, um etwas zu essen. Doch sobald das Adrenalin des Wutausbruchs abgebaut war, bekam sie einen Mordshunger. Man konnte aber seiner Mutter keine Strumpfhose ins Gesicht werfen, noch dazu vor den Augen eines wichtigen Gastes, den man eigentlich hätte beeindrucken sollen, um dann eine Stunde später nach Pelmeni zu fragen. Frida erinnerte sich an die Köstlichkeiten, die sie verschmähte. Esthers hausgemachte Wareniki in dunkelroter, schwerer Kirschsoße waren in letzter Zeit kaum noch auf den Tisch gekommen. Sie zuzubereiten war zeitintensiv, außerdem ließen sich die hiesigen Kirschen nicht mit denen aus dem alten Garten vergleichen. Doch nun standen die Wareniki in einer Schüssel im Wohnzimmer, in das Frida sich schleichen würde, sobald der Besuch gegangen war. Vorher nicht. Frida hatte ihren Stolz. Eher würde sie verhungern, als diesem Menschen noch einmal unter die Augen zu treten. Und verhungern würde sie ganz bestimmt, denn inzwischen waren Stunden vergangen, ohne dass der Gast Anstalten machte zu gehen. Sicher würde die gesamte Familie ihn an die Tür und bis ans Ende des Hausflurs begleiten; der lautstarke, feierliche, theatralische, in die Länge gezogene Abschied war nötig, um die besondere Begegnung sicher zu verpacken, bevor sie auf der Abschussrampe der Erinnerungen landete. Frida wartete auf das Finale, das wie jeder anständige Höhepunkt selbst durch die geschlossene Tür zu hören sein würde, jene Tür, an die sie alle fünfzehn Minuten ihr Ohr legte. Was zum Teufel war da draußen los? Die Stille dehnte sich aus, und das Bild der Kirschsoße wurde immer plastischer, bis Frida irgendwann dachte: Vielleicht bin ich eingeschlafen und habe nicht gemerkt, dass der Gast gegangen ist? Sie öffnete die Tür einen Spaltbreit und spähte hinaus, nur um die Schuhe des Gastes unter dem Garderobenspiegel zu entdecken. Aus dem Wohnzimmer drang Gemurmel, das Klirren von Porzellan, gedämpftes Husten. Fast hätte sie dem Impuls nachgegeben, ins Wohnzimmer zu laufen und mit bloßen Händen so viele Wareniki zu ergattern wie möglich, aber sie waren glitschig und würden zu Boden fallen. Frida schloss die Tür und versank in tiefer Verzweiflung.

Der Türknauf drehte sich, Esther steckte den Kopf herein.

Hast du Hunger?

Nein, sagte Frida. Ich hasse dich.

Nicht mal auf Wareniki in Kirschsoße?

Esther in der Rolle der Heldin zu erleben war sehr ungewohnt. Normalerweise war sie diejenige, die sich für eine härtere Strafe und strengere Erziehung aussprach, weil freche Kinder, die ihre alten Verwandten nicht respektierten, eine Lektion verdient hatten, und wenn man etwas gedroht hat, Marina, muss man es auch durchziehen. Marina neigte dazu nachzugeben, sobald ihre erste Wut verraucht war. Dann gab es Küsse, Umarmungen und Gelächter, natürlich ohne jeden erzieherischen Gewinn. Diese widersprüchlichen Signale würden höchstens dazu führen, dass Frida zu einem Monster heranwuchs. Als die Tür sich öffnete und Esther erschien, entbrannte Fridas Wut von neuem, als hätte ihre Mutter, indem sie aus der Rolle der Nachgiebigen fiel, ein Versprechen gebrochen. Aber da stand Esther nun mit grauem Gesicht und schäbiger Perücke, mit klebrig verschwitzter Haut und spürbarem Unwohlsein, um Frida nicht nur Trost und Nahrung anzubieten, sondern sie bei der Rückkehr in die Gemeinschaft zu unterstützen. Es war zu schade – Frida hätte ihre Großmutter lieber in der Rolle der Feindin gewusst.

Ist er weg?, fragte sie.

Immer noch da.

Er ist doof, sagte Frida, um Esther zu ärgern.

Und ein Säufer, sagte die.

Zu seiner Überraschung stellte Pasha fest, dass die emigrierten Dichter – Renata Ostraja, Nurzhan Bozhko, Andrei Fishman, Efim und Sofia Milturn – noch genauso munter waren wie im Sommer zuvor. Diesmal kamen sie nach Brighton, denn Pasha wollte seine Mutter nicht für einen ganzen Abend allein lassen. Er hatte geglaubt, seine

Weigerung, die Brooklyn Bridge zu überqueren, würde ein Wiedersehen verhindern, aber sie warfen ihre Pläne kurzerhand über den Haufen, stiegen in die Bahn und erreichten Brighton als ausgelassene, ungestüme Truppe. Offenkundig hatte Pasha ihnen einen Grund geliefert, sich in ein Abenteuer zu stürzen. Sie kamen in der Erwartung, Brighton exotisch und zum Totlachen zu finden. Genau genommen waren sie Forschungsreisende, Anthropologen in einem absurden Land. Ein guter Anthropologe passt sich natürlich den Sitten und Gebräuchen der Einheimischen an, so bizarr sie auch erscheinen mögen. Sie stiegen aus dem Zug und marschierten zum nächsten Kiosk, um sich mit billigem ukrainischem Bier und Kwas einzudecken, mit eingelegtem Gemüse und Tomaten und in Folie abgepacktem Stockfisch, und dann besorgten sie noch in einem Schnapsladen, was bei keiner russischen Feier fehlen durfte. So beladen zogen sie an den Strand, zu einem Picknick im Mondlicht.

Pasha trottete hinterher und spürte den ersten Groll in sich aufkeimen. Das hier war ein echtes Wohnviertel mit echten Anwohnern, die große Familien hatten und ein kleines Budget und die darüber hinaus in derselben Sprache redeten und lasen, in der sie schrieben. Kein Grund, sich so überlegen zu fühlen und den Edelmann zu spielen, der zur abendlichen Vergnügung in ein bäuerliches Gewand schlüpft. Und seine Mutter war krank, keinen Block entfernt lag sie im Bett und übergab sich in eine Plastikschüssel. Pasha blieb emotional auf Abstand, als sie über den nachtzertrampelten Sand schlichen, der mit der Natur etwa genauso viel zu tun hatte wie eine Badematte. Erst als sie einen geeigneten Platz gefunden und sich niedergelassen hatten, kam er ein wenig zur Ruhe. Es war, als hätte er die Beweise gegen seine Bekannten in einer Plastiktüte gesammelt, die aber, sobald er in den Sand plumpste, von einer der allgegenwärtigen Scherben aufgeschlitzt wurde, sodass die Beweise im Boden versickerten. Der Abend war schön. So schön, dass Pasha tief seufzte und sagte: Was für ein schöner Abend. Wer hatte noch gleich gesagt, man solle sich angewöhnen, laut auszusprechen, dass man etwas schön fand?

Mein Onkel Dodja, sagte Sofia Milturn. In der Dunkelheit wurde sie immer anziehender. Was der Mond für das kabbelige Meer tat, tat er auch für sie; er legte einen Glanz auf alle unruhigen Oberflächen. Ihr Haar schimmerte. Bei Licht betrachtet war sie schlaksig, jungenhaft und kantig, aber nun wirkte sie geschmeidig, ihre Silhouette klar und elegant. Ostraja war nicht in ihrem Element, sie atmete schwer und versuchte unablässig, einzelne Sandkörner von ihren dicken weißen Unterschenkeln zu wischen. Die Gruppe verfiel in nachdenkliches Schweigen, trank aber tapfer weiter und fand schon bald zur Ausgelassenheit zurück.

Fishman trommelte auf einem umgedrehten Mülleimer, Renata begleitete ihn mit Gesang, und Pasha erzählte, wie er einmal in einen Wirbelsturm geraten war und die komplexe Welt hinter der Strandpromenade entdeckt hatte – Unterführungen, Öfen, Vogelkäfige.

Willst du sie uns nicht zeigen?, fragte Bozhko.

Nein, das wollte Pasha eigentlich nicht.

Ach, komm schon!

Pasha ließ sich zurücksinken und bohrte die Ellenbogen in den Sand.

Wie, hast du Angst? Oder hast du eben bloß von deinem dichterischen Freifahrtschein Gebrauch gemacht?

Ich mache von meinem Leck-mich-Freifahrtschein Gebrauch, sagte Pasha und warf den Kopf in den Nacken. Am Himmel blinkten Flugzeuge, in einem davon hätte er jetzt sitzen sollen. Sein Heimflug wäre heute Abend gestartet, aber sie hatten umgebucht. Es war in einvernehmlichem Schweigen geschehen, um der Sache nicht zu viel Bedeutung beizumessen. Vorgeblich wollte er mehr Zeit mit Esther verbringen, dann wiederum war es ihm unerträglich geworden, bei Esther zu bleiben. In jeder wachen Minute flehte sie um zusätzliche Maßnahmen. Ihrer Meinung nach enthielten ihr die Ärzte ausgerechnet jene eine Behandlung vor, die die Krankheit besiegen würde. Ihre Familie bemühte sich bestenfalls nicht genug, ihr das Elixier zu verschaffen; schlimmstenfalls steckten sie mit den Ärzten unter einer Decke. Ihr habt euch gegen mich verschworen, klagte sie. Bis zu dem Moment war sie noch ganz vernünftig gewesen, für ihre Verhältnisse.

Ein schweres Objekt fiel Pasha auf die Schulter – Renatas Kopf. Aus Pashas Achsel tönte es: Der Himmel ist die Unterseite einer alten Matratze, deren monströs übergewichtiger Besitzer nie das Bett verlässt.

Pasha wurde von einer unerklärlichen Zärtlichkeit überwältigt und küsste Renata auf den Scheitel.

Der Himmel ist Schildkrötenkacke, sagte Bozhko.

Das Nacktbaden war Sofias Idee gewesen. Wie sich herausstellte, gehörte dieser Abend ihr. Nur ihr Ehemann Efim zögerte. Zur Gruppendynamik trug er die Bremskraft bei. Fishman war der Motor, unterstützt von Ostraja und Sofia, alle anderen sorgten auf der Fahrt für Unterhaltung. Von seinem Aussehen hätte niemand auf die rasende sexuelle Energie geschlossen, die in Fishman wütete, auf den Trieb, der sich immer nur kurzzeitig befriedigen ließ. Er wirkte wie ein vollkommen gewöhnlicher Mann mittleren Alters: Knopfaugen, Allerweltsnase, schmale Lippen. Nur sein stark gerötetes, überhitztes Gesicht verriet das mühsam kontrollierte Feuer, das ausgerechnet in dem unscheinbarsten aller Anwärter loderte. Fishman lag im Dauerclinch mit seiner schlichten Physis, doch er war Manns genug, fünfzig Kämpfe gleichzeitig zu führen und damit die Damen zu entzücken. Denn was sonst wäre der Sinn von all dem? Ganz nebenbei hatte er auch Pasha bezaubert, der normalerweise große Schwierigkeiten hatte, energetische Menschen zu ertragen. Doch Fishman glich weniger einem zu groß geratenen Kind (wie die meisten dieser Leute) als einem Mann, der sich beherzt durch das Dickicht des Lebens schlug, durch immanente Heuchelei, Chauvinismen, Triumphe, Fetische und Schuldgefühle.

Nachdem sie das kühle, glitschige Nass am ganzen Körper gespürt hatten, kehrten sie auf die Picknickdecke zurück. Erst als sie sich wieder ausgestreckt und ältliche Seufzer ausgestoßen hatten, um ihrer Erschöpfung und ihrer Freude über den stützenden Sand im Rücken Ausdruck zu verleihen, merkten sie, dass ihre Gruppe sich verkleinert hatte. Zwei fehlten. Es wurde getuschelt. Efim blickte sich müde um, erst verständnislos, dann besorgt. Wo ist meine Frau – ist sie ertrunken? Das wäre zu schön. Auch Fishmans keuchendes Atmen war nicht mehr zu hören. Zwei ineinander verschmolzene Schemen störten die ruhende Wasseroberfläche, glücklicherweise abseits des schimmernden Mondlichts. Nur gelegentlich geriet Sofias

Haar hinein. Da die am Strand Sitzenden sich auf einmal seltsam unzulänglich fühlten, fingen sie eine Unterhaltung über Literatur an und bohrten geistesabwesend Löcher in den Sand.

Nichts davon berührte Pasha wirklich. Er war hier der Beobachter, der Anthropologe, nicht sie. Sie hatten sich vielmehr alle gründlich geirrt. Doch in seiner Rolle entgingen Pasha ein paar Details. Er verabschiedete sich in dem Gefühl, einen gelungenen Abend hinter sich zu haben; eine Sichtweise, die die anderen möglicherweise nicht teilten.

Davon abgesehen hatte der Abend seinen Zweck erfüllt und Pasha ganz nebenbei an die Vorzüge Amerikas erinnert. Einzuwandern wäre doch gar nicht so schlimm, oder? Er hatte Freunde hier. Sie waren temperamentvoll und gescheit. Und ganz offenkundig ließen sie sich von dem Dilemma, in einer Sprache zu schreiben, die nicht auf der Straße gesprochen wurde, kaum entmutigen. Seine Familie lebte hier. Wer weiß, vielleicht würde Sanja eines Tages viel Geld verdienen und sie alle unterstützen – die Sache mit den Batterien war tatsächlich beeindruckend gewesen. Und die Lage in Odessa wurde immer schlimmer. Der systematische Verfall hatte sich auf alle Lebensbereiche ausgeweitet: Pashas geliebte Buchhandlung war über Nacht zu einer Spielhalle umgebaut worden, deren mit Metallfolie verklebte Scheiben sein verwirrtes Gesicht gespiegelt hatten; der einzige Dichterkollege, den er erträglich gefunden hatte, war im vergangenen März im Vollrausch vor dem Eingang einer anderen Spielhalle erfroren; die Lutschbonbons mit Kaffeegeschmack, gewissermaßen seine einzige Freude, waren vom Markt verschwunden.

Bei seiner Rückkehr in die Wohnung nahm er den scharfen Geruch von Erbrochenem wahr. Sämtliche Lichter waren eingeschaltet, die Beleuchtung wirkte aggressiv. Die Bewohner waren trotzdem eingeschlafen, auf alle Räume verteilt. Robert saß am Küchentisch, hatte eine Hand an die lauwarme Teetasse und den großen Kopf in die Armbeuge gelegt. Marina war mit dem Anatomielehrbuch auf den Knien auf dem Klositz zusammengesackt und hatte die Stirn ans Waschbecken gelehnt. Frida lag im trüben Badewasser, das Kinn über den Wannenrand gehakt. Levik war beim Neuverkabeln des Fernsehers eingedöst. Esther hielt sich an der frisch ausgespülten, nassglänzenden Plastikschüssel fest, die auf ihrem gutgepolsterten Bauch stand. Pasha schob die Schüssel beiseite und legte seinen Kopf ab. Nichts bewegte sich. Alles war vollkommen friedlich und still.

Die Beerdigung fand in der riesigen Entsorgungseinrichtung für sowjetische Einwanderer auf Coney Island statt, wo die Autos trotz der vielen Spuren dicht gedrängt fuhren und die winzigen Fußgänger auf den schmalen Gehwegen eine Wüste zu durchqueren schienen.

ZWEITER TEIL

2008

NEUN

Marina bestieg die Linie Q nach Coney Island, entdeckte eine wenige Zentimeter breite Lücke auf der Sitzbank und manövrierte sich im Rückwärtsgang hinein. Gab es einen größeren Triumph? Die schwangere Frau an der Tür wirkte ganz robust und sah nach Park Slope aus, sicher würde sie ohnehin gleich aussteigen. Marina saß geborgen in einer Wiege aus menschlicher Wärme, die sanft hin und her schaukelte, und ließ sich vom Schlummerlied der Schienen einlullen. Doch sie hatte sich zu früh gefreut – an der DeKalb Avenue kam es zu einem Blickkontakt ruheloser Pupillen. Es gab kein Entkommen. Marina aktivierte ihre letzten Kraftreserven, die fast täglich angezapft und meistens geleert wurden. Die Bekannte näherte sich, hielt inne, ließ den Kopf von Schulter zu Schulter baumeln. Die Frau – Marina konnte sie nicht einordnen, in welchem ihrer früheren Leben hätte sie suchen sollen? – fing an, sich über einen Roman auszulassen, den sie gerade gelesen hatte: episch, spannend, zutiefst anrührend. Ihr Gerede war wie eine Erlaubnis abzuschalten. Marina nickte brav, studierte den kantigen Kiefer der Bekannten, ihr Einfachkinn, die makellosen Zahnreihen, bis ihr Nacken schmerzte und sie den Kopf senken musste. Spitze Schlangenlederstiefel mit Messingschnalle kollidierten frontal mit Marinas rattengrauen Reeboks, die sie im Ausverkauf bei Loehmann's erstanden hatte, eine halbe Nummer zu groß, damit sie mit den Zehen wackeln konnte, halleluja! Einige Haltestellen später floh die Stampede aus dem Waggon und ließ Marina allein und mit einem Buch in der Hand zurück. Wäre sie nicht kurz vorm Zusammenbruch gewesen, hätte sie niemals ein Geschenk angenommen, das sie zu weiterem Kontakt mit dieser Frau verpflichtete, wer immer sie auch war; ganz offensichtlich eine Person, die sich im Delirium nach Schichtende zu großen Gesten hinreißen ließ, die sie später sicherlich bereuen würde. Abwarten, in ein paar Wochen würde das Telefon klingeln, unbekannte Nummer, und dann würde die Bekannte das Buch zurückverlangen oder wenigstens Marinas Meinung dazu einfordern und einen tiefschürfenden Austausch von Gedanken und Vorstellungen anregen.

Vorerst wollte sie diesen Buchrücken nicht knicken. Erstens ärgerte sie sich über so viel Zudringlichkeit. Niemand wusste, was sie durchmachte. Niemand hatte so etwas je durchgemacht. Und zweitens – der Buchumschlag! Das verschwommene Cover sollte wohl eine mittelalterliche Szene darstellen und ließ erahnen, dass es sich um einen historischen Roman handelte, ein Genre, dass Marina hasste wie die Pest. Und zuletzt die Größe. Immerhin kann ich damit meine Bizepse trainieren, witzelte Marina im Stillen.

Wie lang das Buch genau war, konnte sie bald darauf nicht mehr sagen. Anfangs hatte sie geglaubt, die genaue Seitenzahl zu kennen würde sie einschüchtern und entmutigen, doch inzwischen fürchtete sie das Ende. Ihre Mutter pflegte zu sagen, dass eine Frau ab einem gewissen Alter nichts weiter braucht als ein gutes Buch, eine Aussage, die es in Marinas Augen nicht einmal wert war, ihr zu widersprechen. Aber ... Der Roman war in einer lebhaften Sprache verfasst (so stand es auf der Rückseite – Marina teilte die Einschätzung) und hatte bislang im Amerika des siebzehnten Jahrhunderts (Hexenprozesse), im nördlichen China zu Beginn des zwanzigsten Jahrhunderts (Boxeraufstand) und im heutigen Zürich und Moskau (das Leben) gespielt. Marina konnte sich nicht erinnern, wann sie zuletzt so gebannt gewesen war, ihr Zeitgefühl so schnell verloren hatte.

Unterbrechungen gab es zuhauf. Marinas Sandkastenfreundin rief aus Tel Aviv an, um sich über ihr Leben zu beklagen, das scheinbar am absoluten Tiefpunkt dahindümpelte, nur um sich dann doch noch drastisch zu verschlechtern; es fing zu regnen an, und alle Fensterbänke wollten mit Handtüchern bedeckt und die Plastikschüssel unter die undichte Stelle im Flur geschoben werden; Levik hatte sich bei der Zubereitung von Bœuf Stroganoff in den Finger geschnitten, und die Gäste konnten jede Minute vor der Tür stehen; mitten in der Oktoberhitze fiel der Strom aus und war erst wieder da, als auch noch das letzte Lebensmittel im Kühlschrank verdorben war; das Erbrochene der Katze musste aufgewischt werden, der Durchfall der Katze; Robert wurde taub und hörte Schostakowitschs Streichquartette in einer Lautstärke, die die Wände wackeln ließ und lesen unmöglich machte. In dem Fall konnte Marina nur noch auf dem Bett liegen und an die Decke starren, die dringend einmal gestrichen werden müsste, bis sie entweder einschlief oder sich Schostakowitschs Rage ergab, seiner Verzweiflung, dem Verhängnis, der kolossalen Macht, was aber nur ein einziges Mal passierte. Als sie die neue Stelle in der Kardiologie des Methodist Hospital antrat und statt mit der U-Bahn mit dem Auto zur Arbeit fuhr, kam sie monatelang nicht zum Lesen, und als sie eines Abends endlich wieder zu ihrem Roman greifen wollte (der Abend, an dem sie einen Haufen Altpapier entsorgt und darunter zufällig das Buch gefunden hatte), verspürte sie plötzlich einen Kopfschmerz, als wollte ihr Hirn implodieren; sie nahm zwei Advil sowie eine halbe von den gelben Pillen ihres Vaters und fiel in einen traumlosen Schlaf. Ein paar Abende später das gleiche Spiel. Bei jedem Versuch, die Lektüre wiederaufzunehmen, überkam sie bohrender Kopfschmerz. Der aufgeschobene Augenarztbesuch trug ihr eine Brille ein. Eine Zeitlang ignorierte sie das Buch, um die Brille zu verdrängen oder vielmehr das Gefühl, dass sie, ohne es zu merken, zu einer mittelalten Vettel mit schlechten Augen, schmerzenden Gelenken und anderen alterstypischen, aber nicht weiter erwähnenswerten (sie war immer noch eine stattliche Dame) Wehwehchen geworden war. Irgendwann hatte sie sich dann doch an die Brille gewöhnt, sie genoss sogar die Geste des Aufsetzens, mit der sie ihren Körper über die bevorstehende Reise ins Reich der Phantasie informierte; wie sich herausstellte, fühlte er sich im neunzehnten Jahrhundert besonders wohl, in einem Kloster im französischen Bergland.

Ein weiteres Jahr verstrich, und jede Minute eines jeden Tages war belegt. Marina fand keinen einzigen Moment, die Tür hinter sich zu schließen, ins Bett zu kriechen und die Leselampe einzuschalten, die jetzt auf ihrem Nachttisch thronte. Den Luxus der Lampe hatte sie sich gegönnt. Sie erzeugte ein ganz besonderes Licht, das Marina intensiv und gespenstisch vorkam, was sie sich damit erklärte, dass sie wohl zu lange unter schlechten Schirmen, halbtoten Glühbirnen und uralten Kronleuchtern gelebt hatte. Wie sollte ihr ein gutes Licht da nicht seltsam erscheinen? Als sie aber vier Wochen später immer noch jedes Mal einen kleinen Schreck bekam, wenn sie die Lampe einschaltete, zog sie Erkundigungen ein und erfuhr, dass sie eine dieser Pflanzenlampen gekauft hatte. Eigentlich war es besser so, starben alle Pflanzen in der Wohnung doch einen langsamen, qualvollen, unerklärlichen Tod; außerdem schlief sie, wie man so schön sagte, abends ein, sobald ihr Kopf das Kissen berührte. Die Pflanzen bekamen eine Art letzten Wunsch erfüllt, und Marina gab es auf, Zeit zum Lesen finden zu wollen.

Bis es zu mehreren sonderbaren Vorfällen kam: Robert überstand die Lungen-OP und erklärte sich bereit, probehalber eine Pflegerin in die Wohnung zu lassen; Marinas unsteter Liebhaber Serge zog nach Cincinnati, um seinem autistischen Enkelkind näher zu sein; und Frida, was das Wichtigste war, wurde nach einer Übergangsphase, in der sie zu Hause gewohnt hatte, zum Medizinstudium in Pennsylvania zugelassen. Es war ihnen nicht gelungen, sie während des Colleges aus dem Haus zu werfen. Sie hatten ihr Bestes getan (John Lamborg war gesund und munter und schuftete immer noch als Sklave der Slawistik in Harvard, und natürlich konnte er sich an sie erinnern! Wie könnte er jemals ihre Gastfreundschaft vergessen oder diese köstlichen Kirschtaschen? Er denke gern an jenen wunderbaren Nachmittag zurück, habe aber, was das Zulassungskomitee betraf, leider nichts zu sagen. Und er freue sich über die Schweineohren, das war doch nicht nötig, vielen Dank). Frida hatte die NYU besucht und war gependelt, denn niemals in der Welt hätten sie auch noch die Kosten für eine Unterbringung schultern können. Frida war mit der Lösung zufrieden, und sie hoffte, ihr Leben auch nach dem Collegeabschluss nicht ändern zu müssen. Doch ewig daheimzusitzen und ihre Möglichkeiten abzuwägen erwies sich als unmöglich. Die Medizinhochschulen der Stadt wollten sie nicht, und so blieb ihr keine andere Wahl, als ihre Sachen zu packen und auszuziehen. Für Marina war es, als hätte sie eine Geheimtür in ihr eigentliches Leben gefunden: Im Handumdrehen wurde Fridas Zimmer zu dem ihren. Das war nur fair, schließlich hielt Levik mit seiner Laptopherde das Schlafzimmer besetzt und Robert sowohl sein Zimmer als auch das Wohnzimmer; die Pflegerin, eine Westafrikanerin, mit der zu eng zusammenzuleben Robert sich weigerte, kampierte in der Küche, von wo aus sie in konstantem Kontakt zu ihrem alkoholkranken Ehemann und ihrer hundertundein Jahre alten Mutter in Nigeria stand.

Auf einmal hatte Marina Zeit – nicht nur zum Lesen, sondern auch um ihren Freundinnen von den Büchern zu erzählen, während sie vor dem Programmkino in der Warteschlange für den neuesten Film von Almodóvar standen; um in der CVJM-Halle schwimmen zu gehen oder einen Morgenspaziergang durch Seagate zu machen; um Fahrrad fahren zu lernen und sich von einem jungen Chinesen mit Gesichtsmaske die Nägel machen zu lassen.

Aber jedes Semester geht irgendwann zu Ende. Mitte Mai, als das Datum zweistellig wurde und das Wetter feucht und warm, fingen Fridas Sommerferien an.

Frida kam nach Hause und wollte reden – über das Wetter, über das neue Shampoo auf dem Badewannenrand, über die Nachbarn von unten, kurz, über alles außer ihr Studium. Sie fand, dass sie niemandem Rechenschaft schuldig war. Sie hatten ihren Willen bekommen – Frida studierte Medizin. War das nicht genug? Offensichtlich nicht. Nun sollte sie auch noch mitteilsam und dankbar sein. Sich unglücklich zu fühlen kam anscheinend nicht in Frage. Es war ihre Pflicht, alle Seminare toll zu finden und alle Kommilitonen als würdige Freizeitpartner zu betrachten und froh zu sein, sich in unmittelbarer Nähe des Lake Erie zu befinden. Sie hatte sich doch immer gewünscht, im Einklang mit der Natur zu leben! Nun bot sich die Gelegenheit dazu. Nein, es reichte nicht, Ärztin zu werden, sie sollte sich auch noch darüber freuen.

Die positive Grundhaltung war für die Familie noch wichtiger als für Frida selbst. Sie hatten sie trotz heftiger Proteste ins Medizinstudium gedrängt. Hatte sie denn vergessen, dass sie seit ihrem achten Geburtstag Kinderärztin werden wollte? Und sie solle sich nur mal vorstellen, wie enttäuscht Baba Esther gewesen wäre. Hatte sie denn nach vier stipendienlosen Jahren am College immer noch keine Ahnung, was sie mit ihrem Leben anfangen sollte? Dass die Zeit eine Antwort auf alle Fragen bringt, ist ein weitverbreitetes Missverständnis. Die Zeit ist nie eine Lösung. Abgesehen davon würde ein abgeschlossenes Medizinstudium sie kaum daran hindern, sich später für einen anderen Beruf zu entscheiden. Der Heiligenschein des Doktortitels hatte noch keinem Nachnamen geschadet.

Sobald Frida nachgegeben hatte, wurde die Geschichte umgeschrieben. Sie hätten Druck ausgeübt? Nein, das war doch lächerlich. Wer hätte Frida zu irgendetwas zwingen können? Sie war vollkommen beratungsresistent und tat nur, was sie wollte. Hatte sie je gesagt, sie wolle etwas anderes sein als eine Ärztin? Diese Version der Geschichte würde sich natürlich nur durchsetzen, wenn Frida im Laufe ihres Berufslebens aufhörte, mit den Zähnen zu knirschen. Was sie im Augenblick nicht vorhatte.

Besonders Robert nahm sich ihr erbarmungsloses Schweigen sehr zu Herzen. Er hatte gehofft, seinen eingerosteten Fachjargon aufpolieren und Ärzteslang mit ihr sprechen zu können, medizinisches Geheimwissen weiterzugeben, vor den größten Krankenhausfallen zu warnen und handfeste Ratschläge zu erteilen (Marina war schließlich nur Krankenschwester). Er phantasierte von einer wundersamen Rückkehr in die gute alte Zeit, als Frida auf seinem Schoß saß und sie Pläne für aufregende Sachunterrichtsprojekte schmiedeten, die trotz Einbußen bei der Realisierung am Ende stets für den ersten Platz auf ekstatischen Preisverleihungen in der Turnhalle der Junior High reichten. Dass Frida bei Ferngesprächen nicht auf medizinische Themen einging, ließ sich noch mit Leviks Genpool erklären – seine Familie pflegte eine wahre Telephobie. Zu einem zünftigen Austausch mit der Enkelin würde es erst kommen, wenn sie von Angesicht zu Angesicht sprachen (die Kommunikation über das Internet bot auch keine Lösung, hier waren Fridas Antworten noch gehauchter und ausweichender als am Telefon – je ausgeklügelter die Technologie, desto schwieriger war es für sie, sich zu artikulieren). Als sie dann endlich in der Tür stand, picklig und rundlich von zu viel Nudeln und Tiefkühlpizza, ging Robert in die Offensive. Was hatte sie gelernt? Hatte sie sich schon für ein Fachgebiet entschieden? Es nützte nichts, auf eine Eingebung zu warten! Wollte sie sich an den alten Kinderärztinnenplan der Großmutter halten oder lieber auf die Neurochirurgenseite des Großvaters überlaufen (vielleicht die bessere Wahl)? Und was war mit den Dozenten – hatten sie von irgendetwas Ahnung, nein, natürlich nicht. Frida ging in die Luft. Lass mich in Ruhe! Ich habe Ferien!

Abgesehen von diesem einen Thema gab es nichts, worüber sie nicht reden wollte. Am willkommensten war ihr der neueste Klatsch. War die magersüchtige Tochter der Brukhmans immer noch mit dem halb kahlen Hundefriseur zusammen? Waren die Marazams endlich geschieden? Hatte Leras Tochter den letzten Entzug hinter sich gebracht, oder hatte sie schon einen neuen angefangen? Marina fand die Geschwätzigkeit ihrer Tochter verstörend. Sie ging zu beschämenden Maßnahmen über, schloss beispielsweise die Wohnungstür lautlos auf, wenn sie von der Arbeit nach Hause kam, trödelte nach dem Schwimmen in der Umkleidekabine herum und legte die Strecke zwischen Schlafzimmer und Bad auf Zehenspitzen zurück; doch keine der Strategien konnte ein Zusammentreffen verhindern. Immerhin hatte Frida eine ganz unverkennbare Art, ihr Gewicht auf die Türklinke zu werfen, und so blieb Marina wenigstens ein kurzer Augenblick, sich zu wappnen.

Frida stürzte mit glänzender Stirn und wirrem Haar herein. Sie sah aus, als hätte sie einen Kirschkern verschluckt und würde gerade ersticken.

Die Feuerwehr ist da, sagte sie.

Schöne Grüße, sagte Marina, ohne von ihrem Buch aufzublicken (und ohne auch nur ein weiteres Wort lesen zu können).

Frida lief in den Flur zurück. Sie machte sich Sorgen um ihre Mutter, fürchtete, sie könnte schwer depressiv geworden sein. Sie kannte die Liste der Symptome in- und auswendig, und die Warnzeichen waren nicht zu übersehen: Marina hatte praktisch aufgehört zu kochen (früher ihre Leidenschaft), sie hatte ihre Lebensfreude verloren, sie behauptete immer wieder, völlig fertig zu sein, und schlief doch nie, wenn Frida in ihr Zimmer kam (Frida betrachtete es als ihre Pflicht, ihre Mutter bei Laune zu halten). Und nun ließ sie sich die Gelegenheit entgehen, mit den Feuerwehrmännern zu flirten – nicht auszudenken, dass die alte Marina so gleichgültig geblieben wäre. Zugegeben, die Gelegenheit ergab sich in letzter Zeit recht häufig. Irgendwer im Haus – Iwan aus dem dritten Stock vielleicht oder die verrückte Marusja? – meldete regelmäßig einen Wohnungsbrand, sodass sich die Feuerwehrmänner an mehreren Abenden pro Woche im Treppenhaus drängten. Der nicht zu überhörende Lärm brachte die Leute dazu, die Türen zu entriegeln und in den Flur hinauszutreten, Männer in Pantoffeln und Unterwäsche, Frauen in Bademänteln mit Lockenwicklern und verklebtem Pfannenwender in der Hand. Jeder hoffte insgeheim auf ein Feuer. Es war, als hätten die Feuerwehrleute selbst versagt und es wieder einmal nicht geschafft, einen

Brand zu erzeugen. Das Interesse ließ nach. Irgendwann machte sich niemand mehr die Mühe, im Treppenhaus zu erscheinen.

Frida blieb dran, und das nicht um zu flirten. Die Leute besaßen einfach keinen Sinn für Rituale mehr. Diese Männer reagierten auf einen Hilferuf, sie wollten die Bevölkerung mit ihrem Heldentum beeindrucken. Frida würde es nicht noch schlimmer machen, indem sie ungerührt in der Wohnung blieb. Ein Brand, auch ein vermeintlicher, hatte Respekt verdient. (Fridas Leben war in letzter Zeit nicht gerade aufregend.) Sie stellte sich ans Geländer und gab sich Mühe, möglichst besorgt zu wirken. Das ist das leckerste Feuer, das ich je gerochen habe, sagte ein stupsnasiger Feuerwehrmann und meinte damit die Kochdünste von Inga, die gegenüber wohnte. Frida wollte ihm zu dem gelungenen Witz gratulieren, bekam aber nicht einmal ein Lächeln hin.

Grunzend, rülpsend und stöhnend polterten sie die Treppe wieder hinunter. Als sie verschwunden waren, ging Frida zurück in die Wohnung, stieg über ein Häuflein ausgewürgtes Katzenfutter und die Kakerlakenkolonie, die sich daran labte, ging um ein Hindernis aus verwaisten Fahrrädern und Klavieren herum, obenauf ein Bauchroller wie eine Deko-Kirsche, und betrat das kuschelig warme Schlafzimmer ihrer Mutter.

Wieder kein Feuer, berichtete sie. Aber die Jungs hatten gute Laune.

Das ist schön, sagte Marina, schob eine gelbe Haarsträhne in den Pferdeschwanz zurück und beugte sich in den Spiegel. Frida sprang ins ungemachte Bett – ein kostbarer, selten gewordener Moment stand ihnen bevor. Der

Schminkkoffer war geöffnet, Marinas gepflegte Finger griffen hinein und wühlten in Bergen von Make-up-Tuben und Puderdosen, Lippenstiften, Wimperntusche, Lidschatten und Rouge. Marina wusste genau, wonach sie suchte, und war sich des wohligen Schnurrens, das ihr Kramen verursachte, nicht bewusst. Eine rostige Pinzette kam zum Vorschein und wurde sogleich an ein Kinnhaar angesetzt.

Wusstest du, dass Anna und ich jeden Freitagabend spazieren gehen?, fragte Frida.

Wirklich?

Ja, wir hatten es uns vorgenommen.

Wie schön.

Aber gestern bin ich zu Hause geblieben ...

Ich erinnere mich.

Weißt du auch, warum?

Nun gab es keinen Ausweg mehr. Der Lippenstift wurde auf Marinas verkniffenen Mund gedrückt, sanft hin- und herschwingend wie eine Kabine am Riesenrad.

Weil Annas Cousin aus Polen zu Besuch ist.

Hättest du nicht trotzdem hingehen können?

Frida schluckte. Darum geht es nicht.

Vielleicht bist du mit Annas Cousin seelenverwandt?

Er geht noch zur Schule. Und sie haben ein Familienessen veranstaltet, mit Hinsetzen und so. Ich hätte sowieso keine Lust darauf gehabt. Aber ich möchte ...

Kein Wort mehr über die Hochzeit, Frida, das habe ich dir gesagt.

Hast du mal daran gedacht, dass –

Sehe ich so aus, als hätte ich Zeit zum Nachdenken? Marina verwischte den Eyeliner mit der Fingerspitze, tupfte noch etwas Puder nach, begutachtete das Ergebnis im Spiegel und gab einen langen resignierten Seufzer von sich.

Du bist nicht alt, sagte Frida.

Aber *du*. Marina löste den schmollenden, leeren Blick vom Spiegel, drehte sich um, entspannte den Bauch und sackte in sich zusammen. Heute ist Samstagabend!

Ich habe etwas vor. Falls es das ist, was du wissen wolltest.

Wirst du dazu das Haus verlassen?

Du kannst mich mal!

Kopf hoch, sagte Marina.

Mein Leben ist jämmerlich!

Komm mit. Marina schaute nach rechts und links, bevor sie in den Flur hinaustrat. Der Staub sammelte sich an den Wänden (schief und fleckig, was sollte man machen?) und verlieh dem Vorhaben etwas Düsteres. Ihr Ziel war Leviks Computer, vor dem Marina sich kraftlos in den Sessel fallen ließ. Eine Hand tastete nach der Brille, die andere schlug mehrmals kräftig auf die Maus, um das Gerät zu wecken. Marina tippte mit einem Finger und starr auf die Tastatur gerichteten Augen, hob den Blick zum Bildschirm, ließ ihn wieder sinken. Zehn Minuten später öffnete sich eine Nachricht. Mit angehängtem Foto. Irgendjemandes perfekter Sohn, eine gute Partie, hatte sich gerade von seiner Freundin getrennt und war von New Jersey nach New York gezogen. Er war schüchtern, er war verletzlich, und er kannte sich im Greenwich Village nicht aus (er mochte Sushi).

Frida betrachtete den Bildschirm. Eine neue Nachricht schob sich über die alte: *Seid gegrüßt, Amerikantsi ...*

Marinas Augen quollen hervor. Vergiss nicht, dass *ich* dir davon erzählt habe, sagte sie. Hoffentlich werde ich es nicht bereuen.

Sanja hatte sich verlobt und war der Meinung gewesen, seine fremde Tante im fernen Westen informieren zu müssen. Die beging jedoch den Fehler, die Information an ihre verschrobene Tochter weiterzugeben, der in solchen (wie auch in vielen anderen) Angelegenheiten die Distanz fehlte. Endlich kommt er unter die Haube, dieser komische Kauz von einem Jungen ... Nun ja, wirklich romantisch war es nicht. Der Typ war zweiunddreißig Jahre alt und hatte zwei Kinder von zwei Frauen, beide älter und verheiratet. Aber abgesehen davon hatte er sich nichts zuschulden kommen lassen, nicht einmal eine Scheidung. In den Augen der Ukraine begab er sich gerade in seine erste richtige Beziehung. Und er war Fridas einziger Cousin – es gab Dutzende Fotos von den beiden, verstaut in einem Karton in einer schwer zugänglichen Nische der Wohnung. Obwohl der Karton wahrscheinlich leichter zugänglich war, als alle dachten. In ihrer Vorstellung musste er geborgen, ausgegraben werden. Dazu wäre eine große Kraftanstrengung nötig. All diese Fotos von den beiden zusammen, oder nicht zusammen, sondern zufällig im selben Bildausschnitt. Eine Szene im Hof: Frida im sich aufbauschenden Jeansoverall, wie sie in ein Brunnenloch starrt, neben ihr ein Straßenkind unbestimmten Geschlechts, das für die Kamera Grimassen zieht, und im Hintergrund Sanja, vor einem undefinierbaren Haufen hockend (höchstwahrscheinlich Hundekot, er war übermäßig lange davon fasziniert gewesen; das erste und einzige Mal, dass Pasha sich so etwas wie elterliche Sorge anmerken ließ). Bei Geburtstagsfeiern setzte man sie nebeneinander, wobei sie es vermieden, einander anzusehen, nicht einmal in dieselbe Richtung wollten sie schauen. In dem Alter bedeuten sieben Jahre einen Riesenunterschied (der Satz konnte gar nicht oft genug wiederholt werden). Und Sanja war kein Beschützertyp, ganz im Gegenteil; er hätte selbst ein wenig Fürsorge nötig gehabt, da war nur leider keiner, der die Aufgabe übernommen hätte.

Wir sollten alle zusammen hinfliegen, sagte Frida.

Pflichten, Arbeit, Geld, protestierte ihre Mutter.

Aber du erzählst doch immer, wie du ihn im Kinderwagen durch die Gegend geschoben hast und dass sein erstes *Mama* an dich gerichtet war. Und wie anders alles gekommen wäre, wenn wir zusammengehalten hätten, der arme Sanja hier, der arme Sanja da, quasi eine Waise ...

Das sind ja ganz neue Töne, sagte Marina. Hattest du dir nicht vorgenommen, nie wieder auf eine Hochzeit zu gehen? Die letzte hast du nur knapp überlebt. Immer findest du es zu gewöhnlich oder zu billig oder zu peinlich. Meine Freundinnen sorgen schon dafür, dass ich deinen letzten Trinkspruch nicht vergesse. Die Ehe, eine völlig überholte Institution – weißt du noch?

Das gilt doch nur für Amerika, wo die Leute zehn Jahre in die Planung einer apokalyptischen Feier mit Standesamt und Blumenarrangements und zwanzigköpfiger Band stecken. Gegen eine Heirat aus Prinzip habe ich nichts einzuwenden. Ganz im Gegenteil, aus Prinzip würde ich sogar selbst heiraten! Und ehrlich gesagt mag ich sein Timing. Im Mai die Verlobung und die Hochzeit im August, das nenne ich eine angemessene Probezeit.

Ganz offensichtlich hat sie einen Braten in der Röhre, sagte Marina.

Die anderen beiden hat er trotzdem nicht geheiratet!

Die hatten ja auch schon Ehemänner.

Wenn Frida sich nicht gegen den Vorwurf wehren musste, von ihr käme immer nur die alte Leier, musste sie sich anhören, sie ziehe ständig neue Saiten auf. Was von beidem schlimmer war, konnte nicht einmal Marina mit Bestimmtheit sagen. Darüber hinaus war Frida vollkommen unmusikalisch. So lautete zumindest das unumstößliche Urteil ihrer ehemaligen Klavierlehrerin, der Ehefrau von Rostislaw Dubinski, der ersten Geige im Borodin-Quartett, gefällt nach nur zwei Unterrichtsstunden im Jahr 1994. Esther war am Boden zerstört und wollte eine zweite Meinung einholen. Alle in unserer Familie haben das absolute Gehör, hatte sie behauptet. Wen wollen wir fragen, hatte Marina gestichelt, die Witwe von Schostakowitsch oder die von Prokofjew?

Der Computer machte ein Geräusch, der Bildschirm wurde schwarz. Marina wirbelte auf dem Drehstuhl herum. Ich will ja nicht behaupten, dass es nicht schön wäre, dabei zu sein. Wer weiß, was die da drüben treiben? Sie sackte abermals in sich zusammen, ließ die leblosen Arme hängen. Oioioi!, rief sie plötzlich. Selbst wenn wir nicht kommen, werden wir ihnen mindestens tausend Dollar schicken müssen! Das wird von den Amerikantsi so erwartet. Und hinzufliegen … Nein, vergiss es, das würde uns mindestens zehn Riesen kosten. Natürlich *möchte* ich, fügte sie hinzu, stand auf und trat ans Fenster. Wer sagt, ich würde nicht wollen? Ich will, glaube mir. Aber es ist leider ausgeschlossen, zu einhundert Prozent. Wenn Papa herausfindet, dass ich dir überhaupt davon erzählt habe, wird er mich umbringen. Dabei wäre es natürlich nett, es wäre eigentlich sogar unsere Pflicht hinzufliegen. Nicht, dass Pasha bei unserem letzten Telefonat auch nur ein Wort darüber verloren hätte. Dass er wieder mal für einen Preis nominiert ist, hat er nicht vergessen zu erzählen, oder dass er jetzt ins Finnische übersetzt wird. Aber die Hochzeit seines Sohnes? Kein einziges Wort. Wir hätten längst mal wieder hinfliegen müssen, das sage ich seit Jahren. Eine Schande, dass wir es nicht geschafft haben.

Mit verzerrtem Gesicht wagte Frida zu fragen: Aber warum ist er nicht hergekommen?

Er war hier, zwei Mal – das weißt du doch!

Es war, als rührte Frida in Zement. Nein, sagte sie, ich meinte das anders. Warum ist er nicht auch ausgewandert?

Ach so. Nein, das haben wir nie in Betracht gezogen, nicht ernstlich.

Ja, wer zog denn hier plötzlich neue Saiten auf? Baba Esther soll nicht gewollt haben, dass ihr Goldjunge bei ihr lebt?

Aus dem Grab heraus kann man nichts wollen. Vor langer, langer Zeit hat Pasha ein Visum beantragt, aber dann war da plötzlich keiner mehr, der ihn bedrängt oder beschimpft hätte. Das Visum ist ungenutzt geblieben.

Und das war's? Mehr gibt es nicht zu erzählen?

Es gab dies, es gab das, und dann gab es noch sie.

Sie?

Sweta.

Frida blinzelte. Wie meinst du das?

Ohne sie wollte er nicht weg, sagte Marina hilflos.

Warum sind sie nicht zusammen hierhergezogen?, fragte Frida in dem begeisterten Tonfall eines Menschen, der gerade eine geniale Eingebung hat. Der Blick ihrer Mutter verdüsterte sich. Oh, sagte Frida, er war immer noch mit …

Lass es gut sein, Frida! Wie oft muss ich das noch sagen?

Frida hob beide Hände, um zu signalisieren, dass sie überhaupt kein Problem damit hatte, es gut sein zu lassen. Ganz im Gegenteil, es war ihr herzlich egal, sie hatte sich nur ein wenig unterhalten wollen. In besonders hitzigen Momenten braucht sogar das Auge eine Verschnaufpause, und in einer so zugestellten Behausung blieb dem Auge nur die beschlagene Fensterscheibe. Auf dem Fensterbrett saßen Fridas Plüschtiere aufgereiht wie zu einem Viehtransport, mit fehlenden Knopfaugen, angerissenen Ohren, plattgedrücktem und verblichenem Fell. Ich hab's, sagte Frida zu ihrer eigenen Überraschung, wie wäre es, wenn ich allein fliege?

Der Vorschlag schien ihre Mutter sehr zu belustigen.

Ist mir der Witz entgangen?, fragte Frida.

Na ja, du musst schon zugeben, dass die Vorstellung ziemlich grotesk ist. Nach all den Jahren kehrst ausgerechnet du zurück? Dich verbindet rein gar nichts mit dem Ort.

Ach, dabei dachte ich, ich stamme von dort?

Als sie den trotzigen Schmerz im Gesicht ihrer Tochter sah, biss Marina sich auf die Lippe; aufhören konnte sie dennoch nicht. Kannst du dich überhaupt an irgendwas erinnern?, fragte sie.

Na ja, ich könnte mir neue Erinnerungen zulegen, sagte Frida.

Tja, in dem Fall solltest du dich beeilen.

Willst du mir Angst machen?

Für so etwas habe ich keine Kraft. Lass mich nicht bereuen, dir von der Sache erzählt zu haben, das ist alles, was ich sage. Dein Vater wird behaupten, ich hätte dir einen Floh ins Ohr gesetzt, und er hat recht damit. Abgesehen davon kannst du nicht verreisen, du studierst.

Die Seminare gehen erst eine Woche später wieder los.

Marina warf einen Blick auf ihre Armbanduhr. O mein Gott. Wir hätten vor spätestens einer halben Stunde da sein müssen. Levik, schrie sie, aufwachen!

Sie waren zu Irina Tabaks fünfzigstem Geburtstag in das überteuerte mediterrane Restaurant am Hafen eingeladen. Oder fand der erst nächste Woche statt? Heute Abend feierten die Brukhmans ihren Hochzeitstag in einem Opernrestaurant in Midtown, aber vorher mussten sie noch bei Lera vorbei, um das Geschenk für ihren Sohn abzugeben. Seinen Geburtstag letzte Woche hatten sie leider verpasst, wegen Wowas Hofparty. Nein, das konnten sie jetzt vergessen. Unter Marinas großen müden Augen fanden sich immerzu schwarze Mascaraflocken. Wenn sie morgens aufwachte, hatte sich ein überdimensionierter Ohrhänger in ihrer haarspraygehärteten Frisur verfangen und die Kette, die Levik ihr geschenkt hatte, war verdreht, sodass der Anhänger ihr am menopausal verschwitzten Rücken klebte. Sie besaß mehr Kleider als T-Shirts, mehr Abendroben als Hosen und absurd viele High Heels mit Zehenausschnitt, dafür aber nur ein Paar braune Halbschuhe, deren Gummisohlen mehr als einmal mit Sekundenkleber repariert worden waren. Das Lustige war, dass Marina nichts davon genießen konnte – Hofpartys waren öde, in der Disco zu feiern albern, weil niemand tanzte oder sich gehenließ wie früher; endlose Dinnerpartys in Restaurants, wo man einen ganzen Fisch auf einem Riesenteller serviert bekam, waren schlecht für die Verdauung, und die Tischgespräche taten ein Übriges dazu, den Aal – immer und überall gab es Aal – ungenießbar zu machen. Doch das Leben war in Fahrt gekommen, herunterzuschalten unmöglich. Alles Erdenkliche wollte gefeiert werden: Geburtstage, Geburtstage der Eltern, Geburtstage erwachsener Kinder, inzwischen auch die Geburtstage der Enkel, dazu Hochzeitstage, Beförderungen, Ankunft und Abflug, russisch-amerikanische und jüdisch-amerikanische Feiertage. An den meisten Wochenenden hatten sie etwas vor, und wenn dann doch einmal eines heranrollte, das nicht vollkommen verplant war, sorgte irgendjemand mit übriggebliebenem Partyessen und Außenpool dafür, dass keine Langeweile aufkam.

Levik war nicht mehr in Feierlaune. Er starrte auf die endlose, in Abschnitte unterteilte Ödnis hinaus, die sich Ocean Parkway nannte. Als die Ampel auf Gelb umsprang, trat er nicht aufs Gas, sondern auf die Bremse, nur um Marina zu ärgern.

Du hattest schon keine Lust, bevor du irgendwas gehört hast, sagte sie. Versuch es gar nicht erst.

Ob er Lust gehabt hatte oder nicht, war vollkommen irrelevant. Ganz bestimmt hatte er mehr Lust gehabt, doch darauf einzugehen hätte bedeutet, in die geniale, wenn auch zu oft gestellte Falle zu tappen. Er knirschte mit den Zähnen, bis er Ohrenschmerzen bekam, er fuhr an und bremste, fuhr an und bremste, während alle anderen Autos auf den Nebenspuren einfach nur fuhren und fuhren und fuhren.

Marina hatte das Gefühl, jeden Augenblick in Flammen aufzugehen. Was hätte ich denn tun sollen? Die Mail vor ihr verstecken?

Bingo!

Sie biss sich auf die Unterlippe. Sie hatten zwei Blocks in zehn Minuten zurückgelegt, und sie gewöhnte sich allmählich an die Leute auf den Parkbänken, die jungen Pärchen, die verrückten Obdachlosen. Hätte man ihr einen Sack voller Kieselsteine gegeben, sie hätte sofort gewusst, auf welchen Kopf sie zuerst gezielt hätte.

Er ist ihr Cousin! Du nimmst das alles sowieso viel zu ernst.

Erklär mir eins, sagte Levik. Nur eins. Was hast du denn geglaubt, wie sie reagieren würde? Was wolltest du damit bezwecken? Hast du gedacht, sie würde eh nicht fliegen wollen? Hast du überhaupt gedacht? Und wie –

Du kennst sie doch. Nächste Woche hat sie alles vergessen.

Vor ihrem Auto überquerte eine chassidische Familie die Fahrbahn, vier Männer in weißen Socken und langen schwarzen Mänteln, dahinter zwei Frauen mit ehrwürdigem Busen und drei Mädchen mit Kinderwagen, knochige Beine im Scherenschritt, und schließlich eine wilde Kindermeute, die, wie jeder gute Schluss, den verborgenen Sinn des Ganzen offenbarte. Die Ampel wurde grün.

Ich habe keine Lust, sagte Levik.

Warum sitzen wir dann im Auto? Du wartest bis Avenue N, um mir das zu sagen?

Levik hatte sich erst auf Höhe der Avenue H dazu bequemt, den Mund aufzumachen. Er erklärte ihr allen Ernstes, er werde sie vor dem Restaurant absetzen. Sie könne mit den Pljaschkis zurückfahren, und falls die früher nach Hause wollten, als ihr lieb war, hätte Witalik sicher nichts dagegen, sie mitzunehmen. Keine Sorge, er würde nicht aufbleiben, um auf sie zu warten.

Dass er schon wieder mit diesem Witalik anfing! Würde das niemals aufhören? Miron beispielsweise ging ständig auf Tuchfühlung mit ihr, warum störte der ihn nicht?

Miron ist bei allen Frauen so. Witalik nur bei dir.

Ich bitte dich. Soll das dein Ernst sein? Worüber reden wir hier eigentlich? Ich bin eine alte Frau! Marina klappte die Beifahrerblende herunter und verdrehte ihren Hals, um sich aus allen Winkeln zu betrachten. Schau mal, sagte sie, Falten, Muttermale, Altersflecken ... Aber mein Mund ist ganz hübsch.

Keine Lust, wiederholte Levik.

Und was tun wir dann hier? Ziellos herumfahren?

Ich setze dich vor dem Restaurant ab.

Auf keinen Fall. Ich an deiner Stelle würde sofort umkehren. Du hast genug für mich getan, mein Lieber.

Levik schien eine Art Krampfanfall zu erleiden, fing sich aber schnell wieder. Sie fuhren weiter auf die Wolkenkratzer und die Lichter zu. Die Straße entrollte sich glatt vor ihnen, wie um sie für das Stakkato der letzten Stunde zu entschädigen. Schon bald schoben sie sich wie der Hudson dahin, an der Oberfläche friedlich und brav, darunter mit eigenen Gedanken beschäftigt. Das Schöne an der Skyline war, dass man bei guter Sicht erkennen konnte, wie wuchtig und einschüchternd sie war, wie stark alle

Kontraste, aber bei Nebel war sie genauso schön, und nebelig war es gerade; das Chrysler Building bestand nur noch aus unheimlichen Flecken verschmierten Lichts. Hätte man Marina verboten, an genau jener Stelle die Aussicht zu kommentieren – unter der Überführung, bei hundertsieben Kilometer pro Stunde genau vier Minuten vor der Brooklyn Bridge –, sie wäre mit ziemlicher Sicherheit verrückt geworden oder woanders hingezogen. Sogar heute murmelte sie etwas, als sie die Stelle erreichten. Levik drehte automatisch den Kopf nach links, um die glühende Insel Manhattan zu bestaunen.

Als sie auf die Brücke fuhren – der Honda Accord schlug sich prima –, hielten sie den Atem an. Ihr Schweigen dauerte bis zum Ende der Fahrt. Nach ein paar unglücklichen Schleifen hielt Levik vor einer Garageneinfahrt, wurde angehupt, fuhr ein Stückchen weiter und hielt erneut. Er streckte die Hand nach dem Handschuhfach aus, streifte versehentlich Marinas Knie, zuckte zurück. Vorsichtig probierte er es ein zweites Mal. Mit ein paar fahrigen Gesten war das Navi installiert. Suzanna zeigte ihnen den Weg zum Opernrestaurant. Davor hatte sich bereits eine kleine Menschenmenge versammelt. Levik lehnte sich erschöpft zurück wie zu Hause am Computer und sagte: *Dawai.*

Marina reagierte nicht. Sie hatte eine Höllenangst, von einer ihrer Freundinnen entdeckt zu werden.

Bitte steig aus, sagte Levik, bekam aber keine Antwort, was nach ein paar Sekunden auch eine Antwort war. Die nun folgenden Appelle wurden immer verzweifelter. Bitte, steig endlich aus!, flehte er sie an. Geh einfach! Marina zog es vor zu schweigen. Leviks Rücken rundete sich wie ein Autoreifen. Er stützte die Ellenbogen auf die Knie, ließ das Kinn sanft in die Hände sinken und schloss die Augen. Mit schweren Lidern und Flüsterstimme fragte er: Marina, wirst du jetzt aussteigen oder nicht?

Fahr mich nach Hause, sagte sie.

Warum bist du so eine – so starrsinnig?, schrie er. Er trat mit aller Kraft aufs Gaspedal, und nur knapp verfehlte der Honda ein vorbeifahrendes Auto. In einer Explosion aus Hupen hätte Marina fast Asja Brukhman übersehen, die Gastgeberin, die mit breitem Lächeln und zum Gruß erhobener Hand auf sie zueilte.

Die Rückfahrt nach Brooklyn verlief ruhig. Resignation machte sich breit, Leviks Lieblingsstimmung. Sie fuhren nach Hause – war das wirklich so schlimm? Er entspannte sich immer mehr, und nachdem sie die Brooklyn Bridge abermals überquert hatten, fing er sogar leise zu pfeifen an, ganz ohne es zu merken. Die Wahrheit war, dass er keine Lust gehabt hatte, stundenlang in einem Restaurant zu sitzen und sich angestrengt zu unterhalten, während seine Frau von Tisch zu Tisch wanderte und immer betrunkener und unmöglicher wurde. Jetzt fuhren sie in aller Ruhe nach Hause, und er konnte sich den dritten Teil des Dokudramas über Nostradamus ansehen. Er redete sich ein, Marinas Wut hielt sich in Grenzen und dass auch sie die stille Rückfahrt genoss.

Als sie sich Brighton näherten, drohte die Stimmung zu kippen. Levik fuhr im Schritttempo, sobald es an der Zeit war, sich nach einer Parklücke umzusehen. Eigentlich wollte er das Fahrzeug nicht verlassen, denn erst dann würde sich das wahre Ausmaß des Schadens zeigen. Eine Szene war unvermeidlich, das wusste er. Womit er gerechnet hatte: ein schneller Schritt, weiter ignoriert zu werden, womöglich allein im Aufzug stehen zu müssen und auf die Frage nach Tee oder Kaffee keine Antwort zu erhalten. Womit er nicht gerechnet hatte: dass Marina auf Riemchensandaletten in Richtung Strand davonstöckelte, auf den sich ein undurchdringlicher Nebel gelegt hatte, jene Art von dicker, rauer Luft, die alle Straßenlaternen in glühende Planeten verwandelte; Ausflugstag für Nacktschnecken, eine verdichtete Atmosphäre, die binnen weniger Jahre zum Sinnbild des späten Frühlings in Brooklyn geworden war und die in italienischen Filmklassikern immer viel zu romantisch dargestellt wurde.

Entweder reagierte Marina absichtlich nicht, als er nach einiger Zeit panisch ihren Namen rief, oder sie war schon außer Hörweite. Des Sehsinns beraubt, war das Meer unglaublich laut. Levik hörte es aus allen Richtungen röhren, was nur heißen konnte, dass er schon jetzt die Orientierung verloren hatte. Er merkte, dass er gar nicht mehr lief, sondern wie angewurzelt am selben Fleck stand und immerzu *Marina! Marina!* rief und dazu einen Arm in den Nebel reckte, der nicht zu ihm zu gehören schien. Er vernahm ein Echo: *Marina! Marina!* Und dann war ihr Name nicht mehr zu hören, denn seine Stimme versagte. Erschöpft ließ er den Arm sinken und betete, dass seine Knie nicht nachgeben würden. Ganz schön merkwürdig, wenn man einmal darüber nachdachte: Nebel. Mehr war es nicht, einfach nur weicher, harmloser Nebel. Und doch schaffte Levik es nicht mehr, einen Fuß vor den anderen zu setzen oder gleichmäßig zu atmen oder einen Ton herauszubringen. Todesangst, so nannte man das, sie hatte ihn aus unerfindlichem Grund im Griff, nur wenige

Blocks von seiner Wohnung entfernt. Er hätte alles gegeben, um jetzt dort zu sein und Marina in ihrem Katzenbecher einen Kaffee aus zwei Teelöffeln Instantpulver und viel fettfreier Milch zubereiten zu dürfen. Plötzlich musste er an Camus' *Der Fremde* denken, er hatte das Buch als unerfahrener junger, lockiger Mann gelesen, damals, als ihn alles fasziniert hatte, was er nicht ganz verstehen konnte. Das Buch hatte er trotzdem nicht gemocht. Warum musste er dann so oft daran denken? Das dazugehörige Bild: *Der Schrei* von Munch.

Auf einmal war sein Arm zu sehen, als hätte man eine Staubschicht weggeblasen. Er war glatt und dünn und glänzte kühl. Der Arm wurde immer länger und dünner und bohrte sich trotzig in die Dunkelheit. Levik schloss die Augen und hörte den chaotischen Ozean, er öffnete sie wieder und sah ein Geländer, einen leeren Mülleimer, die schräg angeordneten Holzbretter, die sich unter seinen Füßen aneinanderschmiegten, eine Bank, eine zweite, eine dritte ... Die vierte Bank hatte Knie und einen zerzupften blonden Haarknoten. Er schaffte es, den Abstand zwischen sich und dieser Bank zu verringern.

Sie lag einfach nur da. Ihre Frisur war explodiert und zehnmal so groß wie üblich. Ihr Haar war zwischen die Ritzen gerutscht, als wuchere es aus den dunklen Tiefen des Holzes heraus. Wenn sie seine Anwesenheit spürte, ließ sie sich nichts anmerken. Er ging um die Bank herum, schob ihre nackten Füße zur Seite und setzte sich. Sie rutschte herum, legte sich bequemer hin und verfiel erneut in Reglosigkeit. Für einen Moment fürchtete Levik, den Verstand zu verlieren, so als würde gleich etwas Furchtbares geschehen; doch solange er sich nicht rührte, hatte alles den Anschein von Normalität. Er war wie ein Kind in einem riesigen Kaufhaus, das seine Mutter aus den Augen verloren hatte und sich an jeden vorbeikommenden Rockzipfel geklammert hätte. Dann merkte er, dass tatsächlich alles in Ordnung war; niemand war gestorben, und er befand sich in unmittelbarer Nähe seines Zuhauses, vermutlich sogar ein paar Meter näher als noch vor einigen Minuten. Der Abend war mild, er konnte den Moment nutzen, um tief durchzuatmen, vielleicht sogar ein wenig nachzudenken, während sein Blick in die Ferne wanderte, von der, zugegeben, nicht viel zu erkennen war.

Er klatschte Marina aufs Knie. Zeit zu gehen, sagte er.

Fass mich nicht an, sagte sie. Ihre Stimme war eine sanfte Einladung. Wieder einmal schaffte sie den wundersamen Spagat zwischen einer Aussage und einem widersprüchlichen Ton. Ein spinnengleiches Manöver, das jedes Opfer lähmte. Sie holte tief Luft. Weißt du, was ich gern wäre?, fragte sie.

Woher sollte er das wissen?

Obdachlos.

Eines Tages vielleicht, sagte Levik. Nicht jetzt.

Hier draußen ist es so viel besser als drinnen, so viel friedlicher, findest du nicht? Man fühlt sich frei. Ich käme prima zurecht als Straßenbewohnerin, ich glaube, das läge mir im Blut. Zum Beispiel hatte ich noch nie Schwierigkeiten, an kostenloses Essen zu kommen. Ich besitze großes Improvisationstalent. Temperaturwechsel machen mir nichts aus. Heiß, kalt, mir doch egal. Außerdem bin ich kein besonders reinlicher Mensch. Ehrlich, da draußen gibt es bestimmt Obdachlose, die reinlicher sind als ich. Nein, vergiss die Straße – ich bleibe auf dieser Bank.

Liege unter den Sternen. Höre dem Meer zu. Meinst du, es will mir etwas sagen? Meinst du, es möchte mit mir kommunizieren?

Nein.

Hör doch, sagte sie.

Das Meer sagt gar nichts.

Marina hob den Kopf, schon verzog ein Einfall ihren Mund. Jetzt kommt's, dachte Levik und krümmte sich innerlich.

Wir haben uns nie entschieden – Paris oder Rom?

Levik erschauderte. Wenn das Meer dir irgendwas sagen will, dann das: Geh nach Hause, trink eine Tasse Tee, schließ die Tür ab. Das Meer ist unzufrieden mit uns. Solange wir hier sitzen, wissen wir nicht, was passieren wird. Vielleicht ist dieser Cumbre Vieja auf den Kanarischen Inseln ausgebrochen, vielleicht hat es einen massiven Erdrutsch gegeben, und nun ist der Tsunami schon auf dem Weg hierher, jetzt in diesem Moment.

Wäre es in dem Fall nicht egal, ob wir hier sind oder zu Hause?, fragte Marina.

Möchtest du nicht ein letztes Mal deine Tochter sehen?

Sie hat gesagt, sie hätte heute Abend etwas vor.

Frida hatte nicht gelogen. Sie ging ins Schlafzimmer ihrer Eltern und wühlte in Marinas Schminkkoffer wie in einer Schüssel mit Glasperlen. Es funktionierte nicht, das wohlige Gefühl blieb aus. Sie legte auberginefarbenen Lippenstift auf und fragte sich, was sie unternehmen könnte. Sie rief Gabe an, der ein paar rhetorische Räder schlug und schließlich zugab, sich gerade im Internet nach Männern umzusehen. Nur für heute Abend, nicht für den Rest meines Lebens, fügte er hinzu. Ich war gestern lange aus, und mir ist immer noch schlecht, sagte er. Okay, sagte Frida, die sich für die Strapazen des Bahnfahrens ohnehin zu schwach fühlte. Sie schaltete den Fernseher ein und zappte die Kanäle durch; ihr Daumen kam nicht einmal dann zur Ruhe, wenn sie interessante Farben oder Posen entdeckte. Normalerweise lag sie daneben, wenn es darum ging, etwas zu finden, was sie interessierte. Sie machte das Bett, stopfte das Laken ringsherum fest und schlüpfte hinein, dann stieg sie wieder heraus, ohne es neu zu machen, weil sie wusste, dass sie, sobald es gemacht wäre, erneut den Impuls verspüren würde hineinzukriechen. Sie hatte keinen Hunger, was wirklich traurig war.

Ein Hauch von Marinas Parfüm und Leviks Rasierwasser hing im Flur, bis die Nachbarn von unten anfingen zu kochen. Was die Hedonows abends aßen, war immer ein Rätsel. Sogar Robert mit seinem eingeschränkten Geruchssinn plante seine Promenadenspaziergänge so, dass sie in die Essenszeit der Hedonows fielen. Außerdem schien die Familie pausenlos zu springen und zu schreien. Sie schliefen nie zur selben Zeit, wahrscheinlich weil es leichter war, in das Gejohle einzustimmen, als ganz von vorn zu beginnen. Dass sie so süchtig nach Heiterkeit waren, konnte nur eines bedeuten: Sie freuten sich nicht um der Freude willen, sondern weil sie ein anderes Gefühl auf Abstand halten mussten, so schrecklich, dass es sich niemals zeigen durfte. Dann wiederum ließe sich nach dem ganzen Herumgehopse ein Hirnschaden natürlich nicht mehr ausschließen. Wie viele Mitglieder die Familie hatte, war unmöglich zu sagen. Die Kernfamilie ließ sich abzählen: Da war Uzh, der Patriarch; seine unverheirateten Schwestern Bo und El; Klysma, die Frau des Hauses; ihr geistesgestörter Bruder Grad. Doch Klysmas Kinder schienen stetig mehr zu werden, kaum, dass man blinzelte, waren schon wieder zwei neue da, und zusätzlich reisten ständig erholungssuchende Verwandte für zweiwöchige Aufenthalte an. Sie hielten die Seeluft für gesund, außerdem gab es in Amerika ganz grundsätzlich zu wenige Kurorte.

Vor den Hedonows hatte ein alleinstehender Mann in der Wohnung gelebt, ein Bekannter, den Levik aus dem Klimatechnikstudium kannte (die zwei kamen deshalb so gut miteinander aus, weil beide Väter hatten, die Fabrikbesitzer und riesige Arschlöcher waren, hatte Marina erklärt). Die Wohnung hatte seinen Niedergang aus nächster Nähe miterlebt, so wie Frida, deren Kinderzimmer in dem hellhörigen Haus direkt über seinem Schlafzimmer gelegen hatte. Er hatte sich eifrig ans Werk gemacht und die Tapeten heruntergerissen, die Wände ausgehöhlt, das Parkett aufgestemmt und die Türen aus den Angeln gerissen; die Zwischendecken hatte er mittels eines Wasserschadens ruiniert. Nachdem man ihn abgeholt hatte (Irrenanstalt? Gefängnis?), stand die Wohnung für viele Monate leer. Anfangs war es ein Schock, eine Schande für alle, eine Blamage; die Bewohner versuchten, sich auf andere Gebäudeteile zu konzentrieren. Doch nach einer Weile verwandelte sich die Wohnung allein durch Hartnäckigkeit, durch Verharren im Zustand der Verwaisung und Zerstörung, in eine abstrakte Vorstellung, in ein Symbol für etwas anderes. Eine Zeitlang bildete sie das Herz des Gebäudes und strahlte eine gewisse Vertrautheit aus.

Dann kauften die Hedonows die Wohnung. Den anderen kam es widernatürlich vor, wie eine Herausforderung des Schicksals. Die Sanierung dauerte ein Jahr und glich einem Exorzismus.

Aber warum dachte Frida immer noch an diesen Mann? Er hatte einen Chihuahua besessen, mit runzliger Olivenhaut und so großer Angst in den Augen, dass sich Frida, wenn sie mit dem Tier im Aufzug war, vor sich selbst fürchtete, als schlummerte eine Kraft in ihr, die jeden Moment erwachen und dem Hund Schreckliches antun könnte. Der winzige Vierbeiner versteckte sich hinter dem Ziehwagen, ohne den der Mann niemals das Haus verließ. Nun war das Trio – Mann, Wagen, Chihuahua – verschollen, und nur das Schicksal des Wagens war geklärt: Die blauhaarige Dame, die die Pflanzen im Hausflur goss, hatte ihn für sich beansprucht und noch dazu behauptet, von jeher seine rechtmäßige Eigentümerin gewesen zu sein. Vier Jahre waren vergangen, und doch hatte Frida den Abgang des Mannes noch deutlich vor Augen. Sie hatte sich gerade die wirbelnden Schneeflocken im Chemiebuch angesehen, als ihre Mutter schreiend ins Zimmer geplatzt war: Die Wohnung ist leer, Pasha ist weg!

Da war es passiert. Sein Name war ihr entwischt, vielleicht sogar mit Absicht. Aber es hieß, sie habe die beiden einfach nur kurz verwechselt. Immer versuchte sich der echte Pasha, Fridas Onkel, in den Vordergrund zu drängen, selbst wenn es nur um den alten Nachbarn von unten ging. Freud hätte seine Freude gehabt.

Aber was war mit ihrem Onkel? Sie wusste so wenig, praktisch nichts Handfestes, und doch schwebte er ständig über dem Haushalt. Er war ein mystisches Wesen, eine Legende. Unmöglich, sich ihn als Vater auf einer Hochzeit vorzustellen. Tanzen? Feiern? Egal, was für ein Szenario sie für ihn entwarf, er entglitt ihr. Auf dem Zahnarztstuhl, bei der Bestellung im Restaurant, beim Dehnen der Oberschenkelmuskeln, beim Einreichen der Steuererklärung, im Gefolge eines Fremdenführers – alle, aber nicht ihr Onkel Pasha. Weder band er sich die Schuhe, noch besaß er ein Handy. In seinem Leben gab es keine Schmutzwäsche, obwohl doch hinter seinem Schreibtisch ein vergilbtes Bügelbrett mit Karomuster an der Wand lehnte. Die Beine des Schreibtischs waren ebenso krumm wie die seiner Vermieterin, aus deren Kinn drei weiße Borsten wuchsen und die um Mitternacht auf einem Besen über die pechschwarze Stadt flog.

Ganze Jahreszeiten weigerten sich, Pasha als Kulisse zu dienen. Er unter Eiszapfen, zwischen Bergen von Schnee, im Matsch, ja, aber doch nicht am Strand oder unter blühenden Bäumen. Ständig hörte Frida von fürchterlichen Schneestürmen, die Pasha zwangen, zu Hause zu bleiben, seine Seminare an der Uni abzusagen, bei kaputter Heizung zu frieren und eingefrorenen Tramgleisen auszuweichen. In den nostalgischen Erzählungen vom lieblichen Frühling in Odessa kam Pasha nicht vor. Ihr Onkel hing im Februar fest, und nie konnte er die Heizung reparieren, weil in seinen großen, blassen Händen jedes Werkzeug seinen Zweck vergaß. Er rüttelte an Hebeln und drehte an ein paar Schrauben, was nur zur Folge hatte, dass die Heizung vollends ausfiel und er unter fünf Decken ausharren und seinen Atemwolken zuschauen musste, während alle anderen auf dem Eis herumtollten oder unter Birken mit zartem schwarzem Geäst spazieren gingen. Morgens wachte er mit Eiszapfen am Bart auf, die Wanzen lauerten in allen Ritzen, und die Fenster waren eingefroren. Gott behüte, dass man ihn lächelnd unter blauem Himmel sah! Auf den alten Fotografien stellte Fridas Familie Odessa als einen Ferienort dar. Es gab Klippen, das tosende Meer, rustikale Picknicktische auf unebenem Terrain, aufgeplatzte Tomaten, dicke Würste, Frischkäse und schwarzes Brot. Gebräunte Gesichter. Weiße Zähne. Männer von kleiner bis mittlerer Statur, vorzeitig erschlafft, aber mit strammen Waden, standen in knappen Badehöschen im Wasser. Die Frauen daneben wirkten riesig, Brüste, Brüste überall. Schwer zu sagen, wo die Frau aufhörte und ihr Busen begann. Esther war im Überfluss vorhanden; hier beugte sie sich über einen Tisch (schnappte sie sich die letzte Scheibe Kielbasa vom Teller, oder wollte sie nur einen Zopf richten, der nicht im Bild war, Marinas vielleicht?), hier posierte sie an Deck eines Schiffs, das Haar an die Wange geklatscht, den kräftigen Arm zufrieden blinzelnd über die Reling gelegt. Marina lief in weißer Unterwäsche herum, die länger war, als es ihrem Alter angemessen gewesen wäre.

Pasha war entschlossen, den Schnee nicht zu verlassen. Er trug Fellmützen mit über dem Kopf verschnürten Ohrenklappen, die einen katastrophalen Knorpelwuchs entblößten. Die Haut an Nase und Ohren war gespannt. Seine Mäntel waren so schwer und streng wie sein Gesichtsausdruck. Der Himmel hing tief und war fast so schwarz wie die Schatten unter seinen Augen. Der ganze Ernst der sowjetischen Lage sprach aus diesen Fotos von Pasha, Stalins Erbe wurde in den Bildern fast greifbar.

Durch lückenlose Dokumentation hatten die Nasmertows ein Paradies erschaffen, aus dem sie vertrieben werden konnten. Pasha hatte auf die Inszenierung verzichtet, als hätte er geahnt, dass er so etwas nicht brauchen würde. Oder wirkte es nur im Nachhinein so? Vielleicht lag es auch nur an Fridas bruchstückhafter Erinnerung. Seit Jahren hatte sie nicht mehr in dem Karton mit den alten Fotos gekramt.

Das Hopsen flaute ab. Frida legte ein Ohr an den Fußboden. Uzh pflegte seinen Samen allabendlich in Klysma einzupflanzen. Während des Vorgangs jammerte Klysma und betete zu Gott, den sie um materielle Unterstützung oder eine Verbesserung ihrer Finanzlage anflehte, die in der Tat göttliche Hilfe gebraucht hätte. Heute Abend schienen sie es eher langsam anzugehen, vermutlich würde er noch eine Weile brauchen. Frida könnte in die Küche gehen und sich ein Sandwich machen und wäre trotzdem rechtzeitig zurück.

Doch in der Küche ließ Frida sich ablenken. Das Fenster ging aufs Meer hinaus, das heute so verlassen wirkte wie ein riesiges, von den Großeltern geerbtes Möbelstück, das am Straßenrand abgestellt wurde. Großeltern überzogen ihre Sitzmöbel mit Plastikhussen, damit der Stoff nicht von Hintern und verschwitzten Handflächen beschmutzt wurde. Die Kinder saßen auf dem knisternden, klebrigen Plastik und merkten nicht, dass es sich um einen Schutzüberzug handelte, denn niemand hatte sie darüber aufgeklärt. Also litten sie still vor sich hin und nahmen einfach an, dass es sich auf einem Sofa eben nicht anders sitzen ließ. Das Meer schien unter einer solchen Plastikschicht zu liegen, der Reißverschluss befand sich irgendwo an der Rückseite. Aber wozu ins dichterische Schwärmen geraten, wenn Pasha diesen Blickwinkel besetzt hielt? Draußen war alles grau und trüb, es erinnerte an gar nichts. Frida saß am Fenster mit Südblick und verzweifelte.

ZEHN

Ihre Mom hatte ihr den Job besorgt, damit in den Pausen des Medizinstudiums keine Langeweile aufkam, doch zu tun gab es eigentlich wenig. Sie saß am Empfangstresen einer heruntergekommenen Arztpraxis mit Autowaschanlagen-Atmosphäre, nahm die Namen und Sozialversicherungsnummern der zumeist alten Patienten auf, gab Versicherungsdaten in den Computer ein und teilte Zehndollarscheine aus. Die altersschwachen Augen der Patienten bekamen den Arzt so gut wie nie zu sehen. Das war einer anständigen Praxis nicht würdig, doch Dr. Gamskii war Juri, ein Freund der Familie.

Frida hatte als Kind viel Zeit in seinem turbulenten Haushalt in Manhattan Beach verbracht und mit seiner frühreifen Tochter Diane gespielt, aber dann war es damit von einem Tag auf den anderen vorbei. Fridas Eltern waren um keine Ausreden verlegen gewesen. Da Juris schöne Frau Larissa in Afrika auf Safari war und Diane zwei Wochen später am besten Internat des Landes angenommen und sogleich dorthin geschickt wurde (weder Canarsie noch Bensonhurst), war es kaum verwunderlich, dass Frida nicht mehr in Manhattan Beach betreut werden konnte. Ein paarmal noch hakte sie nach und wollte wissen, ob Dianes Mom von der Safari zurück sei oder ob Dianes Internat über eine Postanschrift verfügte, an die man einen Brief und ein Freundschaftsarmband hätte schicken können, doch irgendwann vergaß sie, weiter nachzufragen. Sie wurde nicht stutzig, als Larissas Name nur noch im Flüsterton und dann gar nicht mehr genannt wurde oder dass ihre Freundin neuerdings *die arme Diane* hieß. Erst vor wenigen Jahren, als Diane ohne Vorwarnung wiederaufgetaucht war, vor der Tür ihres Vaters und im siebten Monat schwanger, sprach Fridas Mom von Jugendeinrichtungen, illegalen Substanzen und älteren Männern, das aber ganz beiläufig, als wäre Frida von Anfang an eingeweiht gewesen. Jetzt noch um Details zu bitten wäre einem Eingeständnis ihrer unglaublichen Naivität gleichgekommen, und so erfuhr Frida nie, was damals genau passiert war. Fest stand nur, dass die Zeit in jenem Haus in Manhattan Beach ihr größtes Abenteuer gewesen war, und sie hatte es nicht einmal gemerkt.

An diesem Montagmorgen war die Stimmung in der Praxis besonders angespannt. Der riesige Dr. Gamskii saß auf Fridas Platz hinter dem Tresen und hielt sich die Stirn. Als er den Kopf hob, entdeckte Frida einen manschettenknopfförmigen Abdruck auf seiner knittrigen Wange, was ihren Verdacht bestätigte, dass er in der Praxis übernachtet hatte. Nachdem er den morgendlichen Schleier weggeblinzelt hatte, sagte er: Sieh an, wer endlich da ist.

Ich bin nicht zu spät!

Er winkte ab, als hätte sie einen Fehler heruntergespielt, und dann kündigte er an, heute ein wenig anders als sonst arbeiten zu wollen. Ob sie damit einverstanden sei?

Frida nickte zögerlich.

Was machen deine Hände?, fragte er.

Sie streckte die Arme aus. Man hat mir gesagt, sie wären zu klein für meine Größe.

Er packte zu und drückte Fridas Handflächen zusammen. Frida erwiderte den Druck.

Prima, sagte er. Vergiss das alte System. Wir sind keine Bank, das kannst du ihnen sagen. Kein Gratisgeld mehr. Wenn sie eine Untersuchung oder eine Massage wünschen – bitte sehr. Wenn nicht, dann zur Hölle mit ihnen.

Aber sie haben Anspruch auf eine medizinische Massage. Dazu bin ich gar nicht ausgebildet.

Im Grunde ist es, als würdest du deinen Freund massieren. Vielleicht mit etwas mehr Handballeneinsatz.

Aber, fragte Frida, und ihre Kehle verhärtete sich, wer sitzt am Empfang, wenn ich massiere?

Das sehen wir, wenn es so weit ist, sagte Dr. Gamskii. Das war sein Lieblingssatz, der immer zum Einsatz kam, wenn er mit dem Rücken zur Wand stand oder sich im Reich der Hypothesen wiederfand. Sobald er zum Nachdenken gezwungen war, fühlte er sich wie eine Katze, die ihrem eigenen Schwanz nachjagt. Er war nicht gerade der geborene Problemlöser. Nun erhob er sich, um in den hinteren Teil der Praxis zu verschwinden. Juris Aufwärtsbewegung war ein Naturereignis. Obwohl er sich um Beiläufigkeit bemühte, veränderte sich der ganze Raum. Ihn aufstehen zu sehen verschlug den Leuten den Atem. Er war so groß und bullig, so breit und stattlich. Seine Größe war eine Errungenschaft an sich, die seinen Ehrgeiz vermutlich von Anfang an gedämpft hatte. Wozu sollte er sich abstrampeln wie die kleinen Leute? Früher hatte

Frida sich durch seine Größe einschüchtern lassen. Von allen Freunden ihrer Eltern war Juri der merkwürdigste gewesen. Ein Bild von einem Mann, vor dem alle anderen Vertreter dieser Art verblassten.

Frida blieb am Empfang zurück und bewachte die Eingangstür. Kaugummifolien sammelten sich, pro E-Mail segelte eine dem Papierkorb entgegen wie ein winziges Flugzeug. Etwa eine Stunde später kam ein alter Mann herein. Stöhnend kämpfte er sich zum Tresen vor, als wollte er allen Zweifel an seinem Anspruch auf die Zahlung beseitigen.

Sehr windig draußen, sagte er. Wo ist das Formular?

Hier, sagte Frida und hielt ihm einen Schreibblock unter die Nase. Aber bevor Sie unterschreiben, sollten Sie wissen, dass wir die Regeln geändert haben.

Nicht für mich, sagte er. Ich habe es eilig.

Für alle.

Geben Sie mir einfach das Geld, Miss.

Genau darum geht es. Die neue Regel lautet: Wir sind keine Bank. Wie wäre es mit einer Massage oder einer Untersuchung?

Er sah sie verständnislos an. Sie musterten beide das Gesicht ihres Gegenübers und fanden es seltsamer, als sie es bisher wahrgenommen hatten. Der alte Mann versuchte es noch einmal. Ich nehme die zehn Rubel, sagte er, nur um sich deutlich ausgedrückt zu haben.

Nein.

Ich habe ein Recht darauf.

Neue Regel, wiederholte Frida unbeholfen.

Ich bin Kriegsveteran. Wollen Sie meine Orden sehen? Er trug sie bei sich, in der Hosentasche, elf an der Zahl.

Drei lagen in kleinen roten Schatullen, zwei weitere steckten in Plastikhüllen, die völlig zerkratzt und deshalb undurchsichtig waren, die anderen flogen lose herum. Ob geschützt oder nicht, sie alle waren in einem ähnlich bedauerlichen Zustand. Er reichte sie einen nach dem anderen über den Tresen. Frida begutachtete sie aufmerksam und mit Kennerblick, alles in der Hoffnung, Zeit schinden und den Mann beruhigen zu können. Seine Tasche musste enorm groß sein, vielleicht handelte es sich bei seiner Hose um eine Spezialanfertigung mit ausreichend Platz für alle Orden. Einen davon hielt sie sich besonders lange vors Gesicht. Die meisten sahen aus wie große, dünne Münzen oder Kupfersterne an spitz zugeschnittenen, gestreiften Bändern, aber dieser eine, er hatte in einer der undurchsichtigen Hüllen gesteckt, erinnerte an einen Rettungsring mit Schlitzen. In der Mitte prangte Stalins Kopf im Profil. Ein sehr fein ziselierter, abgetrennter Kopf war das, mit Haaren wie das kabbelige Meer.

Im selben Moment humpelten zwei Senioren herein und wedelten mit ihren Versicherungskarten. Die eine Person war weiblich (nie ein gutes Zeichen). Sie schaukelten sich in ihrer selbstgerechten, fordernden Art gegenseitig hoch. Noch bevor sie Fridas Tresen erreicht hatten, erklärte der alte Mann ihnen, Dr. Gamskii wolle sie hereinlegen. Anscheinend waren Senioren, Veteranen des Großen Patriotischen Krieges und Überlebende der Stalinzeit keine besonders flexiblen Menschen. Das Wort *nein* benutzten sie gern, zeigten sich aber uneinsichtig, sobald es gegen sie verwendet wurde. Offenbar lebten sie in dem Glauben, die Ärzte dieses Landes teilten nur Bargeld aus. Wir werden das melden, sagten sie. Die Behörden werden erfahren, dass der geldgierige Dr. Gamskii unsere Scheine für sich behält. Die Behörden würden Dr. Gamskii bestrafen und alle Scheine an ihre rechtmäßigen Besitzer zurückgeben, die Großes damit planten, das würde Frida schon sehen.

Holen Sie den Doktor, forderte die Frau.

Für eine Untersuchung?, fragte Frida.

Für ein Gespräch.

Einen Moment, hörte sie sich sagen. Graustarige Blicke bohrten sich in Fridas Rücken. Die WC-Tür war nur angelehnt, der Raum dunkel. Frida stupste die Tür mit der Schuhspitze an. Dr. Gamskii war nicht zu sehen, dafür aber ihr glänzendes Gesicht im Spiegel. Sie hob ihr T-Shirt an – Brüste. Zwei weitere Türen führten in die Untersuchungszimmer, eine gegenüberliegende dritte in Dr. Gamskiis Privatbüro. Der hintere Untersuchungsraum diente als Abstellkammer, der vordere dagegen war voll funktionsfähig, zumindest war das der Eindruck, den er erwecken sollte, um den Patienten die nötige Hoffnung zu schenken. Frida klopfte an und trat ein, ohne eine Antwort abzuwarten. Das Untersuchungszimmer war leer. Am Boden lag ein Bündel verdrehter Papiertücher. Der Fußschemel stand auf dem Tresen, die Schranktür darüber weit offen. Das Ärztekrepp auf dem Untersuchungstisch reichte nicht ganz bis ans Ende. Das Papier war nicht zerrissen oder schmutzig, aber auch nicht mehr frisch. Es war einfach nur sehr alt.

Ihr blieb keine Wahl. Frida klopfte an die Tür zu Juris Privatraum. Keine Reaktion. Sie presste ein Ohr an das Holz. Stille. Dr. Gamskii, sagte sie. Keine Antwort. Sie legte eine Hand an den Türknauf, er ließ sich drehen. Wovor hatte sie Angst? Vor Dr. Gamskiis Gesichtsausdruck; es fiel ihm allzu leicht, andere zu beschämen. Doch das Zimmer, in dem es nach Ammoniak stank, war leer. Sie warf einen Blick in die dunkle, feuchte Abstellkammer. Ihr Verdacht bestätigte sich: Irgendwo gab es eine Geheimtür! So oft schon hatte sie sich gefragt, was Juri hier hinten eigentlich trieb, und nun stellte sich heraus, dass er vielleicht nicht einmal in der Praxis gewesen war.

Vorn hatten sich noch mehr Senioren versammelt. Sie wurden zusehends lauter. Diese Leute hatten heute nichts weiter vor. Sie könnten problemlos den ganzen Tag in der Praxis ausharren. Noch kostbarer als ein Zehndollarschein war für sie die Gelegenheit, sich zusammenzurotten, sobald er ihnen verweigert wurde.

Dem Doktor geht es gerade nicht so gut, sagte Frida. Niemand schien die schnöde Ausrede gehört zu haben.

Nu, sagte die Frau. Wo bleibt er?

Er hat gesagt, er ist gleich da, sagte Frida. Ich werde mal nachsehen, warum er so lange braucht. Sie schnappte sich ihre Handtasche und machte sich auf die Suche nach der Geheimtür. Sie würde nicht allzu schwierig zu finden sein, schließlich war sie groß genug für Dr. Gamskii. Fridas Wangen brannten. Offenbar hatte sie geweint. Sie betrat das Büro und sah sich um. Ein Bücherregal mit Fachliteratur, gerahmte Urkunden, auf dem Schreibtisch ein Chaos aus Dokumenten, Briefumschlägen, Büroklammern, ein Kaffeebecher mit eingetrockneten Resten. Vielleicht war doch alles in Ordnung? Wenn alles in Ordnung gewesen wäre, hätte sie nicht die Hand an die Wand legen und über die Tapete streichen und nach einer verräterischen Unebenheit suchen müssen. Um die Wand hinter dem Arbeitsplatz abtasten zu können, musste sie den Stuhl unter den Tisch schieben, doch das war schwerer als erwartet. Frida wandte Kraft an. Vom Boden her ein Stöhnen. Fridas Herz machte einen Satz, eine mit eiskalter Flüssigkeit gefüllte Blase platzte in ihrem Brustkorb, die Substanz verteilte sich in alle Richtungen. Mühsam ging sie in die Hocke. Zunächst begriff sie nicht, was sie da sah. Grau melierte Haarsträhnen, Fingerknöchel, Manschettenknöpfe. Dr. Gamskii lag zusammengefaltet im Hohlraum unter der Schreibtischplatte, die Knie an die Brust gezogen. Neben seiner freien Hand stand eine halbleere Flasche.

Tut mir leid, Sie zu stören, sagte Frida, aber die Lage da draußen ist alles andere als entspannt.

Sie sind hinter mir her, seufzte er resigniert.

Es sind nur Patienten, sagte Frida und suchte nach Erleichterung in Juris Gesicht.

Diese Penner? Das ist alles? Die kommen hier rein, als wäre die Praxis eine öffentliche Toilette.

Sie wollen Geld.

Was haben sie sonst noch im Leben?

Und sie sind sehr wütend, weil ich es ihnen nicht gebe.

Juris Kinn zuckte. Ja, warum denn nicht?

Weil Sie gesagt haben ... Ach, egal. Frida stand auf, ihre Waden kribbelten vor Anstrengung. Sie gab vor, den Kalender auf seinem Schreibtisch zu studieren, nur um den Augenblick in die Länge zu ziehen und ihre Beine bewundern zu lassen. Als sie zurücktrat, meinte sie, eine zarte Berührung an der Rückseite ihres Knöchels gespürt zu haben, eine Mischung aus weich und stoppelig, vermutlich Dr. Gamskiis Lippen.

Frida, warte, rief er, als sie schon an der Tür war.

Sie eilte zurück, hockte sich hin und stützte sich dabei mit einer Hand am Schreibtischstuhl ab. Sie warf einen Blick in ihr Herz und stellte fest, dass sie zu allem bereit war. Jetzt zog er dieses Gesicht, das sie fürchtete. Schämte er sich für seine Absichten, lag es an der peinlichen Situation, in die sie hineingeraten waren, oder versuchte er einfach nur, sich zu konzentrieren? Im Gesicht eines jeden anderen wäre der Ausdruck völlig in Ordnung gewesen, aber Dr. Gamskii war zu männlich für Mienen. Sie wollte ihm versichern, dass er sich nicht zu schämen brauchte, doch auf einmal wurde ihr schwindelig. Langsam sank sie auf den Boden. Die Beine falteten sich unter ihr zusammen. Ihre Finger krallten sich in die Teppichfasern, oder waren es die Fasern, die sich an ihr festkrallten? Ihr Haar schien überall zu sein, es war so zerzaust wie in der Schlafzimmerszene eines französischen Films. Dr. Gamskii sah ihr ins Gesicht. Überwältigt von dem sicheren Gefühl, gleich geküsst zu werden, und das völlig zu Recht, beugte Frida sich vor. Dr. Gamskiis Hand, so groß wie der Kopf eines Schäferhundes, schoss empor. Frida zuckte nicht. Die Hand kratzte Dr. Gamskiis Nase.

Weißt du, Frida, sagte er, du solltest Diane anrufen. Ihr zwei wart früher so gut befreundet, ständig habt ihr beiden frechen Schlingel zusammengehockt. Und dann riss der Kontakt plötzlich ab ... Warum eigentlich?

Konnte es sein, dass er den Grund tatsächlich vergessen hatte?

Das ist lange her, antwortete Frida und hielt ihr Gesicht weiterhin ganz dicht vor seines, weil ein abrupter Rückzug verdächtig gewesen wäre. Wir waren Kinder.

Du hattest einen guten Einfluss auf sie. Sie hat so viel Ärger gemacht, wer weiß, vielleicht wäre alles anders gekommen, wenn ihr Freundinnen geblieben wärt. Und jetzt wohnt sie in einem Loch in Harlem, aber klar, Hauptsache Manhattan! Warte, ich geb dir ihre Nummer. Sie würde sich bestimmt freuen, von dir zu hören. Da oben stehen die Stifte, auf dem Schreibtisch.

Frida reckte sich. Sie riss einen Papierstreifen vom gelben Schreibblock ab und zog einen dicken blauen Textmarker aus dem Stiftebecher. Okay, sagte sie und verspannte sich in Erwartung des Diktats, denn Dr. Gamskiis Bariton zu folgen und in Zahlen zu übersetzen, um diese Zahlen dann mit einem Stift aufzuschreiben, den ihre Finger kaum umfassen konnten, war eine unglaubliche Herausforderung. Als es geschafft war, sie das Notierte wiederholt und die Bestätigung erhalten hatte: Erleichterung. Unter die Zahlen schrieb sie *Dinka*.

Während Frida Banknoten verteilte, setzte sich eine Erinnerungsschleife in Gang. Sie hüpften auf einem Motelbett und versuchten, die popcorngelbe Decke zu berühren. Sie rasten auf Rollschuhen zur letzten noch intakten Schaukel, die am Gerüst hing wie ein einsamer Zahn in einem zertrümmerten Mund (Frida gewann jedes Mal, zur Belohnung durfte sie Dinka Anschwung geben), sie bissen in einen aufgeplatzten Hot Dog, mit ketchupverschmierten Fingern saßen sie auf einer steilen Betontreppe mit Blick auf das Meer, und nur der raue Untergrund linderte den schrecklichen Juckreiz, den man im nassen Badeanzug verspürte; sie leeren eine Flasche Pfirsicheistee nach der nächsten und wogen sich wie besessen, fünfunddreißig Kilo, achtunddreißig Kilo. Lange war es her, und es war göttlich gewesen. Sie hatten so viel Spaß gehabt! Fridas Vorrat an schönen Erinnerungen war endlos, und die schmerzlichen, auch sie waren im Überfluss vorhanden, hatte die Zeit geschliffen. Nein, Frida konnte nicht mehr böse sein, weil ihre zehnjährige Freundin sie im Ferienlager geschnitten hatte, auch wenn sie dabei erschreckend strategisch vorgegangen war. Als sie schließlich Dr. Gamskiis Praxis verließ – die Praxis lag hinter einem Zentrum für plastische Chirurgie mit Fensterwänden, die mit versteinerten Frauengesichtern beklebt waren, in deren Stirnpartien armdicke Spritzen steckten –, hielt sie den gelben Papierfetzen mit Dianes Nummer fest umklammert und fragte sich, wie so viele Jahre verstreichen konnten, ohne dass eine von ihnen versucht hatte, die andere zu kontaktieren.

Frida bog in die Brighton Fourteenth Street ein und lief in Richtung Promenade, mit schnellem Schritt und eingezogenem Kopf. Die Strecke war kurz, aber so gefährlich wie das Bermudadreieck, denn hier häuften sich bizarre Zwischenfälle, von peinlichen Zufallsbegegnungen ganz zu schweigen. Nur einen Block weiter lag die offizielle Grenze zwischen Brighton Beach und dem wohlhabenderen Manhattan Beach; alle entfernten Verwandten und ehemaligen Bekannten hatte es in diese Gegend verschlagen, wo sie verhältnismäßig niedrige Mieten zahlten und dennoch einen Hauch von Glamour genießen konnten. Außerdem war die Bahn hier nicht zu laut. Die Gleise waren nicht so weit weg, dass man wichtige Durchsagen verpasst hätte, aber doch weit genug, um Großmutters Gebiss nicht alle sieben Minuten aus seiner Halterung zu befördern. Frida stolperte an schmalen Grünstreifen vorbei (am besten fand sie den mit dem Schild *Hundekoht bitte einsameln*), an in zweiter Reihe geparkten Ferraris mit unnötig getönten Scheiben, an der Baulücke, die sich trotz ihrer Toplage als Baulücke behauptete, der obdachlosen Gitarrenband, die Rock-Klassiker spielte (*American Pie* in Dauerschleife), und stieg dann die steile Betontreppe zur Promenade hinunter, suchte sich eine Bank, überwand ihre Telephobie und zog das Handy aus der Tasche.

Warum sollte Diane sich nicht freuen, von ihr zu hören? Sicher wäre sie überglücklich. Zufällig feierte sie am Freitagabend eine kleine Party bei sich zu Hause. Wahrscheinlich hatte Frida schon etwas geplant, sie sei aber herzlich willkommen. Pläne ließen sich ändern. Fridas Nervosität beim Berühren der Türklingel, die Magenkrämpfe, der schnelle Puls würden sich als unbegründet herausstellen. Sie würde sich auf Anhieb wohl fühlen in dem schwach beleuchteten Wohnzimmer mit kreisförmig angeordneten Sitzsäcken, einer war leer und wartete nur auf sie, und in der Mitte stand ein Tetrapack Rotwein, wie ihre Eltern ihn früher bei Picknicks getrunken hatten. Diane war gereift, verändert, offen. Auf den anderen Sitzsäcken saßen junggebliebene Intellektuelle mit dem Humor von Odessa (also dem ihren), der Interessiertheit von St. Petersburg (frei von Anmaßung), der Weltoffenheit von Moskau (nur weniger grobschlächtig und ohne harte Konsonanten) und mit New Yorker Versiertheit in Sachen öffentlicher Nahverkehr. Sie schauten Filme von Tarkowski und spielten Schach (endlich würde jemand es schaffen, ihr die Regeln zu erklären), sie hörten Pink Floyd und Wyssozki und konnten ganze Strophen aus *Eugen Onegin* rezitieren, ohne es zu übertreiben. Stattdessen legten sie eine kleine Tanzeinlage ein, im europäischen Stil, mitten in ihrer kleinen Festung aus Sitzsäcken. Sie arbeiteten als Naturwissenschaftler, interessierten sich jedoch für Kunst und Literatur, sie trafen sich regelmäßig an den Wochenenden, aber ohne Druck, und betrachteten ihre Gang, ihre *Kompanija*, als zweite Familie, so wie auch ihre Eltern eine Kompanija gehabt hatten. Sie lebten das Modell nach, na und? Es war erprobt und stimmig. Sie eiferten ihm nicht blind nach, sondern passten es ihren Bedürfnissen an. Sie hielten einfach nur eine alte Tradition am Leben. Der Playlist mit Wyssozki und Maschina Wremeni fügten sie Neunziger-Jahre-Hip-Hop und usbekischen Rap hinzu. Neben Puschkin zitierten sie Nasmertow – und auf keinen Fall würde Frida fragende Blicke ernten, wenn sie erklärte, wessen Nichte sie war, ein unerträglicher Fehler, den sie trotzdem immer wieder beging, sobald sich eine Gelegenheit bot. Es war ihr Versuch, eine schreckliche Distanz zu überbrücken, und jedes Mal ging er schief. Aber in der Kompanija brauchte sie nur beiläufig zu erwähnen, dass ihr Onkel *der* Pawel Nasmertow war, und allen klappte vor Ehrfurcht die Kinnlade herunter.

Obwohl die Kompanija eine sehr exklusive Veranstaltung war, würde Frida trotz ihrer vielen Unzulänglichkeiten aufgenommen werden. Geduldig würden ihre neuen Freunde die vielen Schichten aus Schüchternheit, Unsicherheit, Akne und Angst von ihr abpellen, und zum Vorschein käme – was? Sicher wüssten sie, dass etwas Kostbares in Frida schlummerte und sich die Mühe lohnen würde, es freizulegen. Am Ende wäre sie nicht wiederzuerkennen. Im positiven Sinn. Endlich hätte sie ihr wahres Ich gefunden, könnte sie ihre Identität entfalten. Die

Leute würden sagen: Sie war eine Spätzünderin. Andere würden sich ihre Verwandlung zum Vorbild nehmen. Alle hatten Frida für einen hoffnungslosen Fall gehalten, aber dann, im reifen Alter von fünfundzwanzig Jahren, hatte sie eine Wende um dreihundertsechzig Grad vollzogen. Oder hundertachtzig? Egal, eine Kehrtwende. Das Medizinstudium brach sie ab. Sauberer Neuanfang. Sie hat es nie bereut. Sie verlor ihre Pfunde und scheitelte sich das Haar anders und viel vorteilhafter, auch wenn der Unterschied kaum zu erkennen war. Vielleicht stand ihr eine künstlerische Karriere bevor? In der High School war sie bei der Acrylmalerei eine der Besten gewesen. Wahrscheinlich würde die Kompanija sie ermuntern, die Malerei wiederaufzunehmen. Sie unterstützten Frida und förderten ihre Talente, die der Rest der Welt nur unterdrückt hatte. Und wenn sie wegen ihrer manischen Malerei pleite war, liehen sie ihr Geld.

Das Szenario wich der Vorstellung eines lauwarmen Wiedersehens in einer Küche mit Halogenleuchte. Diane war verblüht und vorzeitig gealtert, die stockende Unterhaltung untermalt von dem Weinen eines Babys im Hintergrund – schlimmer noch, Diane war kein bisschen verblüht, sondern genauso verschlagen und eingebildet wie früher, nur noch geübter im Austeilen hinterhältiger Demütigungen. Auf der Promenade war es neblig und stürmisch. Eine Windbö riss Frida den Papierschnipsel mit der Telefonnummer aus der Hand und trug ihn davon, in entgegengesetzter Richtung ihres Zuhauses.

Gestern Abend, sagte Marina, ist Baba Fira auf einem Pferd in die Stadt geritten.

Hast du dich gefreut, sie zu sehen?, fragte Frida von der Rückbank aus.

Levik chauffierte sie über die Coney Island Avenue. Sie mussten halb auf der Straße geparkten Lieferwagen mit Halal-Fleisch ausweichen, während sich die grellen Fassaden von Nachtclubs und Bestattungsinstituten in ihre Netzhäute einbrannten. Leviks ganzer Körper versteifte sich, sobald Marina über spirituelle Themen sprach.

Du verstehst das nicht, erklärte sie. Als sie gestorben ist, warst du noch zu klein. Baba Fira war immer schon eine alte Frau – vertrocknet, runzlig, ein furchtbarer Anblick. In meinen frühen Erinnerungen ist ihr Rücken so krumm, dass ihre Nasenspitze zu Boden zeigt. Um von einem Zimmer ins andere zu gelangen, schob sie einen Stuhl vor sich her. Von der Küche bis ins Bad brauchte sie eine Stunde, und wie das geklungen hat, willst du lieber nicht wissen. Dabei konnte sie damals erst fünfzig gewesen sein. Nicht viel später wurde mir der Bettpfannendienst übertragen. Während der letzten zwanzig Jahre ihres Lebens war sie praktisch schon tot. Keine Frau, die man sich auf einem Pferd vorstellen kann.

Aber in deinem Traum ging es ihr gut?, fragte Frida, obwohl sie mittlerweile alles lieber getan hätte als mit ihren Eltern im Auto zu sitzen und Träume über deren Großeltern zu analysieren. Sie legte die geöffneten Lippen an die Scheibe, als wollte sie die Außenwelt einsaugen.

Sie lag schlaff über dem Sattel, wie ein Mantel.

Hast du sie begrüßt?

Nein, ich war damit beschäftigt, dich anzuschreien. Du

solltest sie begleiten und aufpassen, dass sie nicht runterfällt, aber stattdessen bist du zu Hause geblieben. Sie ist ganz allein nach Potemkinskaja hineingeritten.

Frida betrachtete den Hinterkopf ihrer Mutter oder vielmehr die Rückseite der Kopfstütze, der plötzlich ein Gesicht und Walrosszähne wuchsen. Gerade war Baba Fira unter der Eisenbahnbrücke hindurchgeritten, sie galoppierte an Zuckermans Apotheke vorbei und bog in die Brighton Sixth Street ein. Im Gegensatz zu Baba Fira war das Pferd groß, schwarz und stattlich. Und offenbar war es die ganze Zeit durch Odessa getrabt. Anstatt ihrer Urgroßmutter zu helfen, war Frida zu Hause geblieben, in einer Wohnung, die sie nicht mehr in Erinnerung hatte und die sie sich genauso wenig vorstellen konnte. Wie ist sie gestorben?, fragte sie.

Levik überfuhr eine rote Ampel. Sie war immer schon tot!, rief er. Sie ist nie gestorben!

Schlaganfall, sagte Marina. Wieso fragst du? Die Antwort ist immer Schlaganfall.

Was ist mit Krebs?, fragte Frida.

Levik ließ sie vor der Banja aussteigen und brauste davon. Er hatte heute jede Menge vor.

Eine Reihe von praktischen Schritten und Formalitäten unterbrach ihre Unterhaltung, die sich gemütlich auf das Thema Krebs eingependelt hatte – wer erkrankt war, welche Sorte, welche Bewältigungsstrategien zum Einsatz kamen (Alla Gabor, Brust, sie freute sich auf die neue Körbchengröße und aß nur noch Spargelpüree). Eine ungeschriebene Regel besagte, dass man die Unterhaltung, wurde sie unterbrochen, nicht wiederaufnehmen konnte. Es reichte, sich nach einem verlorenen Penny zu bücken;

sobald man sich aufgerichtet und ihn eingesteckt hatte, wurde das Thema fallengelassen.

Es kam zu einem Missverständnis mit der selbstbewussten baltischen Dame am Eingang, die den Geschenkgutschein bemängelte; offenbar war er vom Vorbesitzer ausgestellt worden. Die neue Geschäftsführung verteilte andere Geschenkgutscheine. Andererseits wechselte die Geschäftsführung dieser Sauna wöchentlich, und es gab immer neue Damen aus dem Baltikum, mit denen man Geschenkgutschein-Missverständnisse haben konnte. Als sie genug gestritten hatten und Marinas Blutdruck zufriedenstellend hoch angestiegen war, wurde der Konflikt plötzlich gelöst. Freudloses Lächeln. Marina und Frida steckten Portemonnaies und Schlüssel in einen Plastikbeutel und bekamen im Gegenzug die Spindschlüssel ausgehändigt. Mit leichtem Quästen, sagte die blutarme baltische Dame, an deren Schläfen weiße Pickel leuchteten.

Viele Menschen haben sich vorgestellt, was in einer Damenumkleide vor sich geht. Die Realität bestand aus einem halben Dutzend Frauen, die am Boden knieten und sich mit den Schlössern abmühten. Der Schlüssel passte nie, und wenn er passte, klemmte er. Die Atmosphäre war von unterdrückter Panik geprägt. Die Türen zu den Toilettenkabinen standen offen, als wären die Benutzerinnen geflohen. Der Fliesenboden war nass und wirkte kontaminiert. Eine Frau kam herein, das Haar über dem Kopf aufgetürmt wie eine Kugel Eiscreme, die jeden Augenblick zu kippen drohte. Der Badeanzug war ihr über eine der zwei dellenreichen Pobacken gerutscht und entblößte aufgequollene, unförmige rosa Haut, schwabbelig wie Tran. Selbst die Frauen bemühten sich, nicht hinzusehen.

Offenbar fasste Marina den Saunabesuch als eine Art Wettrennen auf – wer saß zuerst drin? Die Zeit lief, sie hatten keine Sekunde zu verlieren. Sie hängte ihre unbeholfen hantierende Tochter ab und ging als klare Siegerin hervor. Als Frida endlich dazukam, lag ihre Mutter schon ausgestreckt auf der obersten Bank und hatte die Welt ringsum vergessen. Ihre Hände waren geöffnet, die Finger leicht gekrümmt, ein Bild der absoluten Entspannung. Ihre Beine hingen locker auseinander, rotbraune Haarbüschel wucherten bis weit über die Ränder des verblassten Badeanzugs hinaus (heute trug sie den zweckmäßigen). Sie schien das Prinzip der Schwerkraft vorführen zu wollen; ließ man diese Kraft gewähren, besaß sie eine heilende Wirkung, doch schon die geringste Störung wäre schädlich. Frida nahm zwei Etagen tiefer Platz und presste die Knie aneinander. Die Kälte saß tiefer, als man glaubte, und musste dem Körper mühsam ausgetrieben werden. Auf diesen Moment kam es an, er erforderte große Hingabe. In einer dunklen Ecke keuchte jemand.

Hat er sich wenigstens ein kleines bisschen gefreut?, fragte Frida.

Verdammt!, rief Marina.

Was ist denn? Was habe ich gesagt?

Ich habe Honig im Auge! Sie rieb sich das Gesicht und leckte ihre Finger ab. Wer soll sich gefreut haben?

Pasha. Als du ihm gesagt hast, dass ich komme.

Mein Bruder freut sich nie.

Obwohl Frida bekommen hatte, was sie wollte, wurde ihr zunehmend unwohl, vielleicht weil sich alles so anders entwickelte als erhofft. Sie hatte ihren Wunsch kundgetan, nach Odessa zu reisen, sie hatte so getan, als wäre sie fest entschlossen und würde sich die Reise nicht ausreden lassen, sie hatte dem Bitten und Flehen ihrer Familie widerstanden und nicht nachgegeben, nicht einmal das plötzliche Stottern ihres Vaters oder die krassen Blutdruckschwankungen ihres Großvaters konnten sie von ihrem Vorhaben abbringen. Als die Entscheidung dann akzeptiert war, erschien alles in neuem Licht. Natürlich sollte sie fliegen! Immerhin war Odessa ihre Geburtsstadt, ihr einziger Cousin würde heiraten. Hatten sie ihr denn nicht die ganze Zeit geraten, die Reise zu wagen?

Sie, die nicht mal allein einkaufen gehen wollte.

Außerdem, sagte Marina, habe ich es ihm noch nicht erzählt. Dann fügte sie hinzu: Es geht ihm nicht so gut.

Mein Gott, war er beim Arzt?

Sei nicht albern. In Odessa geht man nicht zum Arzt.

Psst!

Die Atmosphäre war halb Abwasserkanal, halb Kathedrale; ob Konversation erwünscht war, blieb unklar. Lautstarkes Geschwätz kam selbstverständlich nicht in Frage, die Prozedur verlangte eine gewisse Andacht. Der Saunabesuch unterlag einem strengen Ritual und war heilig. Die Vorstellung, dass die eigenen Vorfahren jahrtausendelang ihre Knochen auf ähnliche Weise erhitzt hatten, sorgte für eine getragene Stimmung. In der Banja konnte man nicht nur in der Hitze sitzen und schwitzen, sondern eine ursprüngliche Erfahrung machen und eine Reinigung erleben, die weit über die Poren hinausging. Sie saßen in kleinen, dunklen, hölzernen Kabinen, in denen nichts zu hören war als Atemgeräusche und das Zischen des Wassers auf den Steinen; Falschheit, Seelendreck, abgestorbene Hautschüppchen und Anmaßungen fielen von ihnen ab. Es funktionierte folgendermaßen: War man eine Tochter, hielt man die eigenen rot gefleckten Knie fest umklammert und zählte die Sekunden, war man eine Mutter, legte man sich für mindestens eine halbe Stunde in die knallheiße, sauerstoffarme Kammer und schnarchte; danach verließ man die Kammer und sprang in ein Fass mit Eiswasser (Mutter), oder man tunkte zumindest die Zehen hinein (Tochter). Das Ganze war fünfmal zu wiederholen, nur um sicherzugehen, dass man für den bezahlten Eintritt einen angemessenen Gegenwert erhielt.

Ein junger Mann, er sah aus, als wäre er ein zu Menschengröße aufgeblasener Einzeller, der gerade aus der Erdkruste gekrochen war, wo er unter glühendem Gestein und Magma sein Zuhause hatte, öffnete die kleine Klappe über den Steinen und schleuderte mit einem furchterregenden Gerät, das bestimmt noch andere Zwecke erfüllen konnte, Wasser auf sie. Abgesehen von einem ohrenbetäubenden Zischen passierte nichts. Er wickelte sich einen Handtuchzipfel um die Pranke und ließ das Tuch über seinem Kopf kreisen. Ein nackter Cowboy mit Frotteelasso. Eventuell herausragende Nasenhaare wurden versengt. Jeder weitere Atemzug wurde unterdrückt, bis die Lunge ihn erzwang. Eine drückende Hitze senkte sich nieder, um eine Weile zu bleiben. Der junge Mann nahm neben Marinas Füßen Platz und fing an zu schwitzen. Man konnte seinen Poren bei der Arbeit zuschauen, sie waren dressiert und gehorsam. Anders als Fridas Poren, die sich weigerten, auch nur einen Tropfen abzugeben. Zwischen den Beinen des jungen Mannes steckte ein Bündel aus Birkenzweigen wie eine Waffe.

Wer hat keine Angst?, fragte er und kitzelte Marinas Fußsohle mit Birkenblättern. Ihre Knie zuckten. Sie stützte sich auf die Ellenbogen und sah ihn an.

Umdrehen, sagte er. Ich werde Sie quästen.

Marina schaute zu Frida hinunter, die den Blick als Hilferuf auffasste. Doch sie musste sich geirrt haben, denn Marina fragte: Umsonst?

Der Mann grinste. Für einen Kuss.

Frida fing einen zweiten Blick auf.

Das war nur Spaß. Der Kuss ist freiwillig. Wie ein Trinkgeld. Umdrehen, bitte.

Marina rollte sich auf den Bauch, zappelte herum, schob ihre Brüste beiseite und hielt still. Der Mann beugte sich über sie und ließ theatralisch seine Fingergelenke knacken.

Ihre Schwester?, fragte er und zeigte auf das gefleckte Fleisch auf der untersten Bank.

Meine Tochter. Marina kicherte.

Die ist als Nächste dran, sagte er großmütig.

Die glatten unbehaarten Waden des Mannes spannten sich an, die Fersen hoben sich. Der Besen mit den weißblitzenden Adern aus Birkenrinde wurde so hektisch auf Marinas Rücken geklatscht, als stünden ihre Schulterblätter in Flammen. Dann blieb das Büschel liegen und der Mann drückte es mit dem ganzen Gewicht seines Oberkörpers nieder (der genau genommen so schwer nicht war, der Mann wirkte eher feingliedrig). Als die Blätterbüschel beiseitegezogen wurden, leuchtete Marinas zerkratzter Rücken hellrot, doch kein Ton drang aus ihrem Mund. Sie atmete einfach nur.

Das ist alles?, fragte er. Ich muss Sie wohl härter rannehmen?

Der Besen tanzte über ihren Rücken wie eine Primaballerina auf Zehenspitzen, die keinen Zentimeter Bühne ungenutzt lässt. Zuletzt landete er mit maximalem Schwung auf Marinas zarten Kniekehlen. Mit merklicher Verzögerung entwich ihr ein leises Stöhnen, ganz offensichtlich aus reiner Höflichkeit. Der Mann beugte sich über ihr Gesicht. Ich will nur mal nachschauen, ob Sie noch leben, sagte er.

Durchaus, erwiderte Marina wie nach einem Schlückchen Tee.

Der Mann mühte sich ab, sie wimmern, quieken und um Gnade flehen zu lassen, doch sie war halb eingeschlafen. So machte das keinen Spaß. Er versuchte immer angestrengter, einen Ton aus ihr herauszupressen, verdrehte den Oberkörper und drosch manisch auf sie ein, aber es war vergebens. Dass Frida alle gewünschten Laute ausstieß, schien er nicht zu bemerken. Er war nicht mehr bei der Sache. Er hielt inne und schnappte nach Luft, während Frida hoffte, dass ihre Mutter jetzt nicht auch noch zu schnarchen anfing. Er machte sich wieder an die Arbeit, wirkte jedoch demoralisiert. Ein paar schlaffe Schläge noch, dann war es vorbei. Das Angebot, mit Frida weiterzumachen, wurde nicht wiederholt.

Hat das nicht wehgetan?, fragte Frida, als sie einen freien Tisch in der Lounge gefunden und sich gesetzt hatten, direkt unter den Flachbildschirm, auf dem ein Fußballspiel lief, *das* Fußballspiel, ein zweifellos lebenswichtiges Fußballspiel, auf das alle Augen gerichtet waren. An den Nebentischen saßen frisch saunierte und abgeschrubbte Slawen und ließen es sich schmecken. Am liebsten hätte Frida sich bei ihnen bedankt, für ihre Berechenbarkeit, doch niemand beachtete sie. Sie meinten es nicht böse; sie nahmen ihre Anwesenheit lediglich als Luft wahr.

Ich bitte dich, sagte Marina, der Junge hatte doch keine Ahnung.

Marina hielt einen vorbeikommenden Kellner fest, der sich einen Stapel schmutziges Geschirr unters Kinn geklemmt hatte. Er nickte ernst oder einfach nur pflichtergeben, als sie eine umfangreiche und willkürliche Liste von Obst- und Gemüsesorten aufsagte, die zu Saft gepresst werden sollten. Er verschwand in der Küche, die im Herzen der Lounge lag, die wiederum das von Massagekabinen umringte Zentrum der Banja mit ihren vielen Saunen und Dampfbädern bildete. Alle Mitarbeiter liefen zwischen der Küche und dem Rest des Geländes hin und her, von den gebeugten alten Putzkräften, die keine bekannte Sprache beherrschten, bis hin zu dem vermeintlich neuen Banjabetreiber, dessen Terrakottabräune von einem heftigen, überstimulierten Blutfluss herrührte; ganz offensichtlich machte er regen Gebrauch von seinen Einrichtungen. In der Küche war es heller als in der Lounge, wo es wiederum heller war als im Saunabereich, was einen gewissen Filtereffekt zur Folge hatte. Wenn die Küchentür aufgestoßen wurde (schwer zu sagen, warum sie nicht einfach offen blieb), schien die Luft zu glühen. Marina und Frida, die beide nicht wussten, ob Hinsehen erlaubt war, erhaschten flüchtige Einblicke. Alles andere war unmöglich, erstens wegen der räumlichen Anordnung und zweitens weil seit Marinas Bestellung eine lange Zeit verstrichen war und sie der Verdacht beschlich, der Kellner könnte es versäumt haben, den Auftrag an die für die Entsaftung zuständige Person weiterzugeben. Es war merkwürdig: Im einen Moment war die Küche voller Menschen, die hastig eine Karotte zerhackten, im nächsten lag die Karotte allein auf dem Schneidebrett und wurde von allen ignoriert, und dieser zweite Moment zog sich hin, bis die Karotte vor Gleichgültigkeit erschlaffte, wo sie doch vorher eindeutig knackig gewesen war. Die räumliche Anordnung sorgte dafür, dass die Gäste der Lounge voller Unbehagen (ein nicht unbedingt unangenehmes Gefühl) gezwungen waren, das Treiben in der Küche zu beobachten, die doch eigentlich ein abgetrennter Raum war; wahrscheinlich rührte das Unwohlsein der Gäste daher, dass sie es waren, die hier beobachtet wurden, von der Küche nämlich. Sie waren in der Küche, und die Leute aus der Küche waren draußen. Und wo blieb eigentlich ihr Saft?

Da drüben, sagte Marina. Er steht da drüben, fertig gepresst, aber keiner bringt ihn her.

Ich habe mal gehört, dass die Antioxidantien sofort zerfallen, sagte Frida. Sie legte kurz den Kopf in den Nacken und überzeugte sich mit einem verstohlenen Blick selbst.

Ich werde ihn holen, sagte Marina und stand vom Tisch auf in der Erwartung, zurückgehalten zu werden. Doch Frida kaute auf der Innenseite ihrer Wange herum, und so war sie gezwungen zu handeln. Sehr langsam allerdings, fast wirkte es, als wäre sie betrunken. Kurz vor der Küche wurde Marina von einem Mann mit bläulichen Tätowierungen an Hals, Armen und Schultern abgefangen, der gebannt das Fußballspiel verfolgte. Ein Wunder, dass er überhaupt etwas bemerkt hatte. Vorsichtig legte er Marina eine Hand an den Ellenbogen. Marina lächelte ihr amerikanisches Lächeln und zeigte auf den Saft, der in wenigen Metern Entfernung auf dem Tresen stand. Der Mann schaute gar nicht hin. Er nickte und sah Marina tief in die Augen, sagte etwas, ließ sie los. Der Mann mit den verlaufenen Tätowierungen, die an verblichene alte Flecken erinnerten, setzte sich wieder hin und starrte in den Fernseher, während Marina still an ihren Tisch zurückkehrte.

Kommt gleich, sagte sie und ließ sich erleichtert auf ihren Stuhl sinken. Sie warteten weiter. Inzwischen hatte sich ihr Unbehagen aufgebraucht, mit Todesblick starrten sie in die Küche, bis sie ein geträllertes *Bitte sehr!* hörten, sich umdrehten und eine Frau im Bademantel entdeckten, so entspannt, porentief rein und rosig wie sie selbst, nur mit Tablett. Sie stellte ein großes Glas Saft in der Farbe von Kindersommersprossen und einen großen Teller Shrimps in ähnlicher Farbe auf den Tisch. Falls Marina vorgehabt hatte, Theater zu machen, ließ der Teller Shrimps sie verwirrt verstummen. Die Kellnerin verschwand, hinter ihr stand eine andere Frau. Frida bemerkte den Austausch nicht und sagte: Wir haben keine Shrimps bestellt. Die Frau nickte ihr geistesabwesend zu, legte Marina eine Hand auf die Schulter und sagte: Marina!

Oh, sagte Marina, Milka!

Sie umarmten einander herzlich und ungezwungen, mit aufrichtiger Zuneigung, als wären sie alte Freundinnen. Dabei hatte Frida die Frau noch nie gesehen. Oder doch? Milka war nicht gerade der Typ Frau, der einem in Erinnerung blieb; an Milkas herrschte keine Knappheit auf dieser Welt. In jedem U-Bahn-Waggon saß mindestens eine, die nie merkte, wie laut sie in ihr Handy redete, während die Boulevardzeitung, die sie durchgeblättert hatte, von ihren strumpfglatten Beinen rutschte und auf den klebrigen Boden fiel. In den Maniküresalons von Brooklyn herrschte eine regelrechte Milka-Schwemme. Warum hielten sich diese italienischen Boutiquen mit horrend überteuerten und sinnwidrigen Hosenröcken und Strickmänteln? Wegen der Milkas. Wer war gerade von seinem Ehemann verlassen worden für eine Frau, die nicht mal jünger war? Milka! Wer zog seinen Exmann aus bis aufs Unterhemd und wurde mit einem Haus an einer baumgesäumten Straße in Manhattan Beach belohnt, samt Garage mit zwei Autos, obwohl sie gar nicht fahren konnte? Auch das war Milka. Es konnte also gut sein, dass Frida Milka kennengelernt hatte, keinmal oder ein Dutzend Mal, egal, sie hatte so viele Geschichten über die Frau gehört, dass sie praktisch zur Familie gehörte.

Milka war nicht allein in der Banja. Frauen wie sie verlassen das Haus niemals ohne Entourage. Heute waren die Mädels dabei – Irena und Riana, die sich gerade draußen im Raucherbereich aufhielten. Milka war nur kurz hereingekommen, um sich die Kellnerin vorzuknöpfen, sie waren seit heute Mittag hier und hatten einen Riesenhunger. Diese Shrimps sehen wirklich gut aus, sagte Milka, als Frida sich einen in den Mund schob. Der Shrimpschwanz ragte heraus, sie nickte und biss in das sehnige Fleisch. Die Shrimps waren alles andere als gut, aber allein das Öl an den Lippen vermittelte Frida ein Gefühl von Zufriedenheit. Nicht lange. Schon bald merkte sie, dass sie jetzt nach Shrimps roch. Nichts verursachte ihr mehr Panik als das Gefühl, von einem Gestank verfolgt zu werden. Manche Leute differenzierten Gerüche in Düfte, Aromen oder Buketts, für andere gab es nur Gestank, egal, ob sie nun abgelaufenen, verkochten Schellfisch in der Nase hatten oder Kirschblüten in voller Pracht.

Der Gestank folgte ihr hinaus. In der Welt der Banjas entspricht ein Außenbereich für Raucher mit Platz für vier Liegen dem Goldstandard. Hier draußen fand es statt, das Leben. Schon hatte Marina eine Zigarette zwischen den Lippen.

Irena und Riana besetzten die beiden schicksten Liegen und lagen nebeneinander ausgestreckt wie zum direkten Vergleich. Wobei es nichts zu vergleichen gab, Irena war ein Bohnengewächs, und Riana hatte die Ausmaße einer Operndiva; dennoch schienen sie die zwei Hälften eines Ganzen zu sein. In der Theorie hatte Frida eine Null-Toleranzgrenze gegen Klatschtanten, wohingegen Marina sich über derlei Bekanntschaften zwar nicht sehr freute, sie aber trotzdem pflegte und, wie anzunehmen war, von ihnen profitierte. Nun aber krallte Marina gähnend die Finger in den Maschendrahtzaun, wie um nicht einzudösen, während Frida sich fasziniert vorbeugte und die Unterhaltung verfolgte, eine peinlich genaue Analyse des schrecklichsten Autounfalls aller Zeiten, der sich anscheinend vor wenigen Tagen auf dem Ocean Parkway ereignet hatte, zwischen den Avenues N und H, wo sich diverse Autos ineinander verkeilt und mehrere Menschen den Tod gefunden hatten. Frida hatte nichts davon gehört, vermutlich weil sie keine Nachrichten schaute und sich selten mit jemandem unterhielt. Riana, sie hatte etwas Hochmütiges an sich, war zur Augenzeugin der *Katastrofa* geworden, und ihr zuckendes linkes Auge verriet, wie sehr sie der Anblick der verstreuten Körper und der auslaufenden lila Hirnmasse noch immer belastete, obwohl sie sich in ihrer Schilderung lobenswerterweise um Objektivität und Zurückhaltung bemühte.

Marina erhob sich unvermittelt und sagte, schreckliche Dinge passierten ständig und warum man nicht endlich aufhörte, darüber zu sprechen. Die Frauen starrten sie verständnislos an. Marina versuchte, sich zu erklären. Immer schon hätten sich schreckliche Dinge ereignet und nie würde es anders sein, ob man sich nun darüber unterhielt oder nicht; in so schönen Momenten wie diesem, die selten gesät sind für Leute, die sich kaputtarbeiten und wahrscheinlich schon vor der Rente tot umfallen, sei es besser, an das Schöne zu denken und sich einfach mal zu entspannen.

Es stimmt, wir können solche entsetzlichen Unfälle nicht verhindern, sagte Milka, aber wir müssen irgendwie damit zurechtkommen, oder? Kannst du dich zum Beispiel an die Geiselnahme vor zwei Wochen über dem Starbucks in Brighton erinnern? Tja, das siebzehnjährige Mädchen war meine Nichte.

Nein!, rief Irena ungläubig, als könnte dieses Mädchen unmöglich auch noch eine Nichte sein. Irena sah aus, als müssten einzelne Partien ihres Körpers in regelmäßigen Abständen trockengetupft werden, als müsste sie in ein riesiges Papiertuch eingewickelt schlafen oder in ein nicht so riesiges, weil sie eine winzige Frau ohne Schultern war; da waren nur zwei winzige Ausbeulungen rechts und links ihres Halses, die aussahen, als müssten sie wieder hineingedrückt werden.

Aber es gibt doch auch andere Möglichkeiten, mit einem Unglück fertigzuwerden, sagte Marina, die aufgehört hatte zu gähnen. Es sei doch nicht nötig, die Leute mit der Nase in den Dreck des Lebens zu stoßen, Leute noch dazu, die ihr letztes Geld zusammengekratzt hatten, um sich einen Besuch in der Banja zu leisten und die sich mit *nichts* auseinandersetzen wollten, die schamloserweise einfach nur der *Katastrofa* ihres Alltags entkommen wollten.

Ich verstehe, was du meinst, sagte Milka. Der Eintritt hier ist lächerlich hoch. Jedes Mal, wenn wir herkommen, ist der alte Preis durchgestrichen, und darüber steht *plus fünf*. Ich würde gern mal sehen, dass da *minus fünf* steht.

Das wäre was, sagte Riana mit einer todernsten Miene, über die sie anscheinend keine Kontrolle hatte.

Frida wurde darauf hingewiesen, dass auf der anderen Seite des Zauns eine Liege freigeworden war. Ganz offensichtlich sollte sie sich woanders hinlegen, anstatt stumme Zeugin eines Erwachsenengesprächs zu werden. Frida wickelte den Bademantel fester um sich, ging hinüber zur freien Liege, legte sich hin und schloss die Augen.

Die anderen glaubten sie wohl außer Hörweite. Lästereien gehorchen dem Gesetz der umgekehrten Schwerkraft und speisen sich aus der Abwesenheit der Masse. Am einfachsten wäre es, nie den Raum zu verlassen, doch es war rührend zu sehen, dass die Menschen sich nicht an diese Regel halten konnten und Räume oft sogar ohne Grund verließen, als wäre es nur fair, den anderen eine Gelegenheit zum Lästern zu geben.

Weit hinausposaunte Schlüsselwörter verrieten Frida,

dass sich das Gespräch um sie drehte. Die Wörter waren: *Pennsylvania*, *acht Stunden*, *Oma*, *indisch*, *chinesisch*. Wenn Marina Freunde, Bekannte oder Fremde an der Supermarktkasse auf den neuesten Stand brachte, was das Leben ihrer Tochter anging, betonte sie gern, wie zermürbend ein Studium am Lake Erie College für Osteopathie doch war. Die Universität, von der niemand je gehört hatte (ist auch besser so, sagte Marina) war eigentlich ein Arbeitslager, dessen Insassen sich von Abfällen ernähren und von morgens bis abends arbeiten mussten oder von abends bis morgens; keiner wusste mehr, wann das eine endete und das andere begann. An dem Punkt warfen die meisten ein, es sei doch seltsam, dass das College, wenn die Arbeits- und Lebensbedingungen dort tatsächlich so unmenschlich waren, überhaupt Absolventen hervorbrachte. Wie überlebten die jungen Leute das bloß?

Gar nicht. Die Absolventen waren fast ausschließlich indischer oder chinesischer Herkunft, was nicht heißen sollte, dass sie unmenschlich wären. Sie besaßen einfach nur ein unvergleichliches Durchhaltevermögen beziehungsweise verglichen sich untereinander, denn von Kindesbeinen an hatte man ihnen eine Arbeitsmoral eingetrichtert, die ... nun ja, irgendwie unmenschlich war. In so einem Umfeld kam Fridatschka nicht zurecht, sie war nicht besonders begabt, was Naturwissenschaften oder das Aufstehen vor zwölf Uhr mittags betraf. Aber sie wolle unbedingt Kinderärztin werden, wie ihre Großmutter.

Das reicht!, schrie Frida und setzte sich auf. Würdest du mir bitte den Gefallen tun und nicht über mich reden, wenn ich jedes einzelne Wort verstehen kann?

Der gesamte Raucherbereich drehte sich um. Ihre Mutter und die anderen saßen weiter entfernt, als Frida gedacht hatte, und ihre mitleidigen Gesichter verrieten ihr, dass sie eine Unterhaltung störte, die nichts mit ihr zu tun hatte. Frida legte sich wieder hin und öffnete die Hände nach der Art ihrer Mutter, mit gekrümmten Fingern. Aber Entspannung war in der Banja, wo alle so erpicht darauf waren, nur schwer zu finden. Frida stand auf und gab die Liege frei, und irgendwie ahnte sie, dass sie lange leer bleiben würde. Im Vorbeigehen stieß sie eine knappe förmliche Entschuldigung aus, die an Marina gerichtet war, aber aus irgendeinem Grund bei Milka landete. Die Tür schloss sich mit einem Zischen. Marinas Finger zupften die Zigarette von den Lippen, dann legte sie los.

Ratschläge für Odessa zu geben wurde zu ihrem liebsten Zeitvertreib. Nimm deine eigenen Plastiktüten mit auf den Markt, sonst musst du sie bezahlen – endlich eine Erklärung dafür, warum sich in allen Ecken und Nischen der Wohnung gebrauchte Plastiktüten sammelten. Listen wurden geschrieben. Früchte hatten, selbstverständlich, zu verschiedenen Zeiten Hochsaison. Aber die Sache gestaltete sich nicht ganz einfach, denn Fridas Besuch würde in den späten August fallen, eine Übergangszeit; die Sommerfrüchte waren möglicherweise nicht mehr so gut, vielleicht wäre so manche Herbstfrucht schon besser? Ich werde es dir noch einmal erklären, sagte Marina genervt. Um die Vielleichtfrüchte, also jene, die ein gesondertes Urteil erforderten, würde Frida einen weiten Bogen machen. Sie wurde über Namen und Aussehen jener Marktfrauen aufgeklärt, die auf dem Privoz (endlich erklärte sich auch der Name des Fleischmarktes von Brighton) die frischesten Produkte anboten. Die beste Marktfrau war Laska. Sie sollte einfach zu finden sein. Anders als alle anderen Marktfrauen bestand Laska nur aus Haut und Knochen, sie hatte einen extralangen Zahn und dunklen Haarwuchs auf der Stirn. Aber, sagte Marina und musste einen Mundvoll Spucke schlucken, sie bietet die besten Milchprodukte zu den niedrigsten Preisen an. Sicher, zwei Jahrzehnte waren seither vergangen, doch diese Frauen saßen auf dem Markt, seit sie kleine Mädchen mit Zöpfen waren, und sie würden dort sitzen, bis ein Schlaganfall oder eine Leberzirrhose sie dahinraffte. Wenn du Laska siehst, musst du sie von der hübschen jungen Frau mit der großen Nase grüßen. Die mit den zu kurzen Röcken und den zu hohen Absätzen und den zu tiefen Ausschnitten, wobei wir damals alle so ausgesehen haben, also erinnere sie an die Nase und daran, dass die junge Frau immer zwei Kilo fette und zwei Kilo saure Sahne gekauft hat, bis sie dann 1991 plötzlich verschwand.

Noch viel wichtiger war: niemals allein in der Datsche übernachten. Obwohl das Schloss am Gartentor so stabil ist, dass man es selbst kaum öffnen kann, ist es in der Vergangenheit zu dem einen oder anderen Zwischenfall gekommen. Weißt du noch, die Sache mit den Fensterläden? Oder der Vorfall im Plumpsklo? Wir erwarten einen detaillierten Bericht, was die Datsche betrifft! Du musst es geschickt anstellen. Pasha regt sich auf, wann immer wir das Thema ansprechen. Er ist schon mit der Pflege seines Bartes überfordert, nun stell dir mal vor, wie es mit einem Garten ist. Wer weiß, wie es unseren Himbeerbüschen geht? Die Aprikosenbäumchen anzusprechen wage ich erst gar nicht. Aber lass dir nicht anmerken, dass du eine Inspektion durchführst. Gib dich natürlich und mach in Gedanken Notizen. Am besten, du fertigst eine kleine Skizze an, einen Grundstücksplan, und dann trägst du ein, was wo wächst und in welchem Zustand es ist. Dasselbe machst du mit Sweta – äußere Erscheinung, Charakter. Sorgt sie gut für Pasha? Aus welchem Grund? Ist sie eine von diesen Ausnutzerinnen, zu denen es ihn immer schon hingezogen hat? Kann sie kochen? Und so weiter. Das klingt jetzt nach viel, aber du wirst schon sehen, sobald du da bist, läuft es wie von allein.

Gegen die Straßenhunde empfehlen wir Pfefferspray. Meistens sind sie harmlos. Sie sammeln sich an den Mülltonnen, und da, wo sonst noch Müll ist, also überall. Geh schnell, aber nicht zu schnell, und sieh ihnen nicht in die Augen, und niemals darfst du rennen. Lass deine Sachen nicht unbeaufsichtigt, wenn du im Meer schwimmen gehst, nicht einmal deine geliebten Flip-Flops. Na ja, du wirst sowieso ausgeraubt werden. Frag nicht so viel. Geh auf den Friedhof und besuch die Gräber deiner Urgroßeltern, obwohl das wohl unmöglich ist. Niemand pflegt den jüdischen Friedhof, und Pasha verlässt die Stadt nicht, wahrscheinlich sind die Grabsteine längst gestohlen worden oder von Unkraut überwuchert.

Achte auf die Straßenbahn, wenn du abends leicht beschwipst nach Hause gehst, manchmal merkt man erst im letzten Augenblick, dass man sie im Rücken hat, wenn das Warnsignal ertönt und man sich mit einem Sprung retten muss. Dann merkt man, man wäre fast gestorben, und der Fahrer hinter der Scheibe schüttelt die Faust, dabei hat er es sich selbst zuzuschreiben, hätte er mal die Scheinwerfer reparieren sollen!

Frag den Taxifahrer nach dem Preis, bevor du einsteigst. Wobei, egal, man wird dich so oder so übers Ohr hauen.

Halte dich von den stinkvornehmen, hochnäsigen Leuten auf der Promenade mit den Brunnen fern, aber geh dort spazieren und sieh dir die Häuser an.

Und kämm dir um Gottes Willen die Haare. Zieh für Sanjas Hochzeit ein hübsches Kleid an und schmink dir die Lippen, und vergiss nicht zu lächeln – wo du schon dein halbes Leben damit verbracht hast, sie zu pflegen, kannst du deine Zähne ruhig vorzeigen.

Sieh dir das Opernhaus an. Es ist das schönste in ganz Europa.

Nur eine Person musst du anlügen, die alte Nachbarin neben der Datsche, Galina Malatok. Erzähl ihr, wir sind Millionäre und wohnen an der Park Avenue, wir schlafen in Laken aus Goldfasern und so weiter. Was deinen Cousin betrifft, solltest du den gegenteiligen Eindruck erwecken. Der im Grunde der Wahrheit entspricht. Halte den Ball flach, am besten, du erzählst nichts von unseren Reisen, schon gar nicht von dem Urlaub in der Toskana. Und halte dich von Nadia fern, wer weiß, wozu sie fähig ist.

Essen gehen darfst du nur in der Stadtmitte, aber keine Pilzgerichte.

Bring uns keine Andenken mit, keine Sorge, uns geht es prima, wir möchten, dass du dich amüsierst und uns vergisst, aber bitte besorg dir eine Telefonkarte und ruf uns jeden Abend an. Wenn nicht, werden wir dich anrufen.

ELF

Sommer in Odessa, das bedeutete Hustenkrämpfe, bleischwere Papiertücher in der Tasche und blutdurchsetzter Schleim. Der Staub fraß die Stadt auf. Die Grenze zwischen Straße und Himmel verschwamm und verwandelte sich in eine unbestimmbare Übergangszone. Husten steigerte sich zu bellendem Husten und bellender Husten zum Lungenemphysem, und Leute mit Lungenemphysem husteten zum letzten Mal. Sie alle wohnten im Land der unbestimmten Atemwegserkrankungen, wo die reiche Auswahl an Symptomen die Ärzte ratlos machte. Wenigstens gab es immer etwas zu berichten: dass sich der Schleim über Nacht von Gelb nach Grün verfärbt hatte, dafür aber nicht mehr so fest war; dass nur das linke Nasenloch betroffen war, dass es an feuchten Tagen schlimmer wurde und, wie seltsam, nach einem Glas Cognac besser. Dass aus einem Husten mit Auswurf ein trockener Husten wurde, galt als Grund zum Feiern, vier Stunden Schlaf am Stück als ein Wunder. Und dann war da natürlich noch der hustende Nachbar, der Pashas Röcheln mühelos in den Schatten stellte. Wenn der Mann hustete, bröckelte der Putz von der Decke. Um drei Uhr morgens fing der Kronleuchter über dem Bett zu schaukeln an.

Jede Nacht war Pasha überzeugt, spätestens ab Sonnenaufgang keinen Nachbar mehr zu haben, doch die Jahre verstrichen, und der Nachbar hielt durch. Das Tageslicht hatte eine bewusstseinstrübende Wirkung, es machte die Leute zu Optimisten.

Nadia war eine eiskalte Pflegerin gewesen, aber unter Swetas Aufsicht krank zu sein war das reinste Vergnügen. Pasha saß im Bett, gestützt von Kissen und von Puschkin und eingehüllt in Stoffe, deren Duft von schwach feminin bis stark weiblich reichte. Er träumte von moschusduftendem Samt, nicht vom Tod. Er war jetzt zweiundfünfzig Jahre alt, die meisten Ärzte waren nicht davon ausgegangen, dass er es so lange machen würde. Er war von Menschen aufgezogen worden, die in höllischer Angst vor dem eigenen Körper lebten, die dachten: Tja, das war ein seltsamer Rülpser, da stimmt etwas nicht mit meinem Dickdarm, jetzt bin ich wirklich am Ende; oder die auf ihren Körper hörten wie Sweta auf jegliche Fluggeräusche – beim Anflug auf Florenz hielt sie die bereits genug misshandelten Armlehnen fest umklammert; sie hatte keine Ahnung von der Luftfahrt, war aber überzeugt, dass eine Maschine, die so klang, auf keinen Fall funktionstüchtig sein konnte. Viele Generationen von Nasmertows hatten sich für medizinische Berufe entschieden in der Hoffnung, das Rätsel des Körpers zu lösen, das Gurgeln, Pulsieren, Anschwellen und Ausdünsten zu erklären, das ohne den Schutzschild aus Fachbegriffen, Fallbeispielen und Lehrbüchern monströse Ausmaße annehmen und einen Menschen in den Wahnsinn treiben konnte. Zwei Tanten väterlicherseits waren während ihrer letzten drei Lebensjahrzehnte allein aufgrund ihrer Hypochondrie arbeitsunfähig gewesen. Esther hatte Pasha in einem Anfall von Keimphobie aus der Schule genommen und für ein Jahr zu Hause behalten, sodass er die zweite Klasse verpasste. Fast wäre die Erfahrung den psychoanalytischen Saft wert gewesen, den er später aus ihr presste; zeitlebens hatte Pasha sich gegen jede allzu genaue Erfassung seines Körperklimas gewehrt. Aber während der letzten Jahre in seiner Wohnung am Potemkinplatz, der nach einem hastigen Denkmaltausch in Katharinenplatz umbenannt worden war, hatte er sich angewöhnt, stündlich seinen Puls zu überprüfen und dem Rasseln von Flüssigkeiten in seiner Lunge zu lauschen. Er hatte seinen Fatalismus verloren, der ihm immer ein Schutzschild gewesen war.

Jetzt stand eine dampfende Schüssel auf dem Nachttisch, die Frau dahinter verschwand in den Schwaden. Sweta fürchtete, den Patienten zu verhätscheln, deswegen wollte sie sich zurückhalten und am besten unsichtbar bleiben. Sie erinnerte an einen Vogel, der in früher Kindheit aus dem Nest gefallen und auf dem Schwanz einer toten Wildkatze gelandet war (Beginn einer bleibenden Neigung zu Glück im Unglück und umgekehrt); die Verletzungen waren verheilt, wenn auch mit merkwürdigem Ergebnis, und der Vogel wurde von einer sozial auffälligen Eichhörnchenfamilie adoptiert. Wenn Pasha sie beobachtete, verstummte er vor lauter Bewunderung. Sein ganzes Leben lang hatte er sich nach Einsamkeit gesehnt, für Nadia hatte er sogar komplizierte Pläne ersonnen, um sie auf Trab und vom Haus fernzuhalten. Für Sanja auch. Wie oft hatte er nicht versucht, dem Jungen ein Hobby einzureden, zu dem es frische Luft, mehrere Partner und festinstallierte Gerätschaften brauchte? Und nun empfand er das Gegenteil, Sweta ließ ihn zu oft allein, ständig musste er sie rufen. Doch daran trug er selbst die Schuld. Andauernd hatte er herumgejammert und alle Beschwerden bei Sweta abgeladen – nie habe Nadia ihn in Ruhe gelassen, immerzu habe sie ihn mit ihrer Fragerei vom Denken abgehalten, sie habe ihn verhört, sobald er nach Hause kam, und in seinen Sachen gewühlt, oft habe sie nicht einmal etwas Bestimmtes gesucht, sondern es allein darauf angelegt, Pasha zu stören und seine Zeit zu vergeuden. Damals war er so gut wie unmöglich aus der Ruhe zu bringen gewesen, eine Herausforderung, die Nadia angenommen hatte. Einmal hatte sie seine liebsten, am häufigsten zur Hand genommenen Bücher weggeworfen, und nicht bloß in die Mülltonne hinter dem Haus. Sie waren voller Anmerkungen und Kommentare gewesen.

Aber warum hat sie das getan?, fragte Sweta dann, und ihre goldflaumigen Augenbrauen zuckten vor Entsetzen.

Aus demselben Grund, aus dem sie Wutanfälle bekam, wenn ich einmal zu lange am Schreibtisch saß oder zu sehr in einem Projekt aufging: Nadia ist selbst eine Dichterin. Beziehungsweise sie war eine. Als ich sie kennenlernte, hielt man sie für die nächste Anna Achmatowa.

Wie war sie damals?

Sie war erst neunzehn, erschien aber bereits in den renommiertesten Literaturzeitschriften, neben den ganz großen Namen. Angeblich war Jewtuschenko verrückt nach ihr. Er hatte sie umworben, war aber gnadenlos zurückgewiesen worden. Ich war damals ganz neu in der Samisdat-Szene. Die angesehenen Zeitschriften beeindruckten mich nicht. Aber von ihr war ich natürlich fasziniert.

Für dich hätte ich Pasternak verlassen, sagte Sweta.

Der arme Pasternak, sagte Pasha.

Wie hast du sie kennengelernt?

Wir wurden einander auf einer Silvesterparty vorgestellt, die irgendjemand in seinem eisigen Keller veranstaltete. Im Türrahmen hingen Eiszapfen, die Warmwasserrohre lagen unter einem Eisblock. Der Vergleich mit Achmatowa war wirklich naheliegend, nicht nur wegen ihrer neoklassizistischen Tendenzen oder ihrer Vorliebe für die strenge Form. Beide Gesichter waren so wohlstrukturiert wie ihre Gedichte – wie aus Stein gemeißelt. Nadia hatte sogar denselben aristokratisch anmutenden Höcker auf der Nase. Sie war groß und schlank und hatte Knochen wie römische Säulen – eine imposante Erscheinung. Sie sprach selten und mit tiefer Stimme. Wann immer es passierte, jubelte alle Welt. Ich konnte nicht anders, ich musste sie vom Fleck weg heiraten.

Sie klingt einfach unglaublich, hauchte Sweta.

Von da an ging es bergab.

Wie lange hat es gedauert, bis die Stimmung kippte?

Gar nicht lange.

Aber Pasha, warum denn?

Fühlten sich Frauen mit kindlicher Ausdrucksweise zu Pasha hingezogen, oder brachte Pasha die Frauen dazu, sich wie Kinder zu gebaren? Was auch immer es war, er genoss es.

Anfangs mochte sie mich, weil ich ihr Geheimnis war, erklärte er. Sie betrachtete sich selbst als öffentliche Person und war verzweifelt bemüht, die Verhaltensregeln für öffentliche Personen einzuhalten. Ich war der jüdische Junge, dem einfach kein Bart wachsen wollte und der sie auf Schritt und Tritt verfolgte. Sie las meine ungedruckten Gedichte und ahnte sofort, dass sie gut waren, gleichzeitig redete sie mir aus, sie auch anderen zu zeigen. Wenn sie nicht gewesen wäre, hätte ich meinen ersten Gedichtband wohl schon viel früher veröffentlicht.

Wenn ich sie für irgendwas hasse, empörte sich Sweta, dann dafür!

Ganz im Gegenteil, ich bin ihr sehr dankbar. Wie dem auch sei, ich war damals wild entschlossen, geradezu fanatisch – es hätte zu einer nuklearen Katastrophe und einer Revolution gleichzeitig kommen können, ich hätte nicht aus meinen Notizen aufgeblickt. Irgendwann veränderte sich unser Verhältnis. Es war unvermeidlich. Sie konnte mich nicht ewig verstecken. Zeitgleich fing sie an, im Haushalt mitzuhelfen. Sie warf mir vor, sie hätte keine Zeit zum Schreiben mehr. Dabei hatte ich sie nie gebeten, eine richtige Hausfrau zu sein. Es gab da noch eine andere, sie hieß Dora. Meine Mutter war ganz vernarrt in sie, Gott weiß, was diese Dora an mir fand. Aus ihr wäre eine vorbildliche jüdische Ehefrau geworden. Aber ich wollte keine vorbildliche jüdische Ehefrau.

Von dieser Dora hast du mir nie erzählt. Wie ging es weiter?

Ich wollte Nadia, mit all ihren Launen. Ich hätte nie verlangt, dass die zukünftige Achmatowa Hosen bügelt oder Borschtsch kocht. Ich wollte nichts weiter als saubere Unterwäsche. Als Nadia dann schwanger wurde, bekam ich große Angst, denn die Schwangerschaft bedeutete ihr Ende. Sie wusste es selbst, und ich vermute, dass sie es nur aus diesem Grund so eilig hatte. Vor Sanjas Geburt hatte sie es hin und wieder noch geschafft, ein Gedicht zu schreiben, auch wenn es ihr nicht leichtfiel. Aber dann lieferte Sanja ihr eine Ausrede, sich selbst aufzugeben. Eine sehr gute noch dazu – er war ein unvorstellbar lautes, hellwaches Baby mit Ausschlag von Kopf bis Fuß.

Ich kenne die Fotos – er war zuckersüß!

Wenige Jahre später hatte Nadias Hass sich so weit gesteigert, dass sie unvermittelt alles hinwarf, was uns als Familie zusammenhielt. Sie schrieb schon lange nicht mehr. Am schlimmsten war es, wenn ich sie dazu ermuntern wollte. Das ist ferne Vergangenheit!, schrie sie mich dann an. Ich habe mein Talent geopfert, damit deins sich entfalten kann! – Lauter banale Klischees, die sie sich wohl aus einem Laden für verbitterte Ehefrauen geholt hatte, schön verpackt mit roter Schleife obendrauf. Aber wenn Nadia sie mir an den Kopf warf, spürte ich, welch universelle Wucht sie entfalten konnten. Sie war kaputt und destruktiv, irgendwas musste sie sagen.

Und als *Ahnengürtel* erschien? Hat sie dich unterstützt?

Das Buch bewies in ihren Augen einmal mehr, wie unterschiedlich wir uns entwickelt hatten. Innerlich hat sie sich darin gesuhlt. Nun hatte sie einen Grund, sich noch rücksichtsloser aufzuführen. Ich hätte diese Zeit genießen sollen, aber das war mir unmöglich. In dem Sommer wurde Mama krank, also flog ich zu meiner Familie nach New York. Und dort habe ich dann den hübschesten, zartesten Spatz von einer Frau kennengelernt. Rate mal!

Sweta, sagte Sweta. Aber du sprichst von unserer zweiten Begegnung. Bei der ersten hat der Spatz wohl keinen großen Eindruck hinterlassen.

Die Zeit zwischen der ersten Begegnung mit Nadia und der ersten Begegnung mit Sweta war auserkoren, wieder und wieder nacherzählt zu werden. Sie durfte keinesfalls verblassen, ganz im Gegenteil, nach Möglichkeit wurde noch ein Farbtupfer hinzugefügt. Hatte Nadia Jewtuschenkos Avancen schon in der ersten Schilderung zurückgewiesen? Swetas Ausrufe verrieten Entsetzen und Ungläubigkeit, man wäre nie darauf gekommen, dass sie die Geschichte weder zum ersten noch auch nur zum zehnten Mal hörte. Es war unbegreiflich – wie konnte Pasha, ein genialer Dichter, ein sensibler, intelligenter, liebevoller junger Mann, in eine so teuflische Verstrickung geraten sein? Es ergab keinen Sinn. Pasha wurde regelmäßig gezwungen, an die Anfänge zurückzudenken, und in seiner Erinnerung wurde Nadia immer schöner und berühmter. Das störte Sweta kein bisschen, vergrößerte es doch nur das Ausmaß der Tragödie. Pasha war in eine Falle gelockt worden!

Während Pashas jahrelangen Gejammers hatte Sweta sich Notizen gemacht. Sie achtete peinlich darauf, Nadias Vorwürfe nicht zu wiederholen. Der Haushalt war grundsätzlich kein Thema und Pashas Arbeitsplatz heiliger Boden. Er hätte stunden-, wenn nicht gar tagelang ungestört arbeiten können. Irgendwann hielt er die Einsamkeit am Schreibtisch nicht mehr aus und setzte sich lieber an den vollgestellten Tisch in der Küche, neben dem Sweta am Herd hantierte.

Die Nähe wollte gepflegt sein. Immerzu hielten sie sich im selben Zehntel der ohnehin schon recht kleinen Wohnung auf, in der es keine Wandreliefs und keine zehn Meter hohen Decken, keine türkischen Teppiche, keinen Panoramablick und keine Klimaanlage gab. Die alte Wohnung mit den übergroßen Fenstern, die auf den Potemkinplatz hinausgingen, hatte im dritten Stock gelegen, die neue hingegen lag im Erdgeschoss – höchstens, denn beim Eintreten ging es sogar eine Stufe abwärts. Durch das Fenster in der Küche (das einzige) schaute man auf Hüfthöhe in den Hinterhof hinaus, dessen Betonplatten die hervorquellende Erde kaum bedeckten.

Aber die Wohnung war nicht wichtig! Die alte Wohnung war wichtig gewesen. Die neue war perfekt, weil sie nicht die alte war, die den Nasmertows seit Mitte des Jahrhunderts gehört hatte und in der jetzt Nadia wohnte, zusammen mit einer wechselnden Gruppe entfernter Verwandter. Nadia hatte sich nicht bloß als emotional bedürftig und labil erwiesen, sondern auch als geldgierig und nachtragend. Egal – er hatte Sweta, gerade stellte sie einen Teller mit kaltem, glitschigem Hering und dillgeäderten Salzkartoffeln auf den Tisch. Zu Hause trug Sweta meistens eine Art Nachthemd, das auf Höhe des Oberschenkels endete. Sie hatte dünne Schulmädchenbeine mit deutlich ausgeprägten Knien. Ihre Schenkel waren bläulich, und auf den Innenseiten lag stets ein dünner Schweißfilm, da sie zu X-Beinen tendierte. Man bemerkte es allerdings nur, wenn man genau hinsah. Aus dem Haar ragte ein verschrumpeltes Ohr. Einmal hatte Pasha vor Begierde vernebelt danach gegriffen, was sich zu einer Gewohnheit entwickelt hatte.

Obwohl die Beziehung schon ein Jahrzehnt umspannte, war Pasha erst letzten November bei einer häuslichen Krisensitzung aufgefallen, dass Sweta die meiste Zeit in diesem Nachthemd herumlief. Es hatte einen ausgefransten Spitzensaum und ausgeleierte, auf die letzten Fäden durchgescheuerte Träger. Nicht selten rutschte eine Brust heraus. BHs lehnte Sweta ebenso ab wie die Farbe Schwarz und öffentliche Ämter; zwar waren ihre Brüste nicht groß, doch wussten sie auf sich aufmerksam zu machen. Im Grunde genommen war Sweta ständig nackt, aber weil sie leichtfüßig und immer in Bewegung war, fiel es nicht so auf. Das Nachthemd war wie ein zarter Schleier, der sie umwehte. Man wusste nie genau, ob man gesehen hatte, was man glaubte, gesehen zu haben. Hätte Sweta einmal stillgehalten, wäre das Nachthemd als das zu erkennen gewesen, was es war – ein Lumpen, selbst für ein Kind zu klein. Einmal hatte Pasha es mit einem Geschirrtuch verwechselt und seine schaumigen Hände daran abgetrocknet.

Eigentlich gab es mit dem Nachthemd nur ein einziges Problem: Sweta war Raucherin. Sie hatte eine ganze Kiste voll langer, dünner Mentholzigaretten. Pashas empfindliche Lunge hielt sie vom Rauchen in der Wohnung ab, aber nicht einmal im Februar hatte sie sich die Mühe gemacht, ihre Alabasterschultern zu bedecken, die weißer und weicher waren als der Puderschnee vor der Hintertür. Manchmal wanderte sie, wenn sie sich ihre Dosis zuführte, in den Hof hinaus, beispielsweise wenn sie eine freundliche Katze entdeckte. Das Nikotin half ihr, sich zu beruhigen und zu konzentrieren; Sweta hielt eigentlich nur beim Rauchen still. Und dann bekamen die Nachbarn etwas zu sehen. Der ausgezehrte Witwer aus der Wohnung über ihnen hätte schon längst das Zeitliche gesegnet, wenn Sweta in ihrem Nachthemd seinen Puls nicht im Stundentakt wiederbelebt hätte. Dabei war es gar nicht in ihrem Interesse, dass er sich so viel Zeit ließ, denn er hatte die schönere Wohnung.

Sweta stand in der Tür und hielt das Telefon in der ausgestreckten Hand. Pasha lag unter drei Deckenschichten und fing allein schon bei ihrem Anblick an zu zittern. Die Konstitution dieser Schickse war einfach phänomenal.

Ist es Totschka?

Deine Schwester.

Sag ihr, es geht mir nicht gut.

Sweta legte eine Hand auf den Hörer. Das habe ich. Sie besteht darauf.

Pasha nahm das Telefon entgegen, betrachtete es kurz und hielt es sich dann ans Ohr, mit fragender Miene, als wäre es eine Muschel, in der er das Meeresrauschen hören konnte.

Hallooo? Ist da jemand?, fragte Marinas Stimme, die seit jeher in diesem Plastikhörer hauste.

Wo denn?, fragte Pasha.

Du könntest lauter sprechen. Sweta sagt, es gehe dir immer noch nicht besser? Das liegt nur daran, dass du nicht auf deine Gesundheit achtest.

Sweta kümmert sich um mich.

Für den Bruchteil einer Sekunde schwiegen sie, es war Nadelstich und Themenwechsel zugleich. Papa geht es gut, sagte Marina. Er geht gerade spazieren. Zuerst sagt er, nein, ich will nicht, mir ist nicht danach, mein Bluthochdruck, meine Erkältung, lass mich in Ruhe, draußen ist es neblig, aber hinterher ist er mir dankbar, wie schön es draußen ist, der Sonnenuntergang, die Möwen. Er möchte jedenfalls wissen, wann du nachschaust, ob mit der Datsche alles in Ordnung ist.

Ich bin seit einer Woche ans Bett gefesselt!

Es muss ja nicht sofort sein. Er möchte nur wissen, wann du vielleicht ...

Der Mann ist wie eine Schallplatte mit Sprung!

Der Mann ist achtzig. Abgesehen davon musst du zugeben, dass du dieses Jahr kaum dort warst.

Der Sommer hat gerade erst angefangen!

Wir haben August.

In meinem Zustand, sagte Pasha, bin ich in der Stadt besser aufgehoben. Inzwischen fürchtete er sich vor diesen Telefonaten, in denen immer wieder die Datsche zur Sprache kam – wann sie hinfahren würden, was die Himbeeren machten, und was war mit Bim, dem blinden Golden Retriever der Nachbarin? Die Nasmertows waren vor zwanzig Jahren ausgewandert, aber ihre Fragen wurden immer detaillierter, als wären sie nur kurz verreist und hätten Pasha für die Zeit als Hausmeister eingesetzt. Und inzwischen schöpften sie Verdacht. Früher, nach einem mit Nadia in der Datsche verbrachten Sommer, hatte er über den Zustand von Nutzpflanzen und Nachbarn immer jede Menge zu berichten gehabt, doch in diesem Jahr blieb Pasha nichts übrig, als zu lügen. Nadia hatte nicht nur die Wohnung für sich beansprucht, sondern auch das kleine Häuschen, das Esthers Eltern einst von Erspartem gekauft und als ihren Schatz betrachtet hatten, als den einzigen Wert, den sie ihrer Tochter vermachen würden. Esther hatte die Datsche geliebt wie ein lebendiges Wesen. Immerhin war Nadia offenbar in der Lage, so etwas wie Scham zu empfinden – letzte Woche hatte Pashas Vater angerufen und gefragt, warum der Telefonanschluss stillgelegt worden sei. Pasha war ein schlechter Lügner, doch sein Vater bettelte förmlich darum, belogen zu werden, und Pasha tat ihm den Gefallen. Die alte Leitung sei bei einem ungewöhnlich starken Sturm beschädigt und die neue noch nicht verlegt worden. Robert gab sich zufrieden, schließlich wussten alle, dass Pasha derlei Aufgaben gern aufschob. Anscheinend hatte Nadia, die sonst in seine Poesievorlesungen an der Uni platzte, um ihn vor seinen leicht zu beeindruckenden Studenten niederzumachen, nicht den Mut, Robert zu beichten, dass sie die Datsche in Besitz genommen hatte und in Zukunft ihren erholungsbedürftigen Cousinen zur Verfügung stellen würde. Nadia selbst hatte die Datsche nie gemocht. Es hatte Wochen gedauert, sie zu einem Ausflug über die Stadtgrenzen zu überreden. Ihre Cousinen hingegen konnten Erholung am Meer immer gut gebrauchen.

Ich rufe aus einem bestimmten Grund an, sagte Marina, nicht nur um zu meckern.

Wie schön.

Nach einer Weile sagte sie: Es ist wegen Frida.

Papa hat es mir erzählt.

Marina schnaufte. Dann lachte sie erleichtert. Du weißt also Bescheid?

Dass sie –

Kommt!

Ich dachte, sie wäre längst da? Papa hat gesagt, dass es ihr an der Uni nicht gefällt.

Sie ist schon seit Ewigkeiten wieder zu Hause! In diesem Land beginnen die Sommerferien im Winter und enden im Herbst. Ich wollte dir erzählen, dass sie nach Odessa kommt. Du hast am Donnerstag hoffentlich Zeit, sie vom Flughafen abzuholen?

Donnerstag!, rief Pasha.

ZWÖLF

Russische Dichter holen niemanden vom Flughafen ab. Sie schicken ihre jungen Frauen vor, die verlorengeglaubten Nichten in Empfang zu nehmen. Sweta übernahm die Aufgabe liebend gern. Sie besaß weder ein Auto noch einen Führerschein, dafür aber einen umtriebigen Halbbruder namens Volk. Er kümmerte sich um alles. Er malte ein Pappschild, an dem Frida, noch ganz benebelt, vier- oder fünfmal vorbeilief, bevor sie merkte, dass der magere Mann mit dem struppigen Pferdeschwanz und der Camouflageweste mit Netzeinsätzen sie willkommen hieß.

Volk war ein bisschen schwer von Begriff. Fridas Versuche, ihm zu erklären, dass sie selbst die ausgeschilderte Person war, erwiesen sich als wenig erfolgreich. Als Volk endlich verstand, dass die zerzauste junge Dame ihn nicht beim Abholen störte, sondern die Abzuholende war, löste sich seine Konzentrationsstarre. Ein Entschuldigungsmarathon begann. Er entschuldigte sich dafür, sie verscheucht zu haben, wo sie sich doch einfach nur hatte vorstellen wollen, für seine schlechten Augen und seine Faulheit, schon längst hätte er einen Termin beim Augenarzt vereinbaren müssen; für das Pappschild, das zu klein und mit kyrillischen Zeichen beschriftet war; für das Bodenpersonal und den Wachdienst, die sie so abschätzig gemustert hatten (Wirklich? Alle?).

Klopfenden Herzens, wie Moses auf dem Weg in das sich teilende Meer, stürzte sie auf die automatischen Türen zu, hinter denen die Luft von Odessa auf sie wartete. Schwungvoll klatschte ihre Wange gegen die Glasscheibe. Sie schälte sich ab, trat einen Schritt zurück, war benommen. Volk zog ein Klappmesser aus der Tasche. Er steckte die Klinge in den Spalt zwischen den Türen und drehte sie, schob seine Finger in die entstandene Lücke und stemmte die wohl doch nicht ganz automatische Tür auf. Er führte Frida zu einer Frau, die aus so vielen Farben, Stoffarten, Stimmungen und Materialien zusammengestellt war, dass das Auge sich weigerte, sie als ein Ganzes wahrzunehmen. Sweta lehnte rauchend am Geländer. Sofort übernahm sie die Entschuldigungsstaffel: Es tue ihr unendlich leid, nicht drinnen gewartet zu haben, sie habe nicht mit einer so baldigen Ankunft gerechnet, normalerweise würden Amerikaner für mindestens eine Stunde festgehalten. Wahrscheinlich wirkst du einfach nur besonders harmlos, sagte sie. Dass die Luft mit Abgasen verpestet war, tat ihr ebenfalls leid – in der Ukraine verzichtete man auf Schadstoffbegrenzung –, und auch dass es keine Rollstuhlrampe gab. Nicht, dass sie eine gebraucht hätten, toi, toi, toi.

Im Kofferraum von Volks burgunderrotem Volvo lag eine Cola-Flasche. Sie war kochend heiß. Volk holte eine Stange aus Plastikbechern aus seiner Westentasche. Sweta zog sie auseinander wie Matrjoschkas, stellte sie auf der sonnenwarmen Motorhaube in einer Reihe auf und schenkte ein, bis der Schaum den Becherrand erreichte. Sie prosteten sich auf dem Parkplatz zu. Es war ein hervorragender Parkplatz. Kein auf den Boden gemaltes Raster beraubte die Fahrer ihrer Freiheit, einen Ort für ihren Wagen zu wählen. Die Autos standen herum, als wäre ein Riesenkind beim Spielen unterbrochen worden. Frida blinzelte in die Ferne und kippte das seltsame Mixgetränk. Es handelte sich um einen Sirup, gewonnen aus dem Fell eines alten Grizzlys und zusammengebraut in einem Kessel vor den Toren der Stadt von einer alten Frau, die auf Katzenfutter schwörte und die offenen Stellen an ihren Knöcheln mit Wattebäuschen betupfte, die dann an ihren Fingernägeln hängen blieben und in den Kessel fielen, der viele Tage lang auf einem offenen Feuer stehen und in dem ständig gerührt werden musste, bevor die letzte Zutat, ein geheimnisvolles Pulver, hinzugegeben werden konnte, das letztendlich den quälenden Effekt erzeugte. Beim ersten Schluck hielt Frida inne und hätte fast gewürgt, aber schon Sekunden später wollten die suizidalen Geschmacksknospen ihrer versengten Zunge mehr von dem Gift.

Eine von Linden gesäumte Allee führte vom Flughafen in die Stadt wie eine Naht, die einen Saum zusammenhält. Volk lenkte das Auto, als wäre es halb Raumschiff, halb wütender Stier (es hatte eine Gangschaltung), während Sweta auf dem Beifahrersitz durchgeschüttelt wurde und die zahlreichen kulturellen Angebote aus ihr heraussprudelten. Frida war auf dem Rücksitz eingedöst, hielt sich an der leeren Flasche fest und stieß Rülpser in unterschiedlicher Lautstärke und Tonlage aus. Beim lautesten fuhr sie kurz hoch, lange genug, um zu hören, dass die Spielzeit des Opernhauses vorbei war und Odessas einziger Caravaggio in der vergangenen Woche gestohlen worden war. Es sollte ihr recht sein. Wäre es nach ihr gegangen, wären alle sehenswerten Gemälde geklaut, alle Denkmäler zerstört und die anderen Institutionen des kulturellen Pflichtprogramms wegen Renovierung oder auf unbestimmte Zeit geschlossen gewesen. Sie lenkten nur vom Wesentlichen ab. Wer oder was das Wesentliche war, wusste Frida nicht, aber ganz sicher war es kein Opernhaus und kein Caravaggio.

Sie stiegen an einer Straßenecke aus, die, wollte man sich unbedingt beschweren, ein wenig zu zentral, ungeschützt, unbebaut war. Eine riesige, belebte Kreuzung samt Schuhdiscounter, Obstkarren, zielstrebigen Fußgängern, ausladenden Aktentaschen, Verkehrslärm. Es war eine Kreuzung, wie man sie in jeder anständigen Metropole finden konnte. Keine Störungen, Geheimnisse, Besonderheiten. Damit das Bild nicht zu harmonisch war, humpelte ein dreibeiniger Hund auf die Straße, kurz bevor die Tram um die Ecke bog. Kreischende Bremsen, ein abrupt endendes Winseln. Sie zogen sich in einen schalldichten Hinterhof zurück. Die Straße war wie ausgeknipst. Irgendwo lief ein Wasserhahn. Aus einer eingeschlagenen Fensterscheibe drang leises Schnarchen.

Pasha lag, versteckt hinter kugeligen, behaarten Knien und einem Laptop, auf einem Liegestuhl auf der Veranda. Der Anblick war zu albern, Frida musste lachen. Auch Pasha lachte, als wäre nicht er, sondern die Begegnung an sich komisch, woraufhin Frida verstummte und die Arme vor der Brust verschränkte. Es gab keine überbordenden Zärtlichkeiten, kein tränenreiches Wiedersehen.

Vor einem Wiedersehen hätte Pasha zunächst einmal eine Trennung bemerken müssen. Als er zu Ende gelacht hatte, fiel seine Begrüßung knapp und beiläufig aus, als gehörte Frida so selbstverständlich zu seinem Leben wie die Wohnzimmerlampe. Sweta betrachtete die Nichte und sagte: Sieh mal, wie groß sie geworden ist! Kannst du glauben, dass so viele Jahre vergangen sind? Zwar hatte sie Frida vor diesem Tag noch nie gesehen, aber fehlende Vergleichsmöglichkeiten konnten sie nicht vom Staunen abhalten. Falls sie versucht hatte, Pasha aus der Reserve zu locken, war sie gescheitert. Er schaffte es nicht einmal, sich Swetas Überschwang anzuschließen. Sie schien diese völlig absurden Gefühle tatsächlich zu fühlen. Sie war überwältigt von der Veränderung, die sie Frida unterstellte.

Frida schlich ins Badezimmer, um nachzusehen, ob sie sich möglicherweise tatsächlich verändert hatte. Vielleicht hatte das Betreten des heimatlichen Bodens eine auf der Zellebene schlummernde Anlage aktiviert, ein ungeahntes Potenzial. Vielleicht hatte sie es beim letzten Mal schlicht übersehen. Spiegel in Flugzeugtoiletten waren ohnehin zu ungnädig, man konnte ihnen nicht vertrauen. Doch nun war sie mit dem umgekehrten Problem konfrontiert: Zwei Glühbirnen waren durchgebrannt, und das bernsteingelbe Licht der dritten war sehr stimmungsvoll, aber zu schwach, um eine Aussage zu erlauben. Im Spiegel fand Frida Tränensäcke und einen entzündeten Pickel am Kinn, dahinter Tabletten, Tabletten und noch mehr Tabletten, allesamt Swetlana Muser und Swetlana Nasmertow verordnet. Für den schwachen / kränklichen / im Sterben liegenden Onkel gab es hingegen keine einzige Packung.

Er saß am winzigen Küchentisch (ein umfunktionierter

Nähtisch) und drehte ein Streichholzbriefchen zwischen den Fingern. Am liebsten wäre Frida schreiend aus dem Haus gerannt. Du bist eine erwachsene Frau, ermahnte sie sich im Stillen und nahm ihm gegenüber Platz. Pasha war gravitätisch, hatte ungekämmtes, löwenartiges Gesichtshaar und eine Aura, die alle vergangenen Kriege, Pogrome, Vertreibungen und Unterdrückungen umfasste und ganz schwach nach Stagnation roch. Hohe Stirn - oh, sehr hoch und sehr steil und fast faltenfrei -, durchdringender Blick, Schweigen. Dieser Mann entschuldigte sich nie. Er hatte natürlich keinen Grund dazu, aber das war egal, er hätte sich ohnehin nicht entschuldigt, unter keinen Umständen. Die kleinlichen Komplikationen in zwischenmenschlichen Beziehungen interessierten ihn nicht. Während Frida an der Gegenwart klebte, durchschritt Pasha in Gedanken panoramische Weiten.

Magst du Schokolade?, fragte Sweta, über den Tisch gebeugt.

Es war eine Fangfrage. Es gab eine richtige Antwort und eine falsche, aber so einfach war das nicht. Handelte es sich um einen Geheimcode, der etwas mit der Tatsache zu tun hatte, dass sie beide Frauen waren? Frida starrte Sweta angestrengt an und verstand nichts.

Der Gefrierschrank stand offen, Sweta kletterte hinein. Ihre Arme und ihr Kopf waren verschwunden, die Schultern zusammengezwängt. Sie tauchte wieder auf und hielt zwei Pakete in die Höhe wie gefrorene Rachenmandeln. Eiscreme, erklärte sie. Wenn du möchtest.

Oh, nein, sagte Frida reflexartig, vielen Dank. Brennendes Verlangen zerfraß ihre Wangen. Ich mache mir nicht so viel aus Süßem.

Sweta wünschte, sie könnte über sich dasselbe sagen. Zufrieden rupfte sie zwei Schüsseln aus dem Abtropfgestell. Mit einem Suppenlöffel schaufelte sie kraftvoll im Eis, bis sich in der einen Schüssel ein mächtiger Berg aus cremiger Schokolade auftürmte. In der zweiten landete ein halber Löffel. Der Berg wurde Pasha vorgesetzt, den Ameisenhaufen bekam Sweta, die sich mit ihrer Schüssel in eine Ecke zurückzog.

Pasha rührte sich nicht. Die Sekunden verstrichen wie in Zeitlupe. Der Berg begann, an Höhe zu verlieren. Am Boden der Schüssel bildete sich eine Pfütze, insbesondere in Löffelnähe. Pasha kratzte sich unter seinem Bart. Frida schluckte und versuchte, die beschämende Speichelflut zurückzuhalten. Sie machte sich nichts aus Süßem? Was für eine schamlose Lüge! Bemerkte Pasha denn nicht, wie mühsam sie schluckte? Bemerkte er nicht den Eiscremeberg vor seiner Nase?

Ein Dichter bemerkt selbstverständlich alles. Zusätzlich zu fünf Sinnen, makellos geschärft wie Bleistifte vor einem Test, verfügte er über eine Wahrnehmung, die jeder Prüfung spottete: den sechsten Sinn des Dichters. Wenn die Russen sich auf eins einigen konnten, dann auf die Existenz dieses Sinnes, den nur wenige, ganz besondere Menschen besaßen. Auf diese besonderen Menschen vertrauten sie. Ihnen wurde eine prophetische Gabe zugesprochen, denn die Zukunft vorherzusagen galt als Vollendung des kosmischen Dichtersinns. Doch nun hätte man meinen können, dass Pasha rein gar nichts wahrnahm, weder die schmelzende Eiscreme noch die Kakerlake, die gerade in der Zuckerdose verschwand.

Pasha öffnete den Mund, japste und fing an zu husten,

woraufhin sich alle möglichen rätselhaften Sekrete in seinem Brustkorb lösten. Seine Augenringe verfärbten sich von Blassgrün über Lila zu Dunkelblau und dann zurück zu Blassgrün. Das Streichholzbriefchen fiel auf den Tisch und verschwand. Der Suppenlöffel wurde zum Leben erweckt. In Pashas Mundwinkeln sammelten sich gelblich braune Rückstände.

Sieh mich nicht so verstört an, sagte er. Mein Gemüse habe ich vor dreißig Jahren aufgegessen.

Es klingelte. Nicht Sanja stand vor der Tür, sondern Steve Martin, der sich über seine Anwesenheit nicht weniger zu wundern schien als Frida. Er war groß und schlank und insgesamt viel attraktiver, als man meinen könnte. Das schüttere weiße Haar trug er seitlich gescheitelt, sein breites, an sich nichtssagendes Gesicht wurde erst durch die Nase unverkennbar und sympathisch – nur selten kam einem einzigen Aspekt so viel Bedeutung zu. Frida betrachtete ihn über Swetas nackte Schulter hinweg. Sweta war in eine Art Taschentuch mit Trägern geschlüpft. Ihre Haut war so durchscheinend blau wie der Himmel über einem schneebedeckten Berg. Winzige Härchen standen steil aufgerichtet. Steve Martin sah Swetas nackte Schulter und nicht viel mehr. Er sprach die Schulter an: Bist du Fridatschka? Die russischen Worte verzogen sein Gesicht in eine definitiv slawische Richtung.

Wer sind Sie?, fragte Sweta.

Er war nicht Steve Martin, sondern sein russischer Doppelgänger, Wolodja, und geschickt hatte ihn Awartschuk, der Spielhallenkönig. Mit dieser Erklärung gab Sweta sich zufrieden. Wolodja war sichtlich enttäuscht, als die nackte Schulter sich entfernte und durch Fridatschka, eine überzeugte Anhängerin des Lagenlooks, ersetzt wurde. Seine Knopfaugen hatten keine andere Wahl, als in ihre Knopfaugen zu blicken.

Wolodja kam gleich auf den Punkt und zog zwei Gegenstände aus seinem Aktenkoffer, ein Handy und einen dicken weißen Briefumschlag. Er öffnete den Umschlag und präsentierte den Inhalt: bunte Banknoten, die selbst beim Monopoly-Spiel wie Falschgeld ausgesehen hätten. Fünftausend Hrywnja, um genau zu sein.

Das ist sehr nett von Ihnen, sagte Frida, aber ist das nicht ein bisschen viel?

Er sah sie fragend an. Das ist der vereinbarte Betrag. Was Sie nicht ausgeben, geht zurück an Ihren Herrn Papa. Er soll das mit Awartschuk klären.

Mein Papa?

Oder mit mir. Aber es ist gar nicht so viel, das werden Sie schon merken. Auf der Deribasovskaja gibt es ein paar anständige Geschäfte. Für Schuhe und Hüte und den ganzen andern Kram. Und es gibt den Sieben-Kilometer-Markt, da bekommt man Kleider und Teekessel. Sie werden sich nach Mitbringseln für Ihre Verwandten umsehen müssen. Haben Sie einen Freund? Jede Wette, dass es nicht lange dauern wird, bis Sie mich anrufen. Wolodja, werden Sie sagen, ich brauche mehr Knete! *No problemo.* So viel Sie möchten. Die rechnen das untereinander ab, Ihr Papa und Awartschuk. Ich bin nur Awartschuks Mittelsmann. Meine Telefonnummer ist unter Wasja in diesem Handy gespeichert. Rufen Sie mich an, wenn Sie pleite sind oder in Schwierigkeiten stecken. Ich spreche von echten Schwierigkeiten. Nicht wenn Sie ein Restaurant suchen oder den Weg zum Nachtclub nicht finden. Und auch die Öffnungszeiten der Museen kenne ich nicht – Sie sehen aus wie jemand, der sich für so was interessiert. Rufen Sie nur an, wenn Sie mehr Geld brauchen oder wenn jemand Sie ermorden will. *Capisce?*

Ich kann das nicht annehmen, sagte Frida und schob die Geschenke von sich. Awartschuk soll meinem Vater sagen, dass sich niemand um mich kümmern muss. Es tut mir leid, dass Sie meinetwegen Ihre Zeit verschwendet haben.

Wolodja kniff die Augen zusammen. Sie erwartete seinen Widerspruch, doch er zuckte bloß die Achseln. Als er sich umdrehte, huschte ein süffisantes Grinsen über sein Gesicht. Frida wollte sich einbilden, es gelte ihr – amüsierte Hochachtung angesichts ihres Strebens nach Unabhängigkeit. Er zwängte sich in ein weißes Auto und fuhr davon. Frida ging zurück ins Haus.

Niemand bombardierte sie mit Fragen zu dem Fremden, keiner warf ihr vor, sich falsch verhalten zu haben. Normalerweise knickte sie in ihrem Freiheitskampf spätestens an dieser Stelle ein, um sich einer überwältigenden Einsamkeit hinzugeben und der Erkenntnis, dass das Universum sich nicht darum kümmerte, ob sie lebendig war oder tot, ob sie siegte oder versagte; dann gab sie den Kampf auf und kehrte in den Schoß ihrer Familie zurück. Und auch jetzt hätte sie am liebsten den Kopf eingezogen, den Schwanz eingekniffen, den Rückflug umgebucht und ein Taxi zum Flughafen bestellt.

Ich gehe ins Bett, sagte Pasha. Ich habe den Körper eines alten Mannes und muss mich an die Ruhezeiten halten. Seine Hand landete auf Fridas Schulter. Der Augenblick der Wahrheit war gekommen. Mit letzter Kraft hob sie den Kopf und versuchte, das Chaos in ihrem Herzen zu verbergen, ihre Unsicherheit, ihre Angst, ihre Desorientierung; vielleicht hatte Pasha ihre Gefühle endlich zur Kenntnis genommen und würde sie ihr nun erklären. Er drückte zweimal kurz zu und sagte: Wegen morgen. Irgendwelche Wünsche?

Die tiefe Zimmerdecke war sporengesprenkelt und braun. Der Wasserschaden: eine dunkle Macht, die alle Nationen bedroht. Frida schüttelte den Kopf.

Gar keine?

Sie hatte keine Wünsche. Endlich war es so weit. Wünsche brachten nichts als Leid, das wusste doch jeder. Am besten war es, sich ein für alle Mal von beidem zu verabschieden.

Aber Pasha ließ nicht locker. Gibt es nichts, was du besonders gern sehen würdest?

War es eine Prüfung? War das wunschlose Leben, nach dem sie strebte, am Ende nur eine andere Form des Scheiterns? Keine Antwort zu geben erschien ebenso unklug, wie bei einem Multiple-Choice-Test nicht wenigstens versuchsweise ein Kreuz zu setzen. Die Datsche, entschied sie.

Du solltest darüber schlafen, sagte Pasha. Das war ein langer Tag. Sweta legte ein sauberes Laken und ein Handtuch auf den Sessel. Mach es dir gemütlich oder wenigstens so gemütlich, wie es auf diesem Ding geht. Du solltest verschiedene Positionen ausprobieren. Ich habe mir sagen lassen, dass es eine gibt, in der man die Metallstange kaum noch spürt.

Frida wurde vom Schrillen eines Telefons aus dem Schlaf gerissen und war sofort auf den Beinen, keine Sorge, Mama, alles in Ordnung. Am anderen Ende der Leitung war ein Mann, der sie geschlagene dreißig Sekunden lang auf Ukrainisch anbrüllte. Die Leute sagten, es sei eine besonders melodiöse Sprache, und sie hatten recht.

Wollen Sie mir etwas verkaufen?, fragte Frida.

Der Mann legte auf.

In ihrer Hand hielt sie das Handy, das sie so großmütig abgelehnt hatte. Auf ihrem Koffer lag der Umschlag mit dem Geld.

Dornröschen, sagte Pasha und wankte in die Küche. Frida war zu zerschlagen, um sicher zu sein, glaubte aber, so etwas wie Sarkasmus herausgehört zu haben. Sie hatte nicht gerade sensationell gut geschlafen. Abgesehen vom Jetlag und dem ausklappbaren Sessel, der von einer Metallstange durchzogen war – so biegsam, dass sie überall zugleich zustoßen konnte –, war es gar nicht so leicht, zwischen Pashas gesammelten Schätzen zur Ruhe zu kommen. Die Ikonen – unzählige Augenpaare, eingebettet in verformte oder aufgeplatzte Köpfe, dazu dicke Klumpen aus knochenlosen Kleinkindern – ließen sich mit dem Licht ausschalten, doch in der Dunkelheit schlugen die Pendeluhren, die schon tagsüber unangenehmes Schweigen gebrochen hatten, erst richtig zu; misstönend eiferten sie die ganze Nacht um die Wette. Im Morgengrauen hatte Frida einen Geistesblitz und knüpfte die Schuhe ihres Onkels mit den Schnürsenkeln an die Pendel, nur um kurze Zeit später zu merken, dass im Hinterhof Geflügel gezüchtet wurde.

Neben Pasha saß ein als Pirat verkleideter Mann. Er

hatte ein schmieriges Grinsen und einen üppigen Schnurrbart mit aufwärtsgezwirbelten Spitzen. Sein gieriger Blick war einstudiert, aber die Mühe hatte sich gelohnt. Über seiner breiten Brust spannte sich ein weißes Rüschenhemd, nur die Augenklappe fehlte. Sein Hut erinnerte allerdings mehr an einen Sombrero. Er stellte sich Frida als wichtigster Maler von Odessa vor – keiner war so umstritten, verhasst, talentiert, unterschätzt, schlecht bezahlt und missachtet wie er, keiner war produktiver und moderner und unterschätzter, oder hatte er das bereits erwähnt? Es war noch stark untertrieben! Geradezu stigmatisiert und ausgegrenzt war er, wenn auch nicht ganz so sehr wie Pawel Robertowitsch, das müsse er zugeben. Dein Onkel, sagte der Pirat, noch bevor Frida sich den ersten kalten Kaffee einschenken konnte, ist der größte Dichter nicht bloß von Odessa oder der Ukraine, sondern von ganz Russland, und dafür hassen ihn die Leute. Sie wünschen ihm, dass er unter der Erde verfault.

Pasha lachte – sparsam, herablassend, doch er lachte. Über Nacht hatte er eine menschliche Farbe angenommen und dünstete überhaupt weniger von dieser weltgeschichtlichen Aura aus.

Der Kaffee zeigte keinerlei belebende Wirkung, vielleicht weil es unmöglich war, an die Kraft des ukrainischen Kaffees zu glauben. Hätte er seinen Zweck erfüllt, wären sie in einem anderen Land. Hier bekam man davon höchstens eine belegte Zunge.

Wo ist Sweta?, fragte Frida.

Du bist nicht das einzige Dornröschen, sagte Pasha. Aber danke, dass du mich an sie erinnerst. Er stand vom Tisch auf und fing an, in der Küche zu wühlen. Gemessen an seinen trägen Handbewegungen war das erzeugte Geklapper unglaublich laut. Alles schien mit allem zu kollidieren. Was immer klappern konnte, hielt sich nicht zurück. Dass Sweta nicht hereingestürzt kam, um sie vor dem Erdbeben zu warnen, bewies nur, was für eine ausdauernde Schläferin sie war. Eine halbe Stunde später war Pasha fertig. Der Lärm, die Mühen und die Unordnung brachten ein überraschend dürftiges Ergebnis hervor: eine frische Kanne Kaffee (der Rest, von dem Frida sich bedient hatte, verschwand im Ausguss) und tropfende Eiermatsche. Das Frühstück wurde auf einem Silbertablett mit fraglos ruhmreicher Vergangenheit angerichtet und majestätischen Schrittes ins Schlafzimmer getragen.

Was für ein Mensch, staunte der Pirat. Wie viele Männer kennst du, die ihre Frau so verwöhnen? In diesem Land kann eine Frau sich glücklich schätzen, wenn sie nicht alle zwei Wochen mit einem neuen blauen Auge herumläuft. Weißt du, wann ich meiner Frau zum letzten Mal das Frühstück ans Bett gebracht habe? Die Frage war ernst gemeint, ich weiß es nämlich wirklich nicht mehr. Ehrlich gesagt weiß ich nicht einmal, mit der wievielten Frau ich nun verheiratet bin oder ob sie überhaupt isst. Und noch dazu ist er ein Literat, der größte Dichter – nicht nur von Odessa, nein, sondern von der ganzen ehemaligen UdSSR!

Der Pirat hörte gar nicht mehr auf. Während er sprach und gestikulierte und seine Schnurrbartenden in die Luft stieß, ließ er den Blick immer wieder in den Flur schweifen, um nachzusehen, ob Pasha zurückkam. Jemand musste ihn von seinem Redezwang erlösen. Doch Pasha blieb zu lange fort. Der Pirat zerschlug das Keksmonument, das er gebaut hatte, und verfiel in Schweigen.

Natürlich wäre Pasha, sagte der Pirat leise, jetzt nicht in dieser Notlage, wenn er dem Rest der Welt nur ein Zehntel so viel Aufmerksamkeit schenken würde wie seiner Sweta.

Ist es so schlimm?, fragte Frida.

Ja und nein. Kommt darauf an, was man will.

Was will er denn?

Glaubst du wirklich, Pasha wüsste, was er will?

Ein Glas Mineralwasser wäre schön, sagte Pasha, dem heute Morgen einfach alles zu gefallen schien.

Obwohl die Hitze draußen mörderisch war, brachen sie zu einem Spaziergang auf. Sie waren zu viele in der engen Wohnung, es gab keine Klimaanlage. Das einzige Fenster, ein Bullauge über der Spüle, erfüllte rein psychologische Zwecke und erinnerte an eine Gefängniszelle. Außerdem war Frida gerade erst angekommen – war sie denn gar nicht neugierig? Mark Twain war neugierig gewesen! Es gab das Opernhaus, die Potemkinsche Treppe, den Woronzow-Palast, den Bahnhof. Jeder aus der Luft gegriffene Eigenname verstärkte Fridas Jetlag. Odessa hatte mehr Sehenswürdigkeiten zu bieten als London, Paris und Rom zusammen. Wie konnte man sich nicht für das Geburtshaus von Ilf und Petrow interessieren, für die Synagoge, die Isaak Babel angeblich betreten hatte, und für die andere Synagoge, die er niemals betreten hätte, für das offizielle Puschkin-Denkmal, die versteckten Puschkin-Gedenkstätten, den schwarzen Samtvorhang an der Stelle, wo bis vor kurzem noch der Caravaggio hing? Zum Glück hatten sie viel Zeit. Wenn sie die gut einteilten, würde Frida eine Menge zu sehen bekommen. Wobei die Informationen bestenfalls widersprüchlich waren. Odessa war ein Kaff, ein größenwahnsinniges Provinznest, eine kulturelle Wüste, wie Pasha sagte, und doch reichte Fridas zwölftägiger Besuch nicht aus, um alles zu sehen. Die leere Hülse einer Stadt, sagte sogar der Schutzheilige persönlich, doch Frida war wirklich selbst schuld, wenn sie für die Wunder dieser Stadt nicht empfänglich war. Aber war denn ihre Anwesenheit nicht wundersam genug?

Der Pirat, der außerhalb von Fridas Vorstellung Totschka hieß, vertrug keine Hitze. Er fing sofort an zu zerfließen. Zunächst löste sich sein Schnurrbart auf, rutschte zähflüssig abwärts und tropfte qualvoll und stetig auf sein Kinn und das zur Durchsichtigkeit nassgeschwitzte Hemd mit den verwelkten Rüschen. Die schmelzenden Augenbrauen behinderten seine Sicht, jeder Schritt war ein Wagnis. Es überraschte niemanden, als er eine unverständliche Entschuldigung murmelte und im rechten Winkel in die nächste Seitengasse bog. Pasha schien kaum zu bemerken, dass die Gruppe sich verkleinert hatte. Seine Absätze scharrten über das Kopfsteinpflaster. Sweta schlenderte an seiner Seite. Frida verdrehte sich den Hals, stieß zustimmende Kehllaute aus und wagte gelegentlich eine Nachfrage, die Architektur betreffend. Die Antwort ging jedes Mal unter. Alles verschwamm in Müdigkeit und Magendrücken (Sweta hatte ein Mittagessen zubereitet; das Kochgutachten würde leider negativ ausfallen). Frida hatte den Mund voll Watte und war wütend auf sich selbst. Die Leute, denen sie begegneten, grüßten Pasha mit einem herzlichen Hallo oder warfen ihm verstohlene Blicke zu und tuschelten mit ihrer Begleitung. Alles sprach dafür, dass Pashas Augen geöffnet und funktionstüchtig waren – er achtete auf Bordsteine, mied Hundehaufen (meistens) und blieb vor Stoppschildern stehen –, aber die Leute, die auf ihn reagierten, schien er nicht wahrzunehmen. Diejenigen, die grüßten, erfuhren dieselbe Beachtung wie diejenigen, die tuschelten – nämlich gar keine, nicht einmal ein Zucken der Mundwinkel. Pasha stiefelte trotzig voran. Frida warf Sweta flehentliche Blicke zu. Eins musste man der Frau lassen, sie bemühte sich nach Kräften. Sie zupfte Pasha am Bart, kitzelte seinen moosigen Nacken, biss in seine Schulter, nagte an seinem Ellenbogen, doch nichts konnte den laufenden Leichnam zum Leben erwecken.

Sie betraten einen kleinen Park, folgten einem schmalen, gewundenen Pfad unter schattenspendenden Eichen und kamen auf einem großen Platz mit Kathedrale und Brunnen wieder heraus, und da spürte Frida ein Gefühl aufwallen. Daran kann ich mich erinnern!, rief sie.

An den Sobornaja?, stellte Sweta klar.

Ich war mit Grandpa hier. Ich habe auf der Schaukel gesessen. Wir haben zwei traurige Ziegen gefüttert, dahinten, neben dem Denkmal.

Wurde vor drei Jahren umfassend restauriert, sagte Pasha. Als ihr gegangen seid, gab es hier nichts als eine verfallene Kirche. Keine Schaukeln, keine Denkmäler, und das mit den Ziegen ist stark zu bezweifeln.

Aber sie haben es gut hingekriegt, nicht wahr?, fragte Sweta. Sie haben sogar Mülleimer aufgestellt. Nicht annähernd genug, aber es ist ein Anfang.

Es war die Sorte Lokal, auf die man aufmerksam gemacht werden musste. Frida hätte fünfzigmal daran vorbeilaufen können, ohne es zu bemerken. Hätte man sie gefragt, sie hätte das Gebäude für ein Postamt gehalten, aber nur vielleicht. Obwohl auf der Gogolstraße viele Touristen unterwegs waren, wurde die fragliche Tür durch einen visuellen Geheimcode geschützt, der sie für alle Zugereisten unsichtbar machte. Nicht, dass es dahinter besonders viel zu sehen gab. Tische, Stühle, ein ledriger Mann, der in der hintersten Ecke eingedöst war, ein Hosenbein über das andere geschlagen. Jedes Café hatte so eine hinterste Ecke, und immer war sie für Leute reserviert, denen man auf keinen Fall nacheifern durfte. Auffällig war hier nur das absolute Fehlen von Auffälligkeiten. Keine originelle Deko, keine neuartigen Gerichte. Es war ein Café der spirituellen Welt, alles verstand sich von selbst.

Niemand machte sich die Mühe, Fridas Bestellung aufzunehmen. Kaum, dass sie saß, brachte ihr der nicht zu übersehende Kellner ein großes Glas, eigentlich mehr eine Vase, die mit gigantischen Eiswürfeln gefüllt war, dazu mehrere Glasfläschchen Coca-Cola. Die anderen bekamen kleinere Gläser ohne Eis und mit dem Getränk ihrer Wahl. Das Angebot war groß und abwechslungsreich – Johannisbeere, Kwas, Wasser aus Bordschomi, Tarchuna, Blaubeere, eine Mischung aus Aloe und Zitrone –, und alles wollte verdünnt werden. Zu diesem Zweck standen Flaschen mit Wodka und Cognac auf dem Tisch. Zu viel für drei Personen, aber sie waren nicht mehr zu dritt. In dem Café, in das Pasha sie geführt hatte, hatten sich lauter Freunde eingefunden, eine internationale Versammlung von Dichtern aus St. Petersburg, New York, Berlin, Zürich,

Bukarest, Wien, sogar aus Australien. Sie waren im Laufe des Vortags in Odessa eingetroffen, weil die Literaturkonferenz bevorstand, die eigentlich nur eine Aufwärmübung war, eine Kostümprobe für ein viel größeres, wichtigeres, anspruchsvolleres, länger ersehntes Ereignis: das russisch-georgische Lyrikfestival, das in Tiflis, Batumi, Rustawi und Zqaltubo stattfinden würde.

Bist du deswegen hier? Bist du auch eine Dichterin?, fragte ein freundlicher Mann mit Schuppenflechte auf den Wangen.

Oh, nein, ich doch nicht, sagte Frida hastig, als wäre schon die bloße Vorstellung ein Affront, eine Beleidigung für alle Dichter, auch wenn ihr Verneinen den Eindruck erweckte, es wäre eine Beleidigung für Frida selbst. Sie wurde immer nervöser, es war ihr unmöglich, anders zu reagieren als fahrig, wann immer sie angesprochen wurde. Schlimmer noch, sie wirkte über die Maßen beeindruckt. Sie erweckte einen vollkommen falschen Eindruck, konnte den richtigen aber einfach nicht finden. Ich bin wegen der Hochzeit meines Cousins hier, erklärte sie dem Mann, der jetzt mit dem Salzstreuer spielte. Pasha ist mein Onkel.

Ganz offensichtlich hatte Pasha Efim, angeblich ein guter alter Freund, über diese neue Entwicklung noch nicht aufgeklärt. Er überspielte seine Gekränktheit und sah Pasha fragend an.

Pasha zuckte die Schultern. Mein Sohn ist fünfunddreißig ...

Zweiunddreißig, korrigierte ihn Sweta.

Er hat bereits Kinder. Und seine Zukünftige kenne ich kaum, aber von dem wenigen zu urteilen, das ...

Efim hob die Hand und bedeutete Pasha zu schweigen. Kein Weg führte drum herum, auf diese Nachricht mussten sie trinken.

Frida hob ihre Cola-Vase und stieß erst schüchtern, dann immer beherzter mit allen am Tisch an. Einige, die weiter entfernt saßen, hatten die Nachricht aufgeschnappt und beäugten Frida interessiert, vermutlich weil sie sie für die zukünftige Schwiegertochter hielten. Und wo steckte eigentlich Pashas Sohn? Würde er nicht mit ihnen anstoßen? Wo war der Glückliche? Pasha wusste es nicht. Es war ihm fast egal. Die allgemeine Aufregung verstörte ihn. Wenn Leute derlei Neuigkeiten hörten, benahmen sie sich merkwürdig. Überholte Verhaltensweisen wurden reaktiviert. Persönlichkeiten veränderten sich. Die Leute legten ihr kulturelles Gehabe ab und waren plötzlich auf das reine Menschsein reduziert. Sie wurden gierig und verlangten, eingeladen zu werden. Anstatt sein Glas zu heben und die Miene des stolzen Vaters aufzusetzen, ein paar Anekdoten zum Besten zu geben und sich mit Champagner übergießen zu lassen, verfiel Pasha ins absolute Pashatum, knirschte mit den ungeselligen Zähnen und saß den peinlichen Moment aus, bis das Thema fallengelassen wurde und die Tischgesellschaft sich wieder in behagliche Kleingrüppchen aufsplitterte.

Dank der geschickten Kellner landeten viele kleine Teller wie fliegende Untertassen in einem phantastischen Tempo auf dem Tisch. Selbst die geruchsempfindliche Frida konnte hier nicht von Gestank reden. Ihre Augen begannen zu sabbern. Missgeschicke mit dem Besteck, schallendes Gelächter, die schnellen Kellnerhände – alles war Essen. Ein Mann saß über ein Klavier gebeugt, er bearbeitete weniger die Tasten selbst als die Atmosphäre. Alles sah köstlich aus und doch nicht ganz genießbar. Was immer Frida probierte, schmeckte ganz leicht nach fauliger Aubergine.

Nach einer Weile hob sie den Kopf und sah, dass Pasha eine Verwandlung durchgemacht hatte. Er riss die Augen auf und gestikulierte wild, war plötzlich redselig und lebhaft. Er saß zwischen zwei Männern. Der eine beeindruckte mit geologischen Gesichtsfurchen und dämonischen Augen; er trug eine volkstümliche Mütze und strahlte das Selbstbewusstsein eines Menschen aus, über den schon viel geschrieben wurde. Der andere wirkte unscheinbar, er hatte ein rosiges, volles Gesicht, trainierte Oberarme und wäre schwer zu beschreiben gewesen. Pasha hatte die Ellenbogen auf die Tischplatte gestützt und die Unterlippe vorgeschoben, er sah aus wie ein Rabbiner auf einem Kalenderblatt. Wenn einer der beiden Männer das Wort ergriff, verdrehte Pasha die Augen himmelwärts. Er kicherte oft und unvermittelt.

Der Zigarettenqualm wurde dichter. Fridas Augen brannten, und ihre an amerikanische Standards gewöhnte Lunge schmerzte. Sie verließ das Lokal, um frische Luft zu schnappen, wenn das in dieser Stadt überhaupt möglich war. Sweta folgte ihr mit glimmender Zigarette in der Hand. Sie betrachtete Frida mitleidig, als wären sie beide die stummen Leidtragenden dieses Abends oder dieses Lebens, und blies ihr dabei Qualm ins Gesicht.

Eine Dame mit kurzen orangeroten Haaren kam heraus, auf der Suche nach Sweta, bald gefolgt von zwei weiteren Frauen, die die Frau mit den kurzen Haaren suchten. Binnen weniger Minuten hatten sie sich zu einer tratschenden Runde zusammengeschlossen. Schrilles Gelächter und miteinander wetteifernde Parfüms erfüllten die Straße. Sweta entschuldigte sich bei Frida, weil ein Vieraugengespräch wieder einmal unmöglich war. Ihr Atem war säuerlich, die Risse in ihren spröden Lippen dunkelblau. Eine mediterrane Brise fegte um die Ecke. Swetas unnatürlich bewegungsloses Haar teilte sich und entblößte ein deformiertes Ohr. Frida studierte es gebannt, aber dann fiel die steife Haardecke wieder herab, und das Ohr war verborgen, wie alles immer versteckt wurde, was Frida halbwegs interessant fand.

Ihr Handy klingelte. War das endlich Sanja, der Glückliche, der Ersatzbruder, dessen Erwachsenenstimme sie noch nie gehört hatte? Entgegen allen Erwartungen brachte sie ein gelassenes Hallo heraus. Aber es war nicht Sanja. Wieder musste Frida sich anbrüllen lassen. Das Gebrüll klang weniger bedrohlich als irgendwie informativ, auch wenn sie ihm nicht die Spur eines Sinns abgewinnen konnte. Diesmal hatte sie das Gefühl, es nicht besser verdient zu haben, und dass die anderen zu Zeuginnen des Vorfalls wurden, hatte sie ebenfalls verdient; doch als Frida sich umsah, hatte die Gruppe sich verlaufen. Sie stand allein auf der Straße, gegenüber einer Spielhalle. Es gab weder Sterne noch Straßenkatzen und damit keinen Grund, länger zu verweilen.

Auf dem Rückweg zu ihrem Tisch schnappte Frida einen unangenehmen Gesprächsfetzen auf. Jemand zeigte auf Sweta und nannte sie verstohlen und auf Englisch *Frankensteins Braut*. Frida irrte auf der Suche nach der Toilette umher und hörte, wie jemand Pasha ein gewaltiges Arschloch mit Jesuskomplex nannte. Der Jemand hatte nicht einmal so viel Anstand zu flüstern. Frida bückte sich und richtete die Sandalenriemen. Zwar besitze Pasha Talent, keine Frage, doch sein poetischer Blick sei unerhört konservativ. Er schreibe gute Gedichte, aber leider zu viele – niemand werde so regelmäßig von der Muse geküsst. Und außerdem habe er seine Exfrau geschlagen, was wiederum völlig verständlich sei.

In der Damentoilette, die drei Stockwerke höher und genau genommen im Nebengebäude lag, beschwerten sich gähnende Ehefrauen voller Stolz über ihre Unfähigkeit, in Flugzeugen, Zügen und Autos zu schlafen. Begeistert zählten sie ihre Neurosen auf, während sich eine hochgewachsene Dame in wallender Robe ins Waschbecken übergab. Als Frida wieder unten war und sich zwischen Stuhllehnen und Wand hindurchzwängte, kniff ihr jemand in den Hintern. Sie reagierte lethargisch. Eine Schlafwandlerin hätte sich schneller umgedreht. Der Übeltäter war der unscheinbare Mann mit dem aufgedunsenen Gesicht. Er zuckte zusammen und wurde rot, doch es nützte nichts – die Durchtriebenheit war ihm von den kaum vorhandenen Lippen abzulesen. Aus jeder Pore seines Körpers triefte die Gier.

Verzeihung, Mademoiselle, sagte er und zeigte auf die Frau, die er eigentlich hatte kneifen wollen. Frida fühlte zweierlei: Entsetzen darüber, dass man ihren Po mit diesem matronenhaften Gesäß verwechseln konnte, und – Liebe.

War ja klar, dass ich ausgerechnet Pashas zukünftige Schwiegertochter belästigen muss. Er hält mich jetzt schon für einen Spinner!

Ich bin nicht –

Von der nachtragenden Sorte? Soll ich dich noch mal kneifen?

Nein, danke, sagte Frida, ein andermal vielleicht.

Viel Glück! Du heiratest in den literarischen Adel ein.

Frida lächelte freundlich, doch seine Worte verunsicherten sie auf eine Shakespeare'sche Weise, als trügen alle lange Mäntel und Kostüme, als sagten sie das eine und meinten etwas anderes.

Anders als die vielen Motten, die das Licht umkreisten, blieb Pasha immer auf demselben Platz sitzen, mit aufgestützten Ellenbogen. Frida in der Doppelrolle als Nichte und Schwiegertochter wurde zur Anlaufstelle für die Dichter. Einer nach dem anderen kamen sie vorbei und sagten ihr, wie sehr sie Pawel Robertowitsch verehrten. Ihr Onkel sei der Brodsky unserer Tage, *dorogoy drug i velikiy poét* (ein lieber Freund und großer Dichter), dessen Lyrik durch eine phantastische Anhäufung von Details Gefühle schüre; seine Lebensumstände in Odessa seien unerträglich, und wäre er nicht so starrköpfig, prinzipientreu und kompromisslos, hätte er der Stadt längst den Rücken gekehrt. Die Geschichte habe diese Stadt längst abgeschrieben, sie habe keinen Märtyrer in der Gestalt eines alternden, bärtigen, russisch-jüdisch-christlichen Dichters verdient (wobei die Vorstellung natürlich sehr schmeichelhaft sei). Er hätte nach New York oder wenigstens nach Moskau ziehen sollen, Weltstädte, in denen er Freunde hatte, Leser, Unterstützer, die ihm helfen würden, wo sie nur konnten, wo er auf Gleichgesinnte treffen würde oder wenigstens auf ähnlich Gesinnte mit prallgefüllten Brieftaschen, die ihn, wenn auch aus den falschen Motiven, für seine Arbeit und sein Lebensprojekt bewunderten. Obwohl er den Schritt vor Jahrzehnten hätte wagen sollen, sei es noch nicht zu spät – aber nun, das zu wiederholen sei sinnlos, dieser Mann ließ sich sowieso nichts sagen. In Odessa habe er nur Feinde, und seine Taktik, diese während der ersten Jahreshälfte zu ignorieren und in der zweiten auf LiveJournal zu einem wütenden, hoffnungslos verspäteten Gegenschlag auszuholen, mache sie nur um so fanatischer; er vernachlässige sich und sehe dieses Jahr noch schlechter aus als im letzten (das überraschte Frida – in ihren Augen konnte der Onkel weder besser noch schlechter aussehen, als könnten ihm Jahrhunderte nichts anhaben); Sweta müsse ihn auf Diät setzen; nie zuvor sei er mit seiner häuslichen Situation so zufrieden gewesen, Gott sei Dank sei er Nadia los, diese Schlange; sicher würden ihr die Leute alles Mögliche über Pasha erzählen, aber nicht einmal seine sogenannten Freunde wünschten ihm das Beste und deswegen solle sie alles, was man ihr erzählte, mit Vorsicht genießen; ganz besonders die Berliner müsse man in dieser Hinsicht im Auge behalten; es sei nicht schwer zu verstehen, dass Odessa die Leute so sentimental machte; es sei unmöglich zu verstehen; vielleicht ärgerten sich die anderen nur deswegen so sehr über Pawel Robertowitsch, weil er nicht so viel trank wie ein echter Dichter; vermutlich sei der eine oder andere irritiert, weil er niemals ein Lob aussprach oder damit zumindest sehr knauserig war; weil er sich weigere zu tratschen und in seinen Augen alles Tratsch sei; weil er sich immer nur zu seinen Bedingungen auf die anderen einlasse; weil er von den anderen erwarte, seine Werke zu lesen, wohingegen er die ihren keines Blickes würdigte; dass die Menschen fehlbar waren und sich so etwas zu Herzen nahmen; dass sie, Frida, ihrem Onkel in der Tat sehr ähnlich sehe, nicht auf den ersten Blick, doch es zeige sich, sobald man mit ihr sprach, sie hatte dieselbe Art, vielleicht lag es auch daran, wie sie den Kopf neigte, an den Augen und an der Stirnpartie.

Frida hörte zu und nickte, bis ihr Nacken zu schmerzen begann. Wenn die Leute ihren Sermon abgelassen hatten, stellten sie eine Frage zu ihr. Sobald sie erfuhren, dass Frida keine Gedichte schrieb, nicht einmal Prosa, kehrten sie an ihren Tisch zurück. Zwischen diesen kurzen Begegnungen schaute Frida zu ihrem Onkel hinüber, der die ganze Zeit mit aufgestützten Ellenbogen in seiner Nische saß, und jedes Mal wirkte er etwas verändert, geheimnisvoller. Als der Abend sich dem Ende neigte und das Café sich leerte – wie schnell, war unmöglich zu sagen, zu sehr behinderte der Qualm die Sicht –, setzte sich eine ältere Frau mit Eulenaugen und dem ausladenden Hintern, dem der Kniff gegolten hatte, zu Frida. Sie war stocknüchtern und bildete sich auf ihre Selbstkontrolle offenbar viel ein, wie ein Schimpanse, der sich selbst dressiert hatte. Sie musterte Frida und fragte in einem akzentuierten und großzügig parfümierten Englisch: Anwältin oder Buchhalterin?

Weder noch, antwortete Frida, nicht ohne Stolz.

Dachte ich's mir doch. Sag mir, dass du Zahnärztin bist, dann setze ich mich sofort weg.

Ich studiere Medizin. Habe gerade das erste Jahr abgeschlossen.

Glückwunsch, sagte die Frau und unterdrückte ein Gähnen.

Aber ich werde das Studium abbrechen.

Jetzt wird es interessant!

Frida strahlte.

Deine armen Eltern. Sicher bricht es ihnen das Herz.

Sie wissen es noch nicht, sagte Frida und fuhr fort, ihre kranke Phantasie an dieser lächerlichen Frau zu erproben. Der Kummer kommt erst später – zunächst werden sie mich hassen. Aber sie können mich nicht zwingen, wieder zur Uni zu gehen, wenn ich auf der anderen Seite der Welt bin.

Dann bist du also hier, um ihren Zorn auszusitzen?

Um meine Familie kennenzulernen.

Die Frau stellte sich vor. Sie hieß Renata. Sie sprach ihren Namen aus, als gehörte er zum Allgemeinwissen. Man war eine Renata, wie man Atheist oder Vegetarier war. Die meisten Leute boten einen Namen und ihre Hand an, ohne sich wirklich vorzustellen; Renata stellte sich gründlich vor. Sie trug eine Fülle von Beinamen: Dichterin, Essayistin, Psychoanalytikerin, Ehefrau, Mutter, Mystikerin, Jüdin, Frau.

Wenn Sie so weitermachen, sind Sie bald auch noch Zahnärztin, sagte Frida.

Bist du ebenso unverbesserlich wie dein Onkel?

Nicht dass ich wüsste. Wir haben uns nicht gerade ausführlich unterhalten. Oder überhaupt unterhalten.

Siehst du die beiden Männer, mit denen er den ganzen Abend geredet hat? Überrascht es dich zu erfahren, dass es die berühmtesten Leute im Raum sind?

Ja. Niemand hier sieht berühmt aus.

Renata seufzte. Sie durchschaute alles. Ihr Gebiet war die Psychologie.

Was immer Sie mir sagen wollen, sagte Frida, tun Sie es

bitte nicht. Ich habe für heute genug gehört. Diese Männer sehen tatsächlich interessant aus.

Diese Männer *sind* interessant. Was ich sagen wollte: Sie sind eben Männer.

Dann ist er jetzt auch noch ein Frauenfeind?

Hast du Swetlanas Gedichte gelesen?

Wer ist Swetlana?

Deine Tante.

Pashas Frau? Sweta? Auch sie ist eine Dichterin?

Viel moderner und spannender als dein Onkel, wenn du mich fragst. Und mit dieser Meinung stehe ich nicht allein da. Swetlana hat erstaunlich viel Talent, aber sie wird durch deinen Onkel völlig verdeckt. Es ist eine Schande. So viel vergeudetes Potenzial. Natürlich behauptet er, sie zu unterstützen ... so, wie Picasso seine dreijährige Tochter beim Malen unterstützt hätte. Er ist schrecklich herablassend, und sie scheint es nicht einmal zu bemerken. Sie betet ihn an. Mein Problem war immer schon, dass ich ihn nie angebetet habe. Ich hielt ihn für einen herausragenden Dichter - seine frühen Gedichte waren um Längen besser als alles, was er in den letzten Jahren geschrieben hat -, und ich habe ihn bereitwillig in die New Yorker Emigrantenszene eingeführt. Aber sobald ich ihm nicht mehr von Nutzen war, hat er mich fallenlassen wie eine heiße Kartoffel. Er hat mir nicht mehr geschrieben und keine Manuskripte mehr geschickt. Nach seinem letzten Besuch in New York hat er mir einen ganzen Band gewidmet, Gedichte, die zu lesen ich heute unerträglich finde. Diese Offenheit, diese Aufrichtigkeit, sogar ein Hauch von Romantik. Ich musste einsehen, dass *ich* diesen Gedichten so viel Ernst eingeflößt habe. Pasha wäre gern ein ernster Mensch, aber eigentlich ist er das nicht. Vielleicht ist das sein Hauptproblem. Er ist weder ernst, noch ist der Glaube sein Lebensinhalt. Weißt du, was sein Lebensinhalt ist? Er selbst. Aber verschaff dir einen eigenen Eindruck und lies die Gedichte deines Onkels, insbesondere den ersten Band – vielleicht findest du ihn interessant, immerhin geht es darin um deine Familie.

Renata hielt inne, ihr Blick war an irgendjemandem hinter Frida hängengeblieben. Sie schlug die Augen nieder und lächelte keusch. Im nächsten Moment war Frida wieder allein. Sie saß vor einem angebissenen Schaschlik und einem Rotweinglas mit Lippenstiftspuren, beides gehörte nicht ihr, und fühlte eine brennende, atemlose Wut in sich aufsteigen. Wieso nahm diese Renata einfach an, Frida würde sich im Werk ihres Onkels nicht auskennen? Und warum hatten ihre Eltern ihr nie erzählt, dass Pasha ein Buch über ihre Familie geschrieben hatte? Warum hatten sie es ihr nie gezeigt oder sie aufgefordert, einen Blick in die anderen zu werfen? Hielten sie ihre Tochter für so desinteressiert? Zugegeben, sie hatte nie gefragt. Sobald von Gedichten die Rede war oder von einem weiteren Band, der kurz vor der Veröffentlichung stand, wollte sie sich nur noch die Ohren zuhalten und aus dem Zimmer laufen. Sie zog es vor, unwissend zu bleiben. Ihr Körper wehrte sich gegen die Informationen. Sie wusste genau, wo Pashas Bücher standen: ordentlich aneinandergereiht und auf Augenhöhe in dem Regal zu Hause im Flur. Jederzeit hätte sie dem Impuls nachgeben und eines herausnehmen können. Stattdessen hatte sie Ausreden und Entschuldigungen gesammelt und sich eingeredet, sie würde absichtlich aus dem Kreis der Leser ausgeschlossen. Sie war voller verletzter Gefühle und Vorwürfe, aber da war niemand, gegen den sie sie hätte richten können.

Pasha kümmerte es kein bisschen, ob seine amerikanische Nichte sich die Zeit genommen hatte, auch nur ein einziges seiner Bücher zu lesen. Seine eklatante Gleichgültigkeit ließ die Theorie des absichtlichen Ausschlusses lächerlich erscheinen. Sie hätte die Gedichte lesen können, aber sie hatte es nicht getan. Sie selbst hatte sich ausgeschlossen. Hinter dem angeblich mangelnden Interesse versteckte sich eine tiefe Zerrissenheit, Feigheit, Gehemmtheit. Zog man die äußeren Schichten beiseite, zeigte sich vehemente Ablehnung. Einmal mehr fühlte Frida sich bestätigt. Wozu sollte sie sich anstrengen, wenn er es nicht einmal zur Kenntnis nehmen würde? Aber wollte sie wirklich von Pasha zur Kenntnis genommen werden? Nein, von ihrer Familie. Die Regeln, die für sie wie in Stein gemeißelt waren, galten für Pasha nicht mehr. Er lebte nicht im Einzugsbereich des Familienhauptquartiers, er holte sich nicht vor jeder banalen Entscheidung Rat, opferte nicht seine Zeit, weder um Bindungen noch um den Haushalt zu pflegen, er war kein Arzt, er war ja nicht einmal ein Jude! Und doch wurde ihm alles verziehen. Mehr als das, sein Wort war Gesetz. *Sie* baten *ihn* um Rat. Er hatte gewonnen. War das fair? Wie hätte Frida es ihm *nicht* übelnehmen sollen? Wobei anzunehmen war, dass die Regeln, die heute für ihn nicht mehr galten, früher gegolten haben mussten – er hatte lediglich beschlossen, sich aufzulehnen. Ich sollte, dachte Frida, seine Gedichte lesen.

Efim spielte immer noch mit dem Salzstreuer.

Das war erst der Anfang, sagte er traurig. Von nun an geht es stetig bergab. Die meisten Typen hier werden erst wieder nüchtern sein, wenn sie in drei Wochen nach Hause fahren. Dann werden sie ihre Erfahrungen bis ins letzte Detail auf LiveJournal veröffentlichen und feststellen, dass jeder die Dinge etwas anders in Erinnerung hat. Sie werden in die Internetschlacht ziehen, sich gegenseitig mit Kommentaren terrorisieren und haufenweise Freundschaften aufkündigen.

Du klingst nicht wie ein Dichter, sagte Frida.

Ich bin Programmierer, sagte er.

Sie verkniff sich die naheliegende Frage, die aber dennoch beantwortet wurde, als ein Stierkampf-Aficionado Efim auf die Schulter schlug und rief: Hallo, mein Lieber, ich bin froh zu sehen, dass manche Dinge sich niemals ändern. Deine Frau ist immer noch eine echte Stimmungskanone.

Es wundert mich, dass Pasha nicht bei diesem Jahrmarkt in Bulgarien mitmacht, sagte Frida, um das Thema zu wechseln, denn der Kommentar des Fremden hatte Efim ganz offensichtlich einen Dämpfer verpasst.

In Georgien, und was soll das heißen, er macht nicht mit?

Wir fahren am Montag, sagte die beschwipste Sweta, rührend bemüht, sich zusammenzureißen und kein bisschen beschwipst zu klingen. Hat Pasha dir nichts davon gesagt? Er muss es vergessen haben.

Was ist mit der Hochzeit?

Nach derzeitigem Stand fliegen wir am Morgen nach der Hochzeit zurück, aber keine Sorge, ich bin dran. Es ist alles meine Schuld. Pasha kann sich kein Datum merken. Ich hätte ihm nicht die Reservierungen überlassen dürfen.

Aber …, sagte Frida.

Nein, sagte Sweta.

Dann könnte ich, während ihr weg seid, in der Datsche wohnen!

Die Datsche gibt es nicht mehr, sagte Pasha, der mit halbem Ohr zugehört hatte, sie ist weg. Dahin. Futsch. Richte es den anderen bitte aus.

DREIZEHN

Pasha war zur Literaturkonferenz in Odessa nicht eingeladen worden. Nicht nur dass keiner ihn gebeten hatte zu lesen und die Veranstalter stattdessen den Bodensatz der einheimischen Lyrikerszene durchkämmt hatten auf der Suche nach den wenigen Verbliebenen, die trotz ihres Alkoholkonsums nicht unverständlich oder vulgär (und unverständlich) waren oder, noch schlimmer, sich im Zustand vollkommener Nüchternheit an bedeutungsvoller und/oder innovativer Dichtung versuchten – nein, sie, die Veranstalter, bei denen es sich selbstredend um ebenjenen Bodensatz handelte, hatten Pasha nicht einmal eingeladen, am Rahmenprogramm teilzunehmen, dem ganzen Festival-Pipapo, woraus Pasha schloss – er hätte es natürlich auch so gewusst –, dass er vorsätzlich verbannt wurde. Mit anderen Worten: Er stand auf der Schwarzen Liste.

Durch den akuten Schmerz und die heftige Kränkung, die der Ausschluss bedeutete, geriet beinahe in Vergessenheit, dass es im Vorjahr ähnlich abgelaufen war. Denn eigentlich war Pasha kein nachtragender Mensch, auf die Wunden, die man ihm zufügte, war er nie vorbereitet. Und nie blieben Narben zurück. Ein Jahr lang hatte er sich eingeredet, das Ganze sei der grobe Schnitzer eines unerfahrenen Nachwuchsorganisators gewesen. In der Ukraine gab es weitaus Schlimmeres. Wahrscheinlich hatte man vergessen, seinen Namen ins Programm aufzunehmen, weil seine Teilnahme an praktisch allen Veranstaltungen eine Selbstverständlichkeit gewesen wäre. Das menschliche Gehirn funktionierte manchmal auf rätselhafte Weise. Doch wahrscheinlicher war, und er wusste es selbst, dass man ihm einen Denkzettel hatte verpassen wollen. In dem Fall dürften die heftigen, googlebaren Gegenreaktionen der nichteinheimischen Dichter-Community als angemessene Retourkutsche gedient haben.

Er hatte Spione in die Konferenz entsandt. Er hatte niemanden bitten müssen – man erstattete ihm freiwillig Bericht. Sein Name fiel bei Podiumsdiskussionen und Interviews und erst recht in den Pausen dazwischen. Die freiwilligen Spione hatten eine Menge zu erzählen, und sie erzählten es mit Genuss. Pasha war ihnen dankbar dafür. Er hinterfragte ihre Beweggründe nicht. Er wurde zunehmend süchtig nach ihren Enthüllungen und sammelte eifrig alle Beweise, die seinen Opferstatus belegten. Seine vermeintlichen Freunde waren wie Drogendealer, die ihn regelmäßig mit dem verleumderischen Stoff versorgten. Pasha differenzierte nicht – das dumme Geschwätz eines stadtbekannten Säufers verletzte ihn genauso wie eine hasserfüllte, sechstausend Wörter lange pseudowissenschaftliche Abhandlung eines bekannten Kritikers in einer vielgelesenen Literaturzeitschrift.

Pasha murrte herum, und die nicht weniger mürrische Frida konnte ihn nicht aufheitern. Sie betrachtete das Schmollen eines anderen als Herausforderung – würde sie in der Lage sein, ebenso zu schmollen? Sie hatte gleich mehrere Sorgen: Es war schon Samstag, und bislang hatte das Schicksal, was auch immer sie sich davon erhofft hatte, noch nicht eingegriffen; morgen würde sie entscheiden müssen, ob sie Pasha und Sweta in die Kirche begleiten oder weiterhin jede Religionsausübung verachten wollte; übermorgen würden Pasha und Sweta zum Festival abreisen, und Sanja hatte sich immer noch nicht erbarmt, sie zu treffen.

Um der gedrückten Stimmung zu entfliehen, machte Pasha sich in Eckläden, Supermärkten und Kiosken auf die Suche nach einer ganz bestimmten Sorte georgischen Mineralwassers, angeblich das einzige Mittel gegen den gastrischen Aufruhr, der ihn so oft auf die Toilette zwang, wie er sein E-Mail-Postfach überprüfte.

Kann es denn sein, dass er so naiv ist?, fragte Frida, sobald Pasha das Haus verlassen hatte. Sie wollte die Gelegenheit für eine vernünftige Unterhaltung mit Sweta nutzen, die in Nachthemd und Schneidersitz auf dem Wohnzimmerteppich saß und ein Aquarell malte. Ich meine, sagte Frida, er ist ja nicht dumm. Aber versteht er denn nicht, dass es immer so weitergehen wird, solange er sich nicht verteidigt oder sein Verhalten ändert? So haben sie doch ihren Spaß daran! Warum sagt er ihnen nicht einfach, sie könnten ihm den Buckel runterrutschen? Diese Leute sind lauter Niemande. Stattdessen spielt er das hilflose Opfer. Wie kann ihn das Theater überhaupt noch verwundern? Wie kann er überhaupt noch hier leben? Warum ändert er nicht etwas, wenn alles so schrecklich ist?

Sweta goss Wasser aufs Papier. Frida japste. Swetas Hand hatte gezittert, sie hatte zu viel verschüttet. Aber nachdem sie das Malheur besehen hatte, kippte sie das Glas noch einmal und goss nach. Es ist nicht meine Aufgabe, ihn zu analysieren, sagte sie, ließ den Pinsel fallen und schaute Frida in die Augen. Als Frau eines Dichters habe ich drei Pflichten: ihn zu bekochen, bedingungslos an sein Genie zu glauben und ihn in Ruhe zu lassen.

Das fiel Sweta leicht. Ihr Exmann Artem Muser (er war ungarischer Herkunft), ein bedeutender Philosoph und Bassist einer Rockgruppe namens Die Mechanischen Ziegen, hatte ebenfalls nicht mehr von ihr verlangt (wenn auch im Laufe der Jahre weitere Forderungen hinzugekommen waren). Besonders die zweite Pflicht war ausschlaggebend. Solange sie an Artem geglaubt hatte, war der Rest ein Kinderspiel gewesen. Aber irgendwann hatte sie ihren Glauben verloren. Versteh mich nicht falsch, sagte sie, Artem ist ein toller Künstler, für normale Verhältnisse. Aber ein Genie ist ein Genie. Wird man sein philosophisches Werk in hundert Jahren lesen? Wird man noch zu seiner Musik moshen? Wohl kaum, aber das hat ihn nie gestört. Er hat sich treiben lassen. Er hat sich einen Ruf erarbeitet, und nun erntete er die Früchte. Nach seiner aufsehenerregenden Dissertation galt er als einer der führenden Philosophen des Landes, aber er war zufrieden damit, an Symposien über Schopenhauers Toilette teilzunehmen und von schmierigen Fakultätsleitern zu hören, keine Einführungsveranstaltung sei schneller ausgebucht gewesen als die seine. Es reichte ihm, dass seine Band beim jährlichen Heavy-Metal-Festival in der Ukraine auftreten durfte. Manchmal spielten sie vor gar nicht so wenigen Leuten in Kiew.

Aber Sweta hatte mehr erwartet. Sie fing an, Artem als

Normalo zu betrachten – er war talentiert, aber eben nichts Besonderes. Für einen Normalo zu kochen war kein Vergnügen. Und plötzlich fing sie an, sich an Kleinigkeiten zu stören: Artem war ein schamloser Schürzenjäger, nie erkundigte er sich nach ihrem Leben, und regelmäßig bemäkelte er ihren *unfruchtbaren Schoß*. Glücklicherweise hatte sie kurz darauf Pasha kennengelernt.

Dein Onkel ist ein Genie, und Genies sind spärlich gesät, erklärte Sweta, alle paar Jahrhunderte gibt es nur wenige, und auch nicht überall. Das wusste ich von Anfang an. Schüchtern schlug sie die Augen nieder. Möchtest du hören, wie wir uns kennengelernt haben?

Frida nickte, ihr Fuß schlief ein.

Ehrlich gesagt war es in New York. Ich sollte dir das wahrscheinlich nicht erzählen, aber es geschah an einem Juliabend des Jahres 1993. Mein Ehemann hatte mich mit auf eine Party bei Renata Ostraja geschleppt. Ich wollte da wirklich nicht hin. Sie hatten eine kurze Affäre, aber das war nicht der Grund. Ich hatte gerade eine Grippe überstanden und immer noch keinen Appetit, für mich ging es bei Renatas Partys jedoch nur um das gastronomische Potenzial. Und wenn ich nicht essen konnte, war ich gezwungen, mich zu unterhalten. Ein paar Stunden lang stand ich nickend neben Artem, aber es zog mich immer wieder ans Buffet zurück. Es beruhigte mich. Statt die Speisen zu kosten, kostete ich die Konversationen, schnappte hier und da etwas auf. Das meiste war uninteressant. Dann entdeckte ich Pasha. Eine Gruppe von Männern unterhielt sich auf diese großspurige Art, wo alles zugleich besprochen wird. Sie waren sehr beeindruckt voneinander, so viel stand fest. Sie standen am

Buffet und schoben sich Würstchen im Schlafrock in den Mund. Ich schlich mich an, um zu lauschen, meine ganze Aufmerksamkeit galt dem schlaksigen Mann mit dem zauseligen Bart, denn er war nicht wie die anderen. Er war anders. Ich stand also da, als sich plötzlich einer von ihnen, ein untersetzter Mann mit rosa Gesicht ohne Augenbrauen – du hast ihn gestern gesehen, Andrei Fishman – zu mir umdrehte und fragte: Wollen Sie sich zu uns gesellen, oder blockieren wir nur die Würstchen? Erschreckt sagte ich: Würstchen. Und was hat Andrei getan? Er nahm ein Würstchen vom Tablett und befahl: Mund auf! Kannst du es glauben? Ich wollte sterben! Er hielt mir das Würstchen vor die Nase, aber mein Kiefer war wie zugeschweißt. Nichts und niemand hätte ihn öffnen können. Pasha ging dazwischen, er legte den Kopf in den Nacken und riss den Mund auf.

Sweta war überzeugt, es von Anfang an gewusst zu haben. Ihr Schicksal hatte sich offenbart. Als sie Pasha Wochen später zufällig in Brooklyn wiedertraf, war sie nicht überrascht, kein bisschen, hatte sie doch tagelang in den Bücherläden von Brighton Beach herumgelungert in der Hoffnung, ihm in die Arme zu laufen. Bis zum Jahresende konnte sie Artem überzeugen, sich um eine Professur an der Staatlichen Universität von Odessa zu bewerben, der Rest war Geschichte.

Dabei hatte das Problem lange Zeit in gerade dieser Schilderung der Ereignisse gelegen – sie war nämlich streng verboten gewesen. Odessa war klein, Pashas Ruhm im Laufe ihrer heimlichen Affäre stetig gewachsen. (Artem hielt es zwei Jahre in Odessa aus und verließ die Stadt allein.) Es war, als hätte Odessa sich verkleinert, während

Pasha immer größer geworden war. Wusste Odessa einmal nicht weiter, fragte es Pasha um Rat, auch wenn die Öffentlichkeit nur selten etwas damit anfangen konnte. Seine Stimme war regelmäßig im Radio zu hören, seine gebeugte Gestalt ging bei den Lokalredaktionen der Fernsehsender ein und aus. Aber solange er mit Nadia verheiratet war, konnte Sweta ihre Liebe natürlich nicht herausposaunen. Die Ironie der Dinge. Seine Frau hatte ihn geheim halten wollen, ohne es zu können, und nun musste Sweta ihn geheim halten, ohne es zu wollen. Nur ihrer besten Freundin Korina konnte sie sich anvertrauen, und nach der Scheidung auch ihrer Mutter. Die zwei Frauen, die Pasha bestimmt unerträglich finden würde, mussten die Geschichte stundenlang und in allen Variationen über sich ergehen lassen.

Er war nicht bereit, Nadia zu verlassen, sagte Sweta. Trotz des ständigen Dramas in seinem Leben würde Pasha alles tun, um einem Konflikt aus dem Weg zu gehen.

Bis das Unvermeidliche endlich geschah, war viel Zeit vergangen. Anfangs hatte Sweta entsetzliche Angst vor einer zufälligen Begegnung gehabt, später dann versuchte sie, eine solche mental heraufzubeschwören, doch als es schließlich dazu kam, hatte sie innerlich längst aufgegeben und eingesehen, dass das Universum dagegen war, wahrscheinlich aus guten Gründen. Sie hatte mit Korina an einem wackeligen Metalltischchen vor dem Klara Bara gesessen, einem Café im Stadtgarten. Der Park hatte ungefähr die Größe eines Straßenblocks, war jedoch so raffiniert angelegt, dass sich selbst Einheimische in ihm verliefen. Seine raumkrümmenden Eigenschaften machten sich vor allem Kriminelle zunutze, wobei sie Milde walten ließen und sich, wenn möglich, auf die Handtaschen und Geldbeutel der Touristen konzentrierten.

Swetas Freundin trug trotz der Hitze einen Kaschmirschal um die Schultern. Schals waren dazu da, den Fingern eine Beschäftigung zu geben, aber Korina trieb es wirklich auf die Spitze. Sie hangelte sich von einer unlogischen Schlussfolgerung zur nächsten, nippte in kalkulierten Abständen an ihrem Cappuccino und machte regelmäßig *aah* und *ooh*. Sie hielt sich, sagte Sweta, für lebensklug. Es war anstrengend, damals habe ich noch versucht, ihr Nippen nachzuahmen. Auf einmal war Korina wie erstarrt, sie ließ ihren Schal los und sagte: Nicht umdrehen, dein Dichter ist da. Pasha ging an uns vorbei – kein Hallo, kein gar nichts. Er war mit Nadia, Sanja und einem verdrießlichen Mädchen, Sanjas Freundin, unterwegs. Zehn Minuten später verließ er das Café mit unergründlicher Miene, trat an unseren Tisch und stellte sich Korina in aller Form vor. Sehr angenehm, ich habe schon viel über Sie gehört (wenn Korina wüsste ...). Er bemühte sich aufrichtig, eine Frau für sich einzunehmen, die allen Ernstes behauptete, dass sich Jungfrau und Krebs niemals verstehen können *außer im Bett*, und die es fertigbrachte, ein Kruzifix, ein Kabbala-Armband und ein Bindi gleichzeitig zu tragen. Sweta hielt nicht zuletzt deshalb an der Freundschaft fest, weil sie eine Zuhörerin brauchte, die sich die endlose Legende von Pasha anhörte, ohne müde oder misstrauisch zu werden. Und da stand er nun, der berühmte Poet und heimliche Geliebte, in einem schmutzigen, zu großen Poloshirt, das mit Golfschlägern bedruckt war, mit einem dick geschwollenen, tränenden linken Auge und getrockneten Essensresten im ergrauten Bart.

Und was hat er gemacht? Unter dem Tisch meine Hand gedrückt, dann ist er zu seiner Familie zurück. Ich weiß noch, wie Korina die Finger an ihren Strohhalm legte und sagte: Dieser Mann hat *furchtbare* Probleme mit seiner Libido.

Und was habe ich gesagt? Ich werde ihn verlassen!

Und genau das habe ich getan, sagte Sweta in einer neuerlichen Anwandlung von Stolz. Dein Onkel, der nur selten Eigeninitiative zeigt, war zu einer Entscheidung gezwungen. Beziehungsweise zu jämmerlichem, nächtlichem, gedämpftem Flehen. Er war ein sehr ahnungsloser Geschenkemacher (einmal bekam ich antike Weihrauchfässer aus Elfenbein, einen Beutel Wattebäusche, Liebeskugeln und einen gebrauchten Toaster). Als das nicht funktionierte, versuchte er es mit Wut und Schweigen. Und dann endlich, nach zwei Monaten, zog er bei mir ein.

Was war mit Nadia?

Was soll mit ihr gewesen sein?, fragte Sweta. Sie wurde unter Beobachtung gestellt, weil sie selbstmordgefährdet war. Dabei würde sie sich das nie trauen!, habe ich damals zu Korina gesagt, und ich hatte recht. Endlich hatte Nadias Leben wieder einen Sinn – sie würde Pasha die Hölle heißmachen. Sie hatte sich zur Aufgabe gemacht, ihm alles wegzunehmen, was er besaß, und ihn zu quälen, je willkürlicher und unwürdiger, desto besser. Nadia hatte keine Probleme damit, als hysterisches altes Weib dazustehen. Und willst du wissen, was Korina geantwortet hat? Sie hat gesagt: Von einem Skorpion ist auch nichts anderes zu erwarten.

Sweta lachte in sich hinein. Zu schade, dass Korina nicht mehr da ist.

Sie ist *gestorben*?, fragte Frida.

O Gott, nein! Ein älterer Mann ist auf der Bildfläche erschienen und hat ihr einen Job als Radiomoderatorin angeboten. Das Angebot hat er später zurückgezogen, aber da wohnte sie bereits in Lwiw.

Pasha hatte kein gutes Gefühl dabei, Frida allein und ohne jede Unterhaltung zurückzulassen. Dann wiederum war er selbst wohl keine unterhaltsame Gesellschaft. Das Festival in Georgien war der Höhepunkt des Jahres. Es ließ ihn die restlichen einundfünfzig Wochen in Isolation überstehen. Bei seiner Ankunft war er sozial ausgehungert und gierte nach Bestätigung, nach dem Festival war er gesättigt, nicht nur fürs Erste, sondern auf Monate. Seine Reserven wollten aufgefüllt werden; er würde sich nicht von seinem schlechten Gewissen davon abhalten lassen.

Am Morgen ihrer Abreise nach Tiflis wurde Frida durch ein Flüstern geweckt (lautes Reden weckt für gewöhnlich niemanden auf). Pashas Stimme drang aus der Küche. *Nu, nu*, sagte er ins Telefon. Findest du das nicht ein wenig voreilig? Als Frida mit den Füßen wackelte – sie lagen in der Küche –, beeilte er sich, das Gespräch zu beenden. Wenn du meinst ... Aber ich bitte dich, überlege es dir gut, schlaf noch einmal darüber ... Gut, nein, das werde ich nicht, auf Wiedersehen.

Eine Fliege beschleunigte auf der schlaglöchrigen Startbahn in Pashas Gesicht, pausierte noch einmal auf der Nasenspitze, hob ab und geriet in Turbulenzen. Frida öffnete den Kühlschrank und betrachtete den Inhalt, als wäre es eine künstlerische Komposition. Sie schützte vor, zu kauen und zu schlucken. Sie wischte sich die Hände an den Shorts ab und warf einen Blick aus dem Fenster. Der dämmrige Hinterhof erinnerte an das Innere des Kühlschranks.

Die Hochzeit ist abgesagt, sagte Pasha.

Frida schüttelte den Kopf.

Sanja und seine Freundin haben sich gestritten. Sie sind zu dem Schluss gekommen, dass sie lieber nicht heiraten sollten.

Ich dachte, sie ist schwanger?, sagte Frida.

Pasha zuckte die Achseln. Ich glaube nicht, dass sie schwanger ist.

So einfach ist das?

Es ist so einfach oder so kompliziert, wie man es sich macht.

Wirklich?, dachte Frida. Wie schrecklich. Sie beschloss, diesen Satz zu verdrängen oder zur späteren Analyse aufzubewahren. Sie vermutete, dass er lediglich wahr *klang*. Weiß Sanja überhaupt, dass ich hier bin?

Diese Frage schien Pasha aus tiefen Gedanken zu reißen. Sie hatte eine unaussprechlich ernste Überlegung unterbrochen, zu einem ganz anderen Thema. Aber war es denn möglich, dass jemand immerzu über das Wesen der Existenz nachgrübelte, und falls ja, war das nicht eine Art Störung? Als Antwort auf Fridas Frage nickte er traurig. Sanja weiß Bescheid. Er will dir die Stadt zeigen, das Nachtleben von Arkadia. Sein Jagdrevier, wie die Amerikantsi sagen würden.

Jetzt sofort?, fragte sie erschrocken.

Pasha war belustigt. Setz dich und iss. Morgen Abend.

Sollte Frida dafür dankbar sein? Sollte es die Tatsache wiedergutmachen, dass man ihr den Grund für ihren Besuch soeben unterm Hintern weggezogen hatte? Das Angebot, ihr Arkadia zu zeigen, setzte eine gewisse Willenlosigkeit ihrerseits voraus. Und leider sorgte es für einen Hauch von Vorfreude, eine naturgemäß feige Regung. Sie behinderte, nein, sie zerstörte den Zorn, der sich gerade hatte bilden wollen. Sanja wollte ihr das Nachtleben zeigen – und sie wollte es unbedingt sehen. Wo sonst könnte sie ihrem zukünftigen Ehemann aus Versehen auf die Füße treten? Dass all ihre Vorstöße ins New Yorker Nachtleben in einer stillen Katastrophe geendet waren und die Vermutung nahelegten, dass sie chronisch unfähig war, sich zu entspannen oder Spaß zu haben, war egal. Wenn sie Sanjas Einladung kategorisch ablehnte, würde sie nur sich selbst schaden.

Sollte sie nicht vielmehr versuchen, sich in ihn hineinzuversetzen? Sicher war ihr Cousin bloßgestellt, am Boden zerstört vor Kummer und Scham. Er hatte geglaubt, eine Lebenspartnerin gefunden zu haben – keine leichte Aufgabe in Odessa. Die Frauen sahen atemberaubend aus, sicher, und sie wussten sich zu amüsieren, aber gute Lebenspartnerinnen gaben sie nicht ab. Und sie waren auch nicht an Männern interessiert, die keine Jacht und keinen ausländischen Pass besaßen (am besten war beides). Wenn sie sich doch einmal auf einen Mann einließen, nahmen ihre Körper die Kapitulation intuitiv wahr. Die verrückte biologische Kraft, die das Gewebe fest, stramm und konturiert gehalten hatte, verpuffte, und bald darauf fing alles an, zu erschlaffen, zu hängen und sich auszudehnen.

Sanja war sicher sehr glücklich gewesen, eine passende Braut gefunden zu haben, und nun erlebte er eine gewaltige Enttäuschung. Abgesehen davon war ihm bewusst, dass Frida extra für seine Hochzeit eingeflogen war. Sie so kurzfristig abzusagen war mehr als unangenehm. Nun wurde ihr auch klar, warum Sanja die ganze Woche lang keine Anstrengung unternommen hatte, sie zu sehen. Er durchlitt eine sehr schmerzvolle Zeit.

Hat er gesagt, wann?

Er hat gesagt, er würde mindestens eine Stunde vorher anrufen, damit du dich fertig machen kannst.

Am frühen Nachmittag wankte Sweta in ihrem klebrigen durchgeschwitzten Nachthemd aus dem Schlafzimmer. Sie sah aus, als hätte sie gerade erst ihr Bewusstsein wiedererlangt, nachdem man ihr einen Schlag mit der Bratpfanne verpasst hatte, was die Wirkung ihres Tablettencocktails vermutlich einigermaßen treffend beschrieb. Pasha hatte das Frühstück auf dem Silbertablett vergessen, anscheinend kein Luxus, der schmerzlich vermisst wurde. Sweta stieß gegen das Schränkchen im Flur, das Telefon fiel krachend zu Boden und zerlegte sich in Plastikteile und Batterien, was ihr jedoch entging. Sie drückte die Handballen gegen den schmerzenden Hüftknochen, krümmte winselnd den Rücken und tastete sich weiter in die Küche vor. Unterwegs fand sie eine Kiwi. Sie aß die Frucht wie ein hartgekochtes Ei, zog die Schale zur Hälfte herunter und stieß einen rostigen Teelöffel ins Fruchtfleisch. Ihr Kaffeebecher war inzwischen gefüllt, Pasha schob den Henkel über ihre Finger. Sie trank den Kaffee in einem einzigen Zug. Ihr leerer Blick füllte sich. Ihre

Hände wanderten zu ihrem Kopf, stellten fest, dass ihr Haar zurückgebunden und das Ohr entblößt war. Frida saß am Tisch und gab vor, in einem schwarz-weißen Etwas mit variierenden Schriftarten und eingestreuten Bildern zu lesen. Sweta wollte aufspringen und aus der Küche laufen, um ihre Ehre zu retten, merkte dann aber, dass so wenig verbliebene Ehre den Aufwand nicht lohnte. Seufzend schlug sie den Teelöffel gegen den Becherrand, sie brauchte mehr Kaffee.

Und plötzlich, der Becher war noch nicht ganz gefüllt, sprang Sweta doch auf und rannte hinaus. Unser Flug! Unser Flug! Er ging am Nachmittag, in wenigen Stunden, und sie hatten noch nicht einmal gepackt, und Volk konnte sie nicht fahren, und sie würden den Flug auf jeden Fall verpassen. Es war keine Überraschung: Panische Aufbrüche waren ganz ihr Stil. Niemand aus Fridas Familie war in der Lage gewesen, einen Partner zu finden, der mit Würde und Anmut reiste.

Pasha folgte dem Schubladenknallen, Reißverschlussratschen und wahnhaften Wühlen. Dass er nicht selbst gepackt oder die Fahrt zum Flughafen organisiert oder einfach nur Sweta rechtzeitig geweckt hatte, damit sie das alles erledigen konnte, ohne einen Herzinfarkt zu erleiden, wurde von niemandem ausgesprochen, ja anscheinend nicht einmal gedacht. Außer von Frida, die sich daran erinnern musste, dass sie das alles nichts anging und sie sich raushalten sollte. Aber wie denn? Sie wusste nichts mit sich anzufangen und fand sich vor dem Bücherregal im Flur wieder. Fast hätte sie einen von Pashas Gedichtbänden herausgezogen, griff dann aber zu einer kleinen Plastik, einer Schildkröte mit Weltkugeltumor auf dem Rückenpanzer. Nebenan versuchte Pasha, Sweta mit der guten Nachricht zu trösten, dass sie einen Grund weniger zur Sorge hätten. Sie hatten sich große Umstände erspart. Sweta wurde neugierig (das Ratschen und Wühlen ließ kurzzeitig nach). Pasha erklärte ihr, es sei nun nicht mehr nötig, den Rückflug umzubuchen – die Hochzeit war abgesagt! Sweta ließ die Verpackung, in der ihr diese Nachricht überreicht wurde, fallen. *Chto*, sagte sie, und mit diesem *Was* entblößte sie die Nachricht samt all ihrer Bedeutung. Sie hatte dabei auch an Frida gedacht, aber dann war die Schlafzimmertür plötzlich geschlossen und nichts weiter zu hören.

Als sie das Schlafzimmer eine Stunde später verließen, sahen sie aus wie die Mitglieder einer ländlichen, die Vielweiberei propagierenden Sekte. Zwei Koffer und drei ausgebeulte Seesäcke zogen sie hinter sich her. Das Schlafzimmer, den größten Koffer, mussten sie leider zurücklassen. Die Szene erinnerte an ein Pogrom. Sweta, die sich fragte, wie förmlich der Abschied ausfallen sollte, wollte gerade etwas Nettes, von Herzen Gemeintes sagen, als jemand vor dem Haus dreimal hupte. Noch aufgeschreckter als sonst lief sie an die Tür. Draußen parkte die glamouröse Ada – meistens zum Fremdschämen, in Notfällen wie diesem vom Himmel gesandt. Sie sprang aus dem bebenden Cabrio, um mit dem Gepäck zu helfen, was ihr trotz der überkniehohen Lederstiefel mit Zwölf-Zentimeter-Absatz – der Jahreszeit angemessen, da mit Lüftungsschlitzen versehen – erstaunlich mühelos gelang. Noch während Ada sich herunterbeugte, um Pasha einen Knutscher auf die Wange zu drücken, schlug Frida die Haustür zu. Endlich allein!

Das *Vrooom* des Cabrios war noch nicht ganz verhallt, als sich ein Schlüssel im Schloss drehte. Was habt ihr vergessen?, rief Frida, doch herein kam Swetas Halbbruder Volk, gefolgt von einer zittrigen Miniaturfrau und mehreren Kindern. Fridas Mimik war verräterisch.

Sie haben dir nichts gesagt?, fragte Volk.

In diesem Haushalt findet grundsätzlich keine Kommunikation statt, sagte Frida.

Wir bleiben für eine Woche.

Die Familie hatte ihr Zuhause am Stadtrand verlassen, um das Zentrum zu besuchen und in Pashas und Swetas fensterlosem Schlafzimmer zu wohnen – auch eine Art von Urlaub. Das Zimmer, das Sweta in einer Stunde verwüstet hatte, räumte Volks Ehefrau in drei wieder auf; ein Verhältnis, das wahrscheinlich auf vieles im Leben zutraf. Die Kinder waberten als vieltönende Ellenbogenwolke durch die Wohnung. Sie hielten sich die meiste Zeit im Hof auf, kamen aber gelegentlich hereingehuscht. Die Frau barg einen gefrorenen Fleischklumpen aus dem Gefrierschrank und machte sich daran, ihn an der Tischkante zu zerbrechen. Frida musste den Tatsachen ins Auge sehen, ihre Lage hatte sich in rasendem Tempo verschlechtert.

VIERZEHN

Volks Frau war mit einer Nase ausgestattet, um faul riechende Dinge und Ereignisse zu beschnuppern. Vor Monaten schon hatten sie den Stadturlaub geplant, gleich nachdem sie erfahren hatten, dass Pasha und Sweta zu irgendeinem Schriftstellerkongress nach Georgien reisen würden. Sweta hatte ihrem Bruder stolz davon erzählt. Als Volk sich, vor einem dampfenden Berg aus Buchweizen sitzend, über das Jetset-Leben seiner Schwester lustig gemacht hatte, war seine geistesgegenwärtige Frau auf eine Idee gekommen: Volki, du weißt, was das bedeutet, oder? Volki wusste es nicht, wie meistens. Stadturlaub natürlich! Die Frau war das Mastermind, Volk setzte ihre Pläne um. Man hatte ihnen eine leere Wohnung versprochen, doch bekommen hatten sie Pashas amerikanische Nichte Frida, die die meiste Zeit reglos im Wohnzimmer herumsaß. Die Ehefrau hatte den Verdacht, dass das Mädchen absichtlich in der Wohnung platziert worden war, um zu verhindern, dass sie Gott weiß was dort anstellten; und wenn sie es doch taten, würde die Nichte petzen, und dann könnten sie sich zukünftige Stadturlaube abschminken.

Die Frau ging von der Küche ins Bad, weil dieser Weg

sie an Fridas Posten vorbeiführte. Nach einem gründlichen Blick setzte sie sich auf die Toilette und dachte nach. Frida sah nicht wie eine Spionin aus. Doch sobald die Frau wieder in der Küche stand, holte der Verdacht sie ein. Sie trug eine Vase mit verblühten Nelken und der dazugehörigen Fruchtfliegenwolke ins Wohnzimmer, um sie auf dem ohnehin voll beladenen Sofatisch abzustellen. Fridas Blick wanderte zwischen der Frau und der Vase hin und her. Danke, murmelte sie. Die Frau sah das Fotoalbum auf Fridas Schoß und ging zufrieden hinaus. Aber irgendetwas störte sie immer noch.

Im Laufe des Vormittags bedachte man Frida mit vertrockneten Blumen, frischen Handtüchern und vielen misstrauischen Blicken, begleitet von minimalen sprachlichen Äußerungen. Die Frau schien eine Betriebsstörung zu haben, denn sie kam herein, starrte Frida an und lief wieder hinaus. Eine Minute später kehrte sie gefasster zurück und wollte wissen, ob Frida schon sehr hungrig sei. Frida schüttelte den Kopf, eigentlich eine universelle, unmissverständliche Geste, doch kurz darauf stand ein Teller Pilaw auf ihren Knien. Die Frau täuschte eine Bewegung in Richtung Tür an und ließ sich dann blitzschnell aufs Sofa fallen.

Die Fernbedienung lag ganz in der Nähe, aber die Arme der Frau waren sehr kurz. Sie kam nicht ran. Frida war fest entschlossen, nicht zu helfen. Die Frau war ebenso fest entschlossen, ihre Hilfsbedürftigkeit zu beweisen, stöhnte und grunzte, während sie sich vergeblich reckte. Frida weigerte sich, in dieses lächerliche Schauspiel hineingezogen zu werden, und die Frau weigerte sich, aufzustehen oder auch nur an die Sofakante zu rücken, um das blöde Plastikteil vom Tisch zu nehmen. Nach mehreren ergebnislosen Versuchen seufzte sie resigniert und ließ sich zurücksinken. Zu einem fernsehfreien Leben verdammt. Wie schrecklich. Was war trauriger als eine Frau auf einem Sofa, der jegliche Unterhaltung verwehrt wurde? Ihren Blick konnte sie ja leider nicht abschalten. Er heftete sich an die Wände, gerammelt voll mit Ikonen der Heiligen Jungfrau. Wenn die Ikonen sie zu verhexen drohten, schwebte auch Frida in Gefahr. Hastig griff sie nach der Fernbedienung und warf sie der Frau zu, die nur ein kleines bisschen enttäuscht darüber war, sie nicht früher bekommen zu haben.

Zwei Frauen saßen einander in einer heimeligen Küche gegenüber, die schwabbeligen Unterarme auf eine gehäkelte Tischdecke gelegt, zwischen sich – in idealem Abstand – ein wunderhübsches blaues Teeservice. Die Tassen waren zu klein, um eine sinnvolle Menge Flüssigkeit zu fassen, und erfüllten vielmehr die noble Aufgabe, eine ferne Epoche heraufzubeschwören, als die Objekte noch einen Wert hatten. Die beiden üppigen Damen wollten lästern. Sie legten das Kinn auf die Brust, senkten verschlagen die Lider und warfen mit Namen um sich, die in diesem Land mit fünfzig Millionen Einwohnern nur Frida nichts sagten. Sobald ein Name fiel, verwandelte sich sein unglücklicher Träger in einen unsichtbaren Patienten, der zwischen dem feinen Porzellan auf den Tisch gelegt wurde; die Sezierung konnte beginnen, und sie war nicht beendet, bis der Kern des Übels freigelegt war. Je vornehmer das Exemplar, desto tiefer musste man bohren. Mehr schien die Sendung nicht zu bieten. Die Werbeunterbrechungen waren selten, aber aussagekräftig.

Frida versuchte, woanders hinzuschauen; der Fernseher gehörte jetzt der Frau, und Frida hatte nicht die Absicht, irgendwelche Gemeinsamkeiten entstehen zu lassen. Ganz offensichtlich war dieser Bildschirm eine Falle. Frida senkte den Blick auf das schwere Fotoalbum auf ihrem Schoß und schlug es an einer beliebigen Stelle auf. Sie befand sich irgendwo am Anfang – jener rätselhafteste Teil eines jeden guten Familienalbums, wo die Identifikation der abgebildeten Verwandten eine besondere Herausforderung darstellt. Pasha trieb das Versteckspiel auf die Spitze. Die meisten Fotoalben beginnen mit den Großeltern und enden in der Gegenwart oder der jüngeren Vergangenheit, mit erwachsenen Kindern oder Enkeln, aber Pashas Album endete mit den Großeltern und begann mit fremdartigen Porträts.

Hier war das Foto eines Mannes, das jedoch kein bisschen wie ein Foto wirkte, so wenig wie der Mann einem Mann ähnelte. Das Bild sah aus, als hätte man mit einem weichen Bleistift den Schatten eines Geistes in einen blinden Spiegel gezeichnet, das Ganze mit dem harten rosa Radiergummiknopf am Stiftende verwischt und schließlich in der urinfeuchten Erde des Hinterhofs vergraben, bis Pasha es eines Tages ausgegraben und, ohne sich die Mühe gemacht zu haben, es vorher zu säubern, in dieses Album geklebt hatte. Der Mann war ultratot, und alle Menschen, die je seinen Hinterkopf gesehen oder seine Stimme gehört hatten, waren ebenfalls tot. Frida empfand die Wurzeln der Vergangenheit als gekappt, wenn sie in sein Gesicht blickte. Oder zumindest wenn sie es versuchte, vergeblich, denn nie entstand ein zusammenhängendes Bild. Es gab keinen Mann zu sehen.

Das ist ein hübsches Oberteil, sagte die Frau.

Wenn Frida angesprochen wurde, hob sie den Kopf. Eine schlechte Angewohnheit. Die Frau bemerkte Fridas Verwirrung und fasste sich an den Kragen, um zu zeigen, wovon sie sprach. Dein Oberteil, wiederholte sie, ist hübsch.

Frida schaute hinab auf ihr graues langärmeliges Baumwollshirt, in dem sie geschlafen und offensichtlich auch gegessen hatte. Vom letzten Imbiss waren sogar noch ein paar Krümel übrig. Die Röte stieg Frida ins Gesicht.

Ist das ein typisch amerikanisches Oberteil?, fragte die Frau. Weil Frida wieder verwirrt aussah, fügte sie hinzu: Tragen alle jungen Frauen in den Vereinigten Staaten solche Oberteile?

Ja, sagte Frida, dann schüttelte sie den Kopf: Nein. Sie tragen alles Mögliche, sagte sie, die Auswahl ist unendlich. Es gibt kein typisches Oberteil. Deswegen ist Amerika als Land der unbegrenzten Möglichkeiten bekannt. Frida wusste selbst nicht, warum sie in diesem Ton mit der Frau sprach oder ob sie es ironisch meinte.

Und ihr habt Baby Einstein, sagte die Frau.

Jawohl, sagte Frida in der Hoffnung, dass die Sache damit erledigt wäre und sie von dem Wahnsinn verschont bliebe, der hier zweifellos unter der Oberfläche gärte.

Hier könnte niemand so etwas erfinden, sagte die Frau. Und weißt du, man sieht es unserer Jugend an. Wilde! Dummköpfe, schlechte Lügner und Diebe! Wenn Volki oder ich hören, dass wir Besuch aus dem Ausland bekommen, bitten wir nicht um Jeansjacken oder Klimaanlagen, nicht mal um schicke Handys. Wir wünschen uns nichts als Baby Einstein. Die Frau hielt inne und bedachte Frida mit einem eindringlichen Blick. Als wir hörten, dass du kommst, haben wir Pawel Robertowitsch gebeten, dir auszurichten, dass du uns etwas von Baby Einstein mitbringen sollst. Es gibt immer neue Produkte, weißt du.

Frida sah nachdenklich zur Decke, als könnte ihr jeden Augenblick wieder einfallen, dass sie bergeweise Baby-Einstein-Artikel aus den Staaten im Gepäck hatte. Die Frau las Fridas Gedanken und richtete ihre Aufmerksamkeit auf den prallgefüllten Koffer, der mitten im Zimmer stand (immer noch nicht ausgepackt, ein paar Ärmel ragten heraus wie Gedärm aus dem geplatzten Unterleib). Die Hoffnung konnte einmal tief durchatmen.

Das hätte ich gern getan, aber Pasha hat nichts gesagt.

Die Aufmerksamkeit der Frau haftete weiterhin auf dem Koffer. Er hat nichts gesagt?, wiederholte sie. Anscheinend verarbeitete sie die Enttäuschung häppchenweise.

Kein Wort, sagte Frida.

Nun, Pawel Robertowitsch ist ein vielbeschäftigter Mann. Er muss an Wichtigeres denken. Wer sind wir schon?

Pasha ist ein wenig zerstreut, sagte Frida. Darüber sind sich alle einig. Wenn Sie etwas von ihm wollen, müssen Sie möglichst oft nachbohren.

Wir haben bei beiden gebohrt, und nicht nur einmal. Volki und ich sind zurückhaltende Menschen, wir drängen uns niemandem auf. Aber wenn es um Baby Einstein geht, springen wir über unseren Schatten. Und sie haben wirklich nie etwas gesagt?

Frida schüttelte den Kopf, spürte den Stimmungsabfall. Ein schlechtes Zeichen. Wenn ich es gewusst hätte, sagte sie, hätte ich Ihnen natürlich etwas mitgebracht. Und nächstes Mal …

Dann hast du nichts für uns?

Nein, sagte Frida.

Die Frau zeigte sich nicht bestürzt. Ein weiteres schlechtes Zeichen. Sie blieb nicht deswegen so ruhig, weil sie eine vernünftige Erwachsene gewesen wäre, die mit Enttäuschungen umgehen konnte, sondern weil sie es immer noch nicht ganz fassen oder glauben konnte.

Die Tür flog auf, und ein Junge stürzte herein. Seine entzündeten Knie flogen durch die Luft wie rosa Grapefruits, seine Hände zu Fäusten geballt. Er kreischte, aber das Geräusch schien direkt aus seinen Gelenken zu kommen. Andere Jungen folgten, sie hatten es auf den ersten Jungen abgesehen und kreischten ihrerseits, auf unterschiedlichen Frequenzen. Kleine Einsteins in der Entwicklung. Der letzte Junge, dicklich und asthmatisch, wahrscheinlich hatte er irgendwo am Körper einen Hautausschlag, stolperte über Fridas Füße und segelte durch die Luft, mit ausgestreckten Stummelarmen flog er am Sofa vorbei und landete mit voller Wucht in der Pendeluhr. Das vermischte Wehklagen von Kind und Uhr löste etwas in Frida aus.

Sie floh durch den Hinterhof und legte mehrere Blocks in großer Hast zurück. Sie eilte blindlings weiter, bemüht, den größtmöglichen Abstand zur Wohnung zu gewinnen, zu den Ikonen und Uhren, Volki und seiner Frau und dem geliebten Stadturlaub, wie sie ihn nannten, ohne die Zeit zu nutzen und die Stadt tatsächlich zu erkunden.

Aber das sagte die Richtige. Frida hatte es bislang nicht einmal geschafft, den Sechshundert-Meter-Radius des ersten und einzigen Ausflugs mit Pasha und Sweta zu verlassen. Sie hielt sich sogar an dieselben Straßenseiten, benutzte dieselben Zebrastreifen und ging immer zwischen denselben Kolonnadensäulen mit der abgeblätterten Farbe hindurch, wobei sie sich ihres Mangels an Flexibilität durchaus bewusst war.

Die Leute auf den Bänken am Sobornajaplatz waren uralt. Unmöglich, sich vorzustellen, sie würden jemals nach Hause gehen. Dass die Stadt eine Vorliebe für sitzende Statuen hatte, machte es nicht einfacher. Leonid Utjossow sonnte sich neben einer alten Dame, die gegen einen kräftigen Bronzearm um ihre gebrechlichen Schultern gar nichts einzuwenden hatte.

Als Frida die Preobraschenskaja an einer tosenden Kreuzung überquerte, schlug ihr die brüllende Hitze der drängelnden öffentlichen Minibusse entgegen. Hustend lief sie die Umzäunung des Stadtgartens entlang. Geh hinein, befahl eine innere Stimme. Genieße dein Leben – entdecke Neues! Doch das Unterholz war zu dicht, die Bäume sperrten zu viel Tageslicht aus. Hatte man sie nicht vor diesem Park gewarnt? Unter keinen Umständen sollte sie sich dem Stadtgarten nähern! Oder hatten sie vom Schewtschenko-Park gesprochen? Der eine war ein idyllischer Garten, der ideale Ort für einen Spaziergang an einem warmen Sommertag wie heute, der andere Schauplatz grausiger Morde und ständiger Raubüberfälle, an dem jede Bewohnerin der Ukraine mindestens einmal brutal vergewaltigt worden war.

Die Teschinbrücke wurde auch Schwiegermutterbrücke

genannt. Fürst Woronzow hatte sie erbauen lassen, nachdem er seine Schwiegermutter in einem Haus auf der anderen Seite des heute nicht mehr existierenden Flusses untergebracht hatte. In den letzten Jahrzehnten war es für Frischverheiratete zu einer Tradition geworden, ein Vorhängeschloss dort anzubringen. Swetas Zwitschern, Pashas Rabbinerprofil. Amüsierten sie sich gut in Tiflis? Waren sie wenigstens ein kleines bisschen besorgt und von Schuldgefühlen zerfressen, weil sie Frida in einer fremden Stadt mit ihr fremden Leuten zurückgelassen hatten?

Zwei Wachmänner verscheuchten sie mit finsteren Mienen von einer Synagoge, die, so ließ ein kurzer Blick hinein vermuten, entweder frisch gestrichen oder lange nicht besucht worden war. Ihr den Rücken zu kehren war, wie einer zickigen Freundin aus dem Weg zu gehen, die ein Einzelkind und von klein auf verwöhnt worden war. Das Kopfsteinpflaster portionierte den Atem. Vorbei ging es am Opernhaus, ein riesiger Windbeutel, und dem unbegrünten Literaturmuseum, weiter über eine malerische, urinbesprenkelte Treppe in eine schmale Gasse hinunter, die an einer Klippe endete.

Eine Gruppe von Bauarbeitern machte gerade Mittagspause. Frida sehnte sich danach, von ihren lüsternen Blicken angewidert zu sein, doch die Männer waren zu sehr mit ihren Pausenbroten beschäftigt. Sie näherte sich und stellte eine Frage. Ein hagerer Junge erklärte ihr den kürzesten Weg, während er den Deckel von einer Zwei-Liter-Plastikflasche Bier drehte. Zu seinen Füßen lagen mehrere leere Flaschen mit Schaum in den Hälsen. Seine Augen waren auf eine unheimliche Art wunderschön, wie giftige Sonnen über einem verseuchten Meer.

Sie erkannte kaum etwas wieder. War alles kleiner, als sie es in Erinnerung hatte, oder hätte es von vornherein größer sein müssen? War der schmale Schotterweg weniger beeindruckend und verschlungen oder mehr? Sobald sie sich endlich an ihre Pflicht erinnerte, derlei Beobachtungen zu machen, war das Fenster schon wieder geschlossen. Größe war nicht mehr relativ oder von Bedeutung, sondern eine unumstößliche Tatsache mit feststehendem Nennwert. Die Skyline war ausgefranst, alle Bauprojekte gestoppt. Ein Motor röhrte, aus dem Auspuff drang der Geruch von Schaschlik. Das verrostete Tor trug einen struppigen Efeumantel. Frida ging auf alle viere und presste eine Wange auf den Boden, um einen Blick durch den Spalt unter dem Tor zu werfen. Kein Lebenszeichen.

Als sie Dreck ausspuckte, wurde ihr auf einmal klar, wie lächerlich dieser Ausflug war. Es war, als nähme sie Anweisungen von einem Scharlatan hinter den Kulissen entgegen, der ahnungslose junge Menschen auf sinnlose Missionen schickte, von denen sie mit leeren Händen zurückkehrten und noch demoralisierter als zuvor. Trotzdem glaubten sie, ihr eifriges Zappeln und Strampeln hätte zu einem Ergebnis geführt, zu groß, um es zu begreifen. Frida klappte zusammen und rollte sich zu einer Kugel ein. Denk nach, flehte sie sich an. Überleg dir einen Plan! Aber sie war müde, auf eine bisher ungekannte Weise. Die Nuancen der Erschöpfung waren unendlich. Oder fielen sie alle in ein und dieselbe Rubrik des Selbstmitleids? Linderung kroch in Form eines Schattens heran. Die Sonne strahlte aus einem garstigen Nachmittagswinkel.

Der Schatten hatte eine Stimme – tief, volltönend, rau.

Verschwinde von meiner Datsche, sagte sie. Such dir einen anderen Platz zum Schlafen! Ganz recht gehört, junge Dame. Kusch!

Frida hob den Kopf und wurde sofort wiedererkannt. Sie hatte die Bestätigung dringend gebraucht. Und nicht nur dass man wusste, wer sie war, ihre Anwesenheit schien die Stimmung zu heben, gar für Jubel zu sorgen – sie wurde als wunderbare Überraschung empfunden. Die stämmige und doch furchtsame, gelblich graue Frau über Fridas Kopf schnappte nach Luft und rief: Frida, du bist es! Ich kann es nicht glauben! Mein Gott, lass dich ansehen! Sie stieß noch viele weitere, ähnlich wohltuende Platituden aus, die manchmal einfach die einzige angemessene Reaktion waren. Die aufgedunsene Dame war Nadia, doch noch bevor dieser Wissensblitz einschlagen konnte, spürte Frida ihrerseits eine große Freude und wurde von dem Wunsch überwältigt, ihre Nase in der dunklen, schweißglänzenden Falte der Frau zu vergraben.

Bosche moi, bosche moi (mein Gott, mein Gott), sagte Nadia immer wieder, als wäre Frida der willkommenste aller Gäste, eine ganz besondere Besucherin. Wahrscheinlich fielen hier alle Besucher in dieselbe Kategorie. Die Einsamkeit sprach Nadia aus dem Gesicht. Die goldenen Spulen aus Sonnenlicht hätten einen Leichnam wiederbelebt, aber gegen Nadias Kanalisationsblässe konnten sie nichts ausrichten. Falls sie das Leben in totaler Einsamkeit je aufgeben wollte, würde sie ein ganz neues Gesicht brauchen. Sie bückte sich und half Frida auf. Fridas gedankliche Abwehr stand Nadias physischer Anstrengung in nichts nach. Komm herein, sagte Nadia und wühlte in ihrer Tasche nach dem Schlüssel. Sie beugte sich über das riesige rostige Schloss und seufzte verzagt. Das Schloss widersetzte sich allen hektischen Versuchen und gab nicht nach. Nadia hielt inne, holte ein paarmal Luft, zog ein zerknittertes Taschentuch aus ihrem Kittel und tupfte sich die Stirn. Mit neuem Elan machte sie sich wieder ans Werk.

Frida sagte: Soll ich ...

Wir können drinnen reden, blaffte Nadia sie an und rüttelte heftig am Tor.

Ich kann ein andermal wiederkommen.

Unsinn! Das rußschwarze Metall knirschte. Das Schloss sprang auf und wurde entfernt. Nadia schob Frida vor sich hinein und schloss das Tor wieder.

Frida hatte mit fehlenden Gefühlen ihrerseits gerechnet, nicht mit einer fehlenden Datsche. Das Häuschen war abgerissen. Alles lag in Ruinen, als wäre ein Tornado darüber hinweggefegt. Das Auge nahm keine Einheit wahr – keine Datsche –, sondern einen Trümmerhaufen.

Hast du Hunger? Oder Durst? Erleichtert darüber, dass Frida weder das eine noch das andere hatte, erklärte Nadia, ihre Beine seien auch nicht mehr die besten.

Ruh dich aus, sagte Frida und legte den Rückwärtsgang ein.

Hör auf mit diesem Unsinn!, schrie Nadia. Als sie merkte, dass Frida erbleichte, fügte sie in sanfterem Ton hinzu: Eine alte Frau freut sich hin und wieder über Gesellschaft. Und es ist lange her, nicht wahr? Immerhin ist es deine Datsche. Tut mir leid, wenn es drinnen ein wenig dunkel ist. Im Augenblick haben wir keinen Strom.

Der Stromausfall war wenig überraschend, wohl aber die Existenz eines Drinnen. Wie konnte dieser Haufen aus

Brettern und Steinen ein Innenleben haben? Doch eines der hochkant positionierten Bretter entpuppte sich als Tür, durch die Nadias stämmige Gestalt knapp hindurchpasste. Drinnen war es eng, kahl und tatsächlich recht dunkel. Am Boden verteilt waren mehrere Matratzen, ohne Laken, dafür aber voller Jodflecken. Die hinterste Matratze lag auf einem Feldbett, und Nadia warf sich sogleich darauf.

Verzeih, es ist nicht gerade aufgeräumt, murmelte sie. Aber leider ist es nun mal so, dass ich von niemandem auf der Welt unterstützt werde. Meine Cousinen sind seit Tschernobyl sehr krank und kommen und gehen, wie es ihnen passt. Nadia lachte. Du hast wahrscheinlich keine Ahnung, wovon ich spreche. Tschernobyl war …

Ich weiß, was Tschernobyl war, sagte Frida gereizt und spürte im selben Augenblick eine furchtbare Angst, als wäre sie auf die Probe gestellt worden und durchgefallen, wie in einem Traum, in dem man Tschernobyl mit dem Brand in der Triangle Shirtwaist Factory oder dem Untergang der Titanic verwechselte.

Sie betrachten das hier als ihr kostenloses Kurhotel. Sie vertragen kein Licht, keine Wärme, keine Luftfeuchtigkeit, keine Federn, keine Zitrusfrüchte, keine Zugluft und nicht den zartesten Widerhall von Musik. Ich will ja nicht behaupten, ich würde strotzen vor Gesundheit, aber im Vergleich … Ich gebe mir wenigstens Mühe. Nur habe ich nicht so früh mit dir gerechnet. Ansonsten hätte ich etwas vorbereitet. Ich wollte bis zu deiner Ankunft mit der Renovierung fertig sein, das musst du mir glauben.

Nadia lag auf der Matratze, als hätte das Meer sie angespült, als sei es ihr rein körperlich nicht möglich, auch nur einen Finger zu krümmen, und ihre Stimme war das Ergebnis eines Regens und Raschelns irgendwo tief in ihrem gefühllosen Fleisch. Nun, sagte sie, erzähl mal, wie geht es deinen Eltern?

Frida wurde von feinst ausbalancierten Kräften in der Luft gehalten, schon die kleinste Taktlosigkeit ihrerseits würde sie aus dem Gleichgewicht bringen. Der winzigste Fehler, und sie würde auf eine der jodbefleckten Matratzen fallen, wo angeblich sonst die Cousinen dösten oder in der strahlenden Dunkelheit telepathisch kommunizierten. Was sollte sie tun? Sie holte tief Luft, ging in die Hocke und stützte sich mit beiden Händen auf die orangeroten eingebrannten Flecken. Ihre nackten Füße (sie musste ihre Schuhe in einem untypischen Anfall von Höflichkeit vor der Tür ausgezogen haben) standen bis zu den Knöcheln im Staub. Streifen aus Sonnenlicht unterteilten den Boden und wirkten wie eine gallertartige Substanz, an der Staubpartikel kleben blieben.

Meinen Eltern geht es gut. Sie lassen schön grüßen.

Deine Mutter war wie eine Schwester für mich, flüsterte Nadia. Und wie geht es Robert Grigoriewitsch?

Gut, sagte Frida. Er ist alt geworden.

Sind wir das nicht alle? Robert Grigoriewitsch ist ein außerordentlicher Mann, in jeder Hinsicht, aber die Zeit macht keine Ausnahmen. Nicht einmal Pasha bleibt von ihr verschont, obwohl ich vermute, dass er selbst es immer noch nicht recht glaubt. Aber lass uns von etwas weniger Unangenehmem reden. Ich hatte dich als kleinen dicken Kloß in Erinnerung, als fiesen kleinen dicken Kloß, der sich vorgenommen hatte, uns allen das Leben schwerzumachen. Und nun muss ich sehen, dass sich der

Kloß in eine junge Frau mit amerikanischem Akzent und interessantem Oberteil verwandelt hat! Ich muss schon zugeben, du siehst deinem Onkel wirklich sehr ähnlich. Aber schau dir nur an, was Pasha mir angetan hat! Wer hätte das geahnt? Wer hätte das je vorhergesagt? Und doch hat auf dieser Welt niemand auch nur eine Spur von Mitleid mit mir.

Nicht die Dunkelheit aufwühlen, dachte Frida. Stillhalten!

Nur du, sagte Nadia. Du hast Mitgefühl mit deiner armen Tante, nicht wahr?

Frida nickte.

Was die Renovierung betrifft, begann Nadia und ließ ihre Stimme um eine Oktave auf den weltweit geläufigen Verhandlungsbariton absinken, ich bin gerade dabei, die Datsche aufzuteilen. Der Teil, in dem wir uns gerade befinden, wird dir gehören, der andere mir. Alles wird so sein, wie es sein soll.

Oh, dachte Frida, dann handelt es sich also um eine Verbesserung. Sie hätte es wissen müssen. In ihrem Teil der Welt handelten die Menschen impulsiv, mit wenig oder ganz ohne Voraussicht, was sich in jedem Straßenblock zeigte. Falls sie einmal genug Geld in die Hände bekamen, um Schritt eins des großen Plans umzusetzen, machten sie sich, ohne zu zögern, ans Werk und vertrauten darauf, dass die sich hoffentlich einstellende Eigendynamik das Projekt zum Erfolg tragen würde. Wenn das Geld ausging, machte keiner sich die Mühe, die Baustelle aufzuräumen. In Brooklyn war Schaffenswut eine treibende Kraft, von der hier weniger zu bemerken war.

Eigentlich wollte ich mit dem Renovieren längst fertig sein, wenn du kommst, wiederholte Nadia, aber wer hätte gedacht, dass du so schnell bist? Ich hatte eher das Gegenteil erwartet. Ich dachte, ich hätte mindestens noch achtzehn Monate. Aber es ist besser so. In Wahrheit bin ich nämlich sehr schwach. Keine Seele, die mir helfen würde.

Was ist mit Sanja?

Ich habe einen Rat für dich: Überleg es dir zweimal, bevor du einen Sohn bekommst. Zuerst sieht es aus wie eine gute Idee, aber am Ende geht es immer schief. Wenn du dich nach Zuneigung, ein wenig Verständnis und Unterstützung im Alter sehnst, ist ein Sohn nicht die Lösung. Glaubst du, Sanja würde sich auch nur eine Stunde Zeit nehmen, um seine kranke Mutter zu besuchen, die ganz allein ist auf der Welt? Er ist mir keine Hilfe, nie gewesen. Aber wer braucht ihn schon? Du wirkst recht kräftig. Ich habe einen Blick für gute Esser. Wie du siehst, mangelt es hier nicht an Betten. Such dir eins aus, dann hole ich dir ein sauberes Laken.

Das ist sehr nett, murmelte Frida, aber ich möchte dir keine Umstände machen.

Pah! Welche Umstände sollten das sein?

Die Matratze an der Tür war relativ sauber. Sie war noch durchgelegener als die übrigen, als wäre ein Meteorit auf ihr gelandet, vor vielen Millionen Jahren. Dann wiederum konnte man nicht alles haben. Das Angebot war in vielerlei Hinsicht ein Geschenk Gottes. Es war Frida unvorstellbar, noch einen Tag mit Volk und seiner Familie zusammenzuwohnen. Genauso unvorstellbar war eine Rückkehr nach Brooklyn oder ein weiteres Jahr an der Uni, wo sie schon in zwei Wochen wieder über den Außerirdischencampus schlafwandeln, schnarchend in Amphitheatervorlesungen sitzen und sich in Klokabinen einsperren müsste, derweil die anderen alles Mögliche mit ihren tollen Dozenten unternahmen, denen sie zum Beispiel quietschvergnügt während einer Punktion die Nadel reichen durften. Ihre Kommilitonen lernten vierzig Stunden am Stück für eine Klausur oder bereiteten sich schon aufs Erste Staatsexamen vor (Gespräche, die sie auf dem Toilettensitz klebend überhörte, kein Austausch mit befreundeten Leidensgenossinnen); sie ignorierte es achselzuckend und fand sich bei Tagesanbruch allein mit dem Zitronensäurezyklus und einem Haufen Aminosäuren oder Hirnnerven und dorsalen Beinfaszien in ihrem Kämmerlein wieder. Ein weiteres Jahr würde sie nicht ertragen. Aber bei Pasha und Sweta zu bleiben war keine Option – selbst wenn sie es gewollt hätte, würden die beiden es nie erlauben. Auf einmal fiel ihr die Veranda wieder ein, die keine mehr war – so eine Ungerechtigkeit konnte man einem Wort nicht antun. Die Fläche vor der Datsche war nur noch eine ramponierte Krippe unter einem rissigen Betonvordach, das sich bedrohlich neigte. Die Sturzbäche würden denjenigen, der darunter lag, genauso mit sich reißen wie die losen Holzbretter. Sie würde draußen an der frischen Luft schlafen, Stachelschweine zu ihren Füßen.

Wahrscheinlich würde sie eine zusätzliche Decke brauchen, denn nachts – man durfte sich vom Tageslicht nicht täuschen lassen – wurde es hier ziemlich frisch. Die Bettwäsche lag in einem Außenschrank schräg hinter der Datsche, gleich neben dem Plumpsklo. Sei so gut, sagte Nadia.

Das graustumpfe Licht war wie ein klebriges Netz, aus

dem es kein Entkommen gab. Es war ein ernüchterndes, neutralisierendes Licht. Schon sah das Tor, durch das sie hindurchgegangen waren, wie ein anderes Tor aus. Wie hatte sie es überhaupt geschafft, die Datsche wiederzuerkennen? Wenn sie sich umsah, war ihr alles fremd, sie hätte nicht einmal sagen können, aus welcher Richtung sie gekommen war. Aber sie wusste, wohin sie zu gehen hatte: zum Schrank. Sie schlug sich durch Gestrüpp und Zweige und staubtrockene Laubhaufen, unterwegs sah sie einen mit Klebeband ausgebesserten Gartenschlauch, der Galle spuckte, und wilde Himbeeren, die so rot waren wie das Blut, das zu verschütten sie bereit waren, um ihr Terrain weiter auszubreiten. Alles lag entweder im Sterben oder plante seine diabolische Vermehrung. Dies war ein echtes Stück Land mit stark belebender Wirkung. Laken und Kopfkissen zu besorgen war, wenn man dafür über bösartige Pflanzen steigen, an der fauligen Tür des Todesschrankes rütteln und geschmeidige Spinnen und bauschige Tausendfüßler in Ritzen und Spalten verschwinden sehen musste, kein simpler Auftrag, sondern die ultimative Charakterprüfung; indem sie die Prüfung bestand und mit Laken und Kissen zurückkehrte, fuhr sie einen Triumph von nicht geringer Bedeutung ein. Ab jetzt könnte sie alles schaffen! Bloß dass sie die Decke und die Handtücher vergessen hatte, und ein Kissenbezug wäre auch nicht schlecht.

Als Frida zurückkam, auf dem Arm mehr unpassend geschnittenes und steifes Leinen, als man sich nur wünschen konnte, war Nadia eingeschlafen. Frida sog Luft in ihre verknöcherte Lunge und hielt sie dort für eine beunruhigend lange Zeit gefangen. Wie erstarrt stand sie in dem muffigen Raum mit dem Klinikduft von getrockneter Spucke, voll beladen und unfähig, sich zu bewegen. Sollte sie die Bezüge ablegen, aber wohin, und was sollte sie dann tun?

Frida erinnerte sich daran, wie erfolgreich und entschlossen sie sich eben noch gefühlt hatte. Nun schmerzten ihre Arme, sie hustete ins Leinen. Auf einmal ging ihr ein Licht auf: Sie war hergekommen, um enttäuscht zu werden. Das war der wahre Grund ihres Besuchs. Sie musste enttäuscht werden, um weiterzukommen. Mehrmals im Leben brauchte der Mensch eine ordentliche Ernüchterung, und genau dazu war diese Reise gut – sie war eine krasse Enttäuschung, die wie ein Stromstoß die Elemente in Bewegung setzen und alle Aspekte ihres Lebens, die erschlafft waren und im Chaos stagnierten, wieder auf Linie bringen würde. Sie musste an die Lieblingsanekdote ihrer Mutter denken, die von der Frau, die zum Rabbiner geht und sich beschwert, das Leben mit ihrem schlampigen Ehemann und den weinenden Kindern in der winzigen Wohnung sei so schrecklich und die Nachbarn so furchtbar, dass man sich wünschte, obdachlos zu sein. Der Rabbiner rät der Frau, sich eine Ziege anzuschaffen. Die Frau tut wie befohlen und sucht den Rabbiner eine Woche später in einem noch schlimmeren Gemütszustand wieder auf: Die Ziege macht nichts als Dreck, sie frisst uns die Haare vom Kopf und stinkt und meckert die ganze Nacht, und da sagt der Rabbiner: Meine liebe Rivkele, meiner Meinung nach gibt es für dein Problem eine ganz einfache Lösung. Die Ziege muss weg!

Frida trug die Bettwäsche zum Schrank zurück und beschloss, das noch nicht dringend benötigte Plumpsklo zu meiden (eine Charakterprüfung am Tag war mehr als genug). Sie schlich auf Zehenspitzen an einem Baumstumpf vorbei, der noch die Würgemale der alten Hängematte trug, bis ans Tor, wo ihre Gebete erhört wurden – Nadias metallbiegende Finger hatten das Schloss tatsächlich zerbrochen. Traurig und schlaff hing es herab und schüchterte niemanden mehr ein. Die Flucht war so gut wie vollbracht, was sie plötzlich weniger erstrebenswert erscheinen ließ. Sicher war noch genug Zeit, ein Foto zu machen, bevor Nadia wieder aufwachte, zumindest in Gedanken (die Kamera der Eltern, Speicherkarte und Aufladekabel lagen im sockengepolsterten Herzen des vollgestopften Koffers, in dem Volks Frau gerade wühlte). Frida drehte sich um und wollte einen letzten Blick auf die Datsche werfen, doch schon fing alles an zu verrutschen und zu verschwimmen. Ihr Gedankenfoto würde hoffnungslos unterbelichtet sein, es würde in erster Linie nur Düsternis zeigen, eine körnige, konturenfreie Düsternis, die sich über die bunte, dreidimensionale Welt legte und sie zerstörte. Zum Glück würden ihre Eltern, passionierte Hobbyfotografen, das Ergebnis nie zu Gesicht bekommen und ihr also auch nicht vorwerfen können, sie habe die Verschlusszeit ihrer Netzhaut falsch eingestellt oder sie sei zu faul gewesen, ein paar Schritte nach links zu gehen, wo das natürliche Licht viel besser war.

Frida war blitzschnell verschwunden. Sie hatte keine andere Wahl und vertraute auf ihre Füße, sie dorthin zurückzubringen, wo sie aus der Straßenbahn gestiegen war. Rechts und links des schmalen Weges waren die Büsche wie elektrisch aufgeladen vom Zikadenzirpen, und Frida verfiel in einen Laufschritt, nicht zuletzt um dem panischen Summen zu entkommen. Sie bog um die Ecke und drückte sich selbst die Daumen, dass sie die staubige Gasse wiedergefunden hatte, die alle liebevoll die Niemandsgasse nannten und die auf die Straße mit den Tramgleisen führte. Doch stattdessen lief sie immer tiefer in ein Labyrinth aus noch engeren, noch unebeneren Schotterwegen hinein. In der Ferne wurde Hundegebell ausgeschlagen wie ein Brand. Das Geräusch von Hubschraubern zog ihren Blick in den Himmel. Hoch über ihrem Kopf sah sie nicht die schwarzen hantelförmigen Maschinen, die Präsidenten über die Gewässer von Brighton Beach beförderten, sondern – nichts. Der Himmel war ein brummender Generator mit blau-weißem Batikmuster, der sich warmlief und dann stockte, sich selbst verbrauchte und wirbelnd auflöste. Zur Orientierung trug er nichts bei. Durch ein Loch im Zaun sah sie nasse Kleidung auf einer Wäscheleine wild im Wind flappen. Der Kies knirschte unter ihren Sohlen, und der Schmerz schoss ihr in die Waden, denn diese breiten, geäderten Füße waren nackt – oh nein, wie hatte sie das vergessen können? Nadia würde nach dem Aufwachen Fridas ausgetretene Canvasschuhe vorfinden, aber keine Frida. Ein solcher Fehltritt konnte nur ein schlechtes Omen sein. Persönliche Gegenstände zurückzulassen war äußerst unklug; sicher war Nadia in Schwarzer Magie bewandert.

Und dann spürte Frida keinen Schotter, Beton und auch kein kühles, gekringeltes Unkraut mehr unter ihren Füßen, sondern Sand und grüne Scherben von kaputten Flaschen, die zu jedem Sand dazugehörten. Sie hatte das Schwarze Meer gefunden. Es war schön. Entweder war heute Samstag, oder die Gerüchte stimmten, und am Meer war jeder Tag ein Samstag. Die Leute waren zahlreich und laut, Federbälle teilten sich die Luftwege mit Libellen und leuchtend gelben Wespen, Bierdosen schwitzten im Griff sonnengebräunter Hände, pubertäre Jungs mit einwärts gewölbtem Solarplexus liefen herum und versuchten, Kunden für eine Tour auf dem Wasserfahrrad zu gewinnen. Ein selbstgefälliges *Hier lässt sich's leben* stand den Leuten auf die gut gelüftete Stirn geschrieben. Ein Mädchen in kobaltblauem Bikini biss in einen glänzenden Maiskolben, während eine alte Frau, humpelnd und um ein paar Hrywnja reicher, ihren Karren weiterzog. Das Mädchen spreizte den kleinen Finger ab, winzige Antenne zur Aussendung schwach weiblicher Signale. Sie hielt den Maiskolben an beiden Enden fest und beugte sich vor, damit verlorene Körner zwischen ihren ausgestreckten Beinen im Sand landeten, und dann machte sie sich sehr geschickt daran, den Kolben rotieren und den Unterkiefer auf- und zuklappen zu lassen.

Fridas Füße schmerzten. Sie stellte sich in die Ausläufer einer milchigen Welle und versuchte, etwas zu fühlen. Ihr wurde klar, dass sie das Plumpsklo besser benutzt hätte. Was vor zwanzig Minuten noch eine Erwägung gewesen war, hatte sich zur Notlage entwickelt. Sie könnte in eines der identisch aussehenden Cafés gehen, die den Strand säumten, aber im nächsten Moment fiel ihre Hose, und sie rannte los. Das Wasser reichte ihr bis an den Nacken, die Erleichterung ließ sich nicht in Millilitern messen.

Eine kindliche Macht überwältigte sie und zog sie zum Meeresboden hinunter, stellte sie auf den Kopf und ließ sie einen Handstand machen und Unterwasserpurzelbäume schlagen, als wäre sie in einer Waschmaschinentrommel gefangen, die sich unablässig drehte. Doch nur wenige Münzen waren in die Maschine eingeworfen worden, und nach einer Weile ließ die treibende Kraft nach. Frida planschte noch für ein paar Minuten herum, bis sie merkte, dass sich die Atmosphäre verändert hatte – es war dunkler geworden und still. Sie war gerade erst wieder aus den seltsam fischfreien Tiefen aufgetaucht und vermutete zunächst, das Meerwasser verschließe ihre Ohren. Sie schob eine runzlige Fingerspitze hinein und rüttelte. Kein Tropfen kam heraus. Es war eine bewegte Stille, die sie an das allnächtliche Flüstern und Schleichen im Flur vor ihrem Kinderzimmer erinnerte. Und diese Dunkelheit – war es plötzlich so spät geworden? Zog die Dämmerung so ungleichmäßig und so plötzlich auf, in so seltsamen Klumpen? Frida drehte sich zum Horizont und schaute instinktiv nach rechts, um das Pier und die sinkende Sonne zu sehen, doch da gab es nichts als noch dichter gepackte Atmosphäre.

Die trübe Suppe war unappetitlich. Marina behauptete gern, Odessa sei Brooklyn in nur einem Punkt unterlegen, der Strand verlaufe von Nord nach Süd anstatt von Ost nach West, was bedeutete, dass man, wenn man ordentlich braun werden wollte (und wer wollte das nicht?), am Ende des Tages nicht das herrliche Meer sah, sondern Mülltonnen, betrunkene Cafégäste und den Smog über der Stadt. Ach so. Doch selbst nachdem sie sich umgedreht hatte, konnte Frida die Sonne nicht entdecken; stattdessen musste sie feststellen, dass der Strand, eben noch von unterernährten und zwielichtigen Gestalten, von den Jungen und den Trägen, den Alten und den Muskelpaketen bevölkert, fast menschenleer war. Nichts als leere Tüten und zertrampelter Sand. Eine umgekippte Liege. Die wenigen Zurückgebliebenen stopften hastig ihre Habseligkeiten in riesige Strohtaschen, bevor sie davonflitzten. Allein der Anblick ihrer verbrannten Kniekehlen tat weh. Frida meinte zu sehen, wie ein o-beiniger Mann in die Hocke ging und sich ihre Sachen griff, einen flachen Haufen, der förmlich darum bettelte, gestohlen zu werden. Warten Sie!, rief Frida, junger Mann, warten Sie! Aber wieso hätte der Mann, der übrigens kein bisschen jung war, das tun sollen? Die O-Beine waren perfekt geeignet, um über die Buhnen zu steigen. Fridas Muskeln verwandelten sich in Blei. Auch der Himmel schien zu Blei geworden zu sein, er hing bedrückend tief und drohte jeden Augenblick einzustürzen. Fast erleichtert stelle Frida fest, wie schrecklich ihre Lage war, wie durch und durch grauenhaft. Niemand war in der Nähe. Die von den Metallwolken abprallenden Windstöße wirbelten vereinzelt Gegenstände in die Höhe. Vögel - winzige Möwen - flogen tief und schnell. Alles war verloren. Sie hörte ein Grollen, spürte einen Tropfen.

Es dauerte mehrere Minuten und war mehr als nur Regen. Dann rissen die Wolken auf, ein paar Sonnenstrahlen fielen auf die Erde, aber nur ganz schwache, immerhin war es schon spät.

Die Leute traten aus Cafés und Hauseingängen, sie krochen aus Schlaglöchern und Gräben und kehrten in Trauben an den Strand zurück. Die sind wohl aus Zucker, dachte Frida, verstecken sich vor so einem bisschen Regen! Die jungen Männer nutzten die kalte Brise aus und wickelten sich fürsorglich um alle nackten Schultern, die in der Nähe waren. Fridas Schultern zuckten in der Kälte, jedes Härchen aufgerichtet, und doch watete sie ohne Eile aus dem Wasser, bewegte sich absichtlich langsam, voller Angst vor der Entdeckung, die ihr am Strand bevorstand.

Sie hatte kein Geld (geklaut), aber sie hatte noch ihre Hose (weggeworfen), was nicht auf alle Mädchen zutraf, die in die Straßenbahn stiegen. Junge Frauen pendelten in dieser Stadt anscheinend kostenlos. Obwohl das Wort *pendeln* mit Pflicht, Routine und Langeweile assoziiert wird, schienen diese Frauen aus leichten Partikeln zu bestehen, die von einem Ort zum anderen schwebten (oder mit der Tram fuhren); kein Ort wurde je zweimal besucht, nicht zuletzt weil diese Frauen die Aufmerksamkeitsspanne einer Katze besaßen und ungefähr acht Minuten nach der Ankunft vergessen hatten, wo sie zugestiegen waren. Doch Frida benutzte nicht denselben Freifahrtschein wie sie. Sie wurden wegen ihrer wohlgeformten, gebräunten Beine mitgenommen, Frida aus Mitleid. Wobei der Straßenbahnfahrer in Wahrheit schon längst nicht mehr auf Beine achtete oder Mitleid empfand, er wollte einfach nur möglichst schnell Feierabend machen und sich um seine Brieftauben kümmern.

Die Ehefrau unterbrach ihre Tätigkeit (Kreuzworträtsel), um eine Nachricht zu überbringen. Sie wollte zufrieden erscheinen, war aber klatschnass geschwitzt. Die Stadt verlangte ihren Tribut, dabei hatte sie noch nicht einmal das Haus verlassen.

Eine Nachricht für mich?, fragte Frida besorgt. Vor ihrem geistigen Auge zogen in rascher Folge ein Atompilz, eine Szene aus *Terminator 2*, in der Kinder auf einem

Spielplatz pulverisiert werden, eine Flutwelle mit Krallen im Stil Hokusais, eine Massenkarambolage und ein einstürzender Wolkenkratzer vorbei. Plötzlich von furchtbarer Müdigkeit überfallen, wankte sie in die Küche, um sich hinzusetzen.

Der Blick der Frau wanderte zu Boden. Stopp!, schrie sie. Sieh mal, wie viel Dreck du hereinträgst! Wo sind deine Schuhe?

Noch bevor Frida das Wort *verloren* hauchen konnte, standen ihre Füße in einer Plastikwanne mit warmem Wasser. Ein stinkender Mopp zog konzentrische Kreise um sie herum.

Ja, sagte die Frau, eine Nachricht von Alexander Pawlowitsch.

Sanja war hier?

Am Telefon. Hat nach seinem Vater gefragt. In eurer Familie scheinen alle frühzeitig an Alzheimer zu erkranken. Mit dir wollte er auch sprechen.

Er hätte mich auf dem Handy anrufen können. Pasha hat ihm meine Nummer gegeben.

Er sagt, er hätte es versucht. Ein fremder Mann war dran und hat ihn beschimpft.

Das kann nicht sein, entgegnete Frida. Das Dominomuster der Tapete verschwamm, das Gesicht der Frau setzte sich neu zusammen wie bei Tetris. Auf einmal wurde Frida sich des ganzen Universums bewusst, in all seiner Fremdartigkeit und Unentrinnbarkeit. Man rennt in die eine Richtung, und da ist nichts als Universum, man macht kehrt – nichts als Universum. Als sie wieder zu sich kam, hielt die Frau sie am Ellenbogen fest. Frida wurde klar, dass sie, als sie nach dem Schwimmen in ihre Hose gestiegen war, das Handy nicht mehr in der Gesäßtasche gespürt hatte.

Die Frau, die plötzlich sehr große Zähne und hellbraune Augen mit samtigen Wimpern hatte, wollte keine Erklärung für den kleinen Ohnmachtsanfall hören, ganz im Gegenteil. Frida stand jetzt aufrecht und war gleichbleibend blass, woraus die Frau schloss, dass der Anfall vorüber war.

Wahrscheinlich wollte er nur sagen, wann er mich abholen wird, sagte Frida. Hat er eine Zeit genannt? Ich muss mich fertig machen! Was soll ich anziehen? Ich werde mich verspäten. Soll ich ihn irgendwo treffen, oder holt er mich ab?

Nichts davon, antwortete die Frau. Die Hochzeit findet statt. Das wollte er dir sagen. Also, wenn du mich fragst, ist dieses Hin und Her kein gutes Zeichen.

Sanja hatte sich mit Nadia versöhnt. Ja, sie hieß tatsächlich so wie seine Mutter, ein verstörender Zufall, der allerdings niemanden zu beunruhigen schien. Die freudige Nachricht hatte eine Schattenseite: Sanja würde Frida vor dem Ereignis am Sonntag nicht treffen können. Das Brautpaar war zu dem Schluss gekommen, dass ringsum zu viel Trubel herrschte. Um in der richtigen Stimmung ins Eheleben zu starten, brauchten sie etwas Zeit für sich allein, was in Odessa schlicht unmöglich war; zwar wirkte die Stadt auf eine Besucherin wie Frida groß, in Wahrheit aber war sie ein Dorf, und wenn man das Haus verließ, um Eier einzukaufen, dauerte es genau eine Dreiviertelstunde, bis Olga Nudnaja, die von Zigeunern abstammte und auf der anderen Seite der Stadt wohnte, anrief und fragte, was los sei, schließlich habe man dunkle Augenringe und trage dasselbe Hemd wie gestern. Abgesehen davon war Sanja hier so etwas wie ein Prominenter, er war nicht nur der Sohn seines Vaters, sondern hatte sich selbst einen Namen gemacht als Filmkünstler und Bonvivant. Die Nachricht von der Hochzeit würde sich schnell verbreiten. Sie würden für ein paar Tage nach Jalta reisen, um in der Krimsonne zu baden und den Geist der Tataren zu genießen und das Lammfleisch. Den Ausflug nach Arkadia würden sie ein andermal nachholen, Sanja würde sie ausführen, sobald er von der Hochzeitsreise zurück wäre, einer einmonatigen Tour über die griechischen Inseln.

Frida rief zu Hause an. Ihre Mutter meldete sich und klang gar nicht erfreut.

Ich freue mich sehr, sagte Marina, aber es ist Dienstag und vier Uhr morgens.

Machst du dir keine Sorgen um mich? Willst du gar nicht wissen, wie es mir geht?

Ich wollte dir Freiraum lassen ...

Nun, ich wurde ausgeraubt, falls es dich interessiert! Fridas Gesicht glühte, ihre Lippen waren verzerrt. In einer kurzen Schweigepause erhöhte sich der Druck in ihrem Kopf, stieg stetig weiter an, bis die Luft mit einem heiseren Krächzen aus ihr entwich, zusammen mit einer Flut aus Rotz und Tränen.

Buch dein Ticket um und komm sofort nach Hause, sagte ihre Mutter.

Frida winselte noch eine Weile, hielt dann plötzlich inne. Du hast mir nichts zu befehlen, sagte sie.

Was wurde gestohlen? Bist du verletzt?

Mein Handy und etwas Geld von dem fremden Mann.

Welcher fremde Mann? Fridatschka, komm nach Hause. Zieh die Klinge aus meinem Unterleib.

Frida keuchte resigniert. Mir geht es gut, Ma. Ehrlich gesagt ging es mir nie besser. Ich wollte mich nur mal melden. Ich muss jetzt auflegen.

Warte. Erzähl mir mehr! Warst du bei der Datsche? Was machen die Himbeeren –

Ich kann jetzt nicht reden. Ich muss jetzt weitermachen.

Weitermachen womit?

Angezogen in Pashas Badewanne zu sitzen. Frida streckte die Beine aus, legte sich zurück und blickte in einen flatterigen Baldachin aus Swetas hauchdünner Spitzenunterwäsche hinauf, die zum Trocknen aufgehängt worden war. Pasha war ein sinnlicher Mensch. Er legte Wert auf eine schöne Verpackung, das wusste man spätestens nach einem Blick in Swetas Schuhschrank. Kein einziges vernünftiges Paar. Dann wiederum waren diese Leute eh alles andere als vernünftig. Was Frida an der Wohnung am meisten ärgerte, war die laxe Einhaltung oder gar Missachtung aller Wohnregeln. Leider war das Gefühl, das sie in der Datsche gehabt hatte – diese Reise würde ihr helfen, ihr Leben daheim in Ordnung zu bringen, den Motor ihres Lebens anwerfen –, wie verflogen. Wie angenehm hätte es sein können, wenn sie einfach zu ihren anatomischen Lehrbüchern zurückgekehrt wäre und sich mit liebevoller Verwunderung an den Besuch in Odessa erinnert hätte und die Sache damit gegessen gewesen wäre. Doch sich jetzt noch von der Richtigkeit dieses Plans zu überzeugen war aussichtslos. Frida wusste, was sie zu tun hatte.

Sie musste ihren Flug verpassen. Sobald der Gedanke einmal gedacht war, ließ er sich nicht mehr verdrängen. Da gibt es eine Zeitverschiebung, sinnierte Frida, zwischen den latenten Kräften, die sich zu Ereignissen zusammenbrauen, und den Ereignissen selbst, die sich vor unseren Augen entfalten, entsprechend der Zeitverschiebung zwischen dem mühsamen Aufziehen und dem Klappern des mechanischen Plastikgebisses. Wie oft hatte man ihr nicht ihre langsame Reaktionszeit vorgeworfen, angeblich war sie *zatormoschenaja*, existenziell gehemmt, ein wichtiger Begriff, für den es keine genaue Übersetzung gab. Vielleicht lag es daran, dass ihr alles, wenn es dann endlich passierte, schon alt erschien, als bestünde es bereits in ihrer Erinnerung; darauf angemessen zu reagieren hätte ein gewisses schauspielerisches Talent vorausgesetzt. Wer nicht schauspielern wollte oder rein physiologisch nicht in der Lage dazu war, wurde als *zatormoschenyi* betrachtet. Wenn man den latenten Kräften genug Aufmerksamkeit schenkte, konnte man die meisten Ereignisse kilometerweit vorhersehen. Das machte die Zeitverzögerung so gefährlich. Sie warf einen Schatten voraus, der als Schicksal fehlinterpretiert wurde – dabei gab es das Schicksal nicht. Es war Frida nicht vorherbestimmt, ihr Studium abzubrechen und in Odessa zu bleiben. Zu bleiben war ihre freie Entscheidung, vermutlich eine sehr dumme. Es fühlte sich unabänderlich an, aber das war nur ein Gefühl, die Illusion von Schicksal. Falls der Plan, ihre Zukunft in der Toilette hinunterzuspülen, zu unschönen Ergebnissen führen würde, könnte sie sich nicht mit der Vorstellung trösten, es sei ihr so vorherbestimmt gewesen. Sie konnte sich nicht kopfüber in etwas hineinstürzen und dann wie die Bauherren von Brighton darum beten, dass eine höhere Macht den Rest schon erledigen würde. Sie wusste nur zu gut, wozu blinder Glaube führte: bröckelnder Putz, gerissenes Plastik, freigelegte Rohre, Holzfäule und am Ende der Zusammenbruch. Wenn sie es durchziehen wollte, so richtig, bräuchte sie Entschlossenheit, Geduld und darüber hinaus eine Aufgabe.

Nachdem sie sich die ausgefransten Säume und durchgescheuerten Stellen von Swetas Unterwäsche lange genug angesehen hatte, schaute Frida an sich hinunter und entdeckte Pashas Buch in ihrer Hand. Sie musste es auf dem Weg ins Badezimmer aus dem Regal gezogen haben. Sie hielt sich den Buchrücken unter die Nase, er roch nach Staub und nach einem Auftrag. Dieser verschrobene Mann war die Lösung. Wer wäre besser geeignet als sie, seine Biographie zu schreiben? Irgendwer müsste es schließlich tun, und angesichts Pashas zahlreicher Feinde, seines für zeitgenössische Verhältnisse ausgeprägten Sinns für Privatsphäre, seiner Intoleranz gegenüber Klatsch und seines Beharrens auf geschichtlicher Genauigkeit lag es nur in seinem Interesse, dass seine Nichte die Aufgabe übernahm. Frida würde sich einen Kassettenrekorder anschaffen müssen, eine Kladde mit marmoriertem Umschlag, einen Stift. Sie würde erbarmungslos interviewen und mindestens achthundert Seiten schreiben, ein wissenschaftliches Werk über Pashas Leben. Sie würde jeden Titel und jedes Techtelmechtel analysieren.

Dann wiederum hatte sie von Biographien keine Ahnung. Wo sollte man anfangen, wenn die Ursprünge der Geschichte im Dunkeln lagen? Der große russische Dichter Pawel Robertowitsch Nasmertow war eigentlich kein

Russe, schließlich hatte er nie in Russland gelebt, sondern immer nur in der Ukraine, bloß dass keiner es wagen durfte, ihn einen Ukrainer zu nennen; und darüber hinaus war er Jude, was in Russland als eigene Nationalität, wenn nicht gar eigene Spezies, betrachtet wurde, wobei er seit seiner Konversion zur Orthodoxen Kirche genau genommen kein Jude mehr war; geboren irgendwann in den fünfziger Jahren im späten November in Odessa, der Stadt, in der er sein ganzes Leben verbracht hatte, aber Moment, war er nicht eigentlich woanders zur Welt gekommen? Und konnte man noch von Odessa sprechen, wo die Stadt doch nur noch eine leere Hülse ihrer selbst war, voller Zugezogener und voller Feindseligkeit dem verbliebenen Dichter gegenüber? (Vielleicht müsste sie an dieser Stelle anmerken, dass ein Großteil der jüdischen Einwohner von Odessa ins stinkende Brighton Beach umgesiedelt war; dabei dürfte sie keinesfalls durchblicken lassen, dass Odessa seine frühere Größe allein seinen jüdischen Einwohnern zu verdanken hatte.) Frida war nie besonders fleißig oder gründlich gewesen. Fakten waren ihr lästig. Die komplexeren Fragen würde sie verschieben und mit dem Onkel besprechen müssen. Ließ ihr Temperament es zu, ein Diktat aufzunehmen? Würde sie in der Lage sein, die eigenen Gefühle und Meinungen herunterzuschlucken und einen objektiven Bericht zu Papier zu bringen? Aber sie dachte zu weit voraus – um eigene Gefühle und Meinungen herunterzuschlucken, müsste man erst einmal welche haben.

Ein gar nicht so schlechter Ausgangspunkt waren hingegen die Gedichte. Die Gedichte! Sie warteten geduldig, gehüllt in den abgewetzten Umschlag. Gerade als sie das

Buch aufgeschlagen und angefangen hatte, die kyrillischen Schriftzeichen zu entziffern, erinnerte sie ein heftiges Klopfen daran, dass sie seit einer Stunde auf sehr gefragtem Terrain campierte. Es stimmte, Volk war für die Wüste wie gemacht, er könnte tagelang ausharren, ohne Wasser zu trinken oder zu lassen, und die Kinder könnten sich im Hinterhof erleichtern; aber die Frau hatte diese Kinder zur Welt gebracht, und eines Tages würde Frida hoffentlich selbst erfahren, was das für die Blase bedeutete.

FÜNFZEHN

Im fernen Georgien kehrten die Dichter gerade frisch gebräunt und mit neuen Halsketten behängt von einem Tagesausflug in die Hafenstadt Poti zurück. Sie verteilten sich auf die neunundvierzig Etagen des Hotels Skyscratcher, das seinen Standort in der Banlieue von Tiflis mit einem Schwimmbad von olympischen Ausmaßen und drei Tischtennisplatten wettmachte, obwohl nur ein paar unbedeutende bulgarische Dichter planten, das Freizeitangebot zu nutzen.

In der luftigen, mit Palmen geschmückten Lobby würde an diesem Abend ein Festbankett zu Ehren der Angereisten stattfinden, das niemals wirklich zu Ende ging, vielleicht weil die Dichter immer weiteraßen und -tranken, bis es für die Angestellten an der Zeit war, das Frühstücksbuffet aufzubauen. Das Bankett wurde zu einer Dauereinrichtung, denn der Hotelmanager, ein kleiner junger Mann mit schelmischem Blick, hatte verstanden, dass Dichter sich nicht an die Essenszeiten normaler Menschen halten und jederzeit Hunger verspüren können, bei Tag wie bei Nacht. Etwas Räucherfisch, Sulgunikäse, dazu kleine Gürkchen – nichts Besonderes, aber besser als nichts. Am späten Vormittag kam es dennoch zu einem Handgemenge, in dessen Verlauf der Samowar umgestoßen und viel kochendes Wasser vergossen wurde, vor allem auf den dürren kahlköpfigen Dichter, der gegen das beeindruckend große Gerät geschubst worden war. Das nächste Krankenhaus lag Stunden entfernt und genau genommen in einem anderen Distrikt, deswegen wurde der Dichter zu einem Haus gebracht, das dem Vater des Schwagers des Hotelmanagers gehörte und in dessen Keller sich eine Privatklinik befand. Keiner kannte den Namen des Dichters, doch alle waren sich einig, dass er es sich selbst zuzuschreiben hatte. Seit Festivalbeginn hatte er immer wieder in den unpassendsten Momenten gelacht, bei Lesungen und Aufführungen laut geschmatzt und bei der anschließenden Diskussion verwirrende Fragen gestellt. Dann hatte er sich auch noch den Dichterinnen und den Ehefrauen der Dichter unsittlich genähert (was die Damen selbst nicht weiter zu stören schien). Die ältere Frau, die ihn begleitete und von allen für seine Mutter gehalten wurde, verschwand mit ihm.

Nach dem Zwischenfall drohte die Hotelleitung damit, das Buffet zu schließen; es war keine gute Idee, so viele hitzköpfige Dichter in der Lobby zu versammeln, die scharfgewürztes Essen verschlangen und Tee mit Schuss tranken. Aber die Dichter hatten keine Lust, eine andere Lokalität zu suchen, die groß genug für sie alle war, schon gar nicht in dieser Gegend. Im Umkreis von vielen Kilometern gab es hier nichts als nackte, ausgedörrte Erde. Sie versprachen, sich von nun an vorbildlich zu benehmen und viel Trinkgeld zu hinterlassen. Sie hatten sich schon sehr an die Lobby gewöhnt. Jede einzelne Nische hielten sie besetzt. Insgesamt ließen sich zweiunddreißig Nischen ausmachen, was genau der Zahl der in diesem Jahr teilnehmenden Nationen entsprach. Natürlich blieb niemand bei seiner Landesgruppe, manche gesellten sich gar nicht dazu, doch es war gut zu wissen, wo sie sich befand, falls eine Rückkehr notwendig wurde.

Etwa acht Stunden nach dem ersten Zwischenfall gab es einen zweiten, eine Schlägerei unter Rumänen, die in diesem Jahr ungewöhnlich zahlreich vertreten waren und mit brillanten Werken überzeugten (nach deren Lektüre man sich die Pulsadern aufschlitzen wollte). Diesmal war ein älterer georgischer Kellner unter den Verletzten, zufälligerweise der behinderte Onkel des Hotelmanagers. Der Ausdruck *behinderter Onkel* wurde so oft wiederholt, bis die zwei Worte zu einem verschmolzen, nach der Art der Behinderung fragte allerdings keiner. Das Bankett wurde für beendet erklärt.

Das Problem lag in der hohen Teilnehmerzahl, die sich im Vergleich zum Vorjahr verdoppelt hatte. Nicht nur Dichter kamen hier zusammen, neuerdings waren auch Dramaturgen, Übersetzer, Lektoren, Verleger und Kritiker herzlich eingeladen. Und welcher Übersetzer hatte je eine Einladung ausgeschlagen? In den Monaten vor dem Festival hatte man sich zusätzlich bemüht, junge Poeten zu gewinnen, denn es war überaus wichtig, dass der Nachwuchs für die bestehenden Traditionen sensibilisiert wurde, anstatt, wie ein Veranstalter es nannte, sein eigenes Süppchen zu kochen; der Verdacht, dass die Veranstalter einfach nur ein paar schöne Fotos von gutaussehenden Leuten für die Webseite des Festivals brauchten, ließ sich jedoch nicht ausräumen. Schriftsteller sind grundsätzlich kein besonders attraktiver Menschenschlag, aber im Vorjahr hatte der

Altersdurchschnitt bei sechzig Jahren gelegen, und wir sprechen hier nicht von den neuen sechzig. Auf der Bühne, im Publikum – so weit das Auge reichte, nichts als alte Opas, die entweder niemals duschten oder ein Schweißdrüsenproblem hatten und zahnlos schwarz lächelten. Selbst sie ließen sich nach einem Blick auf die Webseite dazu bewegen, schnell ein Bad zu nehmen oder sich zu rasieren oder einen Termin beim Zahnarzt zu vereinbaren.

Ein paar Dichter übernahmen freiwillig die Organisation und machten sich auf die Suche nach einem neuen Treffpunkt; einem Ort, der den Zusammenhalt förderte und dem Einzelnen in zwangloser Atmosphäre genug Raum ließ, sich zu bewegen und nicht pausenlos kommunizieren zu müssen, und wo es ebenfalls diese halbierten, geschälten Mini-Gürkchen gab. Im Grunde brauchten sie ein Buffet in einer anderen Lobby. Aus irgendeinem Grund wurde eine Unterschriftensammlung gestartet. Sie sollte verhindern, was zwangsläufig passieren würde – dass sich die Leute nach dem Tagesprogramm grüppchenweise in verschiedene Richtungen absetzten. Im Vorjahr waren sie weniger an der Zahl und in der Lage gewesen, alles gemeinsam zu unternehmen. Der Sinn des Festivals bestand schließlich darin, dass die Leute neue Freundschaften und Kontakte knüpften, anstatt sich an diejenigen zu halten, die sie sowieso schon kannten. Die Veranstalter waren traurige, einsame Menschen in einer ehrenwerten, aber zum Scheitern verurteilten Mission.

Pasha und Sweta freuten sich natürlich darauf, sich mit ihrer Gruppe – viele Dichter aus New York und ein paar aus Moskau – für die verbleibenden drei Abende abzusetzen (beziehungsweise ein Taxi zu rufen und sich für überraschend wenig Geld nach Tiflis hineinfahren zu lassen – hätten sie gewusst, wie günstig das war, hätten sie das schon früher versucht). Aber wo immer sie sich auch hinbewegten, die anderen kriegten irgendwie Wind davon und nahmen die Verfolgung auf, um später von einem Zufall zu sprechen. Sie bildeten, falls es so etwas überhaupt noch gab, das coolste Grüppchen; natürlich gab es so etwas noch, es zu bemerken war dennoch lustig. Wirklich, alles war wunderbar. Das Wetter war phantastisch. Anfangs hatte es noch genieselt, aber dann hatten die Wolken sich aufgelöst, und die Sonne war herausgekommen. Seitdem war sie nicht mehr verschwunden.

Auf dem Markt in Poti hatte Pasha eine traditionelle georgische Weste gekauft, die er nun täglich trug. Er hatte ein reifes Alter erreicht und war der Meinung, sich eine exzentrische georgische Weste, die sich über seinen reifen Bauch spannte, leisten zu können. Die Weste hatte bunte Seidenflicken, ein überbreites Revers und Troddeln, die hervorragend geeignet waren, in Tqemalisauce getunkt zu werden. In Pashas Fall bedeutete Reife das Gegenteil von dem, was andere sich unter dem Begriff vorstellten. Seine Entwicklung führte ihn von ernst zu albern, von streng zu locker. Er würde dennoch eine gewisse Reue empfinden, wenn er später die Festivalfotos sah; ohne es zu merken, stand er ständig irgendwo im Hintergrund, und in der albernen Weste war er klar zu erkennen, selbst in verschwommenen Aufnahmen. Die Fotos würden im Internet verbreitet werden, auf der offiziellen Webseite des Festivals ebenso wie in unzähligen Blogs. Pasha würde als dicker Mann mit schmierigem Grinsen und pompöser Weste in Erinnerung bleiben und selbst die Leute befremden, die er noch nicht persönlich vor den Kopf gestoßen hatte. Und falls das nicht reichte, gab es immer noch das unglückliche Interview, das er der nicht unattraktiven Journalistin von Znamja gegeben hatte, einer schlanken Blondine mit schmalen Lippen, die Pasha in eine Ecke gedrängt und ausgefragt hatte. Als er zu sprechen anfing, drückte sie auf den Aufnahmeknopf. Nurzhan Bozhko hörte Pashas Antworten und wunderte sich.

Aber ich habe das Festival einen immensen Erfolg genannt, verteidigte sich Pasha.

Klar, sagte Nurzhan, und dann hast du dich über die meisten dieser sogenannten Dichter ausgelassen.

Ich lasse mich nie aus, sagte Pasha.

Das stimmt. Du *klärst auf*.

Der sonst eher knauserige Bozhko spendierte Pasha ein Getränk (Nein, wirklich, du hast es nötig), denn Pashas Fähigkeit, sich ins eigene Knie zu schießen, war wirklich beeindruckend. Nie zielte er daneben, unter keinen Umständen. Pasha lachte, kippte den Schnaps und fühlte sich wie ein Held, bis sie ins Hotel zurückkamen und eine bedrückende Wolke aufzog, so schwer wie eine übergewichtige Frau, die sich auf seinen Schoß warf, eine stark übergewichtige Frau mit billigem Parfüm und perlendem Gelächter, das in dichten Wellen über ihn hinwegrollte. Dann wurde alles schwarz. Pasha war eingeschlafen.

Am nächsten Morgen frühstückte er mehr als üblich, lutschte zum Tee ein paar zusätzliche Zuckerwürfel und bestieg allein den luxuriösen Shuttlebus (die anderen, auch Sweta, wollten ausschlafen). Er fuhr zum Festivalgelände und besuchte eine Podiumsdiskussion über den neuen Trend zur Ernsthaftigkeit in der bürgerlichen kosmopolitischen Lyrik; von Anfang an litt die Veranstaltung unter zu niedrigem Blutdruck und löste sich bald in Gemurmel, Gedankensprünge und kurzlebiges, desorientiertes Kichern auf. Und in Klatsch. Es würde ein langer Tag werden. Selbst die Sonne musste auf schüchterne, unverbindliche Weise scheinen, um es durch einen so langen Tag zu schaffen. Pasha stand vor einem Zelt, in dem an einem runden Tisch Übersetzungstheorien debattiert wurden, und obwohl er zu dem Thema so einiges zu sagen gehabt hätte, schlenderte er davon.

Vor fünfzehn Jahren waren seine Schultern zwei Waagschalen gewesen, mit einer kleinen Grapefruit links und einer großen Blutorange rechts. Jetzt lag in der rechten Schale die Wahrheit und in der linken eine kaltblütige Mordlust. Pasha wirkte bei jedem Schritt, als versuchte er, das Ungleichgewicht ein für alle Mal auszubalancieren, doch jeder Schritt machte es noch schlimmer. Er ging weiter. Er merkte, dass seine Gesichtsmuskeln vom vielen Blinzeln schmerzten, trotzdem konnte er kaum etwas erkennen. Im selben Moment überkam ihn der heftige Wunsch, Brodsky in die Arme zu laufen, ganz zufällig, und ein Gespräch anzufangen. Keine Begrüßung, keine förmliche Vorstellung, sie kämen gleich zum Wesentlichen. Er dachte dabei an den späten Brodsky, der nie geschafft hatte, zum alten Brodsky zu werden. Der späte Brodsky entsprach dem gegenwärtigen Pasha. Eine seltsame feuchte Blässe unter Brodskys Augen (die seine Sommersprossen hervortreten ließ wie kleine Tropfen abgestandenen Wassers) wäre das einzige Anzeichen seines Unwohlseins. Aus seinen Gesten und seiner Rede zu schließen wäre er ein Mann in den besten Jahren. Sie würden sich irgendwo in den Schatten setzen, vermutlich in ein Café, damit Brodsky einen doppelten Espresso bestellen konnte, der ihm eigentlich verboten war, und Sekunden später wäre Pasha eingehüllt in Brodskys Zigarettenqualm. Der Wunsch war so übermächtig, dass Pasha tatsächlich aufblickte und in der größer werdenden Menschenmenge nach Brodsky suchte. Freunde begrüßten einander nach der Nachtruhe, nach den Albträumen. Pasha fühlte sich wie ein Anwärter auf einen Herzinfarkt. Er holte sich ein Wasser und trank gierig, als wäre sein Durst Jahrzehnte alt.

Doch was hätte Brodsky gesagt, sobald sie es sich an einem Tisch bequem gemacht hätten, der etwas abseits im Schatten stand? Anfangs hätte er sicherlich gescherzt, einen Hauch zu jovial, aus reinem Selbstschutz natürlich; aber was wäre passiert, sobald sich die erste Aufregung gelegt hätte? Wollte Pasha, dass Brodsky die weisen und lustigen, aus dem Stegreif gemachten Sprüche wiederholte, wie Pasha sie aus kurzen Schnipseln von Interviews und Vorträgen auf Festivals wie diesem kannte? Oder sollte Brodsky leicht lispelnd Zeitungsinterviews, Artikel und Porträts referieren, die Pasha gelesen hatte, denn gelesen hatte er sie alle, der einzige Unterschied wäre, dass Brodsky sich nun an ihn allein wandte. Wünschte er sich, dass andere, zufällig vorbeikommende Dichter sahen, mit wem er da zusammensaß? Oder würde es ihm reichen, die weichen Konturen von Brodskys Kinn (da war kein Knochen, nur Kinn) und sich selbst in Brodskys runder Nickelbrille gespiegelt zu sehen? Selbstverständlich nicht. Pasha hatte Brodsky etwas zu sagen. Es war dringend. Er wollte sein Herz ausschütten. Nein, er wollte ein Plädoyer für sich selbst halten.

Wäre es in einem einzigen, breit angelegten Rundumschlag zu schaffen? Und wo sollte er anfangen? Aus Gründen der Verständlichkeit wäre es nötig, am Anfang zu beginnen, aber dann würden sie tage-, wenn nicht gar wochenlang, hier sitzen; Brodsky würde ihn sterbenslangweilig finden und zum zweiten Mal das Zeitliche segnen. Pasha verlor den Mut. Er entdeckte einen freien Platz auf einer Tribüne aus Metallrohren. Eine dünne Frau mit verspannten Schultern biss zaghaft in ein belegtes Brot, die Alufolie auf ihren Knien erinnerte an ein zerplatztes Alien-Ei. Er schützte seine Augen mit einer Hand vor der Sonne. In der Ferne rollte der Shuttlebus vom Gelände, Sweta näherte sich, Bozhko im Schlepptau.

Die Wahrheit war, dass Pasha an jenem verhängnisvollen Abend gar nicht vorgehabt hatte, sich ins Knie zu schießen. Er hatte es nicht böse gemeint. Er war einfach ehrlich gewesen. Sie waren dankbar, nach Georgien eingeladen worden zu sein und wie VIPs behandelt zu werden, und sie alle amüsierten sich prächtig, auch wenn er da nur für sich sprechen konnte. Er war dankbar, er amüsierte sich. Und aus der wachsenden Teilnehmerzahl zu schließen, war das Festival ein immenser Erfolg, genau so, wie er gesagt hatte. Russischsprachige Dichter aus aller Welt kamen zusammen, um zu lesen, Freundschaft zu schließen, internationale Kooperationen anzustoßen und so weiter. Aber glaubte wirklich jemand ernsthaft, dass auf der Welt über hundert russischsprachige Dichter lebten? Man wurde als Dichter geboren, nicht zu einem gemacht. Im gesamten zwanzigsten Jahrhundert hatte es vielleicht ein Dutzend gegeben (man selbst war natürlich einer von ihnen). Und mal ehrlich: Seit wann trug diese All-inclusive-Mentalität zur Verbesserung der Lyrik bei?

Ein Luxusshuttle holte die Dichter um acht Uhr morgens vom Hotel ab und pendelte danach im Halbstundentakt, für diejenigen, die es so früh nicht schafften. Sie wurden mit Bordtoilette zum Festivalgelände gebracht, wo den ganzen Tag Erfrischungen gereicht wurden. Die Dichter hatten gefragt, ob die Fahrt kostenlos sei. Fast kostenlos, hatte der Vertreter der Stadt erklärt, aber nicht ganz. Aufgepasst! Der Fahrpreis war niedrig und wurde vom jeweiligen Fahrer festgelegt. Das erschien den Dichtern falsch. Und acht Uhr morgens war wirklich früh, wie wäre es mit halb zehn? Doch die Veranstaltungen begannen um neun, und für die Strecke brauchte man selbst bei freien Straßen, keine Selbstverständlichkeit, eine halbe Stunde. Schade um den Dichter, dessen Lesung auf neun Uhr angesetzt war! Wobei er, wenn alles gut lief, darauf hoffen konnte, dass viele Kollegen nicht schon, sondern noch auf den Beinen waren.

Die Abfahrtszeiten stellten für Pasha, der sich ohnehin nicht erinnern konnte, wann er zuletzt bis nach dem Morgengrauen geschlafen hatte, kein Problem dar. Das Gratisfrühstück schon eher – er konnte nicht anders, als einen großen Teller und einen kleinen Teller und ein Schälchen zu füllen und dann methodisch in sich auszuleeren, wobei er neue Nahrung auf die alte, unverdaute vom Vorabend schichtete. Das Festivalgelände mit den provisorischen Bühnen, sonnenverbrannten Gesichtern und überfüllten Zelten war in Pashas Augen ein Flohmarkt – alles war im Übermaß vorhanden, ausgestellt und doch verborgen, sichtbar und doch leicht zu übersehen.

Pasha hatte viel Geduld, eine nützliche Eigenschaft, wenn man Flohmärkte und Lyrikfestivals besuchte (und Baseballspiele, nach allem, was er gehört hatte). Oft stellten sich die am heißesten ersehnten Lesungen als die ödesten heraus, und die faszinierendsten fanden vor einer Handvoll Besucher statt, wenigstens war das eine hübsche Vorstellung. Aber wem wollte Pasha etwas vormachen? Zwar war Brodsky ganz offensichtlich nicht zugegen, um sich Pashas gestammelte Erklärungsversuche anzuhören, doch würde Pasha nicht aufgeben und sich stattdessen an die Umstehenden wenden; denn als er sich in Bewegung setzte und im Labyrinth der Zeltstadt verschwand – möglicherweise auch ein Versuch, die Gesellschaft von Sweta und Bozhko zu meiden –, wurde ihm klar, wie überfällig eine solche Erklärung war.

Er war nicht hergekommen, um eine Entdeckung zu machen (einen neuen Dichter, den er lesen könnte, ein zu überdenkendes Konzept, eine internationale Zusammenarbeit), sondern für das Ereignis an sich. Er wollte in einer georgischen Weste über bleiche Grasbüschel stolpern, möglicherweise mit einer Pfeife zwischen den glühenden, sandpapierartigen Lippen, er wollte gutes Essen und spontane Unterhaltungen, oft oder immer angeregt von seinem Gegenüber. Wenn er nur lange genug irgendwo herumstand, wurde er unweigerlich von anderen Dichtern angesprochen, oft auch Dichterinnen, die seine Gedichte gelesen hatten und ihn schätzten, wenn nicht gar bewunderten, die mit ihrer Meinung nicht hinterm Berg hielten und sogar meinten, sie könnten stolz darauf sein. Sie wollten Pasha wissen lassen, dass er in ihren Augen ein verkanntes Genie war, nein, wirklich, er hatte eine bessere Behandlung verdient, mehr Leser und größere internationale Anerkennung, man sollte ihn in alle Sprachen übersetzen, selbst ins Suaheli. Eine zerstreute Rothaarige behauptete, *Ahnengürtel* liege seit 1995 auf ihrem Nachttisch; ein dunkelhaariger Junge mit smaragdgrünen Augen, der kaum älter aussah als zwölf, sagte, Pashas *Bestienzyklus* gehöre in seinen beiden Seminaren *Mythologie der Poetik* und *Poetische Mythologie* seit zehn Jahren zur Pflichtlektüre; eine Frau Mitte fünfzig, deren dünner Arm in einem riesigen Gips steckte (oder vielleicht war auch ihr Arm riesig und der Gips normal dünn), erzählte, sie habe sein Gedicht *Schwarzer Bogen* mit ihren Schülern durchgenommen und finde es sehr gelungen, auch wenn die Wortspiele am Anfang eher ermüdend seien und man es problemlos auf die halbe Zeilenzahl kürzen könne; es sei dennoch sehr einprägsam, was man über die anderen Gedichte, die sie im Unterricht bespräche, nicht sagen könne.

Derlei Begegnungen genoss Pasha mehr, als er zugeben wollte, denn in seinem Alltag in Odessa waren sie Fehlanzeige. Normalerweise hatte er den Inhalt des Kompliments schnell vergessen, was blieb, war ein warmes Gefühl wie nach dem Aufwachen aus einem angenehmen Traum. Diese wunderbar wohlige Wärme trug er mit sich herum, solange sie anhielt, womöglich einen ganzen Nachmittag, es sei denn, es kam zu einer unliebsamen Begegnung oder einer Nachricht, die ihn bis ins Mark erzittern und den Speichel auf seiner Zunge gefrieren ließ. Selbst wenn die Leute nicht an Pasha herantraten, um ihm zu sagen, wie sehr seine Lyrik ihr Leben beeinflusst habe, hing sein Einfluss irgendwie in der Luft. Er war real. Selbst wenn keiner seine Gedichte gelesen und er sie nicht geschrieben und niemand sie jemals erwähnt hätte, wäre sein Einfluss zu spüren gewesen, so präsent wie die elektromagnetischen Wellen, die es dem Handynutzer wundersamerweise erlaubten, auf einem Festivalgelände im georgischen Hinterland zu stehen und zu telefonieren.

Doch zeitweise schien es zu einer Störung gekommen zu sein. Obwohl Pasha den ganzen Nachmittag hindurch angesprochen wurde, wollte sich das warme Gefühl nicht halten lassen, schlimmer noch, gar nicht erst entwickeln. Die Echtzeit holte ihn ein, Sweta und Bozhko hatten ihn gefunden, hakten ihn unter und schleiften ihn in ein Zelt, nicht in das, wo das Rätsel des Übersetzens ein für alle Mal gelöst wurde, sondern in ein anderes, das mit dem roten Kreuz über dem Eingang, wo eine dicke Schönheit vom Lande in weißem Schwesternkittel Pasha in die Wange kniff und ihn einen kleinen Matschkürbis nannte (genau so sah er auch aus). Sie presste ihm einen Eisbeutel an die Stirn und wiederholte das Wort *Hitzschlag* ein Dutzend Mal, was merkwürdig war, spürte Pasha doch alles außer Hitze. Er wurde mit einer Wasserflasche, einer Kappe und ein paar Warnungen ausgestattet und entlassen. Wenige Stunden später las er in einem überfüllten Auditorium; seine Feinde zeigten sich als weitaus aufmerksamer als seine Freunde. Das Auditorium war groß und hatte feste Außenmauern, wahrscheinlich befand er sich nicht mehr in der Zeltstadt – aber wo dann? Es sollte ein Rätsel bleiben.

Nach der Lesung legte Pasha bei der mongolischen Grillparty alle Hemmungen ab. Er blieb bis zum späten Abend, schenkte sich immer wieder Punsch nach und ließ sich in eine Unterhaltung mit drei Frauen und einem homosexuellen Balladenschreiber verwickeln, aus der er sich normalerweise schnell verabschiedet hätte, die aber nicht ganz so frivol war, wie er glaubte; oder vielleicht war sie wirklich frivol, aber lebhaft und facettenreich, voller Momente, die kostbar waren, zumindest wenn man es auf die Erfahrung an sich angelegt hatte. Zehn Tage im Jahr gestattete er sich diese Freiheiten. Doch trotz der vielen, aufrichtig genossenen Freuden, von denen er der Reporterin der Znamja gern erzählen würde, ergäbe sich dazu noch mal die Gelegenheit, stimmte etwas nicht. Als der Aufzug Pasha in den neunundvierzigsten Stock hinaufbrachte, den er zu keinem Zeitpunkt als den obersten wahrgenommen hatte (es müsste doch noch einen darüber geben), und nachdem es ihm gelungen war, die Schlüsselkarte so durch den Schlitz zu ziehen, dass das Licht auf Grün sprang und er das Zimmer betreten konnte, in dem Sweta bereits schlief, spürte Pasha schon wieder diesen Druck anrollen. Er plättete ihm die Zehen, dann kullerte er zurück, und erleichtert dachte Pasha, dass er noch einmal verschont geblieben war, was natürlich nicht stimmte.

Er machte kein Licht, aber nicht aus Angst, er könnte Sweta wecken. Pasha wachte immer als Erster auf, daher war ihm solche Rücksichtnahme fremd. Hätte er Licht gebraucht, er hätte keine Sekunde gezögert, es einzuschalten, vorausgesetzt, er hätte den Schalter gefunden (in Hotelzimmern oft eine knifflige Angelegenheit). Pasha setzte sich in den Lehnsessel an der Wand. Als der Sessel sich wie ein Rollstuhl anfühlte, stand er auf und trat ans Fenster. Er war kein bisschen müde und spielte mit dem Gedanken, Musik zu hören – nichts Schweres, sondern etwas Modernes, Beschwingtes, Mingus vielleicht. Doch dann verwarf er die Idee und wandte sich wieder Wichtigerem zu.

Alle, die ihn ansprachen, stellte Pasha fest, erwähnten seine alten Bücher. Am meisten hörte er *Ahnengürtel*, den Titel seines ersten Gedichtbands. Der *Bestienzyklus* war offiziell sein drittes, in Wahrheit aber sein zweites Buch (der Renata Ostraja gewidmete *Brief nach dem Beben* zählte nicht). Er hatte diese Gedichte vor so langer Zeit geschrieben, dass sie ihm unwirklich vorkamen. Seine jüngsten Veröffentlichungen, die aus den letzten fünf Jahren, kamen nie zur Sprache. Möglicherweise lieferte die Zeit eine Erklärung - alle Bücher brauchten Zeit. Gedichtsammlungen mussten ziehen, manche länger als andere. Nicht alle Reaktionen erfolgten sofort. Abgesehen davon empfanden Leser, ganz normale, fehlbare Menschen mit Alltagssorgen und kurzer Aufmerksamkeitsspanne, angesichts der kreativen Weiterentwicklung eines Künstlers meistens Unbehagen. Die biologische Evolution schluckten sie wie eine bittere Medizin oder wie eine Medizin, die früher einmal bitter gewesen war und inzwischen in geschmacklosen Kapseln verabreicht wurde, als wäre die Behauptung, die Krone der Schöpfung sei aus dem Affen hervorgegangen, das Normalste der Welt und keine schiefe oder bizarre oder ernüchternde Vorstellung, auf keinen Fall zu hinterfragen, im Gegenteil, wer sie in Zweifel zog, machte sich lächerlich - aber ein Dichter, der sich mit Sestinen einen Namen gemacht hatte, sollte es ja nicht wagen, sein Publikum mit einer Villanelle zu behelligen; wenn er sich auf freie Verse in binärer Struktur spezialisierte, hatte er eben Pech gehabt. Und genau das hatte Pasha immer getan, er hatte das eine gegen das andere ausgetauscht, nur dass es weniger konkret und fassbar war als binäre Strukturen oder freie Verse und er selbst nicht sagen konnte, woher die Veränderungen rührten. Und in der Folge konnte er nicht mehr ausschließen, dass all das unfreiwillig passierte.

Genauso wenig konnte er sicher sein, dass er die Veränderungen selbst vorgenommen hatte. Er erinnerte sich nicht daran, wann er das letzte Mal bewusst etwas ausgetauscht hatte, außer vielleicht seine Ehefrau. So weit er zurückdenken konnte, aß er zum Frühstück die gleiche Buchweizengrütze, löschte er seinen Durst mit dem gleichen Mineralwasser (aus einer Quelle, die zufälligerweise nicht weit von diesem Hotelzimmer entfernt lag), hörte er auf seinem Discman dieselben Kantaten, trainierte er sein Herz auf derselben Promenade im Zentrum von Odessa und seine Seele jeden Sonntag in derselben Kathedrale; er besuchte immer dieselben Cafés und Restaurants, aß gleichbleibend große Mengen Wassermelone aus Cherson, badete im selben Abschnitt des Schwarzen Meeres, schrieb seine Gedichte in gleichbleibendem Tempo und mit gleichbleibendem Eifer zur immer gleichen frühen Stunde.

Und doch. Seine Umgebung wurde ihm mit jedem Jahr fremder, er fühlte sich immer entwurzelter. Die starren Gewohnheiten konnten nicht verhindern, dass eine Stadt, ein Land, eine Gesellschaft, vielleicht sogar eine ganze Kultur verfiel. Er konnte das Haus verlassen und die Orte seiner Kindheit aufsuchen, seine ehemaligen Schulen, das Krankenhaus, in dem sein Vater gearbeitet hatte, die Kinderklinik, in der seine Mutter gearbeitet hatte – es war, als hätte man seine Stadt auf den Mond versetzt, die Gebäude hielten sich noch, aber die Atmosphäre war abgesaugt worden. Reine Ironie des Schicksals, dass er sich in der Stadt seiner Geburt inzwischen fremder und ausgeschlossener fühlte als seine Familie in der Neuen Welt. Normalerweise gab er seiner Mutter die Schuld, sie hatte ihn nicht energisch genug zum Handeln gezwungen, sie war zu früh und am falschen Ort gestorben, fast alles hatte er ihr vorgeworfen, sogar, ihn zur Welt gebracht zu haben. Jetzt aber vermisste er Esther nur noch.

Sweta drehte sich um, streckte einen langen weißen Arm aus. Kurz tastete er die leere Betthälfte ab, dann lag er wieder still da. Pasha schälte sich aus seiner Hose und schob sich unter den Arm, unter die festgesteckte Hotelbettdecke, wo es angenehm eng war. Er konnte seine Zehen nicht bewegen, aber er hätte es auch gar nicht gewollt. Keine schlechte Idee, sich ein wenig auszuruhen. Am nächsten Tag würden sie nach Zqaltubo weiterreisen, dessen leicht radioaktive Thermalquellen für ihre lindernde Wirkung bei nervösen Erkrankungen und Kreislaufproblemen bekannt waren und dessen Grottenluft als wohltuend für Lungenkranke galt, die nach dem geführten Ausflug zum berühmten Dinosaurierfußabdruck und zu dem Schwimmbecken, in dem einst Stalin gebadet hatte, besonders erschöpft waren. Pasha seufzte. Er war zufrieden. Und gleichzeitig war er zu Tode verängstigt und deprimiert. Aber genug von ihm. Wie ging es ihr ...

Den Rest konnte Frida nicht verstehen. Die Verbindung war brüchig, Pashas Stimme verhallte. Der Handyempfang im ländlichen Georgien war wohl doch nicht so gut.

Mir?, sagte sie. Mir geht es gut. Ich habe nachgedacht. Ich werde noch eine Weile bleiben.

Ich sagte: Was ist mit unseren Katzen?, brüllte Pasha durch das Rauschen.

Euren was?, rief Frida.

Katzen, unseren Katzen! Ich hoffe, du hast unsere Katzen nicht vergessen.

Frida musste schlucken. Natürlich nicht, sagte sie. Aber ich habe Neuigkeiten von deinem Sohn. Das Drama geht in die nächste Runde. Die Hochzeit findet nun doch statt. Von wegen auf den letzten Drücker – und ich habe immer geglaubt, *ich* könnte mich nicht entscheiden! Ein verschwörerischer Unterton hatte sich in ihre Stimme eingeschlichen. Pasha musste auf den aktuellsten Stand gebracht werden, und sie war froh, dass diese Aufgabe ihr zufiel, gerade so, als beweise dieses Wissen ihre neue Rolle in der Familie. Zudem hoffte sie, Sanjas Unverantwortlichkeit würde sie und Pasha einander näherbringen. Ganz bestimmt hatte er für so viel Wankelmut kein Verständnis.

Typisch Sanja, sagte er.

Ja, antwortete Frida zögerlich.

Nach einer Sekunde fügte er hinzu: Tja, dann. Unser Flug geht morgen Abend.

Frida wurde von Panik ergriffen. War es ein gigantisches Missverständnis, an dem sie allein die Schuld trug? Die Hochzeit ist erst am Sonntag!, rief sie. Sanja ist nicht einmal in der Stadt! Und du darfst nicht vergessen, dass Swetas Familie sich in eurem Schlafzimmer eingenistet hat!

Kein Problem, sagte Pasha.

Aber was ist mit dem Festival?

Das Festival ist schön, alles ganz nett, aber ehrlich gesagt habe ich genug. Ich fühle mich nicht ganz auf der Höhe. Und heißt es nicht, ein gelungener Abgang sei das Wichtigste?

Téa Obreht

Die Tigerfrau

Roman

Natalia, eine junge Ärztin, erfährt vom rätselhaften Tod ihres Großvaters, mit dem sie eine tiefe Beziehung verband. Auf seinen Spuren beginnt Natalia eine Reise durch die idyllischen und kriegsverwüsteten Landschaften Südosteuropas – und erinnert sich an jene Geschichten aus seinem Leben, die sich um zwei schicksalhafte Gestalten ranken: die Tigerfrau, eine schöne Taubstumme, die einen geflüchteten Tiger pflegte; und einen obskuren, dabei charmanten Unsterblichen. Nach und nach entspinnt sich ein ganzer Kosmos an Mythen und Figuren, und Natalia begreift, welche Wahrheit über die Lebensrätsel ihrer Familie und ihre versehrte Heimat in ihnen steckt ...

«Ein Roman von größter Schönheit, wunderbar geschrieben, magisch. Téa Obreht ist ein überragendes neues Talent.»

T.C. Boyle

«Zwischen Realismus und Märchen, zwischen poetischer Rührung und historischer Klarheit. Dieser Mangel an Konvention ist ihre Stärke, er macht ihr Erzählen fabelhaft.»

Der Spiegel

Lena Gorelik

Die Listensammlerin

Roman

Oft weiß Sofia nicht ein noch aus, sie hat eine Menge Alltagsärger, eine kranke Tochter und eine überfürsorgliche Mutter. Nur Sofias Leidenschaft, Listen anzulegen – der peinlichsten Kosenamen, der witzigsten Neurosen etc. –, bringt ein wenig Ordnung in ihr Leben. Da entdeckt Sofia bei der Großmutter eine andere Listensammlung, in kyrillischer Schrift – die Familie hat einst die Sowjetunion verlassen. Sie stößt auf den geheimnisvollen Onkel Grischa, einen schrägen Vogel, den aber alle liebten. Sofia beginnt, Grischas Leben nachzuspüren ...

«Die Listensammlerin» erzählt die mitreißende Geschichte von Grischa und Sofia. Ein oft komischer, warmer und lebensnaher Familienroman, der gar nicht so einfache Fragen stellt: was Familie, Nähe und Fremdsein bedeuten – und wer man selber ist.

«Ein in jeder Hinsicht umwerfender Roman ... eine berückende Lektüre.»

NZZ am Sonntag

MIX
Papier aus verantwortungsvollen Quellen
FSC® C083411

Das für dieses Buch verwendete Papier ist FSC®-zertifiziert.